Le Secret de lady Audley

Mary Elizabeth Braddon

Le Secret de lady Audley

Roman traduit de l'anglais
par Madeleine Jodel

Éditions Joëlle Losfeld

Titre original : *Lady Audley's Secret*

Couverture : D.R.

Ce livre, traduit pour la première fois en français en 1873, a été réédité en 1998 dans une nouvelle traduction. C'est cette dernière édition qui est publiée ici.

106, boulevard Saint-Germain – 75006 Paris

ISBN : 2-7436-0793-9
ISSN : 1160-0977

PREMIÈRE PARTIE

CHAPITRE I

Lucy

Par une avenue de tilleuls, bordée de prairies, on accédait à un terrain bas planté d'arbres séculaires et couvert de riches pâturages. Sur une hauteur, les troupeaux de bœufs vous regardaient passer avec curiosité, et s'étonnaient que vous vous aventuriez en un tel endroit sauf si le but de votre promenade était de vous rendre au château.

Un arceau antique s'élevait au bout de l'avenue. Il était surmonté d'un campanile orné d'une lourde horloge détraquée, dont l'unique aiguille sautait brusquement d'une heure à l'autre, oubliant les minutes. Après avoir passé ce portique, on apercevait les jardins du château d'Audley.

Une pelouse s'étendait sur laquelle quelques massifs de rhododendrons venaient rompre l'unité et qui poussaient en cet endroit de façon plus magnifique qu'en tout autre lieu du comté. À droite, il y avait le potager, le vivier, et un verger entouré par un fossé sans eau et un mur en ruine, plus large qu'élevé et entièrement couvert de lierre, d'orpin à fleurs jaunes et de mousse noirâtre. À gauche, on longeait une large allée sablée qui des années auparavant, lorsque la résidence était un couvent, servait de promenade à de paisibles nonnes ; on arrivait aussi à un mur garni d'espaliers et ombragé d'un côté par de gros chênes qui masquaient le paysage, et leur imposant feuillage dérobait au regard des curieux les bâtiments et les jardins.

Le manoir en face de l'arceau occupait les trois côtés d'un quadrilatère ; c'était une vieille construction sans la moindre symétrie. Les fenêtres étaient dépareillées : les unes avaient de lourds meneaux en pierre enrichis de vitraux coloriés ou de frêles châssis qui remuaient avec fracas à la moindre brise, d'autres plus modernes semblaient avoir été construites la veille. De grandes cheminées surgissaient çà et là sur la crête du toit, si abîmées par le temps qu'elles se seraient probablement écroulées si elles n'avaient été soutenues par l'enchevêtrement du lierre envahissant le mur et la toiture qui venait les enlacer. Dans un coin d'une tourelle située dans un angle du bâtiment, une porte étroite avait l'air de se dérober aux regards indésirables, comme si elle souhaitait garder un secret – une magnifique porte pourtant, une porte de vieux chêne parsemée de gros clous de fer à tête carrée, tellement massive que le marteau, en retombant, lui faisait rendre un bruit sourd, de sorte que les visiteurs utilisaient une sonnette perdue dans les feuilles de lierre, de crainte que le bruit du marteau ne soit inaudible à l'intérieur de la demeure.

C'était une vieille résidence qui ravissait tous ceux qui la visitaient, leur inspirant le désir ardent de se retirer du monde pour venir se fixer là pour toujours, regarder dans les eaux fraîches de l'étang et compter les bulles produites à la surface de l'eau par les carpes et les gardons. Le calme semblait avoir choisi ce lieu comme repaire, effleurant les arbres, les eaux et les allées, les coins obscurs des vieux appartements à l'ancienne, les profondes embrasures ménagées derrière les vitraux, les prairies basses et les superbes avenues. Même le puits à eau stagnante, frais et abrité, caché dans un bosquet derrière les jardins avec sa poulie paresseuse et sa corde pourrie qui avait laissé tomber le seau dans l'eau, semblait touché par cette grâce.

À l'intérieur comme à l'extérieur, c'était une habitation magnifique dans laquelle on ne pouvait s'aventurer seul sans s'égarer ; une habitation où aucune pièce ne faisait suite à une autre, un dédale labyrinthique de salles qui aboutissait à un escalier étroit, en colimaçon débouchant sur une porte qui ouvrait sur une partie du bâtiment dont on se croyait très éloigné ; une habitation dont le plan n'avait jamais été tracé par la main d'un architecte, mais qui était l'œuvre de cet éternel constructeur – le Temps – ajoutant une chambre à un moment en démolissant une autre le jour suivant, avait fini, dans l'espace de onze siècles, par produire une demeure telle qu'il eût été impossible d'en trouver une semblable dans tout le comté d'Essex. Dans une telle maison, il existait naturellement des passages secrets, dont l'un avait été découvert par la fille du propriétaire actuel, sir Michael Audley. Un jour qu'elle jouait dans la chambre des enfants, le parquet avait résonné sous ses pieds ; curieuse de ce bruit, elle avait soulevé une partie du plancher, et elle avait découvert une échelle conduisant à une cachette entre le parquet et le plafond de la pièce inférieure – une cachette tellement étroite que, pour s'y tenir, il fallait ramper sur les mains et les genoux ; mais était suffisamment vaste pour contenir un coffre de vieux chêne sculpté, à moitié rempli de vêtements ayant appartenu à un prêtre qui s'était probablement caché en cet endroit durant ces jours terribles où l'on menaçait de mort celui qui donnait asile à un prêtre catholique romain, ou celui qui faisait réciter la messe dans sa maison.

Le large fossé extérieur était à sec et couvert d'herbes ; les arbres du verger, chargés de fruits, étendaient leurs branches noueuses et éparses qui dessinaient des formes fantastiques sur la verdure des talus. Le vivier était à l'intérieur de cette clôture : c'était une nappe d'eau qui s'étendait sur toute la longueur du jardin et bordait l'avenue des tilleuls ; cette avenue était impénétrable à l'œil en raison de la voûte épaisse que formaient les arbres ; elle semblait un lieu propice pour des conciliabules secrets ou pour des entrevues cachées ; un lieu fait pour tramer un complot en toute sécurité, ou pour prononcer des serments d'amour ; et pourtant il était à peine à vingt pas du château.

Cette sombre voûte de verdure se terminait par le bosquet où se trouvait le vieux puits. Il devait avoir rendu de grands services autrefois, et les nonnes y avaient peut-être puisé de l'eau fraîche avec leurs belles mains ; maintenant il était abandonné, et nul ne savait au château d'Audley si la source était tarie ou non. Malgré la solitude et le mystère de cette avenue de tilleuls, il est peu probable qu'elle ait été le théâtre d'événements romanesques. Souvent, à la fraîcheur du soir, sir Michael Audley y fumait son cigare en se promenant de long en large, son chien sur les talons, et sa jeune et jolie femme bavardant avec gaieté à côté de lui. Mais au bout de dix minutes le baron et sa compagne se fatiguaient du frissonnement des tilleuls, du calme de l'eau sous les larges feuilles des nénuphars. Alors ils retournaient à leur salon blanc où milady jouait de rêveuses mélodies de Beethoven et de Mendelssohn jusqu'à ce que son mari s'endormît dans son fauteuil.

Sir Michael Audley était âgé de cinquante-six ans, et il s'était marié une seconde fois trois mois après son cinquante-cinquième anniversaire. C'était un homme massif, grand et robuste ; il avait une voix basse et sonore, de beaux yeux noirs et une barbe blanche qui lui donnait un air vénérable bien malgré lui, car il était aussi vif qu'un jeune homme et l'un des plus intrépides cavaliers du pays. Pendant sept années il était resté veuf, vivant avec sa fille unique, Alicia Audley, âgée alors de dix-huit ans, et totalement rebelle à l'idée qu'une belle-mère s'installât au château ; car miss Alicia avait, seule, dirigé la maison de son père. Depuis sa plus tendre enfance, elle avait été la gardienne des clefs, elle les avait fait jouer dans la poche de son tablier de soie, elle les avait perdues dans un massif de fleurs, elle les avait laissées tomber dans la mare. Elle s'était imaginé sincèrement, pendant tout ce temps, être la maîtresse incontestée de la maison.

Mais aujourd'hui, le règne de miss Alicia était fini, tout ce qu'elle désirait devait être examiné et approuvé par milady et ce n'est qu'à cette condition qu'elle obtenait ce qu'elle avait demandé. Aussi, la fille du baron, qui montait parfaitement à cheval et avait un joli talent de peintre, passait-elle la plus grande partie de ses journées à l'extérieur, chevauchant dans les sentiers bordés de haies, faisant des croquis des enfants, des garçons de charrue, des troupeaux, et de tout être vivant qui se trouvait sur son passage. Elle refusa avec détermination de se lier intimement avec la jeune femme du baron ; et, tout aimable qu'était celle-ci, il lui fut impossible de vaincre les préventions et la distance d'Alicia, ou de persuader la jeune fille, certaine d'avoir perdu ses privilèges, qu'elle ne lui avait pas fait de tort en épousant sir Michael Audley.

Lady Audley, à la vérité, en devenant la femme de sir Michael, avait fait un mariage susceptible d'attirer sur elle l'envie et la haine de toutes les autres femmes. Elle était venue s'installer dans le pays en qualité d'institutrice dans la famille d'un chirurgien qui vivait dans un village voisin.

On ne savait sur elle qu'une chose, c'est qu'elle

avait répondu à un avis inséré dans le *Times* par Mr Dawson, le chirurgien, et qu'elle avait demandé une lettre de recommandation à la directrice d'une institution de Brompton où elle avait été précédemment préceptrice ; les renseignements avaient été si élogieux qu'on avait jugé inutile d'en prendre d'autres, et miss Lucy Graham avait donc été engagée. Il était étrange qu'étant donné ses nombreuses qualités, elle eût accepté l'offre de Mr Dawson qui ne lui offrait qu'un salaire plutôt médiocre ; mais miss Graham semblait tout à fait satisfaite de sa situation, et enseignait aux jeunes filles à jouer les sonates de Beethoven, à copier les dessins d'après nature de Creswick. Elle traversait le triste village caché dans les terres, trois fois le dimanche, pour se rendre à la petite église, aussi contente que si elle n'eût eu de plus haute aspiration que d'agir ainsi toute sa vie.

Ceux qui l'observaient s'accordaient à dire que c'était une nature douce et aimable, toujours riante, toujours heureuse, et s'accommodant de tout.

Partout où elle allait, elle semblait apporter la joie et la lumière. Dans la chaumière des plus démunis, son beau visage brillait comme un rayon de soleil. Elle s'asseyait volontiers un quart d'heure pour bavarder avec une vieille femme, et semblait ravie de l'admiration que lui manifestait une mégère édentée comme s'il se fût des compliments d'un marquis ; en se retirant, elle ne donnait rien (car son modeste salaire ne lui permettait pas le plaisir de la charité), et la vieille femme, néanmoins, ne manquait pas de lui témoigner toute sa reconnaissance pour sa grâce, sa beauté et son amabilité, comme elle ne l'avait jamais fait pour la femme du vicaire qui l'avait toujours aidée à se nourrir et à s'habiller. Miss Lucy Graham, on le voit, était douée du pouvoir magique de fasciner. Tout le monde l'aimait, l'admirait et l'encensait. Le garçon qui ouvrait la barrière sur son passage racontait à sa mère avec quel regard aimable et avec quelle voix douce elle l'avait remercié. À l'église, le bedeau qui lui ouvrait le banc du chirurgien, le vicaire qui voyait ses beaux yeux bleus fixés sur lui pendant qu'il prêchait, le messager qui venait quelquefois lui apporter une lettre ou un paquet de la gare, sans jamais s'attendre à une gratification, ceux qui l'employaient ou qui lui rendaient visite, ses élèves, les domestiques, tous, grands ou petits, unissaient leurs voix pour déclarer que Lucy Graham était la plus charmante fille qui eût jamais existé.

Ce cri unanime avait-il pénétré jusque dans les appartements silencieux du château d'Audley, ou était-ce simplement l'effet produit par le charmant visage qui se montrait chaque dimanche matin sur le banc du chirurgien ? Toujours est-il que sir Michael Audley éprouva un violent désir de faire plus ample connaissance avec l'institutrice de Mr Dawson.

Il n'eut qu'à en parler au docteur, qui s'empressa d'organiser une petite réunion à laquelle furent invités le vicaire et sa femme, le baron et sa fille.

Cette délicieuse soirée décida du sort de sir Michael. Il fut fasciné par ces yeux bleus si doux et si touchants, la gracieuse élégance de ce cou svelte et de cette tête inclinée ornée de splendides boucles de cheveux aux reflets dorés, et par la charmante voix qui résonnait comme une suave mélodie. Tout son être dégageait une telle harmonie que chacun de ses attraits semblait avoir été formé l'un en fonction de l'autre. Tous ces charmes subjuguèrent tant le baron qu'il lui fut aussi impossible d'y résister que de se soustraire à sa destinée. La destinée ! Vraiment, cette femme était sa destinée ! Il n'avait jamais aimé auparavant. Qu'avait été son mariage avec la mère d'Alicia ? Une triste affaire, une espèce de contrat passé pour conserver une propriété dans la famille. Qu'avait été son amour pour sa première femme ?

Une pâle, pitoyable et vacillante étincelle, trop minime pour être éteinte, trop faible pour brûler. Mais cette fois c'était l'amour... Cette fièvre avec ses désirs impatients, cette vague et malheureuse incertitude, ces terribles craintes que son âge ne fût un obstacle insurmontable à son bonheur, cette maudite barbe blanche, cette envie effrénée de redevenir jeune, d'avoir une belle chevelure noire et une taille élancée comme à vingt ans; ces nuits sans sommeil et ces jours pleins de tristesse, si rayonnants quand il avait le bonheur d'entrevoir le doux visage derrière les rideaux de la maison du chirurgien, tous ces symptômes révélaient la vérité, et disaient trop clairement que sir Michael Audley, à cinquante-cinq ans, était atteint de la terrible fièvre qu'on appelle l'amour.

Le baron ne comptait ni sur sa fortune, ni sur son rang pour décider du succès de sa quête amoureuse. S'il eut cette pensée, il dut la repousser avec horreur. Il lui était trop pénible de croire un instant qu'une personne aussi aimable et aussi pure pût se donner contre une riche maison et un vieux titre de noblesse. Non, il pensait que cette existence faite de travail et d'obligations durant ses jeunes années (nul ne connaissait exactement son âge, et elle paraissait avoir un peu plus de vingt ans), l'avait empêchée d'éprouver le moindre attachement; il espérait, étant le premier à s'occuper d'elle, pouvoir, par ses attentions délicates, par une sollicitude généreuse, par un amour qui lui rappellerait le père qu'elle avait perdu, par une protection qui lui deviendrait indispensable, subjuguer son jeune cœur et obtenir sa main. Véritable romance d'un jour, qui, malgré tout, semblait être en bonne voie de se réaliser. Lucy Graham ne paraissait en aucune façon dédaigner les attentions du baron; elle n'employait cependant pas les grossières manœuvres qu'utilisent les femmes soucieuses de conquérir un homme riche. Elle était si habituée à être admirée que la conduite de sir Michael fit très peu d'impression sur elle. Au reste, il était resté veuf si longtemps, qu'on avait abandonné l'idée qu'il se remariât. À la fin, cependant, Mrs Dawson aborda ce sujet avec l'institutrice. La femme du chirurgien travaillait dans la salle d'étude, pendant que Lucy donnait les dernières touches à quelques aquarelles faites par ses élèves.

« Savez-vous, ma chère miss Graham, dit Mrs Dawson, que vous devriez être très heureuse ? »

L'institutrice releva la tête et regarda avec étonnement sa maîtresse, en rejetant en arrière une ondée de boucles de cheveux, soyeuses et légères comme du duvet, flottant sans cesse près de sa figure, et formant une pâle auréole quand le soleil les éclairait.

« Que dites-vous, ma chère Mrs Dawson ? » demanda-t-elle en trempant son pinceau dans le bleu de mer étalé sur sa palette, et en l'arrangeant avec soin avant de le poser sur la délicate bande de pourpre qui illuminait l'horizon sur l'aquarelle de son élève.

« Oui, ma chère enfant, je dis qu'il ne dépend que de vous de devenir lady Audley et la maîtresse du château d'Audley. »

Lucy Graham laissa tomber le pinceau sur la peinture, rougit jusqu'à la racine des cheveux, puis devint pâle, encore plus pâle que ne l'avait jamais vue Mrs Dawson.

« Ma chère enfant, ne vous troublez pas ainsi, dit doucement la femme du chirurgien, personne ne vous oblige à épouser sir Michael si vous ne le voulez pas. Ce serait cependant un magnifique mariage ; il a des revenus considérables, et il est le plus généreux des hommes. Votre situation serait excellente, et vous pourriez faire beaucoup de belles choses ; mais, comme je vous le disais, ce sont vos sentiments qui doivent vous guider. J'ajouterai néanmoins que, dans le cas où ses attentions ne vous seraient pas agréables, il serait peu honorable de les encourager.

– Ses attentions !... L'encourager !... murmura Lucy, comme désorientée par ces paroles. Je vous en prie... je vous en prie, Mrs Dawson, ne me parlez plus ainsi. Je n'avais rien remarqué, c'est la dernière chose à laquelle j'aurais pensé. »

Elle appuya ses coudes sur la table et, croisant ses mains sur son visage, elle sembla réfléchir profondément pendant quelques minutes. Elle portait autour du cou un mince ruban noir qui retenait un médaillon, une croix, ou une miniature peut-être, mais cet objet, quel qu'il fût, restait continuellement caché sous ses vêtements. Une fois ou deux, pendant qu'assise elle réfléchissait en silence, elle retira une de ses mains de devant son visage et saisit le ruban avec un mouvement nerveux, le tirant d'un air à demi boudeur, et le triturant entre ses doigts.

« Je crois qu'il y a des êtres prédestinés au malheur, Mrs Dawson, dit-elle ; ce serait pour moi une trop grande chance de devenir lady Audley. »

Elle prononça ces mots avec un tel accent d'amertume, que la femme du chirurgien la regarda avec surprise.

« Vous, soumise au malheur, ma chère enfant ? s'écria-t-elle, je pense que vous êtes la dernière personne à pouvoir parler ainsi, vous, si gaie, si heureuse que chacun prend plaisir à vous voir. Certes, je ne sais trop comment nous allons faire si le baron vous enlève à nous. »

Après cette conversation, elles revinrent souvent sur le même sujet, et Lucy ne montrait aucune émotion lorsque l'on discutait du baron devant elle. Il était maintenant acquis que, le jour où sir Michael se déclarerait, l'institutrice l'accepterait volontiers, et en vérité, les candides Dawson auraient jugé comme un acte de folie le fait qu'une fille sans fortune rejetât une telle offre.

Un soir, vers le milieu du mois de juin, sir Michael était assis en face de Lucy Graham, dans le petit salon du chirurgien. La famille étant sortie de l'appartement sous un prétexte quelconque, il profita de l'occasion pour aborder le sujet si cher à son cœur. En quelques mots solennels, il fit sa déclaration à l'institutrice. Il y avait quelque chose de touchant dans la manière et dans le ton presque suppliants avec lesquels il s'adressa à elle ; il la priait presque de le repousser plutôt que d'accepter son offre si elle ne l'aimait pas.

« Je ne pense pas, Lucy, dit-il avec solennité, qu'une femme puisse commettre une plus grande faute que d'épouser un homme qu'elle n'aime pas... Vous m'êtes si chère que, malgré le profond attachement que j'ai pour vous, et malgré toute l'amertume que provoque en moi la seule pensée d'un refus, je ne voudrais pas vous voir commettre une telle faute au prix de tout mon bonheur. Si cela était le cas, ce qui ne se peut pas, répéta-t-il avec vivacité, le malheur seul serait la conséquence d'un mariage inspiré par tout autre motif que la sincérité et l'amour. »

Lucy Graham ne regardait pas sir Michael, mais elle avait les yeux fixés au-dehors, sur les vapeurs du crépuscule et sur le paysage confus qui s'étendait derrière le petit jardin. Le baron essaya d'apercevoir son visage, mais elle ne lui présentait que son profil, et il ne put saisir l'expression de ses yeux ; sinon, il aurait remarqué un regard inquiet qui semblait vouloir percer l'obscurité lointaine et distinguer au-delà... bien au-delà, dans un autre monde.

« Lucy, vous m'entendez ?

– Oui », dit-elle gravement, mais sans froideur, et ne paraissant en aucune façon offensée par ses paroles.

« Et quelle est votre réponse ? »

Elle ne détourna pas son regard du paysage enveloppé dans les ténèbres, et resta pendant quelques instants silencieuse ; tout à coup, se tournant vers lui avec une passion soudaine qui éclairait son visage d'une nouvelle et merveilleuse beauté que le baron aperçut même dans l'obscurité, elle tomba à ses pieds.

« Non... Lucy... non... non !... s'écria-t-il vivement, non, pas maintenant, je vous en prie...

– Si... maintenant... » dit-elle avec une passion étrange qui l'agitait et rendait le son de sa voix aigre et perçant, d'une sonorité surnaturelle. « Que vous êtes bon !... Que vous êtes noble et généreux, mon ami ! Certes, il ne manque pas de femmes cent fois supérieures à moi qui pourraient vous aimer tendrement, mais vous m'en demandez trop. Vous m'en demandez trop ! Songez à ce qu'a été ma vie, songez seulement à cela. Dès ma plus tendre enfance je n'ai connu que la pauvreté. Mon père était un gentilhomme, instruit, accompli, généreux, beau, mais pauvre. Ma mère... mais ne parlons pas d'elle. Je n'ai éprouvé que misère, épreuves, vexations, humiliations, privations de toutes sortes. Vous ne pouvez savoir, vous qui vivez parmi ceux dont la vie est si douce et si facile, vous ne pouvez pas vous figurer tout ce que nous avons à endurer, nous autres, les pauvres. Ne m'en demandez pas trop alors. Je ne puis pas être désintéressée ; je ne puis pas fermer les yeux sur les avantages d'une telle alliance. Je ne puis pas... je ne puis pas... »

Outre sa surexcitation et l'impétuosité de sa passion, il y avait quelque chose d'indéfinissable dans ses manières qui remplit le baron d'une vague frayeur. Elle restait à ses pieds sur le parquet, tapie plutôt qu'agenouillée, ses vêtements blancs et légers plaqués contre elle, sa blonde chevelure ruisselant sur ses épaules, ses grands yeux bleus brillant dans l'ombre, et ses mains crispées sur le ruban noir qui serrait son cou, comme s'il eût dû l'étrangler.

« Ne m'en demandez pas trop, répéta-t-elle, j'ai été intéressée dès mon enfance.

– Lucy, Lucy, expliquez-vous. Éprouvez-vous de la répulsion vis-à-vis de moi ?

– Non !... non !...

– Mais alors, il y a quelqu'un d'autre ? »

Elle éclata de rire.

« Je n'aime personne dans le monde », répondit-elle.

Quoique enchanté par cette réponse, le rire étrange de Lucy et ces quelques mots résonnèrent dans le cœur de sir Michael.

Il garda quelques instants le silence, puis il dit avec un certain effort :

« Bien, Lucy, je ne vous en demanderai pas trop. Je suis un vieux fou ; mais si vous n'avez pas de répulsion pour moi, et si vous n'en aimez pas un autre, je ne vois pas d'obstacles à notre bonheur. C'est une association, Lucy.

– Oui. »

Le baron la prit dans ses bras, lui donna un baiser sur le front, et après lui avoir tranquillement souhaité une bonne nuit, il sortit de la maison et courut droit devant lui.

Il courut droit devant lui parce qu'une certaine émotion s'était emparée violemment de son cœur ; ce n'était pas de la joie, ce n'était pas le plaisir du triomphe, mais quelque chose comme du désappointement, une espèce d'aspiration étouffée et déçue pesant lourdement sur son cœur, comme si elle avait porté la mort dans son sein. C'était la mort de cet espoir qui venait d'expirer à la voix de Lucy. Tous ses doutes, toutes ses craintes, tous ses espoirs timides s'étaient enfuis. Il devait se contenter, comme les hommes de son âge, de se marier pour sa fortune et son rang.

Lucy Graham monta lentement l'escalier qui conduisait à sa petite chambre, au faîte de la maison. Elle plaça sur la commode son bougeoir qui répandait une lumière diffuse, et s'assit sur le bord de son lit blanc, calme et blanche comme les rideaux drapés autour d'elle.

« Plus d'obligations, plus d'occupations serviles, plus d'humiliations, dit-elle, toute trace d'une première existence effacée, tout risque de découvrir la vérité évanouie, excepté cela... excepté cela... »

Pendant ce temps, sa main gauche n'avait pas abandonné le ruban noir noué autour de son cou. Elle le retira de son sein en prononçant ces paroles, et regarda l'objet qui y était attaché.

Ce n'était ni un médaillon, ni une miniature, ni une croix mais un anneau enveloppé dans un long rectangle de papier ; ce papier, moitié imprimé, moitié écrit, était chiffonné et jauni par le temps.

CHAPITRE II

L'Argus

Il lança le bout de son cigare dans l'eau et, s'accoudant sur le bordage du bâtiment, il contempla les vagues.

« Ah ! qu'elles sont monotones, dit-il, bleues, vertes et opale ; opale, bleues et vertes ; elles sont très belles, mais les regarder depuis trois mois, c'est beaucoup trop, surtout... »

Il n'essaya pas de terminer sa phrase ; sa pensée sembla se perdre au milieu des flots et le transporter à mille lieues ou même plus loin.

« Pauvre chérie, quelle joie ! murmura-t-il en ouvrant son porte-cigares, examinant nonchalamment le contenu ; quelle joie et quelle surprise ! Pauvre petite ! Après trois ans et demi ; elle sera bien étonnée. »

Celui qui parlait ainsi était un jeune homme d'environ vingt-cinq ans, grand et bien bâti, au visage bronzé, aux yeux bruns qu'embellissait une tendre expression ; une moustache et une barbe épaisses couvraient toute la partie inférieure de son visage. Il portait un large costume gris et un feutre mou négligemment posé sur sa tête. George Talboys – c'était son nom – était un des passagers de la cabine arrière du vaisseau *l'Argus*, chargé de laine en provenance d'Australie et faisant le trajet de Sydney à Liverpool.

Les passagers de l'arrière de *l'Argus* étaient peu nombreux. Un vieux négociant en laine qui, après avoir fait fortune dans les colonies, retournait dans son pays natal avec sa femme et ses filles ; une gouvernante de trente-cinq ans revenant dans son pays pour épouser un homme qui s'était déclaré quinze ans auparavant ; la fille trop rêveuse d'un riche marchand de vin d'Australie qu'on envoyait en Angleterre pour y parfaire son éducation, et George Talboys.

George Talboys était la vie et l'âme du bâtiment ; nul ne savait qui il était, ce qu'il était, d'où il venait, mais chacun l'aimait. Il dînait à la table du capitaine et l'aidait à faire les honneurs du repas. Il débouchait les bouteilles de champagne, il portait des toasts à tous ceux qui se trouvaient là ; il racontait des histoires drôles, et partait d'un si grand éclat de rire qu'à moins d'être de mauvaise humeur on ne pouvait que l'imiter. Il organisait aussi le vingt-et-un ainsi que d'autres jeux amusants et faciles qui absorbaient le petit cercle réuni autour de la lampe de la cabine, au point qu'un ouragan aurait pu tout chambouler au-dessus de leurs têtes sans que personne s'en aperçût ; mais il avouait franchement qu'il ne comprenait rien au whist, et qu'il était incapable de distinguer un cavalier d'une tour sur un échiquier.

De fait, Mr Talboys n'était en aucune façon quelqu'un d'érudit. La gouvernante avait essayé de parler avec lui de littérature, mais George s'était défilé, en prononçant de temps en temps des exclamations anodines. La jeune fille, qui allait en Angleterre pour parfaire son éducation, avait voulu tester ses connaissances sur Shelley et Byron ; mais il lui avait magnifiquement ri au nez, comme si la poésie était une plaisanterie. Le négociant en laine l'avait sondé sur la politique, mais il ne semblait pas s'y intéresser plus que ça ; aussi l'avait-on laissé vivre au gré de sa fantaisie : fumer son cigare, causer avec les matelots, flâner sur le pont, regarder dans l'eau, et se rendre agréable à chacun, à sa manière. Lorsque *l'Argus* ne fut plus qu'à une distance de quinze jours de l'Angleterre, tout le monde remarqua qu'un changement s'était opéré chez George Talboys. Il devint agité et inquiet ; tantôt si gai que la cabine retentissait de ses éclats de rire ; tantôt morose et pensif. Il fatiguait les matelots, quoiqu'il fût leur favori, à force de leur poser sempiternellement la même question : quand toucherons-nous terre ? Dans dix, onze, douze, ou treize jours ? Le vent était-il favorable ? Combien de nœuds le bâtiment filait-il ? Puis il était saisi d'un accès de colère, il courait sur le pont, criant que le vaisseau était une vieille et détestable coquille de noix, que ses propriétaires l'avaient trompé en lui vantant la vitesse de *l'Argus* au lieu de l'avertir que leur bâtiment n'était pas fait pour transporter des passagers, des personnes vivantes et pressées possédant cœur et âme.

Le soleil disparaissait dans la mer, et George Talboys alluma son cigare en cette soirée d'août. Dix jours encore, ainsi que les matelots le lui avaient dit, et dans l'après-midi, il pourrait apercevoir les côtes d'Angleterre.

« Je veux aborder par le premier bateau que nous rencontrerons, s'écria-t-il, dans une coquille d'huître au besoin ; et, par Jupiter, s'il le faut, je nagerai jusqu'à terre. »

Ses amis de l'arrière-cabine, à l'exception de la gouvernante, riaient de son impatience ; elle soupira en observant le jeune homme, qui s'irritait contre la lenteur des heures, repoussait son verre de vin sans y avoir goûté, remuait impatiemment sur le sofa de la cabine, montait et descendait l'échelle de la dunette, et regardait les vagues.

Comme le disque empourpré du soleil disparaissait

dans l'eau, la gouvernante monta l'escalier de la cabine pour se promener sur le pont, pendant que les passagers restaient à table. Elle s'arrêta lorsqu'elle aperçut George et, se tenant debout à côté de lui, elle contempla les teintes cramoisies qui s'atténuaient à l'Ouest.

Cette femme, tranquille et réservée, prenait rarement part aux jeux ; elle ne riait jamais et parlait peu ; toutefois George Talboys et elle s'étaient bien entendus pendant la traversée.

« Mon cigare vous incommode-t-il, miss Morley ? dit-il en le retirant de sa bouche.

– Pas le moins du monde ; continuez de fumer, je vous en prie. J'étais seulement venue regarder le coucher du soleil. Quelle délicieuse soirée !

– Oui, oui ; délicieuse, je l'avoue, répondit-il avec impatience ; mais c'est si long, si long encore, dix interminables jours et dix mortelles nuits avant de débarquer...

– C'est vrai, soupira miss Morley. Voudriez-vous que ce délai fût plus court ?

– Oh ! certes oui. Et vous, ne le désirez-vous pas ?

– À peine.

– Il n'y a donc personne en Angleterre que vous aimiez ?... personne qui attende votre arrivée ?...

– J'espère que si », dit-elle tristement.

Ils gardèrent le silence quelques instants, lui, fumant son cigare avec une impatience furieuse, comme s'il avait pu hâter la marche du bateau par sa continuelle agitation ; elle, fixant mélancoliquement le ciel obscurci de ses yeux bleus qui semblaient s'être ternis à la lecture de livres imprimés en caractères trop petits et sur de minutieux travaux d'aiguille, des yeux flétris peut-être par des pleurs secrètement versés dans les mortelles heures des nuits solitaires.

« Voyez ! dit George, indiquant subitement le côté

opposé à celui vers lequel miss Morley regardait, voilà la nouvelle lune. »

Elle leva son regard sur le pâle croissant, son visage était presque aussi pâle et blafard.

« C'est la première fois que nous la voyons ; nous devons faire un souhait, dit George ; moi je sais.

– Qu'est-ce donc ?

– De revoir très rapidement la patrie.

– Pourvu que nous ne soyons pas déçus à notre arrivée ! répondit la gouvernante avec tristesse.

– Déçus !... »

Il tressaillit comme s'il avait été foudroyé, et lui demanda ce qu'elle entendait par là.

« Je veux dire, répondit-elle en parlant avec rapidité et en agitant ses petites mains, je veux dire que, plus ce voyage tire à sa fin, plus l'espoir s'affaiblit dans mon cœur ; une crainte nouvelle s'empare de moi, et j'ai peur que tout ne soit pas en harmonie avec ce que je souhaite. Celui que je vais rejoindre peut avoir changé de sentiments à mon égard, ou bien, même s'il les a conservés, il peut les perdre en un instant à la vue de mon pauvre visage fatigué. J'étais une jolie fille, Mr Talboys, lorsque je m'embarquai pour Sydney, il y a quinze ans. Mais le monde peut l'avoir corrompu, l'avoir rendu égoïste et intéressé, et dans ce cas il me fera un bon accueil pour l'argent que j'ai économisé pendant ces quinze années. Peut-être est-il mort ? Je pense à toutes ces choses, Mr Talboys ; je me repasse toutes ces scènes dans mon esprit, et j'en ressens les angoisses vingt fois par jour. Vingt fois par jour ! répéta-t-elle ; je pourrais dire mille fois par jour. »

George Talboys était pétrifié, le cigare à la main, l'écoutait avec tant d'attention que, lorsqu'elle prononça les derniers mots, ses doigts se relâchèrent et son cigare tomba dans l'eau.

« Je m'étonne, continua-t-elle à voix basse, en

s'adressant plutôt à elle-même, je m'étonne en pensant combien j'étais remplie d'espoir lorsque le vaisseau prit la mer ; je me représentais la joie du retour, les paroles échangées, les exclamations et les regards ; mais durant ce dernier mois de voyage, jour par jour, heure par heure, mon courage a faibli, mes espérances se sont évanouies, et je redoute l'arrivée autant que si je revenais en Angleterre pour assister à des funérailles. »

Le jeune homme changea brusquement d'attitude et la regarda avec une expression alarmée. Elle vit à la lueur de la lune que ses joues avaient pâli.

« Quelle folie ! s'écria-t-il en donnant un coup de poing sur le bordage du vaisseau, quelle folie de m'effrayer avec toutes ces histoires !... Pourquoi me dites-vous toutes ces choses ?... Pourquoi bouleverser tous mes sens et me glacer de terreur, alors que je suis sur le point de rejoindre la femme que j'aime, ma femme dont le cœur est aussi pur que la lumière du jour, chez laquelle je ne m'attends pas plus à trouver un changement qu'à voir demain un autre soleil se lever dans le ciel ?

– Votre femme, dit-elle, c'est différent. Vous n'avez pas de raisons de partager mes craintes. Je viens en Angleterre retrouver un homme que je devais épouser il y a quinze ans. Il était trop pauvre alors pour se marier. On m'a offert un poste de gouvernante dans une riche famille en Australie ; je l'ai persuadé de me laisser accepter cette proposition afin que, libre et sans aucune charge, il pût faire son chemin en Angleterre pendant que j'économiserais quelque argent pour faciliter notre future vie commune. Je ne pensais pas être aussi longtemps absente ; et puis les choses ont mal tourné pour lui en Angleterre. Voilà mon histoire ; vous êtes en mesure maintenant de comprendre mes appréhensions. Elles ne peuvent en aucun cas vous influencer. Ma situation est exceptionnelle.

– La mienne aussi, dit George avec impatience, est très exceptionnelle, quoique jusqu'à maintenant, je vous le jure, je n'aie jamais éprouvé la moindre inquiétude quant à mon retour. Mais vous avez raison, je n'ai pas à m'en faire. Vous avez été absente pendant quinze ans ; toutes sortes de choses peuvent arriver en quinze ans. Il n'y a que trois ans et demi que j'ai quitté l'Angleterre. Que peut-il se passer en si peu de temps ? »

Miss Morley regarda Talboys avec un sourire lugubre, sans lui répondre. Cette ardeur fiévreuse, la franchise et l'impatience de cette nature lui étaient si étrangères et si nouvelles qu'elle le contemplait avec un mélange d'étonnement et de compassion.

« Ma jolie petite femme ! Mon innocente et bien-aimée petite femme ! Vous ne savez pas, miss Morley, dit-il, reprenant confiance, vous ne savez pas que j'ai quitté la pauvre petite pendant qu'elle était endormie, tenant son enfant dans ses bras, sans lui laisser rien d'autre que quelques lignes à peine lisibles qui lui disaient que son fidèle époux l'abandonnait ?

– Abandonnée !... s'écria la gouvernante.

– Oui. J'étais officier dans un régiment de cavalerie lorsque je la vis pour la première fois. Nous étions en garnison dans un triste port de mer où elle vivait avec son vieux père, un gueux, un officier de marine en demi-solde, un vieux fourbe de profession, aussi pauvre que Job, l'œil toujours à l'affût d'un bon coup. Je compris les pièges pitoyables et grossiers qu'il tendait aux officiers pour les attirer vers sa jolie fille ; je ne me trompai point à toutes ses aimables invitations dans un minable cabaret du port, à ses beaux discours sur la noblesse de sa famille, à sa fierté simulée, à ses faux airs d'indépendance et aux larmes mensongères qui coulaient de ses yeux fatigués lorsqu'il parlait de son unique enfant. C'était un vieil ivrogne, hypocrite, prêt à la vendre au plus offrant. Heureusement c'est moi qui fus choisi, car mon père est riche, miss Morley ; et comme ma chère femme et moi nous nous étions aimés au premier regard, nous nous sommes mariés. Mon père cependant n'eut pas plus tôt appris que j'avais épousé une femme sans fortune, la fille d'un vieux lieutenant en demi-solde adonné à la boisson, qu'il m'écrivit une lettre furieuse où il me signifiait qu'il ne voulait plus avoir de relations avec moi, et qu'à partir du jour de mon mariage la pension annuelle qu'il m'allouait était supprimée. Je ne pouvais pas rester dans un régiment comme le mien sans avoir d'autre argent que ma paye d'officier pour vivre et entretenir une jeune femme ; aussi vendis-je mon brevet, pensant qu'avant d'en avoir épuisé le prix, je pourrais sûrement me caser quelque part. Je partis avec mon épouse pour l'Italie, où nous menâmes un train de vie magnifique aussi longtemps que durèrent les mille livres ; mais lorsque notre trésor se trouva réduit à quelques centaines de livres, nous retournâmes en Angleterre, et ma femme ayant envie d'être près de son ennuyeux vieillard de père, nous nous établîmes dans une petite ville d'eaux où il s'était retiré. À peine eut-il appris que j'avais encore quelques centaines de livres qu'il nous témoigna une affection incroyable et insista pour que nous nous installions chez lui. Nous y consentîmes, toujours pour plaire à ma femme, qui avait à ce moment particulièrement droit à ce que tous les caprices et toutes les fantaisies de son cœur innocent fussent satisfaits. Nous vécûmes donc avec lui et, finalement, il nous dépouilla. Lorsque je parlais de sa conduite à ma femme, elle se contentait de hausser les épaules et de me dire qu'elle préférait ne pas mécontenter son pauvre papa. Aussi, pauvre papa dépensa follement en un rien de temps nos économies. Je partis à Londres pour gagner un peu d'argent, et j'essayai de me placer dans un comptoir de négociant, comme commis, caissier, comptable ou quelque chose de ce genre. Je ne pus trouver personne qui me fît confiance, et je retournai, harassé, découragé, auprès de ma bien-aimée, que je trouvai en train de nourrir un fils, héritier potentiel de la pauvreté de son père. Elle était bien abattue, et lorsque je lui racontai mon voyage à Londres, elle fut consternée et se lamenta, me disant que je n'aurais pas dû l'épouser puisque je ne lui apportais que pauvreté et misère. Par le ciel, miss Morley, ses pleurs et ses reproches me rendirent presque fou ; je fus pris d'un accès de fureur contre elle, contre moi-même, contre son père, contre le monde entier, et je sortis de la maison en hurlant que je n'y reviendrais plus. Je marchai dans les rues, toute la journée, en colère, avec la ferme intention de me jeter à la mer, pour laisser ma pauvre femme libre de contracter un meilleur mariage. “Si je me noie, il faudra que son père prenne soin d'elle, pensais-je ; ce vieil hypocrite ne pourra lui refuser de l'accueillir mais, tant que je vis, elle n'a pas le droit de lui réclamer quoi que ce soit.” Je gagnai une ancienne jetée en bois avec l'intention d'y attendre la nuit, et de me laisser tomber doucement dans l'eau. Mais, pendant que j'étais assis en cet endroit, fumant ma pipe et regardant d'un œil indifférent la mer, deux hommes survinrent, et l'un d'eux commença à parler des mines d'or d'Australie et de l'immense fortune qu'on pouvait faire dans ce pays. Il devait embarquer dans un ou deux jours, et il essayait de persuader son ami de l'accompagner dans son expédition. J'écoutai ces individus pendant plus d'une heure, les suivant de long en large sur la jetée ne perdant pas un mot de leur conversation. Après cela, je leur adressai la parole, et j'appris qu'il y avait un vaisseau partant de Liverpool dans trois jours, sur lequel devait s'embarquer l'un de ces hommes. Il me donna tous les renseignements dont j'avais besoin et me dit, en outre, qu'un gaillard robuste et vigoureux comme moi ne pouvait que réussir. Cette perspective fit naître en moi un enthousiasme si soudain que le rouge et la chaleur me montèrent au visage et qu'une certaine exaltation anima tout mon être. Ce parti valait mieux que le suicide. En supposant même que je m'éloignasse furtivement de ma bien-aimée, je la laissais en sécurité sous le toit de son père, j'arrivais dans le nouveau monde, j'y faisais fortune, et je revenais, au bout d'une année, déposer mes richesses à ses pieds ; car, en ce moment, j'étais si confiant, que je comptais devenir riche en un an à peu près. Je remerciai l'individu pour les informations qu'il m'avait données et, tard dans la soirée, j'allai rôder du côté de ma demeure. La température était glaciale, mais j'étais trop surexcité pour sentir le froid, et je marchai à travers les rues paisibles, le visage fouetté par la neige, le cœur à la fois plein d'espérance et de désespoir. Mon beau-père était assis dans la salle à manger et buvait un grog ; ma femme, à l'étage supérieur, dormait paisiblement avec son enfant sur son sein. Je m'assis et lui écrivis que jamais je ne l'avais plus aimée, que j'allais tenter de faire fortune dans le Nouveau Monde et que, si je réussissais, je lui rapporterais l'aisance et le bonheur ; que, si j'échouais, au contraire, elle ne me reverrait jamais. Je divisai le reste de notre argent – un peu plus de quarante livres – en deux parts égales ; je lui en laissai l'une et je mis l'autre dans ma poche. Je m'agenouillai priant pour ma femme et pour mon enfant, la tête sur la couverture blanche qui les recouvrait. Je n'étais pas habitué à prier, mais Dieu sait avcc quelle ardeur je le fis. Je déposai un baiser sur leur front, et je me glissai doucement hors de la chambre. La porte de la salle à manger était ouverte, et le vieillard était assoupi sur son journal ; il leva la tête en entendant mes pas dans le corridor et me demanda où j'allais. "Fumer dans la rue", lui répondis-je. Et comme c'était dans mes habitudes, il me crut. Trois nuits après j'étais en mer, voguant en seconde classe vers Melbourne avec des outils de mineur pour tout bagage, et environ sept shillings dans ma poche.

– Et vous avez réussi ? demanda miss Morley.

– Oui, mais après avoir souvent désespéré et avoir vécu longtemps en compagnie de la pauvreté. Je me demandai souvent, en jetant un regard sur ma vie passée, si cet officier brillant, oisif, extravagant, sensuel, habitué à sabler le champagne, était bien le même homme que celui qui, assis sur la terre humide, rongeait une croûte de pain moisi dans les déserts du Nouveau Monde. Je me cramponnais au souvenir de ma bien-aimée ; la confiance que j'avais en son amour et en sa fidélité était comme la clef de voûte qui reliait le présent au passé, l'unique étoile qui illuminait les épaisses ténèbres de l'avenir. Je vivais en toute familiarité avec des hommes durs, dans une atmosphère où régnaient le désordre, l'ivrognerie et la débauche ; mais la force purificatrice de mon amour me sauva de tous ces dangers. Maigre, décharné, à demi mourant de faim, je me regardai un jour dans un morceau de miroir, et je fus effrayé par mon propre aspect. Pourtant je travaillais, malgré les désappointements et le désespoir, malgré les rhumatismes, la fièvre et la famine, et à la fin je triomphai. »

Il y avait tant de bravoure, d'énergie, de persévérance, de fierté joyeuse dans ce récit, que la gouvernante ne put s'empêcher, en le contemplant, d'exprimer son admiration.

« Comme vous avez été courageux ! lui dit-elle.

– Courageux ! s'écria-t-il avec un joyeux éclat de

rire ; est-ce que je ne travaillais pas pour mon amour ? Pendant tous ces temps cruels d'épreuves, sa jolie main blanche ne me montrait-elle pas le bonheur ? Je la voyais sous ma tente de toile, assise à mon côté avec son enfant dans ses bras, aussi parfaitement que je l'avais vue dans l'unique et heureuse année de notre vie conjugale. Enfin, par une triste et brumeuse matinée, il y a juste trois mois, mouillé jusqu'à la peau par une pluie fine, m'enfonçant jusqu'au cou dans la boue et la terre glaise, mourant de faim, affaibli par la fièvre, engourdi par les rhumatismes, je fis rouler sur le sol, avec ma pioche, une grosse pépite, et je découvris ainsi un filon d'une certaine importance. Quinze jours plus tard, j'étais l'homme le plus riche de toute la petite colonie des environs. Je partis aussitôt pour Sydney, où je négociai ma trouvaille, qui valait un peu plus de vingt mille livres. Immédiatement je m'embarquai sur ce vaisseau pour l'Angleterre, et dans dix jours... dans dix jours je reverrai ma bien-aimée.

– Mais pendant tout ce temps, vous n'avez jamais écrit à votre femme ?

– Jamais, jusqu'à la semaine qui a précédé le départ de ce bateau. Lorsque tout allait mal, je n'étais pas capable de lui écrire pour lui raconter le combat que je menais contre le désespoir et la mort. J'attendais un sort meilleur, et lorsqu'il arriva, je la prévins que je serais en Angleterre presque en même temps que ma lettre, et je lui donnai mon adresse dans une taverne de Londres afin qu'elle puisse m'écrire et me dire où la rejoindre, quoiqu'il soit peu probable qu'elle ait quitté la maison de son père. »

Après ces mots, George devint rêveur et lança quelques bouffées de fumée tout en réfléchissant. Sa compagne ne troubla pas ses méditations. Le dernier rayon de ce jour d'été venait de disparaître, la pâle lueur de la lune éclairait seule le ciel.

Tout à coup, Talboys lança au loin son cigare et, se tournant du côté de la gouvernante :

« Miss Morley, s'écria-t-il, si, en arrivant en Angleterre, j'apprends qu'il est survenu un accident à ma femme, je mourrai sur le coup.

– Mon cher Mr Talboys, pourquoi penser à de telles choses ? répondit la gouvernante. Dieu est plein de bonté pour nous, il ne veut pas nous affliger au-delà de nos forces. Je vois peut-être les choses un peu en noir, car la monotonie de ma vie m'a trop laissée le loisir de m'appesantir sur mes douleurs.

– Et ma vie, à moi, faite de privations, de travail, d'alternances d'espoir et de désespoir, ne m'a pas laissé le temps de penser aux éventuels malheurs qui pouvaient arriver à ma chère femme. Quel insouciant j'ai été !... Trois ans et demi ! Et pas une ligne, pas un mot d'elle ou de ses proches. »

L'esprit agité, George commença à parcourir de long en large le pont désert, suivi par la gouvernante qui essayait de le calmer.

« Je vous répète, miss Morley, reprit-il, que, jusqu'à notre conversation de ce soir, je n'avais pas eu l'ombre d'une crainte ; maintenant, je ressens ce malaise, cette terreur accablante dont vous me parliez il y a une heure. Laissez-moi seul, je vous en prie, afin que je puisse dissiper ces mauvais pressentiments. »

Elle s'éloigna de lui en silence et s'assit près du bord du bateau.

George Talboys marcha pendant quelque temps, la tête inclinée sur la poitrine, ne regardant ni d'un côté ni de l'autre ; puis, au bout d'un quart d'heure environ, il revint à l'endroit où la gouvernante était assise.

« J'ai prié, dit-il, j'ai prié pour ma chère adorée. »

Il prononça ces mots presque dans un murmure et, à la lumière de la lune, miss Morley put apercevoir sur son visage une expression de calme ineffable.

CHAPITRE III

Les reliques

Ce même soleil d'août qui avait disparu dans l'immensité de l'océan éclairait de ses lueurs rougeâtres le large cadran de la vieille horloge placée sur l'arceau couvert de lierre qui menait aux jardins du château d'Audley.

Les fenêtres à meneaux et les treillages sur lesquels se reflétaient les rayons rougeâtres semblaient être en feu ; la lumière affaiblie se jouait dans les feuilles des tilleuls de l'avenue et changeait la surface tranquille du vivier en une plaque de cuivre poli. Dans ces obscurs enfoncements d'églantiers et de broussailles au milieu desquels était caché le vieux puits, la rouge clarté pénétrait par lueurs vacillantes, et les herbes humides, et la poulie de fer rouillée, et la charpente de bois brisée, semblaient tachées de sang.

Le meuglement d'une vache dans les prairies si calmes, le saut d'une truite dans l'étang, les dernières notes d'un oiseau fatigué, le grincement des roues des chariots sur la route rompaient de temps en temps le silence du soir et rendaient plus dense encore le calme qui régnait en ce lieu. Il était presque accablant, ce calme du crépuscule. Ce silence absolu devenait pénible par son intensité, et on éprouvait la même sensation que si un cadavre avait été enfoui, au milieu de cette masse grise de bâtiments recouverts de lierre, tant était funèbre la tranquillité alentour.

Comme l'horloge sonnait huit heures, une porte s'ouvrit doucement derrière la maison, et une jeune fille parut dans les jardins.

C'est à peine si la présence d'un être humain rompit le silence : car la jeune fille glissa sur le gazon touffu, et pénétrant dans l'avenue par le côté du vivier, disparut dans l'ombre épaisse des tilleuls. Ce n'était pas véritablement une jolie fille, mais son apparence était de celles que l'on qualifie généralement d'intéressantes. Peut-être parce que, dans sa figure pâle et ses brillants yeux gris, dans ses traits fins et ses lèvres serrées, il y avait quelque chose qui dénotait une soif de pouvoir et un contrôle de soi peu ordinaires chez une femme de dix-neuf, vingt ans. Elle eût été jolie, je pense, n'eût été une absence complète de couleurs sur son frêle visage ovale. Aucune nuance d'incarnat ne colorait la blancheur de cire de ses joues, pas une ombre de brun n'atténuait la fadeur de ses cils et de ses sourcils, pas un reflet d'or ou d'ébène ne relevait le blond monotone de sa chevelure. Sa toilette même était à l'avenant ; la mousseline de sa robe bleu lavande s'était décolorée en un gris fané, et le ruban noué autour de son cou se fondait dans la même tonalité neutre.

Sa silhouette était fine et mince, et en dépit de son humble costume, elle avait la grâce et la tournure d'une grande dame ; mais ce n'était qu'une simple paysanne, du nom de Phœbe Marks, élevée comme domestique dans la famille de Mr Dawson et que lady Audley avait choisie pour femme de chambre après son mariage avec sir Michael.

Ce qui tout naturellement avait été une bonne chose pour Phœbe car elle avait vu ses gages triplés et n'avait presque rien à faire au château, le service étant déjà au complet : elle fut autant jalousée par ses amies que milady l'était par les siennes.

Un homme, assis sur la charpente en bois du puits en ruine, se leva en voyant la femme de chambre de milady sortir des ténèbres des tilleuls, et se tint debout devant elle au milieu des herbes sauvages et des broussailles.

« Eh bien, Phœbe, dit l'homme en fermant le couteau avec lequel il avait dépouillé une branche de prunellier de son écorce, tu viens à moi tellement silencieusement que je t'ai prise pour un esprit malin. J'ai passé à travers champs, je suis arrivé ici par l'ouverture dans le fossé, et je me reposais avant d'aller à la maison demander si tu étais de retour.

– Je peux voir le puits de la fenêtre de ma chambre à coucher, Luke, répondit Phœbe en montrant un vitrage ouvert sur un pignon du toit ; je t'ai vu assis là, et je suis descendue pour te parler ; il vaut mieux être ici qu'à l'intérieur de la maison, où il y a toujours quelqu'un pour vous écouter. »

L'homme était un rustre, d'environ trente-trois ans aux larges épaules. Sa chevelure, d'un roux foncé, tombait sur son front, et ses sourcils épais recouvraient ses yeux d'un gris verdâtre ; son nez était large et bien proportionné, mais sa bouche avait une forme grossière et une expression bestiale. Avec ses joues colorées, sa chevelure fauve et son cou de centaure, il ressemblait à un des bœufs robustes qui paissaient dans les prairies des environs du château.

La jeune fille s'assit familièrement à côté de lui, sur la charpente du puits, et posa sur son cou une de ses mains devenues blanches grâce à ses nouvelles et douces fonctions.

« Es-tu content de me voir, Luke ? demanda-t-elle.

– Naturellement, je suis content », répondit-il d'une façon grossière, en raclant à nouveau sa branche.

Ils étaient proches cousins, avaient été compagnons de jeu dans leur enfance, et s'étaient liés d'amitié dans leur jeunesse.

« Tu ne parais pas enchanté, dit la jeune fille ; tu pourrais me regarder, Luke, et me demander si mon voyage m'a fait du bien.

– Cela ne t'a pas donné de couleurs, ma fille, dit-il en lui lançant un regard par-dessus ses sourcils épais : tu es aussi blanche que tu l'étais la dernière fois que je t'ai vue.

– Mais on m'a dit que les voyages rendent aimable, Luke. J'ai traversé sur le continent, avec milady, des endroits curieux de toute sorte, et tu sais que lorsque j'étais enfant, les filles de Mr Horton m'ont appris à parler un peu français, et j'ai trouvé cela bien agréable de pouvoir me faire comprendre des gens à l'étranger.

– Agréable ! s'écria Luke Marks avec un rire dur, qui veut que tu sois agréable, je te le demande ? Pas moi en tout cas ; lorsque tu seras ma femme, tu n'auras pas beaucoup de temps pour faire des civilités ! Quant au français, que je sois pendu, Phœbe, mais je suppose que, lorsque nous aurons économisé assez d'argent pour acheter une ferme, tu n'iras pas tenir de beaux discours aux vaches ! »

Elle se mordit les lèvres en entendant les paroles de son fiancé, et détourna les yeux. Lui, continua de tailler et de couper son bâton pour façonner un manche grossier, sifflant doucement entre ses dents, sans jeter un seul regard à sa cousine.

Ils restèrent silencieux pendant quelques instants, mais bientôt elle ajouta :

« C'est une chose extraordinaire pour celle qui était autrefois miss Graham, de voyager avec sa femme de chambre et son cocher dans une voiture à quatre chevaux et d'avoir un mari persuadé qu'il n'y a pas un seul endroit sur la terre digne d'être foulé par les pieds de sa femme !

– Oui, c'est merveilleux, Phœbe, d'avoir beaucoup d'argent, répondit Luke, et j'espère que tu économises tes gages pour notre mariage.

– Et qu'était-elle dans la maison de Mr Dawson, il y a seulement trois mois ? continua la jeune fille, comme si elle n'avait pas entendu les paroles de son cousin, une domestique comme moi, travaillant plus durement que moi. Si tu avais vu, Luke, ses pauvres robes usées, raccommodées et malgré tout cela ayant belle allure, je ne sais pas pourquoi. Elle me donne plus ici, comme sa femme de chambre, que jamais elle n'a gagné chez Mr Dawson ; oui !... Je l'ai vue quitter le parloir avec quelques souverains et quelques pièces d'argent dans la main, que son maître venait justement de lui donner pour payer son trimestre, et maintenant, regarde-la.

– Ne fais pas attention à elle, dit Luke, prends soin de toi, Phœbe ; c'est tout ce que tu as à faire. Que penserais-tu, par exemple, d'une auberge pour toi et pour moi ? Il y a beaucoup d'argent à gagner dans une auberge. »

La jeune fille ne bougea pas, les mains nonchalamment pendantes sur les plis de sa robe, ses pâles yeux gris fixés sur les dernières lueurs rouges qui s'éteignaient au loin derrière les troncs d'arbres.

« Tu devrais visiter l'intérieur de la maison, Luke, dit-elle, elle a l'air d'une vieille ruine au-dehors, tu verrais l'appartement de milady, tout orné de peintures, de grandes glaces qui vont du parquet au plafond ornées de peintures aussi, qui coûtent des centaines de livres, la gouvernante me l'a dit, et tout fait sur mesure pour elle !

– Elle a de la chance, murmura Luke avec indifférence.

– Si tu l'avais vue, lorsque nous étions à l'étranger,

avec une foule de beaux messieurs toujours sur ses talons ; sir Michael n'était pas jaloux d'eux, seulement fier de la voir autant admirée. Si tu l'avais entendue rire et parler avec eux, leur renvoyant leurs compliments et leurs belles déclarations, et eux de continuer à la couvrir d'éloges, comme si ils lui jetaient des roses. Elle rendait tout le monde fou partout où elle allait. Sa manière de chanter, de jouer, de danser, son délicieux sourire et ses boucles dorées, toute sa personne était l'unique sujet de conversation dans tous les endroits où nous nous trouvions.

– Est-elle au château, ce soir ?

– Non, elle est partie avec sir Michael pour aller dîner aux Beeches ; ils ont sept ou huit miles à faire et ils ne doivent être de retour qu'après onze heures.

– Alors, Phœbe, si l'intérieur de la maison est aussi beau que tu le dis, je serais enchanté d'y jeter un coup d'œil.

– Tu le pourras ; Mrs Barton, la gouvernante, te connaît de vue, et ne s'opposera pas à ce que je te montre quelques-unes des plus belles pièces. »

Il faisait presque nuit lorsque les cousins quittèrent le bosquet et se dirigèrent lentement vers la maison. La porte par où ils entrèrent conduisait dans la pièce des domestiques, la chambre de la gouvernante était située à côté. Phœbe Marks s'arrêta un instant pour lui demander si elle pouvait faire visiter les appartements à son cousin et, ayant reçu la permission, elle alluma une chandelle à la lampe de la salle, et fit signe à Luke de la suivre dans une autre partie de la maison.

Les longs corridors, lambrissés de chêne noir, étaient plongés dans une obscurité peuplée de fantômes, la lumière portée par Phœbe produisant seulement un petit point lumineux dans les larges passages à travers lesquels la jeune fille conduisait son cousin. Luke regardait de temps en temps avec méfiance par-dessus son épaule, à demi effrayé par le craquement de ses grosses bottes cloutées.

« C'est une habitation mortellement triste, Phœbe, dit-il, comme ils débouchaient d'un passage dans une pièce qui n'était pas encore éclairée ; j'ai entendu parler d'un meurtre commis ici dans le temps jadis.

– Il y a assez de meurtres de nos jours, sans parler de celui-là », répondit la jeune femme montant l'escalier et suivie par le jeune homme.

Elle lui fit traverser un grand salon tendu de satin, avec des moulures dorées, des meubles Boulle, des armoires incrustées, des bronzes, des camées, des statuettes, et mille petites choses élégantes qui brillaient dans la demi-obscurité ; puis elle le conduisit dans une salle du matin tapissée d'épreuves gravées, de peintures de prix, et de là, dans une antichambre où elle s'arrêta, tenant le flambeau au-dessus de sa tête.

Le jeune homme jeta un regard émerveillé autour de lui, la bouche et les yeux grands ouverts.

« C'est une bien belle salle, dit-il, et qui doit avoir coûté beaucoup d'argent.

– Regarde les peintures sur les murs, dit Phœbe, indiquant les panneaux de la chambre octogonale, ornés de Claude et de Poussin, de Wouwerman et de Cuyp. J'ai entendu dire que cela seul valait une fortune. Voilà l'entrée de l'appartement de milady, autrefois miss Graham. »

Elle souleva le lourd rideau vert qui fermait l'entrée, introduisit le paysan ébahi dans un boudoir féerique, et dans un cabinet de toilette, où les portes ouvertes d'une garde-robe et un monceau de vêtements jetés sur un sofa indiquaient que tout était resté exactement comme l'avait laissé celle qui l'occupait.

« J'ai à ranger toutes ces affaires avant le retour de

milady ; tu peux t'asseoir ici, pendant ce temps ; cela ne sera pas long. »

Le cousin jetait autour de lui des regards embarrassés, stupéfait par les splendeurs de la pièce ; après quelque hésitation, il choisit le siège le plus confortable, et s'assit avec soin sur le bord.

« J'aurais voulu te montrer les bijoux, Luke, dit la jeune fille, mais je ne peux pas, car elle garde toujours les clefs sur elle ; ils sont là, dans ce coffre, sur la table de toilette.

– Quoi ! Là-dedans ? s'écria Luke, fixant le coffre massif, en noyer incrusté de cuivre, mais c'est assez grand pour ranger tous les habits que je possède.

– Et c'est rempli autant qu'il est possible de diamants, de rubis, de perles et d'émeraudes », répondit Phœbe pliant les robes dont la soie bruissait comme à l'ordinaire en les posant une à une sur les étagères.

Comme elle secouait les plis de la dernière, un bruit de clefs la surprit, et elle mit la main dans la poche de la robe.

« C'est la première fois, s'écria-t-elle, que milady laisse ses clefs dans la poche. Je puis te montrer les bijoux, si tu le désires, Luke.

– Oui, je veux bien tout de même y jeter un coup d'œil », dit-il en se levant de son fauteuil, et tenant le flambeau pendant que sa cousine ouvrait l'écrin.

Il poussa un cri d'admiration lorsqu'il vit les parures étinceler sur les coussins de satin blanc. Il éprouva le besoin de saisir les fragiles joyaux, de les toucher et d'évaluer leur valeur intrinsèque. Un saisissement d'envie et de désir ardent le traversa peut-être, en pensant combien il lui serait facile de s'emparer de l'un d'eux.

« Ah ! un de ces diamants assurerait notre existence, Phœbe, dit-il en tournant et retournant un bracelet dans ses grosses mains rouges.

– Pose cela, Luke, pose vite cela, s'écria la jeune

fille avec un regard de terreur ; comment peux-tu dire de telles choses ? »

Il remit le bracelet à sa place à contrecœur et en soupirant, puis il continua d'examiner l'écrin.

« Qu'est-ce que c'est que ceci ? » demanda-t-il bientôt, montrant du doigt un bouton de cuivre dans la charpente de la boîte.

En disant ces mots il le poussa et un tiroir secret jaillit de l'écrin.

« Viens donc voir ici », s'écria Luke, enchanté de sa découverte.

Phœbe Marks jeta à terre la robe qu'elle était en train de plier, et se pencha sur la table de toilette.

« Ah ! je ne connaissais pas ceci, dit-elle, je suis curieuse de voir ce qu'il y a là-dedans. »

Il n'y avait pas grand-chose là-dedans, ce n'était ni de l'or ni des pierreries, mais simplement un petit soulier d'enfant en laine, enveloppé dans un morceau de papier, et une petite boucle de cheveux soyeux d'un blond pâle provenant évidemment d'un petit enfant. Les yeux gris de Phœbe s'agrandirent en examinant le petit paquet.

« Voilà donc ce que milady cache dans le tiroir secret, murmura-t-elle.

– Ce sont de singulières loques à conserver dans un tel meuble », dit Luke négligemment.

Les lèvres minces de la jeune fille se contractèrent en un étrange sourire.

« Tu voudras bien témoigner de l'endroit où j'ai trouvé ceci, dit-elle, en plaçant le petit paquet dans sa poche.

– Quoi, Phœbe, tu ne vas pas être assez folle pour le prendre, s'écria le jeune homme.

– Je préfère avoir cela que le bracelet de diamants que tu voulais prendre, répondit-elle. Tu auras ton auberge, Luke. »

CHAPITRE IV

L'annonce du *Times*

Robert Audley était censé être avocat. Comme avocat, son nom était inscrit dans le *Law-List*; comme avocat, il avait son appartement dans Fig-Tree Court Temple ; comme avocat, il avait participé à un nombre suffisant de dîners qui sont autant d'épreuves que doit traverser l'aspirant au barreau pour arriver à la réputation et à la fortune. Si toutes ces conditions peuvent faire d'un homme un avocat, Robert en était un assurément. Mais il n'avait jamais eu de cause à plaider, ou n'avait jamais essayé, ou même tenté d'en avoir une pendant les cinq années entières que son nom était resté peint sur une des portes de Fig-Tree Court. C'était un beau garçon, paresseux, insouciant, d'environ vingt-sept ans, fils unique du plus jeune frère de sir Michael Audley. Son père lui avait laissé quatre cents livres de rente, revenu que ses amis l'avait engagé à augmenter en étant avocat. Comme il avait éprouvé, après mûres réflexions, plus d'ennui à s'opposer aux désirs de ses amis qu'à être invité à ces nombreux dîners, et à louer deux chambres dans le Temple, il avait adopté le dernier parti et, sans honte, s'intitulait lui-même avocat.

Quelquefois, lorsque la chaleur était insupportable, et qu'il s'était épuisé dans un pénible labeur qui consistait à fumer sa pipe et à lire des nouvelles françaises, il consentait à aller se promener dans les jardins du Temple où, s'allongeant en quelque endroit ombragé, pâle et flegmatique, avec son col de chemise rabattu et un foulard de soie bleue négligemment noué autour de son cou, il racontait aux graves juristes qu'il était épuisé par un excès de travail.

Les vieux hommes de loi riaient malicieusement à cette histoire, mais ils convenaient tous que Robert Audley était un excellent camarade, généreux, et même un curieux garçon, à l'esprit piquant, à l'originalité tranquille, malgré son indolence, sa paresse, son insouciance et ses manières extravagantes. C'était un homme qui ne ferait jamais son chemin dans le monde, incapable de tuer une mouche. En vérité, son appartement était converti en un véritable chenil, car il donnait asile à tous les chiens égarés surpris par la nuit.

Robert passait toujours la saison de la chasse au château d'Audley ; non qu'il fût un chasseur distingué comme Nemrod, car il aimait mieux trotter tranquillement, en toute sécurité, sur un mauvais cheval bai, pacifique, aux membres solides, et se maintenir à une très respectable distance des cavaliers intrépides, son cheval sachant aussi bien que lui que la chose la plus contraire à ses désirs était de s'exposer à la mort.

Le jeune homme était le grand favori de son oncle, et sa jolie, espiègle, gaie et folâtre cousine miss Alicia Audley ne le dédaignait pas le moins du monde. La bonne disposition à son égard de la jeune demoiselle, seule héritière d'une très belle fortune, aurait pu sembler à d'autres hommes bien digne d'être cultivée, mais cette pensée ne traversa même pas l'esprit de Robert Audley. Alicia était une très jolie fille, une charmante fille, sur laquelle il n'y avait rien à dire, une fille remarquable entre toutes ; mais c'était là le plus haut degré où son enthousiasme pût s'élever. L'idée de faire tourner à quelque résultat avantageux pour lui l'inclination de sa jeune cousine n'entra jamais dans son esprit frivole. Un beau matin, le facteur lui apporta les billets de faire-part du mariage de sir Michael et de lady Audley, en même temps qu'une lettre très virulente de sa cousine, qui lui racontait comment son père venait d'épouser une espèce de poupée de cire, pas plus âgée qu'elle, avec des boucles blondes et affligée d'un perpétuel ricanement ; car l'humeur sémillante de lady Audley agaçait Alicia au point de lui faire qualifier ainsi le joli rire musical qui était tant admiré. Si tous ces documents intéressèrent Robert Audley, leur lecture ne suscita ni étonnement ni contrainte. Il lut la lettre irritée d'Alicia sans retirer un instant de ses lèvres moustachues le bout d'ambre de sa pipe. Lorsqu'il eut terminé la lecture de la lettre, pendant laquelle il avait gardé ses sourcils noirs levés (c'était sa seule manière, soit dit en passant, d'exprimer sa surprise), il la jeta d'un air délibéré dans la corbeille à papiers et, posant sa pipe, conclua :

« J'ai toujours dit que le vieux buffle se remarierait, murmura-t-il, après environ une demi-heure de réflexion. Alicia et milady, sa belle-mère, vont être comme chien et chat. J'espère qu'elles voudront bien ne pas se quereller à la saison de la chasse, ou se dire des choses déplaisantes à dîner ; les querelles troublent toujours la digestion. »

Vers onze heures du matin, le jour qui suivit la soirée au cours de laquelle se passèrent les événements relatés dans le dernier chapitre, le neveu du baron traversait Blackfriarsward en venant du Temple, et se dirigeait sans hâte vers la City. Il avait aidé un ami dans le besoin en apposant le noble nom des Audley sur un billet de complaisance ; lequel billet n'ayant pas été encaissé par l'employé de banque, Robert Audley était sommé de payer. Dans ce dessein, il était entré dans une banque située, au frais, dans un sombre passage près du cimetière Saint-Paul, où il fit le nécessaire pour vendre quelques centaines de livres de bons consolidés.

Il avait terminé cette affaire et attendait au coin du passage, guettant une voiture pour le ramener au Temple, lorsqu'il fut presque renversé par un homme d'à peu près son âge, qui se précipita aveuglément dans la rue étroite.

« Soyez assez bon pour regarder où vous allez, mon ami, dit doucement Robert au passant impétueux, vous devriez avertir les gens avant de les renverser et de marcher sur eux. »

L'étranger s'arrêta subitement, regarda fixement l'interlocuteur, et reprit haleine.

« Bob, s'écria-t-il, avec une intonation qui marquait le plus grand étonnement. J'ai touché la terre anglaise seulement à l'aube, et je vous rencontre ce matin !

– Je vous ai vu quelque part auparavant, mon ami barbu, dit Mr Audley en examinant avec calme le visage animé de l'autre, mais que je sois pendu si je puis me rappeler en quel endroit et à quelle époque.

– Quoi ! s'écria l'étranger, allez-vous me dire que vous avez oublié George Talboys ?

– Non, je ne l'ai pas oublié », dit Robert avec une énergie qui ne lui était en aucune façon habituelle.

Et prenant alors le bras de son ami, il le conduisit dans le sombre passage, et lui dit avec sa nonchalance habituelle :

« Et maintenant, George, apprenez-moi tout ce qui vous est arrivé. »

George Talboys lui apprit tout ce qui s'était passé. Il lui raconta la même histoire qu'il avait exposée, dix jours auparavant, à la gouvernante, à bord de *l'Argus*, excité et hors d'haleine, il lui dit qu'il avait un paquet de bons d'Australie, et qu'il avait besoin de les mettre en banque au comptoir de MM. X..., qui avaient été ses banquiers.

« Je sors justement de leurs bureaux, dit Robert, nous y retournerons ensemble, et nous réglerons cette affaire en cinq minutes. »

Ils y parvinrent en un quart d'heure, et Robert Audley proposa immédiatement l'hôtel du *Sceptre et de la Couronne*, ou celui du *Château de Richmond*, où ils pourraient déjeuner et causer de ce bon vieux temps où ils étaient ensemble à Eton. Mais George dit à son ami qu'avant d'aller où que ce soit, avant de se restaurer après avoir voyagé de nuit par le train express en provenance de Liverpool, il devait passer par un certain *coffee-house* de Bridge Street, où il espérait trouver une lettre de sa femme.

« Alors, j'irai avec vous, dit Robert. Quelle idée d'avoir une femme, George, quelle absurde plaisanterie ! »

Comme ils traversaient Ludgate Hill, Fleet Street, et le Strand, George Talboys glissa dans l'oreille de son ami toutes les espérances folles et tous les rêves qui avaient pris un si grand pouvoir sur sa nature ardente.

« Je prendrai une villa sur le bord de la Tamise, Bob, dit-il, pour ma femme et pour moi ; nous aurons un yacht, mon vieil ami, et nous nous allongerons sur le pont et nous fumerons, pendant que ma charmante femme jouera de sa guitare et nous chantera des chansons. Elle est pour tout le monde comme ces femmes, dont je ne sais plus le nom, qui donnèrent tant de tracas à ce pauvre vieil Ulysse », ajouta le jeune homme, dont l'érudition n'était pas considérable.

Les garçons du *coffee-house* de Westminster

reculèrent à la vue de cet étranger aux yeux enfoncés, à la barbe longue, avec ses habits de coupe coloniale, et ses manières étranges et agitées ; mais il avait été un vieil habitué de l'établissement quand il était officier, et dès qu'ils apprirent qui il était, ils s'empressèrent de lui offrir leurs services.

Il n'avait pas besoin de grand-chose, une bouteille de soda seulement, et, si elle se trouvait au comptoir, une lettre adressée à son nom.

Le garçon apporta le soda-water avant même que les jeunes gens eussent pris place dans un sombre compartiment près du foyer éteint.

« Non, il n'y a pas de lettre. »

Le garçon dit ces mots avec une parfaite indifférence, en époussetant machinalement la petite table d'acajou.

Le visage de George revêtit la pâleur de la mort.

« Talboys, dit-il, peut-être n'avez-vous pas entendu distinctement le nom, TALBOYS. Allez regarder encore, il doit y avoir une lettre. »

Le garçon haussa les épaules en quittant la salle et revint au bout de trois minutes dire qu'il n'y avait aucun nom ressemblant à celui de Talboys dans le casier.

Le jeune homme but son soda en silence et, posant alors ses coudes sur la table, cacha son visage dans ses mains. Il y avait quelque chose dans son expression qui disait à Robert Audley que ce désappointement, insignifiant en apparence, était en réalité une déception mêlée d'une grande amertume. Il s'assit lui-même en face de son ami, mais n'essaya pas de lui adresser la parole.

Bientôt George leva la tête et, prenant machinalement dans un tas de journaux, sur la table, un *Times* graisseux du jour précédent, il laissa courir distraitement son regard sur la première page.

Il est impossible de dire combien de temps il resta

pâle en lisant un paragraphe au milieu de la liste des décès, avant que son esprit bouleversé pût en saisir le contenu ; mais après une pause qui dura fort longtemps, il tendit le journal à Robert Audley et, avec un visage qui était passé du bronze foncé à une maladive blancheur, il posa le doigt avec un calme effrayant, sur une ligne qui contenait les mots suivants :

« Le 24 du courant, est morte à Ventnor, île de Wight, Helen Talboys, âgée de vingt-deux ans. »

CHAPITRE V

Le cimetière de Ventnor

Oui, il y avait écrit noir sur blanc : « Helen Talboys, âgée de vingt-deux ans. »

Lorsque George avait dit à la gouvernante à bord de *l'Argus* que, s'il apprenait une mauvaise nouvelle à propos de sa femme, il tomberait raide mort, il parlait en toute bonne foi. Et cependant il avait devant les yeux la pire des nouvelles, et il restait insensible, pâle et abattu, fixant d'un air hébété la figure consternée de son ami.

Le choc l'avait étourdi. Dans l'état de confusion mentale dans laquelle il se trouvait, il se demanda ce qui était arrivé, et comment il se faisait que cette seule ligne du *Times* pût avoir produit un si terrible effet sur lui.

Alors, par étapes, la vague conscience de son malheur s'évanouit lentement, remplacée par la perception pénible de la réalité extérieure.

La lumière éclatante du soleil d'août ; les volets poudreux des fenêtres et les stores à la peinture craquelée ; une rangée d'affiches salies par les mouches et fixées sur le mur ; la cheminée triste et éteinte ; un vieillard au crâne chauve assoupi sur le *Morning Advertiser*, le garçon en savates pliant une nappe froissée, et le beau visage de Robert Audley qui l'examinait d'un air inquiet et compatissant ; il sentit que tous ces objets prenaient des proportions gigantesques et se fondaient les uns dans les autres en des taches noires flottant devant ses yeux. Il entendit comme le bruit assourdissant d'une demi-douzaine de machines à vapeur qui tempêtaient et grondaient à ses oreilles, puis il ne reconnut plus rien, excepté la sensation que quelqu'un ou quelque chose tombait pesamment sur le sol.

Il ouvrit les yeux vers la fin de la soirée, dans une chambre fraîche et sombre, dont le silence était rompu seulement de temps en temps par le bruit lointain des voitures.

Il jeta autour de lui des regards étonnés, mais presque indifférents. Son vieil ami Robert Audley fumait, assis à côté de lui. George était étendu sur une couchette basse, en fer, en face d'une fenêtre ouverte, sur laquelle il y avait une rangée de fleurs et deux ou trois oiseaux dans des cages.

« Avez-vous envie d'une pipe, voulez-vous fumer, George ? demanda tranquillement son ami.

– Non. »

Il passa quelques instants à regarder les fleurs et les oiseaux : un canari chantait en trilles aigus un hymne au soleil couchant.

« Les oiseaux vous ennuient-ils, George ? Dans ce cas, je les retirerai de la chambre.

– Non, je préfère les entendre chanter. »

Robert Audley secoua les cendres de sa pipe, posa avec tendresse la précieuse écume de mer sur le chambranle de la cheminée et, passant dans la pièce voisine, revint aussitôt avec une tasse de thé fort.

« Prenez ceci, George, dit-il, en plaçant le thé sur sa table de chevet ; cela vous fera du bien. »

Le jeune homme ne répondit pas, mais regarda lentement autour de lui et, fixant enfin le visage grave de son ami il dit :

« Bob..., où sommes-nous ?

– Dans mon appartement, mon cher garçon, au Temple. Vous n'avez pas de logement à vous, alors vous pouvez bien rester avec moi pendant que vous êtes à Londres. »

George passa deux ou trois fois sa main sur son front ; puis, avec une certaine hésitation, dit tranquillement :

« Ce journal, ce matin, Bob..., qu'était-ce donc ?

– Ne songez plus à cela maintenant ; buvez un peu de thé.

– Oui, oui, s'écria George violemment, se dressant lui-même sur le lit, et le fixant avec des yeux creux. Je me souviens de tout. Helen ! Helen ! ma femme, ma bien-aimée, mon seul amour ! Morte ! Morte !

– George, dit Robert Audley, en posant doucement sa main sur le bras du jeune homme, la personne dont vous avez lu le nom dans le journal n'est peut-être pas votre femme. Il existe peut-être une autre Helen Talboys.

– Non, non ! s'écria-t-il, l'âge correspond au sien, et Talboys est un nom qui n'est pas très courant.

– Cela peut être une faute d'impression pour Talbot.

– Non, non, non ! Ma femme est morte ! »

Il se débarrassa de la main de Robert qui le retenait et, sautant en bas de son lit, se dirigea vers la porte.

« Où allez-vous donc ? s'écria son ami.

– À Ventnor, voir sa tombe.

– Pas ce soir, George, pas ce soir. J'irai demain avec vous par le premier train. »

Robert le reconduisit à son lit et le força doucement à se recoucher. Il lui versa alors une potion soporifique que lui avait laissée le médecin qu'on avait fait appeler au *coffee-house* de Westminster, lorsque George s'était évanoui.

Aussi George Talboys tomba-t-il dans un lourd sommeil et rêva qu'il arrivait à Ventnor, qu'il trouvait sa femme vivante, heureuse, mais ridée, vieille et grisonnante, et son fils devenu un grand jeune homme.

Le jour suivant, de bon matin, il était assis en face de Robert Audley, dans une voiture de première classe d'un train express, roulant à travers la campagne riante qui mène à Portsmouth.

Ils prirent la voiture de Ryde pour Ventnor par la chaleur brûlante d'un soleil de midi. Lorsque les jeunes gens en sortirent, les gens qui attendaient furent saisis à la vue du visage livide et de la barbe en désordre de George.

« Qu'allons-nous faire, George ? demanda Robert Audley, nous n'avons aucune piste pour trouver les gens que nous devons voir. »

Le jeune homme le regarda avec une expression triste et abattue. Il était aussi faible qu'un enfant, et Robert Audley, le plus indécis et le moins énergique des hommes, se trouva amené à prendre une décision à sa place. Il se montra à la hauteur de la situation.

« Ne vaudrait-il pas mieux demander des renseignements sur Mrs Talboys dans l'un des hôtels de l'endroit, George ? dit-il.

– Elle s'appelait Maldon du nom de son père, murmura George, il ne peut pas l'avoir laissée mourir seule ici. »

Ils ne dirent plus rien, mais Robert entra directement dans un hôtel, où il s'enquit d'un Mr Maldon.

« Oui, lui répondit-on, il y a un gentleman de ce nom qui habite Ventnor, un certain capitaine Maldon ; sa fille est morte dernièrement. »

Le garçon voulut bien aller demander son adresse.

L'hôtel était en pleine activité en cette saison ; les gens sortaient et entraient, et les domestiques et les garçons de salle faisaient un boucan terrible dans le hall.

George Talboys s'appuya contre les piliers de la porte avec la même expression que celle qui avait tant effrayé son ami dans le *coffee-house* à Westminster.

Le pire était maintenant confirmé. Sa femme, la fille du capitaine Maldon, était morte.

Le garçon revint au bout de cinq minutes, dire que le capitaine Maldon était logé à Landsdowne Cottage.

Ils trouvèrent facilement la maison, un vilain petit cottage avec des fenêtres donnant sur l'eau.

« Le capitaine Maldon est-il chez lui ?

– Non, répondit la propriétaire, il est allé se promener sur la place avec son petit-fils. Ces messieurs veulent-ils entrer et s'asseoir un instant ? »

George suivit machinalement son ami dans le petit salon de devant, couvert de poussière, pauvrement meublé, et tout en désordre, avec des restes de jouets d'enfant, éparpillés sur le plancher, et une vieille odeur de tabac qui imprégnait les rideaux de mousseline.

« Regardez, » dit George, indiquant une peinture accrochée au manteau de la cheminée.

C'était son portrait, peint jadis, alors qu'il était officier. C'était une excellente peinture, qui le représentait en uniforme, avec son cheval dans le fond.

Le plus intentionné des hommes se devait d'être aussi peu loquace que Robert Audley. Il n'adressa pas un mot à son ami et s'assit tranquillement, tournant le dos à George, et regarda au-dehors par la fenêtre.

Pendant quelque temps, le jeune homme erra en tous sens dans la pièce, examinant et touchant parfois les colifichets épars : sa boîte à couture, avec une broderie inachevée, son album rempli d'extraits de

Byron et de Moore, dans lequel il reconnut son propre griffonnage, quelques livres qu'il lui avait donnés, et un bouquet de fleurs fanées dans un vase qu'ils avaient acheté en Italie.

« Son portrait était habituellement suspendu à côté du mien, murmura-t-il. Je donnerais cher pour savoir ce qu'on en a fait. »

Puis il dit, après une demi-heure de silence :

« Je voudrais voir la propriétaire de la maison pour l'interroger sur... »

Il ne put continuer, et cacha sa figure entre ses mains.

Robert appela la maîtresse de maison. C'était une femme bavarde, d'une excellente nature, habituée à voir la maladie et la mort, car plusieurs de ses locataires étaient décédés chez elle. Elle raconta les dernières heures de Mrs Talboys, comment elle était arrivée à Ventnor, une semaine seulement avant sa mort, au dernier degré de la consomption, et comment, jour après jour, elle s'était affaiblie et avait succombé inévitablement à la maladie.

« Monsieur est-il un parent ? demanda-t-elle à Robert Audley en entendant George pousser un soupir.

– Oui, c'est le mari de la dame.

– Quoi ! s'écria la femme ; celui qui l'a abandonnée cruellement et l'a laissée avec son joli petit garçon, sur les bras de son pauvre vieux père, comme me l'a raconté si souvent le capitaine Maldon, des larmes dans les yeux.

– Je ne l'ai pas abandonnée », dit George en protestant.

Et alors il raconta l'histoire de ses trois années de lutte acharnée.

« A-t-elle parlé de moi ?... demanda-t-il. A-t-elle parlé... de moi au... au... dernier moment ?

– Non, elle est partie aussi paisible qu'un agneau.

Elle parlait un peu le premier jour, mais à la fin elle ne reconnaissait plus personne, pas même son petit garçon ni son pauvre vieux père, qui en était fort triste. Une fois, elle devint comme folle et parla de sa mère, et de la honte de mourir dans un pays étranger ; c'était vraiment pitoyable de l'entendre.

– Sa mère est morte lorsqu'elle n'était qu'une enfant, dit George. Dire qu'elle a parlé d'elle, et pas une seule fois de moi. »

La femme le conduisit dans la petite chambre à coucher où Helen était morte. Il s'agenouilla à côté du lit et baisa tendrement l'oreiller, au grand scandale de la maîtresse dc maison.

Pendant qu'il était prosterné, priant peut-être, le visage enseveli dans l'oreiller blanc comme la neige, la femme prit quelque chose dans un tiroir. Elle lui donna cet objet lorsqu'il se releva : c'était une longue tresse de cheveux enveloppée dans du papier argenté.

« Je l'ai coupée lorsque la pauvre enfant était déjà dans son cercueil. »

Il porta à ses lèvres les précieuses boucles.

« Voilà, murmura-t-il, la chère chevelure que j'ai baisée si souvent lorsque sa tête reposait sur mon épaule. Mais elle était toujours souple et bouclée, et celle-là est plate et raide.

– C'est l'effet de la maladie, dit la dame. Si vous voulez voir où elle repose, Mr. Talboys, mon petit garçon vous montrera le chemin du cimetière. »

George Talboys et son fidèle ami s'approchèrent du lieu tranquille où, sous un monticule de terre à peine recouvert de quelques traces de gazon frais, reposait cette femme dont le sourire avait tant de fois fait rêver George lorsqu'il était au loin.

Robert laissa le jeune homme à côté de la tombe fraîchement recouverte et, revenant au bout d'un quart d'heure environ, le trouva immobile à la même place.

Il leva bientôt la tête, et dit que, s'il y avait aux environs un marbrier, il désirait le voir.

Ils le trouvèrent très aisément et, s'asseyant au milieu des débris qui encombraient l'atelier, George Talboys traça au crayon cette courte inscription pour l'apposer sur la pierre tombale.

CONSACRÉ À LA MÉMOIRE DE
HELEN
TENDREMENT AIMÉE DE GEORGE TALBOYS
QUI QUITTA CETTE VIE
LE 24 AOÛT 1857, À L'ÂGE DE 22 ANS
PROFONDÉMENT REGRETTÉE
PAR SON INCONSOLABLE ÉPOUX.

CHAPITRE VI

Hors du monde

Lorsqu'ils retournèrent à Landsdowne Cottage, le vieillard n'était pas encore rentré. Ils descendirent vers la plage pour le rencontrer. Après une courte recherche, ils le trouvèrent assis sur un tas de cailloux, lisant un journal et mangeant des noisettes. Le petit garçon, à quelque distance de son grand-père, s'amusait à creuser dans le sable avec une bêche en bois. Le crêpe qui entourait le chapeau du vieillard, et la pauvre petite blouse noire de l'enfant causèrent de la peine à George. Partout où il allait, il était confronté au grand malheur de sa vie. Sa femme était morte.

« Mr Maldon », dit-il, en s'approchant de son beau-père.

Le vieillard leva les yeux et, posant son journal, il se leva en saluant cérémonieusement. Ses cheveux rares et négligés étaient grisonnants ; il avait un nez pincé et crochu, des yeux bleus humides, et à la bouche une expression indécise ; il portait des vêtements usés avec une affectation de noblesse ridicule ; un lorgnon se balançait sur sa redingote boutonnée jusqu'au cou, et il avait une canne dans une main dépourvue de gant.

« Juste ciel ! s'écria George ; vous ne me reconnaissez pas ! »

Mr Maldon tressaillit et rougit violemment, avec une expression effrayée dans le regard, lorsqu'il reconnut son gendre.

« Mon cher ami, dit-il, je ne vous reconnaissais pas ; cette barbe vous change tellement. Ne trouvez-vous pas ? dit-il, en appelant Robert à la rescousse.

– Grand Dieu ! s'écria George Talboys ; c'est ainsi que vous me recevez ? Je viens en Angleterre et apprends que ma femme est morte la semaine qui a précédé mon arrivée, et vous commencez par me parler de ma barbe, vous, son père !

– C'est vrai, c'est vrai ! murmura le vieillard, essuyant ses yeux injectés de sang ; c'est un rude coup... un rude coup, mon cher ami. Si vous étiez arrivé ici seulement une semaine plus tôt !

– Si j'avais été ici, s'écria George dans une explosion de douleur et de passion, je ne l'aurais pas laissée mourir ; je l'aurais disputée à la mort. »

Il commença à parcourir la plage de long en large, son beau-père jetant sur lui des regards abattus et frottant ses yeux affaiblis avec un mouchoir.

« J'ai la ferme conviction que ce vieillard ne traitait pas trop bien sa fille, pensa Robert, en examinant le lieutenant en demi-solde. Il semble, pour une raison quelconque, avoir peur de George. »

Pendant que le jeune homme se promenait de long en large, animé par les regrets et le désespoir, l'enfant courut à son grand-père et se pendit aux pans de son habit.

« Allons à la maison, grand-papa, allons à la maison, dit-il, je suis fatigué. »

George Talboys se retourna au son de la voix enfantine, et jeta sur l'enfant un long et brûlant regard.

Il avait les mêmes yeux bruns et la même chevelure noire que lui.

« Mon chéri ! mon chéri ! dit George, prenant

l'enfant dans ses bras ; je suis ton père et j'ai traversé la mer pour te retrouver, veux-tu me faire un baiser ? »

Le petit gaillard le repoussa.

« Je ne vous connais pas, dit-il, j'aime grand-papa et Mrs Monks, à Southampton.

– Georgey a un caractère à lui, monsieur, dit le vieillard. Il a été gâté. »

Ils regagnèrent lentement le cottage, et une fois encore George Talboys raconta l'histoire de cet abandon qui avait paru si cruel. Il parla aussi des vingt mille livres qu'il avait placées le jour précédent. Il n'avait pas le courage de poser des questions sur le passé, et son beau-père lui dit seulement que peu de mois après son départ ils étaient partis vivre à Southampton, où Helen avait donné des leçons de piano ; ils gagnaient bien leur vie jusqu'au moment où sa santé déclina et elle tomba dans un état de dépérissement qui l'amena à la mort. Semblable à un grand nombre d'histoires lugubres, celle-ci était d'une brièveté terrible.

« Cet enfant semble fou de vous, Mr Maldon, dit George après un moment de silence.

– Oui, oui, répondit le vieillard caressant la chevelure bouclée de l'enfant ; oui, Georgey m'aime bien.

– Alors il vaut mieux qu'il reste avec vous. L'argent que j'ai placé rapportera en intérêts six cents livres par an. Vous pourrez en prendre là-dessus une centaine pour l'éducation de Georgey, et laisser le reste s'accumuler jusqu'à ce qu'il soit majeur. Mon ami que voilà sera le curateur et, s'il veut accepter cette charge, je le nommerai tuteur de l'enfant, s'il consent pour le moment à le laisser à vos soins.

– Mais pourquoi ne vous en occuperiez-vous pas vous-même, George ? demanda Robert Audley.

– Parce que je vais m'embarquer sur le vaisseau qui partira le plus tôt de Liverpool pour l'Australie.

Je serai mieux dans les mines ou au fond des bois. À partir de cette heure je renonce à la vie civilisée, Bob. »

Les yeux du vieil homme étincelèrent quand George annonça sa détermination.

« Mon pauvre ami, je crois que vous avez raison, dit-il, je crois réellement que vous avez raison. Le changement, la vie sauvage, la... la... »

Il hésita et s'interrompit, Robert le fixait avec attention.

« Vous êtes bien pressé de vous débarrasser de votre gendre, je crois, Mr Maldon, dit-il gravement.

– Débarrassé de lui, le cher garçon ! oh, non, non ; mais c'est pour son bien, vous savez.

– Je pense qu'il ferait mieux de rester en Angleterre et de veiller sur son fils, dit Robert.

– Mais je vous répète que je ne veux pas, s'écria George ; chaque pouce de ce sol maudit est odieux à mon cœur. J'ai besoin de fuir loin de ce lieu comme je le ferais d'un cimetière. Je veux retourner à Londres ce soir, régler demain matin de bonne heure cette histoire d'argent, et partir pour Liverpool sans retard. Je me sentirai bien mieux lorsque j'aurai mis la moitié du monde entre moi et son tombeau. »

Avant de quitter la maison, il s'échappa pour parler à la dame et lui posa plusieurs questions sur sa femme.

« Étaient-ils pauvres ? demanda-t-il ; étaient-ils à court d'argent lorsqu'elle était malade ?

– Oh non ! répondit la femme, le capitaine est mal vêtu, mais il a toujours une bourse pleine de souverains. La pauvre jeune dame ne manquait de rien. »

George fut soulagé par ces paroles, quoiqu'il fût intrigué de savoir comment cet ivrogne de lieutenant en demi-solde avait pu trouver l'argent nécessaire à toutes les dépenses qu'avait occasionnées la maladie de sa fille.

Mais comme il avait l'esprit trop abattu par l'infortune il ne la questionna plus et se dirigea avec son beau-père et Robert Audley vers le bateau sur lequel ils devaient se rendre à Portsmouth.

Le vieillard adressa à Robert un très solennel adieu.

« Vous ne m'avez pas présenté à votre ami, soit dit en passant », dit-il.

George lui lança un regard terrible, murmura quelques paroles confuses, et descendit l'escalier qui menait au bateau, avant que Mr Maldon pût réitérer sa demande. Le paquebot s'éloigna rapidement, laissant derrière lui le soleil couchant et les contours de l'île perdus dans l'horizon.

« Dire, qu'il y a deux soirées seulement, à la même heure, j'arrivais à toute vapeur à Liverpool, espérant la serrer sur mon cœur, et que ce soir je reviens du lieu où elle est enterrée. »

Le papier qui instituait Robert Audley tuteur du petit George Talboys fut rédigé dans l'étude d'un avoué le matin suivant.

« C'est une grande responsabilité, s'écria Robert ; moi, gardien de quelqu'un ou de quelque chose ! Moi qui n'ai jamais pu de ma vie prendre soin de moi-même !

– J'ai confiance en votre noble cœur, Bob, dit George ; je sais que vous prendrez soin de mon pauvre enfant orphelin, et que vous veillerez à ce qu'il soit bien traité par son grand-père. Je prendrai sur la fortune de Georgey juste ce qu'il faut pour me ramener à Sydney et alors je retournerai à mon ancien travail. »

Mais il semblait que George fût destiné à être lui-même le tuteur de son fils, car lorsqu'il arriva à Liverpool, un vaisseau venait justement de prendre la mer et aucun départ n'était prévu avant un mois ; aussi retourna-t-il à Londres, et une fois encore, il eut recours à l'hospitalité de Robert Audley.

L'avocat le reçut à bras ouverts ; il lui donna la chambre aux oiseaux et aux fleurs, et fit dresser pour lui-même un lit dans le cabinet de toilette. La douleur rend si égoïste que George ne s'aperçut pas des sacrifices que son ami faisait pour son bien-être. Il savait seulement que pour lui le soleil ne luisait plus, que sa vie était terminée. Il restait assis tout le long du jour, fumant des cigares, les yeux fixés sur les fleurs et sur les canaris, s'irritant du temps qu'il lui restait avant d'être à nouveau loin en mer.

Mais alors que s'approchait l'heure du départ, Robert Audley revint un jour, riche d'un grand projet. Un de ses amis, un autre de ces avocats dont la dernière idée est d'exercer sa fonction, se proposait d'aller passer l'hiver à Saint-Pétersbourg, et demandait à Robert de l'accompagner. Robert ne voulait partir qu'à la seule condition que George vienne avec eux.

Pendant longtemps le jeune homme résista, mais lorsqu'il vit que Robert, avec tout son calme, était parfaitement décidé à renoncer à partir s'il ne venait pas, il consentit à être de la partie.

« Que m'importe ? dit-il ; quelle différence y a-t-il entre un pays et un autre, du moment qu'il est loin de l'Angleterre ? »

Ce n'était pas une façon très gaie d'envisager les choses, mais Robert Audley était satisfait d'avoir gagné son consentement.

Les trois jeunes gens partaient dans les circonstances les plus favorables, munis de lettres de recommandation à l'intention des personnages les plus influents du pays.

Avant de quitter l'Angleterre, Robert écrivit à sa cousine Alicia pour lui annoncer son départ avec son vieil ami George Talboys qui venait de perdre sa femme.

La réponse d'Alicia arriva par le retour de la poste, et était ainsi rédigée :

« Mon cher Robert,

Qu'il est cruel à vous de partir pour cet horrible Saint-Pétersbourg avant la saison de la chasse ! J'ai entendu dire qu'on perdait souvent son nez dans ce désagréable climat, et comme le vôtre a une certaine longueur, je voulais vous avertir afin que vous reveniez avant que la rude température l'ait congelé. Quelle sorte d'individu est ce jeune Mr Talboys ? S'il est très aimable, vous pourriez l'amener au château aussitôt que vous serez de retour de vos voyages. Lady Audley me demande de vous prier de lui apporter une garniture de zibeline. Vous ne devez pas vous arrêter au prix, mais à ce qu'elle soit positivement la plus belle que vous pourrez trouver. Papa est parfaitement ridicule avec sa nouvelle femme, et elle et moi, ne pouvons nous entendre ; non qu'elle soit désagréable avec moi, car, bien loin de là, elle se rend, autant que possible, agréable à tout le monde ; mais elle est en définitivement puérile et sotte.

Croyez, mon cher Robert,
Votre affectionnée cousine,
Alicia AUDLEY. »

CHAPITRE VII

Une année après

La première année de veuvage de George Talboys s'était écoulée ; la couleur du large crêpe de son chapeau était passée, et tandis que les rayons de soleil d'une journée d'août disparaissaient, il était assis et fumait dans la chambre paisible de Fig-Tree Court, absolument comme il l'avait fait l'année d'avant, quand l'horreur de son infortune était encore récente, et que chaque objet, important ou insignifiant, semblait chargé de son propre chagrin.

Mais il avait survécu douze mois à son affliction, et bien que ce soit pénible à dire, il n'avait pas trop mauvaise mine, malgré sa douleur. Seul le ciel connaissait le profond changement opéré en lui par cette amère déception ! Seul le ciel savait quelles angoisses et quels reproches le torturaient, tandis que, insomniaque, il pensait à sa femme qu'il avait abandonnée pour chercher la fortune dont elle n'avait pu profiter.

Une fois, alors qu'ils étaient à l'étranger, Robert Audley s'était hasardé à le féliciter sur l'amélioration de son moral. Il avait éclaté d'un rire amer.

« Ne savez-vous pas, Bob, dit-il, que lorsque certains de nos camarades sont blessés lors de batailles en Inde, ils reviennent chez eux avec des balles dans le corps. Ils n'en parlent pas, solides et en forme, ils font peut-être aussi bonne figure que vous et moi ; mais chaque changement de température, même léger, chaque variation de l'atmosphère, même insignifiante, ravivent l'ancienne douleur de leurs blessures plus encore qu'ils étaient sur le champ de bataille. J'ai ma blessure, Bob, je porte aussi ma balle, et je la porterai jusque dans mon cercueil. »

Les voyageurs revinrent de Saint-Pétersbourg au printemps, et George reprit ses quartiers dans la chambre de son vieil ami, les quittant seulement de temps à autre pour courir à Southampton jeter un coup d'œil sur son petit garçon. Il arrivait toujours chargé de jouets et de friandises pour l'enfant ; mais, malgré tous ces présents, Georgey n'était pas très familier avec son père, et le cœur du jeune homme se brisait, craignant que même son enfant ne fût perdu pour lui.

« Que puis-je faire ? pensait-il. Si je le sépare de son grand-père, je lui ferai du chagrin ; si je le laisse, il grandira comme un véritable étranger pour moi, et sera plus proche de ce vieil hypocrite d'ivrogne que de son propre père. Mais que pourrait faire d'un tel enfant quelqu'un comme moi ? Pourrais-je lui enseigner autre chose que fumer des cigares et flâner tout le long du jour les mains dans les poches ? »

Ce fut le jour anniversaire de ce 30 août où George avait vu l'annonce de la mort de sa femme dans le *Times*, que le jeune homme enleva ses habits noirs et le crêpe fané de son chapeau et les posa dans une malle où il gardait les lettres de sa femme, ainsi que la mèche de cheveux. Robert Audley n'avait jamais vu ni les lettres ni la longue tresse soyeuse, et George, en vérité, n'avait jamais prononcé le nom de sa femme depuis le jour où il avait appris à Ventnor les détails de sa maladie.

« Je vais écrire aujourd'hui à ma cousine Alicia, George, dit le jeune avocat, ce même 30 août. Ne savez-vous pas qu'après-demain c'est le 1er septembre ? Nous irons tous les deux au château pendant une semaine pour chasser.

– Non ! non ! Bob, allez seul ; ils n'ont pas besoin de moi, et je serai mieux...

– Enseveli tout seul dans Fig-Tree Court, sans autres compagnons que mes chiens et mes canaris ! Non, George, vous ne ferez pas une pareille chose.

– Mais je me fiche de chasser.

– Et vous pensez que je m'en soucie ? s'écria Robert avec une charmante naïveté. Je ne distingue pas un perdreau d'un pigeon, et ce pourrait être le 1er avril au lieu du 1er septembre pour ce que j'en ai à faire. Je n'ai jamais blessé un oiseau de ma vie, mais seulement fatigué mes épaules avec le poids de mon fusil. Je ne veux faire une descente dans l'Essex que pour changer d'air, pour les bons dîners, et la vue de la respectable figure de mon digne oncle. En outre, j'ai un autre motif pour y aller, c'est celui de voir ce modèle de belle chevelure, ma nouvelle tante. Viendrez-vous avec moi, George ?

– Oui, si vous le désirez réellement. »

La tournure calme qu'avait prise son chagrin après son instinctif premier accès de violence l'avait laissé aussi soumis qu'un enfant aux volontés de son ami ; prêt à aller partout et à faire tout ce qu'il voulait ; ne cherchant pas le plaisir, n'en faisant jamais naître l'occasion, mais participant aux divertissements des autres avec un abattement, un flegme, une silencieuse et paisible résignation. Cependant une lettre d'Alicia Audley en retour annonçait que les deux jeunes gens ne pouvaient être reçus au château.

« Il y a dix-sept chambres à coucher vacantes, écrivait Alicia, d'une main indignée ; et malgré tout cela, mon cher Robert, vous ne pouvez venir, car milady s'est mis dans sa stupide tête qu'elle était trop souffrante pour recevoir des visites (elle n'est pas plus souffrante que moi) et qu'elle ne pouvait avoir dans sa maison des gentlemen. Daignez faire des excuses à votre jeune ami, Mr Talboys, et lui dire que papa espère le voir avec vous pendant la saison de la chasse. »

« Malgré tout, les caprices et les airs supérieurs de milady ne nous interdiront pas l'Essex, dit Robert en pliant la lettre pour allumer sa grosse pipe en écume de mer ; voici ce que nous allons faire, George : il y a à Audley une excellente auberge et quantité d'endroits pour pêcher dans le voisinage ; nous allons y passer une semaine de divertissements. La pêche est bien plus agréable que la chasse, vous n'avez qu'à rester allongé sur le rivage et regarder votre ligne ; on ne prend pas souvent quelque chose, mais c'est très amusant. »

Il approcha, en parlant, la lettre tordue des quelques braises dans la grille du foyer, et changeant bientôt d'idée, il la déroula et lissa avec sa main le papier froissé ;

« Pauvre petite Alicia ! dit-il d'un air pensif, il est vraiment cruel de traiter ses lettres aussi cavalièrement ; je vais garder celle-ci. »

Et, sur ce, Mr Robert Audley replaça la lettre dans son enveloppe et la jeta ensuite dans un tiroir du bureau étiqueté IMPORTANT. Dieu sait les merveilleux documents qui étaient dans ce tiroir ; mais je ne pense pas qu'il eût jamais renfermé quelque pièce d'une grande valeur judiciaire. Si quelqu'un avait dit à ce moment au jeune avocat que la courte lettre de sa cousine devait être un jour l'un des maillons du terrible enchaînement de preuves nécessaire pour élucider le seul cas criminel dont il aurait à s'occuper, Mr Robert Audley aurait peut-être haussé les sourcils de surprise.

Les deux jeunes gens quittèrent donc Londres, le

lendemain, avec une malle et tout un matériel de pêche, et arrivèrent au village isolé d'Audley, avec ses constructions anciennes, presque en ruines, suffisamment tôt pour commander un bon dîner à l'auberge du *Soleil*.

Le château d'Audley était environ à trois quarts de mille du village. Le généreux baron avait transformé l'intérieur du vieux manoir grisâtre en un petit palais pour sa jeune femme, et lady Audley paraissait aussi heureuse qu'une petite fille entourée de nouveaux et précieux jouets. Elle semblait apporter avec elle la lumière et la joie. En dépit du dédain que manifestait Alicia pour la frivolité et l'humeur enfantine de sa belle-mère, Lucy était plus aimée et plus admirée que la fille du baron. L'innocence et la candeur de l'enfance embellissaient le beau visage de lady Audley et se reflétaient dans ses grands yeux bleus. Elle avouait vingt ans, mais il était difficile de lui en donner plus de dix-sept. Sa taille frêle, qu'elle se plaisait à enfermer dans des robes de velours épais et de solides soieries, la faisait ressembler à une enfant déguisée pour une mascarade ; elle avait l'air d'une jeune fille qui vient seulement de quitter la *nursery*. Tous ses amusements étaient puérils. Elle détestait la lecture ou toute autre étude, elle aimait être en compagnie et plutôt que de rester seule, préférait admettre Phœbe Marks dans son intimité puis, étendue nonchalamment sur un des sofas de son luxueux cabinet de toilette, discuter d'une nouvelle parure pour quelque prochain dîner, ou jacasser avec la jeune fille, son écrin de bijoux devant elle. Elle étalait les présents de sir Michael sur ses genoux, comptant et admirant ses trésors.

Elle avait paru à quelques bals publics à Chelmsford et à Colchester, et avait été immédiatement proclamée la plus belle femme du comté. Elle voyait chacun de ses caprices satisfait, chacune de ses fantaisies réalisée ; elle était adorée de son généreux époux, dotée d'une très belle pension pour ses menues dépenses, et aucun parent pauvre ne la tourmentait en lui réclamant de l'aide. Il eût été difficile de trouver dans le comté d'Essex une créature plus heureuse que Lucy, lady Audley.

Les deux jeunes gens s'attardèrent à table dans une salle privée de l'auberge du *Soleil*. Les fenêtres étaient grandes ouvertes, et l'air frais de la campagne pénétrait jusqu'à eux pendant qu'ils dînaient. Le temps était agréable ; le feuillage des bois montrait çà et là les nuances pâles des premières teintes de l'automne ; les épis jaunes, encore debout dans des champs, tombaient dans d'autres sous les faucilles étincelantes, pendant que l'on rencontrait dans les sentiers étroits de grands chariots traînés par des chevaux d'attelage, au large poitrail, transportant dans les fermes la moisson dorée. Pour qui est resté, pendant les mois brûlants d'été, enfermé dans Londres, il y a dans la première saveur de la vie des champs une espèce d'enthousiasme voluptueux difficile à décrire ; George Talboys éprouva cette sensation délicieuse, et avec elle quelque chose proche d'un plaisir qu'il n'avait jamais ressenti depuis la mort de sa femme.

L'horloge sonna cinq heures lorsqu'ils finirent de déjeuner.

« Prenez votre chapeau, George, dit Robert Audley. On ne dîne pas avant sept heures au château ; nous aurons le temps de descendre voir la vieille demeure et ses habitants. »

L'hôtelier, qui était entré dans la chambre avec une bouteille de vin, leva les yeux en entendant les paroles du jeune homme.

« Mr Audley, dit-il : il est inutile d'essayer de voir votre oncle en ce moment. Sir Michael, milady et miss Alicia sont partis pour les courses de Chorley, et ils ne seront de retour qu'à la nuit, vers huit heures très probablement. Ils doivent passer par ici pour rentrer chez eux. »

Dans ces circonstances, naturellement, il était inutile d'aller au château, aussi les deux jeunes gens se promenèrent-ils dans le village : ils visitèrent la vieille église, allèrent ensuite reconnaître les ruisseaux dans lesquels ils avaient l'intention de pêcher le lendemain, et trompèrent le temps jusqu'à sept heures passées. Un quart d'heure après ils retournèrent à l'auberge, s'accoudèrent à la fenêtre et, allumant leurs cigares, contemplèrent le paysage.

On entend parler tous les jours de meurtres commis dans les campagnes, d'assassinats où la trahison le dispute à la barbarie ; d'agonies mystérieuses et lentes causées par le poison administré par la main de quelque proche parent ; de morts soudaines et violentes provoquées par de cruels coups de bâton coupé à quelque chêne dont l'ombrage ne promettait que le calme et la paix. Dans ce comté il y avait une prairie où un jeune fermier, par une tranquille soirée d'un dimanche d'été, avait assassiné une fille qui l'avait aimé et s'était donnée à lui ; malgré cela, ce lieu entaché par cet horrible crime respire encore la paix.

Il faisait nuit lorsque voitures, chaises, dog-carts et lourds phaétons de fermiers commencèrent à rouler avec fracas dans les rues du village et sous les fenêtres de l'auberge du *Soleil* ; la nuit était plus noire encore lorsqu'une voiture découverte attelée de quatre chevaux se rangea sous l'enseigne.

C'était l'équipage de sir Michael Audley qui s'était arrêté devant la petite auberge. Le harnais du cheval de volée était mal placé, et le premier postillon était descendu pour réparer l'accident.

« Mais, c'est mon oncle ! s'écria Robert ; je vais descendre lui parler. »

George alluma un autre cigare, et abrité derrière les rideaux de la fenêtre, regarda cette petite réunion de famille. Alicia était assise le dos tourné aux chevaux, et il put remarquer, même dans la pénombre, que c'était une belle brune : mais lady Audley étant placée dans la voiture, du côté le plus éloigné de l'auberge, il ne put rien voir de cette merveille aux beaux cheveux dont il avait tant entendu parler.

« Robert ! s'écria sir Michael, comme son neveu sortait de l'auberge ; en voilà une surprise.

– Je ne suis pas venu pour aller chez vous, au château, mon cher oncle, dit le jeune homme, tandis que le baron lui serrait la main cordialement. L'Essex est mon comté natal, vous le savez et, à cette époque de l'année, j'ai le mal du pays ; aussi George et moi sommes-nous descendus à l'auberge pour pêcher deux ou trois jours.

– George... George qui ?

– George Talboys.

– Ah ! Est-ce qu'il est venu ? s'écria Alicia. J'en suis enchantée, car je meurs d'envie de voir ce jeune et beau veuf.

– Vraiment, Alicia ? dit son cousin ; alors, je cours vous le chercher et vous le présenter à l'instant. »

Le pouvoir que lady Audley exerçait sur son époux était maintenant si puissant, qu'il était rare que les yeux du baron fussent longtemps détournés de la jolie figure de sa femme. Aussi, lorsque Robert fut sur le point de rentrer dans l'auberge, il suffit à Lucy de lever les sourcils avec une charmante expression d'ennui et de frayeur, pour faire croire à son mari qu'elle n'avait pas besoin d'être présentée à Mr George Talboys.

« Non, pas ce soir, Bob, dit-il, ma femme est un peu fatiguée après une longue journée de plaisir. Amenez votre ami demain à dîner, et alors Alicia et lui pourront faire connaissance. Faites le tour pour saluer lady Audley et nous rentrerons ensuite à la maison. »

Milady était si fatiguée qu'elle ne put lui adresser qu'un doux sourire, et tendre une petite main gantée à son neveu par alliance.

« Vous viendrez dîner demain avec nous, et vous nous amènerez votre ami », dit-elle d'une voix basse et brisée.

Elle avait été le principal point d'attraction des courses, et était épuisée par les efforts qu'elle avait faits pour fasciner la moitié du comté.

« Il est étonnant qu'elle ne vous ait pas accueilli avec son éternel éclat de rire, chuchota Alicia, en se penchant à la portière de la voiture pour souhaiter le bonsoir à Robert, mais soyez sûr qu'elle le réserve pour vous subjuguer demain. Vous serez fasciné comme tout le monde, ajouta la jeune demoiselle d'un ton un peu aigre.

– C'est une délicieuse créature, murmura Robert d'un ton calme.

– Oh ! naturellement. Eh bien ! voilà la première femme sur laquelle je vous entends dire un mot agréable ; Robert, je suis fâchée de voir que vous n'avez d'admiration que pour les poupées de cire. »

« Quant à tomber amoureux de quelqu'un, pensa la jeune fille, cette idée est trop absurde. Si toutes les divinités de la terre étaient rangées devant lui, attendant qu'il leur jette son mouchoir, il se contenterait de les laisser se le disputer et de lever les sourcils. »

Mais, pour la première fois de sa vie, Robert était presque enthousiaste.

« C'est la plus jolie petite créature que vous ayez jamais vue de votre vie, George, s'écria-t-il, lorsque la voiture fut partie et qu'il eut rejoint son ami. Quels yeux bleus, quelles boucles, quel ravissant sourire et quelle coiffure de fée ! Je me sens comme ce héros d'une nouvelle française qui tombe amoureux de sa tante. »

George se contenta de soupirer et de lancer une bouffée de son cigare par la fenêtre ouverte. Il pensait peut-être à ce temps éloigné, un peu plus de cinq ans, ce qui lui paraissait un siècle, où il avait rencontré pour la première fois la femme pour laquelle il portait encore trois jours auparavant un crêpe autour de son chapeau. Tous ses anciens souvenirs enfouis mais non oubliés resurgirent. Il se promenait avec ses camarades les officiers, sur la vieille jetée du port, écoutant l'insupportable musique du régiment avec son cornet qui n'avait qu'une note et qu'un demi-bémol. Il entendait encore ces vieux airs d'opéra, et la voyait venir vers lui d'un pas léger, appuyée sur le bras de son vieux père, et feignant (avec une dissimulation si charmante, si délicieuse, et un sérieux si comique) d'être tout entière à la musique, et complètement indifférente à l'admiration qu'elle suscitait chez une demi-douzaine d'officiers de cavalerie qui la regardaient bouche bée. Il revint à son esprit l'idée qu'il avait eue alors, qu'elle n'était pas un être terrestre et que s'approcher d'elle était entrer dans une atmosphère supérieure et respirer un air plus pur. Et puis elle avait été sa femme et la mère de son enfant. Elle reposait maintenant dans le petit cimetière de Ventnor, et il y avait seulement une année qu'il avait commandé pour elle une pierre tombale. Quelques larmes lentes et silencieuses coulèrent sur son gilet, alors qu'il pensait à cela dans sa chambre paisible et sombre.

Lady Audley était si fatiguée lorsqu'elle arriva à la maison, qu'elle s'excusa de ne pouvoir assister au dîner, et se retira tout de suite dans son cabinet de toilette, accompagnée par sa femme de chambre, Phœbe Marks.

Elle était un peu capricieuse vis-à-vis de cette

jeune femme de chambre ; quelquefois très intime, quelquefois presque réservée, mais elle était généreuse, et la jeune fille avait lieu d'être satisfaite de sa situation.

Ce soir-là, malgré sa fatigue, milady était de belle humeur, et fit un récit animé des courses et une description détaillée de ceux qui y assistaient.

« Je n'en suis pas moins exténuée à mourir, Phœbe, dit-elle. J'ai peur d'être très laide après une journée passée sous un soleil brûlant. »

Deux bougies étaient allumées de chaque côté de la glace devant laquelle lady Audley se tenait en se déshabillant. Elle regarda en face sa femme de chambre en disant ces mots, ses yeux bleus clairs et brillants, et un sourire malin se dessinait sur ses lèvres roses et enfantines.

« Vous êtes un peu pâle, milady, répondit la jeune fille, mais vous êtes aussi jolie que d'habitude.

– C'est vrai, Phœbe, dit-elle, se laissant tomber dans un fauteuil tout en laissant sa femme de chambre, qui se tenait debout, la brosse à la main, arranger pour la nuit cette luxuriante chevelure. Savez-vous, Phœbe, que j'ai entendu dire que vous et moi nous nous ressemblions ?

– Je l'ai entendu dire aussi, milady, dit tranquillement la jeune fille, mais il faut être vraiment stupide pour penser cela, car vous êtes belle, et moi je suis ordinaire.

– Non, pas du tout, Phœbe, dit milady, vous me ressemblez et vos traits sont très délicats. Ma chevelure est d'un blond pâle avec des reflets d'or, et la vôtre est châtain ; mes sourcils et mes cils sont ombrés de noir, et les vôtres sont presque... je voudrais ne pas le dire... mais ils sont presque blancs, ma chère Phœbe ; votre teint est blême, et le mien est carmin et rosé. Mais, avec un flacon de teinture pour les cheveux, comme ceux que nous voyons vantés dans les journaux, et un pot de rouge, vous aurez aussi bonne mine que moi. »

Elle continua ainsi de parler de sujets frivoles, de ridiculiser les gens qu'elle avait rencontrés aux courses, pour amuser sa femme de chambre. Sa belle-fille vint dans le cabinet de toilette pour lui souhaiter une bonne nuit, et les trouva riant aux éclats. Alicia, qui n'était jamais familière avec ses domestiques, s'éloigna emplie de dédain pour milady.

« Continue de brosser mes cheveux, Phœbe, disait lady Audley, chaque fois que la jeune fille était sur le point d'arrêter ; je suis si contente de bavarder avec toi. »

Alors qu'elle venait de renvoyer sa femme de chambre, elle la rappela subitement.

« Phœbe Marks, dit-elle, je voudrais que tu me rendes un service.

– Oui, milady.

– Il faudrait que tu ailles à Londres par le premier train demain matin, faire une course pour moi. Tu pourras prendre un jour de congé ensuite, car je sais que tu as des amis là-bas, et je te donnerai un billet de cinq livres, si tu exécutes ce que je te demande, et gardes le secret sur tout cela.

– Oui, milady.

– Regarde si la porte est bien fermée et viens t'asseoir sur ce tabouret. »

La jeune fille obéit. Lady Audley caressa la chevelure terne de sa femme de chambre avec sa main d'un blanc mat, chargée de bagues, pendant qu'elle réfléchissait quelques instants.

« Et maintenant, écoute-moi, Phœbe. Ce que tu dois faire est très simple. »

C'était si simple, que ce fut dit en cinq minutes, alors lady Audley se retira dans sa chambre à coucher et se blottit pudiquement sous son édredon.

Frileuse, elle aimait à s'ensevelir dans le satin et les fourrures.

« Embrasse-moi, Phœbe, dit-elle, comme la jeune fille arrangeait les rideaux. J'entends le pas de sir Michael dans l'antichambre, tu vas le rencontrer en sortant d'ici, et tu lui diras que tu pars par le premier train demain matin pour aller chercher ma robe chez Mrs Frederick, pour le dîner de Morton Abbey. »

Il était tard dans la matinée lorsque lady Audley descendit le lendemain pour déjeuner, dix heures passées. Pendant qu'elle buvait à petites gorgées son café, un domestique lui apporta un paquet cacheté et un registre à signer.

« Une dépêche télégraphique ! s'écria-t-elle, car le mot propre, télégramme, n'avait pas encore été inventé, quel peut en être le sujet ? »

La bouche ouverte, elle leva les yeux sur son mari, le regard terrifié, à moitié effrayée de briser le cachet. L'enveloppe portait l'adresse de miss Lucy Graham, chez Mr Dawson, et avait été renvoyée du village au château.

« Lisez cela, ma chérie, dit-il, et ne vous alarmez pas, ce n'est peut-être rien de bien important. »

C'était un mot de Mrs Vincent, la directrice de pension qui avait donné à Mr Dawson des renseignements sur elle. Cette dame était très malade, et suppliait son ancienne élève de venir la voir.

« Pauvre femme ! Elle m'a toujours dit qu'elle me laisserait son argent, dit Lucy, avec un douloureux sourire. Elle n'a pas entendu parler de mon changement de situation. Cher sir Michael, je dois aller la trouver.

– Certainement, vous le devez, ma très chère amie. Si elle a été bonne pour vous, elle a le droit de ne jamais être oubliée. Mettez votre chapeau, Lucy ; nous aurons le temps de prendre l'express.

– Vous venez avec moi ?

– Naturellement, ma chérie. Croyez-vous que je vous laisserais aller seule ?

– Non, j'en étais sûre, dit-elle d'un air pensif.

– Votre amie vous a-t-elle envoyé son adresse ?

– Non, mais elle a toujours habité Crescent Villa, West Brompton, et sans aucun doute elle habite encore là. »

Lady Audley eut seulement le temps de prendre son chapeau et son châle, avant d'entendre la voiture rouler devant la porte, et sir Michael l'appeler du bas de l'escalier. La suite des chambres donnait dans une antichambre octogonale, tapissée de peintures à l'huile. Même dans sa précipitation, elle s'arrêta à la porte de cette pièce, la ferma à double tour, et glissa la clef dans sa poche. Cette porte, une fois fermée, coupait tout accès aux appartements de milady.

CHAPITRE VIII

Avant l'orage

Le dîner au château d'Audley fut donc ajourné, et miss Alicia dut attendre plus longtemps encore pour être présentée au beau Mr George Talboys.

Il y avait peut-être une certaine affectation dans l'empressement dont témoignait la jeune fille dans son désir de rencontrer George ; mais si la pauvre Alicia spécula un moment sur la possibilité d'exciter, par cette marque d'intérêt, quelque étincelle de jalousie cachée dans le fond du cœur de son cousin, elle n'était pas aussi bien renseignée qu'elle aurait pu l'être sur le caractère de ce dernier. Indolent, beau et indifférent, Robert Audley considérait la vie dans son ensemble comme une duperie suffisamment absurde, pour qu'aucun événement durable méritât un instant d'être considéré comme sérieux par un homme sensé.

Sa jolie cousine, à la figure de lutin, aurait pu mourir d'amour pour lui, et le lui faire entendre en des termes charmants et détournés qui n'appartiennent qu'aux femmes, cent fois par jour, pendant les trois cent soixante-cinq jours de l'année, et à moins d'attendre quelque exceptionnel 29 février, et de marcher droit vers lui, en lui disant : « Robert, voulez-vous m'épouser ? », il est fort probable qu'il ne se serait jamais aperçu des sentiments d'Alicia.

Et s'il avait été amoureux d'elle, cette tendre passion aurait été, chez lui, un sentiment si vague et si faible, qu'il aurait pu descendre au tombeau avec une sensation désagréable qui pouvait aussi bien être attribuée à l'amour qu'à une indigestion et ne rien connaître de ce qu'il éprouvait profondément.

Aussi était-il parfaitement inutile pour la pauvre Alicia de chevaucher dans les chemins fleuris autour d'Audley pendant ces trois jours que les deux jeunes gens devaient passer dans l'Essex ; c'était peine perdue que de porter ce joli chapeau d'amazone orné d'une plume, et d'être toujours, par le plus grand des hasards, sur le chemin de Robert et de son ami. Malgré les boucles noires qui ne ressemblaient en rien aux boucles soyeuses de lady Audley, les lèvres rouges et boudeuses, le nez retroussé, le teint brun avec des nuances de vif cramoisi toujours prêtes à monter comme un signal de nuit dans un ciel ténébreux, lorsqu'elle regardait son apathique cousin, elle aurait mieux fait de se reposer dans le frais salon du château, au lieu de fatiguer à mort la jolie jument sous le soleil brûlant de septembre.

Il est cependant des occupations plus attrayantes que la pêche à la ligne, c'est pourquoi, au lendemain du départ de lady Audley, les deux jeunes gens (dont l'un, blessé au cœur de façon irrémédiable, était incapable de prendre véritablement du plaisir à quoi que ce fût ; et l'autre considérait presque tous les amusements comme une forme négative du chagrin) commencèrent à s'ennuyer à l'ombre des saules penchés sur les sinuosités des ruisseaux des environs d'Audley.

« Fig-Tree Court n'est pas gai pendant les grandes vacances, dit Robert, mais je pense, après tout, qu'on y est mieux qu'ici ; tout compte fait, on y est près des marchands de tabac », ajouta-t-il en tirant avec résignation sur un exécrable cigare fourni par le propriétaire de l'auberge du *Soleil*.

George Talboys, qui s'était soumis au désir de son ami en acceptant cette expédition dans l'Essex, n'était en aucune façon opposé à retourner à Londres immédiatement.

« Je serais enchanté de partir, Bob, dit-il, car j'ai besoin de faire une visite à Southampton : je n'ai pas vu le petit depuis plus d'un mois. »

Il appelait toujours son fils « le petit », et parlait toujours de lui plutôt avec tristesse qu'avec espoir. Penser à son enfant ne lui procurait aucun réconfort. Il expliquait cela en disant qu'il était persuadé que l'enfant ne l'aimerait jamais qu'il ne vivrait pas assez longtemps pour voir son petit Georgey atteindre l'adolescence.

« Je ne suis pas un homme romanesque, Bob, disait-il quelquefois, et je n'ai jamais lu dans ma vie une ligne de poésie qui fût pour moi autre chose qu'un assemblage de mots et de rimes ; mais, depuis la mort de ma femme, je suis comme un homme qui serait sur le rivage, où des falaises lui jetteraient de leur hauteur des regards menaçants, et où la marée montante submergerait lentement, mais inexorablement ses pieds. Elle avance plus près chaque jour, cette sombre et impitoyable marée ; pas en se précipitant sur moi avec grand fracas, mais en s'insinuant, en rampant et en glissant furtivement, prête à me passer par-dessus la tête quand je m'y attendrai le moins. »

Robert Audley fixa son ami avec un silencieux étonnement et, après un instant de réflexion profonde, lui dit avec solennité :

« Je comprendrais ceci, si vous aviez mangé quelque mets lourd. Le porc froid, par exemple, surtout s'il n'est pas assez cuit, peut produire cet effet. Vous avez besoin de changer d'air, mon cher ami, vous avez besoin des brises rafraîchissantes de

Fig-Tree Court et de l'atmosphère douce de Fleet Street. Non, attendez, dit-il subitement, je sais ! Vous avez fumé les cigares de notre ami l'hôtelier ; cela explique tout. »

Ils rencontrèrent Alicia Audley sur sa jument, une demi-heure après avoir pris la résolution de quitter l'Essex de bonne heure, le matin. Celle-ci fut vraiment surprise et désappointée en apprenant la détermination de son cousin ; et, pour cette raison précisément, elle se piqua de prendre la chose avec une suprême indifférence.

« Vous êtes fatigué d'Audley, Robert, dit-elle négligemment, mais c'est bien naturel : vous n'avez pas d'amis ici, excepté vos parents du château ; tandis qu'à Londres, vous êtes sans doute entouré de gens incomparables...

– J'ai du bon tabac, murmura Robert en interrompant sa cousine ; Audley est la vieille résidence que je préfère ; mais lorsqu'un homme n'a pour fumer que des feuilles de chou desséchées, vous savez, Alicia...

– Alors, c'est décidé, vous partez demain matin ?

– Oui... par l'express de dix heures cinquante.

– Lady Audley ne pourra être présentée à Mr Talboys, et il perdra l'occasion de voir la plus jolie femme de l'Essex.

– Réellement... balbutia George.

– La plus jolie femme de l'Essex aurait eu peu de chances d'exciter l'admiration de mon ami, dit Robert, car son cœur est à Southampton, où il a un enfant à tête bouclée, pas plus haut que son genou, qui l'appelle "le gros monsieur" et lui demande des dragées.

– Je vais écrire à ma belle-mère par la poste de ce soir, dit Alicia. Elle me prie dans sa lettre de lui dire combien de temps vous comptez rester, et si elle pourra avoir la chance de revenir à temps pour vous recevoir. »

Miss Audley tira, en parlant, une lettre de la poche de son amazone, écrite sur du papier glacé d'une teinte particulière.

Elle disait dans son *post-scriptum* : « N'oubliez pas de répondre à ma question sur Mr Audley et son ami, Alicia ! »

« Quelle jolie écriture elle a, dit Robert, pendant que sa cousine repliait le billet.

– Oui, elle est charmante, n'est-ce pas ? »

Elle lui mit la lettre dans la main, et il la contempla nonchalamment pendant quelques minutes, tandis qu'Alicia caressait l'encolure de sa jument, qui piaffait pour partir.

« Tout de suite, Atalante, tout de suite. Rendez-moi mon billet, Bob.

– C'est la plus jolie, la plus coquette écriture que j'aie jamais vue. Savez-vous, Alicia, que je n'ai jamais eu confiance en ces individus qui soi-disant ont le pouvoir de vous révéler sur vous-même ce que vous n'avez jamais pu découvrir ; mais, en vérité, je crois que, si je n'avais jamais vu votre tante, je la connaîtrais rien qu'en regardant cette petite feuille de papier. Oui, il y a là les blondes et légères boucles à reflet d'or, les sourcils tracés au pinceau, le nez droit et effilé, l'irrésistible sourire de jeune fille : tout cela peut être deviné dans ces quelques traits qui montent et descendent. Regardez, George. »

Mais, l'esprit absorbé et mélancolique, George Talboys s'était promené à l'écart, le long du bord d'un fossé, et s'était arrêté, battant les joncs avec sa canne, à une demi-douzaine de pas de Robert et d'Alicia.

« Vous n'y connaissez rien, dit la jeune demoiselle avec impatience, car elle n'avait goûté en aucune façon la dissertation sur l'écriture de milady.

Donnez-moi cette lettre et laissez-moi partir ; il est huit heures passées, et je dois donner une réponse par le courrier de ce soir. Allons, Atalante ! Bonsoir, Robert... Bonsoir, Mr Talboys... et bon retour à Londres. »

La jument baie partit vivement au petit galop dans l'étroit chemin, et miss Audley fut hors de vue avant que les deux grosses larmes qui brillèrent un moment dans ses yeux ne fussent refoulées par fierté.

« N'avoir qu'un cousin sur la terre, s'écria-t-elle avec passion, mon plus proche parent après papa, et penser qu'il se soucie autant de moi que d'un chien ! »

Cependant, Robert et son ami ne purent partir par le train express de dix heures cinquante car le jeune avocat se réveilla avec un mal de tête si violent, qu'il pria George de lui commander une tasse de thé, et d'être, en outre, assez bon pour différer leur voyage jusqu'au jour suivant. Naturellement, George y consentit, et Robert Audley passa l'après-midi dans sa chambre, les volets fermés, avec un journal de Chelmsford, vieux de cinq jours, pour distraire sa solitude.

« C'est à cause des cigares, répéta George plusieurs fois. Il vaudrait mieux que je parte d'ici sans voir l'hôtelier ! Car si cet homme et moi nous nous rencontrons, il y aura du sang versé. »

Heureusement pour la tranquillité d'Audley, c'était le jour de marché à Chelmsford, et le digne aubergiste était allé se procurer des provisions dans sa carriole ; entre autres choses, peut-être, une nouvelle provision de ces mêmes cigares qui avaient un si funeste effet.

Les jeunes gens passèrent une triste, ennuyeuse et mortelle journée, et à la nuit, Robert Audley proposa de descendre au château demander à Alicia de leur faire visiter la demeure.

« Cela nous fera tuer deux heures, George, et ce

serait grand dommage de partir d'Audley sans vous avoir montré le vieux manoir qui, je vous en donne ma parole, vaut bien la peine d'être vu. »

Le soleil baissait lorsqu'ils coupèrent court à travers les prairies et entrèrent par une barrière dans l'allée conduisant à l'arceau. Le soleil couchant était livide, voilé et menaçant ; un calme lugubre était dans l'air et effrayait les oiseaux ce qui laissait le champ libre à quelques grenouilles coassant dans les fossés. Malgré l'immobilité de l'atmosphère, les feuilles bruissaient avec ce sinistre mouvement qui ne provient d'aucune cause extérieure, mais qui est plutôt le frisson instinctif des petites branches à l'annonce d'un orage. L'aiguille de l'horloge, qui sautait toujours brusquement d'une heure à l'autre, marquait sept heures alors que les jeunes gens passaient sous l'arceau ; mais, en fait, il était près de huit heures.

Ils trouvèrent Alicia dans l'allée de tilleuls, errant nonchalamment sous les noirs ombrages des arbres d'où, de temps en temps, une feuille se détachait et tombait lentement sur le sol.

Chose étrange, George Talboys, qui observait très rarement quelque chose, s'intéressa particulièrement à cet endroit.

« Ce devrait être une avenue de cimetière, dit-il : comme les morts dormiraient paisiblement sous ces ombres épaisses. Je voudrais que le cimetière de Ventnor ressemblât à ceci. »

Ils continuèrent de marcher vers le puits en ruine, et Alicia leur raconta une vieille légende se rattachant au lieu, quelque lugubre histoire, semblable à celles qui sont toujours liées à une vieille demeure, comme si le passé était une page toute noire sur laquelle étaient écrits les chagrins et les crimes.

« Nous voudrions voir la maison avant qu'il ne fasse nuit, Alicia, dit Robert.

– Alors, nous devons nous presser, répondit-elle, venez. »

Elle ouvrait la marche en passant par une porte vitrée à la française qui, modernisée quelques années auparavant, les conduisit dans la bibliothèque, dans le vestibule.

Ils passèrent devant la femme de chambre, qui leur jeta un regard furtif. Ils commençaient à monter l'escalier lorsque Alicia se retourna et, s'adressant à la jeune fille :

« Après avoir visité le salon, je désirerais montrer à ces messieurs l'appartement de lady Audley. Est-il en ordre, Phœbe ?

– Oui, miss, mais la porte de l'antichambre est fermée à clef, et j'imagine que madame a emporté la clef à Londres.

– Emporté la clef !... Impossible... s'écria Alicia.

– En vérité, miss, je crois qu'elle l'a emportée. Je ne la trouve pas, et elle est toujours sur la porte.

– Je pense, dit Alicia avec impatience, qu'il n'y a rien après tout, dans cette sotte fantaisie, qui ne soit conforme aux façons de milady. Elle a eu peur que quelqu'un ne fouille dans ses jolies toilettes et touche à ses bijoux. C'est vraiment contrariant car les meilleurs tableaux de la maison sont dans cette antichambre. Il y a là son portrait, il est inachevé ; mais d'une ressemblance parfaite.

– Son portrait ! s'écria Robert Audley. Je donnerais n'importe quoi pour le voir, car j'ai seulement une image imprécise de son visage. Il n'y a pas d'autre chemin pour entrer dans la chambre, Alicia ?

– Un autre chemin ?

– Oui, y a-t-il un autre moyen, en passant par les autres pièces, pour parvenir à pénétrer dans la place ? »

Sa cousine secoua la tête et les conduisit dans un corridor où sc trouvaient quelques portraits de famille. Elle leur montra une chambre tendue de tapisseries, de grands personnages dessinés sur le canevas fané paraissaient menaçants dans la demi-obscurité.

« Ce gaillard, avec sa hache a l'air de vouloir fendre en deux la tête de George, dit Robert Audley, montrant un farouche guerrier dont l'arme s'élevait au-dessus de la chevelure de George Talboys. Sortons de cette chambre, Alicia ; je pense qu'elle est humide et même hantée. En vérité, je crois que tous les revenants sont le résultat de l'humidité. Vous dormez dans un lit moite, vous vous réveillez en sursaut dans la nuit noire avec un frisson glacé, et vous voyez une vieille dame dans le costume de cour de l'époque de George Ier, assise au pied du lit. La vieille dame est la conséquence d'une indigestion et le frisson glacé d'un drap humide. »

Des bougies étaient allumées dans le salon. Il n'y avait pas encore de lampes au château. Les appartements de sir Michael étaient éclairés par de bonnes grosses bougies, placées dans des chandeliers massifs en argent et dans des candélabres fixés aux murs.

Il y avait peu de chose à voir dans le salon, et George Talboys fut bientôt fatigué de regarder de beaux meubles modernes et quelques peintures académiques.

« N'y a-t-il pas un passage secret, un vieux buffet de chêne, ou quelque chose de ce genre, quelque part dans cette demeure, Alicia ? demanda Robert.

– Mais si, s'écria miss Audley, avec une brusquerie qui fit reculer son cousin. Pourquoi n'ai-je pas pensé à cela auparavant ? Quelle sotte je suis !

– Où est-ce ?

– Si vous n'avez pas peur de ramper, vous pourrez voir les appartements de milady, car le passage en question communique avec le cabinet de toilette. Elle ne doit même pas le connaître. Quel étonnement, si quelque bandit à masque noir, avec une lanterne, surgissait du parquet un soir pendant qu'elle est assise devant sa glace, arrangeant sa coiffure pour la soirée !

– Voulez-vous emprunter le passage secret, George ? demanda Mr Audley.

– Oui, si vous le désirez. »

Alicia les mena dans la chambre qui avait été autrefois sa chambre d'enfant. Elle était maintenant abandonnée et ne servait que dans de très rares occasions où la maison était pleine de monde.

Robert Audley souleva un coin du tapis, et découvrit une trappe grossièrement découpée dans le plancher de chêne.

« Maintenant, écoutez-moi, dit Alicia. Vous devez vous laisser tomber sur les mains dans ce passage, qui est environ profond de huit pieds ; vous baisserez la tête et vous marcherez droit devant vous jusqu'à ce que vous arriviez à un coude aigu, qui vous conduira à gauche ; tout à fait à l'extrémité de ce coude, vous trouverez une courte échelle au-dessous d'une trappe comme celle-ci, que vous aurez à ouvrir ; elle aboutit au plancher du cabinet de toilette de milady et n'est recouverte que par un carré de tapis de Perse que vous pouvez soulever aisément. M'avez-vous comprise ?

– Parfaitement.

– Alors, prenez la lumière et Mr Talboys vous suivra. Je vous donne vingt minutes pour examiner les peintures, ce qui fait à peu près une minute par tableau, et j'attendrai ici votre retour. »

Robert lui obéit aveuglément, et George, suivant avec soumission son ami, se trouva lui-même, au bout de cinq minutes, au milieu de l'élégant désordre du cabinet de toilette de lady Audley.

Elle avait quitté la maison dans la précipitation et tous les apprêts de sa brillante toilette reposaient sur le marbre de la table. L'atmosphère était presque suffocante des fortes odeurs de parfums en flacons dont les bouchons dorés n'avaient pas été replacés. Un bouquet de fleurs de serre se fanait sur un élégant bureau. Deux ou trois magnifiques robes étaient amoncelées sur le parquet, et les portes ouvertes d'une garde-robe laissaient voir les trésors qu'elle contenait. Bijoux, brosses à cheveux à dos d'ivoire, fines porcelaines de Chine étaient disséminés çà et là dans l'appartement. George Talboys aperçut son visage barbu et décharné dans la glace, et s'étonna de voir combien il semblait déplacé au milieu de ce luxe féminin.

Ils passèrent du cabinet de toilette au boudoir, et du boudoir dans l'antichambre qui renfermait, comme l'avait dit Alicia, environ vingt remarquables tableaux, en dehors du portrait de milady.

Le portrait de milady était posé sur un chevalet, recouvert d'une espèce de serge verte, dans le milieu de la chambre octogonale. L'artiste avait eu la fantaisie de la représenter debout au milieu de cette même chambre, et de faire en toile de fond une fidèle reproduction des peintures accrochées aux murs. Le peintre devait appartenir à l'école des préraphaélites, car il avait consacré un temps déraisonnable aux détails de ce tableau, aux boucles frisées de milady, et aux lourds plis de sa robe de velours cramoisi.

Les deux jeunes gens regardèrent d'abord les autres peintures, gardant le portrait inachevé pour la bonne bouche.

Il faisait sombre alors ; la bougie de Robert illuminait chaque toile l'une après l'autre. La large fenêtre laissait apercevoir le ciel pâle, teinté des froides vapeurs du crépuscule. Le lierre frémissait contre les vitres du même frisson lugubre agitant chaque feuille dans le jardin, prélude à la tempête qui menaçait.

« Voici les éternels chevaux blancs de notre ami,

dit Robert, en s'arrêtant devant un Wouwerman. Nicolas Poussin, Salvator. Ah ! hum ! maintenant au portrait. »

Il s'arrêta, une main sur la serge verte et, s'adressant solennellement à son ami :

« George Talboys, dit-il, nous avons à nous deux une seule bougie, c'est vraiment insuffisant pour regarder une peinture. Permettez que nous la regardions l'un après l'autre ; car s'il y a quelque chose de désagréable, c'est d'avoir une personne critiquant par-dessus votre épaule, quand vous essayez de saisir la beauté d'un tableau. »

George se recula immédiatement. Il ne portait pas plus d'intérêt au portrait de milady qu'à tous les autres événements en ce monde. Il se recula et, posant son front contre le montant d'une fenêtre, il regarda la nuit au-dehors.

Lorsqu'il se retourna, il vit que Robert avait disposé le chevalet très convenablement, et qu'il s'était assis devant, sur une chaise, dans le dessein de contempler la peinture à loisir.

Il se leva lorsque George se retourna.

« Et maintenant, à vous, dit-il ; c'est une peinture extraordinaire. »

Il prit la place de George à la fenêtre, et celui-ci s'assit sur la chaise, devant le chevalet.

Nul autre qu'un préraphaélite n'aurait peint, cheveu par cheveu, ces masses légères de boucles, chaque reflet d'or et chaque ombre de brun pâle. Nul autre qu'un préraphaélite n'aurait assez exagéré toutes les qualités de cette délicate figure, pour donner un éclat lugubre à sa blonde physionomie et une étrange et sinistre lumière à la profondeur de ses yeux bleus. Nul autre qu'un préraphaélite n'aurait donné à cette jolie bouche mutine l'expression dure et presque méchante qu'elle affichait sur le portrait.

Il était ressemblant et en même temps il ne l'était

pas. C'était comme si on eût fait brûler des feux de couleurs étranges devant la figure de milady, et qu'ils eussent, par leurs reflets, produit sur elle de nouveaux traits et de nouvelles expressions. Certes le dessin était parfait, les couleurs avaient de l'éclat mais le peintre avait tant copié de jolies monstruosités du Moyen Âge, que son cerveau en était dérangé, car milady, sur son portrait, avait quelque chose d'un admirable démon.

Sa robe cramoisie, extravagante comme tout le reste de cette bizarre peinture, tombait autour d'elle en plis qui ressemblaient à des flammes, sa belle tête sortait de cette sombre masse de couleur comme d'une fournaise en furie. En vérité, le violet de la robe, l'éclat de la figure, les reflets de l'or ardent de sa chevelure, le dur écarlate de ses lèvres boudeuses, les couleurs vives de chaque accessoire minutieusement peint, tout se combinait pour provoquer une impression désagréable.

Pour étrange que fût cette peinture, elle n'avait pas produit une grande impression sur George Talboys, car il resta assis devant elle environ un quart d'heure sans articuler un mot, le visage pâle, les yeux fixés sur la toile peinte, le flambeau serré par sa vigoureuse main droite. Il resta si longtemps dans cette attitude que Robert se retourna.

« Eh bien, George, je croyais que vous vous étiez endormi !

– Presque.

– Vous avez pris froid en restant dans cette chambre humide aux tapisseries. Entendez-moi, George Talboys, vous avez pris froid ; vous êtes aussi enroué qu'un corbeau. Mais allons-nous-en. »

Robert Audley prit la bougie des mains de son ami, et disparut en se glissant à travers le passage secret, suivi par George qui était très calme, comme à l'ordinaire.

Ils trouvèrent Alicia qui les attendait dans la chambre d'enfants.

« Eh bien ? dit-elle.

– Ce fut parfait. Mais je n'aime pas le portrait ; il a quelque chose de particulier.

– En effet, dit Alicia ; j'ai une opinion à ce sujet. Parfois la sensibilité d'un artiste est telle qu'il est capable de voir ce que les autres ne peuvent discerner et de saisir la vraie personnalité d'un être sous son masque habituel. Certes l'expression de Milady n'est jamais semblable à celle de son portrait mais je suis persuadée que l'on pourrait la surprendre ainsi de temps à autre.

– Alicia, dit Robert Audley d'un air suppliant.

– Mais, Robert.

– La peinture est la peinture, et milady est milady. Voilà ma façon de voir les choses et je ne suis pas métaphysicien. »

Il répéta cela plusieurs fois avec un air de terreur parfaitement sincère, et après avoir emprunté un parapluie au cas où ils seraient surpris par l'orage menaçant, il quitta le château, emmenant avec lui un George Talboys totalement amorphe. L'unique aiguille de l'horloge avait sauté sur neuf heures lorsqu'ils atteignirent l'arceau, mais avant de pouvoir passer sous son ombre ils durent se ranger de côté pour laisser une voiture filer devant eux ; c'était un équipage rapide venant du village, et la belle tête de lady Audley était à la portière. Comme il faisait noir, elle ne vit que les deux ombres des jeunes gens se dessiner dans l'obscurité.

« Qui est là ? demanda-t-elle, mettant sa tête au-dehors. Est-ce le jardinier ?

– Non, ma chère tante, dit Robert en riant ; c'est votre très dévoué neveu. »

Lui et George s'arrêtèrent à côté de l'arceau, pendant que la voiture se rangeait devant la porte du château et que les domestiques surpris sortaient pour les recevoir.

« Je crois que l'orage n'éclatera pas cette nuit, dit le baron regardant le ciel, seulement demain matin. »

CHAPITRE IX

Après l'orage

Sir Michael se trompa sur le temps. L'orage éclata avec une terrible fureur sur le village d'Audley une demi-heure environ après minuit.

Robert Audley ne fit pas plus attention au tonnerre et aux éclairs qu'à tous les autres maux de la vie. Il était étendu sur un sofa dans le salon, lisant ostensiblement le journal de Chelmsford vieux de cinq jours, et se régalant de temps en temps de quelques gorgées d'un grand verre de punch froid. L'orage produisait un effet tout différent sur George Talboys. Son ami était effrayé lorsqu'il regardait la figure pâle du jeune homme assis en face de la fenêtre ouverte, écoutant le tonnerre, et fixant le ciel noir déchiré par les éclairs d'un bleu d'acier qui le sillonnaient.

« George, dit Robert après l'avoir examiné pendant quelque temps, êtes-vous effrayé par les éclairs ?

– Non, répondit-il sèchement.

– Mais, mon cher ami, il y a des hommes très courageux qui en ont peur. C'est à peine si l'on doit appeler cela de la crainte, cela tient au tempérament. Je suis sûr que vous avez peur.

– Non, vraiment.

– Mais, George, si vous pouviez vous voir pâle et hagard, avec vos grands yeux creux fixés au ciel comme s'ils étaient retenus par un spectre... Je suis sûr que vous êtes effrayé.

– Et moi je vous dis que non.

– George, non seulement vous avez peur des éclairs, mais vous êtes irrité contre vous-même parce que vous avez peur, et contre moi parce que j'ai remarqué votre frayeur.

– Robert, si vous me dites un mot de plus... »

Sans achever, George Talboys s'élança hors du salon, fermant la porte derrière lui avec une violence qui ébranla la maison. Les nuages d'encre qui recouvraient la terre oppressée comme un plafond de fer brûlant répandirent leur noirceur en un déluge soudain au moment où George quittait la pièce ; mais si le jeune homme avait peur des éclairs, il n'avait certainement pas peur de la pluie car il descendit l'escalier, ouvrit la porte de l'auberge, et sortit sur la grand-route inondée. Il alla de long en large et de large en long au milieu de la pluie battante pendant vingt minutes, puis rentrant dans l'auberge, il monta à sa chambre à coucher.

Robert Audley le rencontra dans le corridor avec ses cheveux collés sur son visage pâle et ses habits dégoulinant d'eau.

« Allez-vous vous coucher, George ?

– Oui.

– Mais vous n'avez pas de lumière.

– Je n'en ai pas besoin.

– Mais regardez donc vos vêtements, mon pauvre ami ! Ne voyez-vous pas l'eau qui ruisselle des manches de votre habit ? Qu'est-ce qui a pu vous faire sortir par un temps pareil ?

– Je suis fatigué et j'ai besoin d'aller me coucher ; ne me tourmentez pas.

– Voulez-vous prendre un peu d'eau chaude avec de l'eau-de-vie, George ? »

Robert Audley en parlant ainsi barrait le passage

à son ami et voulait l'empêcher d'aller se coucher dans l'état où il se trouvait, mais George le repoussa violemment de côté et passa devant lui en allongeant le pas, et lui dit avec cette même voix rauque que Robert avait remarquée au château :

« Laissez-moi seul, Robert, et ne vous occupez pas de moi. »

Robert suivit George à sa chambre à coucher, mais le jeune homme lui ferma la porte au nez ; aussi n'eut-il rien de mieux à faire que de laisser George livré à lui-même et calmer son humeur.

« Il est en colère après moi à cause des remarques que je lui ai faites », pensa Robert en se retirant froidement pour se reposer, parfaitement indifférent au bruit du tonnerre qui semblait le secouer dans son lit, et à la lueur des éclairs se jouant capricieusement sur les rasoirs dans le nécessaire de toilette ouvert.

L'orage s'éloigna en grondant du paisible village d'Audley, et quand Robert se réveilla le lendemain matin, il put voir un soleil brillant et le coin d'un ciel sans nuages apparaître entre les rideaux blancs de la fenêtre de sa chambre.

C'était une de ces pures et délicieuses matinées qui succèdent quelquefois à l'orage. Les oiseaux chantaient joyeusement, les blés jaunes se redressaient dans les vastes plaines et ondulaient fièrement après leur terrible combat contre l'orage, qui avait fait de son mieux aidé par un vent impitoyable pour courber les lourds épis. Les feuilles de vigne groupées autour de la fenêtre de Robert se balançaient avec un joyeux frémissement, faisant tomber en ondée de diamants des gouttes de pluie.

Robert Audley trouva son ami qui l'attendait à table pour déjeuner.

George était très pâle, mais parfaitement tranquille. S'il avait quelque chose, en vérité, c'était plus de gaieté qu'à l'ordinaire.

Il serra la main de Robert avec quelque chose de cette ancienne cordialité qu'il avait manifestée avant que la seule affliction de sa vie l'eût bouleversé et brisé.

« Pardonnez-moi, Bob, dit-il franchement, pour mon humeur hargneuse d'hier soir, vous aviez raison ; l'orage, les éclairs et le tonnerre m'avaient bouleversé. Cela a toujours été ainsi depuis ma jeunesse.

– Pauvre ami, partirons-nous de suite par l'express, ou resterons-nous ici pour dîner ce soir avec mon oncle ? demanda Robert.

– Pour dire la vérité, Bob, je préférerais ne faire ni l'un ni l'autre. Il fait une magnifique matinée, pourquoi ne pas nous promener aux environs, pêcher encore un peu, et partir pour Londres par le train de six heures vingt-cinq du soir ? »

Robert Audley aurait consenti à une bien plus désagréable proposition plutôt que de contrarier son ami ; aussi donna-t-il immédiatement son accord, et après qu'ils eurent fini leur déjeuner et commandé le dîner pour quatre heures, George Talboys mit sa ligne à l'épaule et sortit de la maison avec son ami.

Mais si le tempérament égal de Robert Audley n'avait pas été troublé par les terribles éclats du tonnerre qui avaient ébranlé l'auberge du *Soleil* jusque dans ses fondements, il n'en avait pas été de même pour lady Audley qui avait horriblement peur des éclairs. Elle avait roulé son lit dans un coin de la chambre, et les épais rideaux hermétiquement fermés, s'était couchée le visage enseveli dans les oreillers, frissonnant convulsivement à chaque mugissement de la tempête. Sir Michael, dont le cœur solide n'avait jamais connu la crainte, tremblait presque pour cette fragile créature, qu'il avait l'heureux privilège de protéger et de défendre. Milady ne voulut consentir à se déshabiller que vers trois heures du matin, au dernier roulement du tonnerre qui mourait au loin dans les hautes collines. Jusqu'à cette heure elle resta dans la magnifique robe de soie dans laquelle elle avait voyagé, et dont les plis se confondaient avec ceux des couvertures, levant de temps en temps les yeux, l'air épouvanté, pour demander si l'orage finissait.

Vers quatre heures, son mari, qui était resté la nuit à veiller à côté de son lit, la vit sombrer dans un profond sommeil, dont elle ne sortit que cinq heures plus tard.

Elle arriva pour déjeuner dans la salle à manger à neuf heures et demie passées, en chantant une mélodie écossaise, les joues colorées d'un rose aussi tendre que la pâle nuance de la mousseline de sa robe du matin. Semblable aux oiseaux et aux fleurs, elle semblait avoir recouvré sa beauté et sa gaieté avec le soleil matinal. Elle courut d'un pas léger sur la pelouse, cueillant çà et là un bouton de rose d'arrière-saison, une branche ou deux de géranium, et traversa le gazon couvert de rosée, en fredonnant quelques airs qui dénotaient un cœur parfaitement heureux. Le baron la prit dans ses bras robustes comme elle entrait par la porte vitrée.

« Ma jolie petite femme, dit-il, mon amour, quel bonheur de vous voir si gaie ! Savez-vous, Lucy, que la nuit dernière, lorsque vous jetiez un regard effrayé à travers le sombre vert de vos rideaux de lit, avec votre pauvre visage pâle, des cernes violets, j'ai eu presque de la difficulté à reconnaître ma jolie petite femme dans cette créature défaite, terrifiée, l'air mourant et maudissant l'orage. Remercions Dieu pour ce soleil du matin, qui a ramené le rose sur vos joues et la vivacité dans votre sourire. Je demande au ciel, Lucy, de ne plus vous revoir dans l'état où je vous ai vue la nuit dernière. »

Elle se leva sur la pointe du pied pour l'embrasser, mais elle était seulement assez grande pour atteindre sa barbe blanche. Elle lui dit, en riant, qu'elle avait toujours été une sotte et une peureuse.

« J'ai peur des chiens, j'ai peur des bœufs, j'ai peur de l'orage, j'ai peur de la nature agitée, j'ai peur de toute chose et de tout le monde, excepté de mon cher, de mon noble et bel époux », dit-elle.

Elle avait trouvé le tapis dérangé dans son cabinet de toilette et avait pris des informations sur le passage secret. Elle gronda Alicia en plaisantant et en riant, pour sa hardiesse à avoir introduit deux hommes dans ses appartements.

« Et ils ont eu l'audace de regarder mon portrait, Alicia, dit-elle avec une indignation comique. J'ai trouvé la toile de serge jetée par terre et un énorme gant d'homme sur le tapis. Voyez. »

Elle tint en l'air, en parlant, un gant épais pour monter à cheval. C'était celui de George, qu'il avait laissé tomber pendant qu'il regardait le tableau.

« J'irai au *Soleil*, et j'inviterai les jeunes gens à dîner », dit sir Michael tandis qu'il quittait le château pour faire sa promenade matinale jusqu'à sa ferme.

Lady Audley volait d'une pièce à l'autre par ce beau soleil de septembre. Tantôt s'asseyant devant son piano pour fredonner une ballade, ou les premières mesures d'un air de bravoure italien, ou faire courir ses doigts rapides dans une valse effrenée ; tantôt, se penchant sur une petite serre de fleurs exotiques, elle faisait l'horticultrice avec une paire de ciseaux de fée, montés en argent ciselé ; tantôt allant dans son cabinet de toilette pour parler à Phœbe Marks et faire arranger ses boucles pour la troisième ou quatrième fois ; car ces tire-bouchons qui se défaisaient sans cesse donnaient beaucoup de tracas à la femme de chambre de lady Audley.

Milady semblait, par ce jour de septembre, dans un état de nervosité qui n'était pas celui d'un esprit tranquille, et elle était incapable de rester longtemps à la même place ou de s'occuper à quoi que ce soit.

Tandis qu'elle cherchait à se distraire de façon frivole, les deux jeunes gens marchèrent lentement le long d'un ruisseau, jusqu'à ce qu'ils eussent atteint un coin ombragé où, dans l'eau profonde et calme, se traînaient les longues branches des saules.

George Talboys prit la ligne pendant que Robert s'étendait de tout son long sur une couverture et ajustait son chapeau au-dessus de son nez comme un écran pour se garantir du soleil, avant de s'endormir promptement.

Oh ! heureux les poissons du ruisseau sur le bord duquel George Talboys était assis ! Ils auraient pu se divertir à cœur joie, mordre timidement à l'hameçon de ce jeune homme, sans compromettre leur sécurité d'aucune manière ; George, en effet, fixait l'eau d'un air distrait, tenant sa ligne d'une main insouciante et inattentionnée, et avec dans le regard quelque chose d'étrange. Lorsque la cloche de l'horloge sonna deux heures, il jeta sa ligne à terre et, s'éloignant à grands pas le long du ruisseau, laissa Robert Audley faire un somme qui, conformément à ses habitudes se terminerait dans deux ou trois heures. Arrivé à un quart de mile au-delà, George traversa un pont rustique, et parvint dans les prairies qui conduisaient au château d'Audley.

Les oiseaux avaient tellement chanté toute la matinée qu'ils étaient peut-être fatigués en ce moment ; les bœufs étaient endormis dans les prairies ; sir Michael n'était pas encore rentré de sa promenade du matin ; Alicia avait décampé une heure auparavant sur sa jument baie ; les domestiques déjeunaient dans l'office, et milady avait pénétré, un livre à la main, dans la sombre allée des tilleuls. Aussi le vieux manoir grisâtre n'avait-il jamais présenté un aspect plus paisible qu'en ce bel après-midi où George Talboys traversa la pelouse pour sonner vigoureusement à la lourde porte de chêne.

Le domestique qui répondit à son appel lui dit que sir Michael était sorti et que milady se promenait.

Il parut un peu désappointé par cette nouvelle, et murmura quelque chose, soit qu'il désirait voir milady, soit qu'il allait chercher milady (le domestique ne put saisir les mots), puis il s'éloigna rapidement, sans laisser ni signe ni message pour la famille.

Il s'était écoulé une bonne heure et demie après cet incident lorsque lady Audley rentra à la maison ; elle ne venait pas de l'allée de tilleuls, mais de la direction opposée, portant son livre ouvert dans la main et chantant en marchant. Alicia venait de descendre de sa jument et se tenait debout à l'entrée de la porte, son terre-neuve à côté d'elle.

Le chien, qui n'avait jamais eu de tendresse pour milady, montra les dents avec un sourd grognement.

« Chassez cet horrible animal, Alicia, dit lady Audley avec impatience ; cette bête sait que j'ai peur d'elle, et elle fait exprès de m'effrayer. Et cependant on dit que ces créatures sont généreuses et bonnes !... À bas, César ! Je vous déteste et vous me détestez ; si vous me rencontriez la nuit dans quelque passage étroit, vous me sauteriez à la gorge pour m'étrangler, n'est-ce pas ? »

Milady, abritée derrière sa belle-fille, secoua ses boucles blondes devant l'animal inquiet et le défia malicieusement.

« Savez-vous, lady Audley, que George Talboys est venu vous demander ainsi que sir Michael ? »

Lucy Audley haussa les sourcils.

« Je croyais qu'il devait venir dîner, dit-elle ; et c'est bien assez comme cela. »

Elle avait une botte de fleurs sauvages d'automne dans un des pans de sa robe de mousseline. Elle était venue à travers champs derrière le château, cueillant les boutons des haies sur son chemin. Elle monta légèrement en courant le large escalier qui conduisait à ses appartements. Le gant de George reposait sur la table de son boudoir. Lady Audley sonna violemment ; ce fut Phœbe Marks qui vint répondre.

« Faites disparaître cette ordure », dit-elle durement.

La jeune fille ramassa dans son tablier le gant, quelques fleurs fanées, et des papiers froissés qui étaient sur la table.

« Qu'avez-vous fait ce matin ? demanda milady ; vous n'avez pas perdu votre temps, j'espère ?

– Non, milady ; j'ai retouché votre robe bleue. Il fait presque sombre de ce côté de la maison ; donc je suis montée dans ma chambre pour travailler à la fenêtre. »

La jeune fille se disposait à quitter la chambre ; mais elle se retourna et regarda lady Audley comme dans l'attente de nouveaux ordres.

Lucy leva la tête au même moment :

« Phœbe Marks, dit milady en se jetant dans un vaste fauteuil et jouant avec des fleurs sauvages sur ses genoux, vous êtes une bonne et laborieuse fille, et tant que je vivrai et que je serai heureuse, vous ne manquerez jamais d'une amie ou d'un billet de vingt livres. »

CHAPITRE X

Vaines recherches

Lorsque Robert Audley se réveilla, il fut étonné de voir la ligne posée sur le sable, le cordonnet traînant nonchalamment dans l'eau, et le liège inoffensif flottant de haut en bas sous le soleil de l'après-midi. Le jeune avocat s'étira dans tous les sens, afin de se convaincre qu'il était encore en possession de tous ses mouvements ; puis, avec un effort, il parvint à se lever, et ayant, d'un air décidé, roulé sa couverture de manière à la porter sur son épaule, il se mit en route pour chercher George Talboys.

Une fois ou deux il l'appela d'une voix endormie, à peine assez forte pour effrayer les oiseaux sur les branches au-dessus de sa tête, ou la truite dans le ruisseau à ses pieds ; mais ne recevant pas de réponse, il se fatigua, et continua de se traîner en bâillant tout en cherchant George Talboys.

Il regarda sa montre, et fut étonné de voir qu'il était quatre heures un quart.

« Eh bien ! cet égoïste doit être rentré à l'auberge pour dîner ! murmura-t-il ; et pourtant cela ne lui ressemble pas car il ne se souvient jamais de l'heure des repas, à moins que je ne lui rafraîchisse la mémoire. »

Même la faim et la certitude que son dîner se ressentirait probablement de ce retard ne purent activer le flegme naturel de Robert Audley, et lorsqu'il arriva devant la porte du *Soleil*, il était cinq heures. Il croyait si bien trouver George Talboys dans le petit salon, que son absence sembla donner à l'appartement un aspect lugubre, et Robert soupira tout haut.

« C'est trop fort, dit-il : un dîner froid et personne pour le partager avec moi ! »

L'hôtelier du *Soleil* vint lui-même s'excuser pour ce repas raté.

« Une si belle paire de canards, Mr Audley, comme jamais vous n'en avez vu, et tout cela brûlé et réduit en cendres à force de le faire chauffer.

– Ne me parlez pas de cela, dit Robert impatienté ; où est Mr Talboys ?

– Il n'est pas rentré, monsieur, depuis que vous êtes sortis ensemble ce matin.

– Quoi ! s'écria Robert. Mais, au nom du ciel, que peut-il bien faire ? »

Il marcha vers la fenêtre et regarda la grande route blanche. Il y avait une charrette chargée de bottes de foin qui avançait péniblement ; les chevaux paresseux et le conducteur, tout aussi paresseux, baissaient la tête d'un air résigné sous le soleil du soir. Il y avait un troupeau de moutons éparpillés sur la route, et un chien qui s'excitait à courir après eux pour les mettre en ordre. Il y avait des maçons revenant du travail, un chaudronnier raccommodant quelques ustensiles sur le bord de la route ; il y avait un chariot transportant le maître piqueur d'Audley à son dîner de sept heures ; il y avait une dizaine de scènes et de bruits d'une vie de village ordinaire qui se mêlaient dans un tumulte confus et plein de gaieté ; mais il n'y avait pas de George Talboys.

« De toutes les choses extraordinaires qui me sont arrivées au cours de ma vie, dit Robert Audley, celle-ci est la plus incroyable. »

L'hôtelier, après avoir attendu en silence, ouvrit les yeux lorsque Robert fit cette remarque. Que pouvait-il y avoir de si extraordinaire dans le fait qu'un gentleman soit en retard pour dîner ?

« Je pars le chercher », dit Robert, prenant vivement son chapeau et sortant de la maison.

Mais le tout était de savoir où. Il n'était certainement pas près du ruisseau aux truites, il était donc inutile d'aller par là. Robert était immobile devant l'auberge, réfléchissant à ce qu'il y avait de mieux à faire, lorsque l'hôtelier vint le trouver.

« J'ai oublié de vous dire, Mr Audley, que votre oncle est venu vous demander ici cinq minutes après votre départ, et qu'il vous prie, vous et l'autre gentleman, de bien vouloir aller dîner au château.

– Alors cela ne m'étonnerait pas, dit Robert, que George Talboys soit descendu au château pour voir mon oncle. Cela ne lui ressemble pas, mais c'est possible. »

Il était six heures lorsque Robert frappa chez son oncle. Il s'informa d'abord de son ami avant de voir un membre de sa famille.

« Oui, dit le domestique, Mr Talboys était ici à deux heures environ.

– Et depuis ?

– Non, pas depuis...

– Est-ce bien sûr que ce soit à deux heures que Mr Talboys est venu ? demanda Robert.

– Oui, absolument. »

Il se souvenait de l'heure, parce que c'était le moment du repas et qu'il avait quitté la table pour ouvrir la porte à Mr Talboys.

« Où est cet homme ? pensa Robert en tournant le dos au château. De deux à six... quatre bonnes heures... et pas un signe de lui ! »

Si quelqu'un s'était hasardé à dire à Robert Audley qu'il lui serait possible d'éprouver un fort attachement pour un être humain, il aurait à cette remarque absurde haussé les sourcils en signe de suprême dédain. Et il était là, ahuri et inquiet, se perdant en conjectures sur l'absence de son ami, et contrairement à sa nature, marchait à grands pas.

« Je n'ai pas marché aussi vite depuis que j'ai quitté Eton, murmura-t-il comme il traversait précipitamment une des prairies de sir Michael, vers le village, et le pire c'est que je n'ai pas la moindre idée de l'endroit où aller. »

Il traversa une autre prairie et, s'asseyant sur une barrière, les coudes sur ses genoux, la figure enfouie dans ses mains, il réfléchit sérieusement à l'événement.

« Mais oui ! dit-il après quelques minutes, la gare. »

Il enjamba la barrière et se lança dans la direction de la petite construction en briques rouges.

On n'attendait pas de train avant une demi-heure, et l'employé buvait son thé dans une pièce à côté du bureau ; sur la porte était écrit en grandes lettres blanches : *Privé*.

Mais Mr Audley était trop préoccupé par le sort de son ami pour faire attention à cet avis. Il frappa à la porte avec sa canne, il fit sortir l'employé de son sanctuaire ; celui-ci avait la bouche pleine de pain et de beurre.

« Vous rappelez-vous la personne qui est descendue à Audley avec moi, Smithers ? demanda Robert.

– Ma foi, Mr Audley, je ne puis l'affirmer. Vous êtes arrivés vers les quatre heures, et il y a toujours beaucoup de monde à ce train.

– Vous ne vous souvenez pas de lui, alors ?

– Non, pas vraiment.

– C'est contrariant. J'aurais besoin de savoir, Smithers, s'il a pris un billet pour Londres vers les deux heures. C'est un homme grand, à la poitrine large, avec une épaisse barbe brune. Vous ne pouvez pas vous tromper.

– Il y avait quatre ou cinq messieurs qui ont pris

leurs billets pour le départ de trois heures trente, dit vaguement l'employé, lançant par-dessus son épaule un regard inquiet à sa femme, qui ne paraissait pas enchantée par cette interruption.

– Quatre ou cinq messieurs !... Mais l'un d'eux répondait-il à la description de mon ami ?

– Je crois que l'un d'eux avait une barbe, monsieur.

– Une barbe brun foncé ?

– Je sais qu'elle tirait sur le brun.

– Était-il habillé en gris ?

– Je crois que oui ; beaucoup de gens portent du gris. Il a demandé son billet d'un ton dur et bref, et lorsqu'il l'a pris, il est sorti et a gagné directement la plate-forme en sifflant.

– C'est George ! dit Robert. Je vous remercie, Smithers, je ne veux pas vous déranger plus longtemps. C'est aussi clair que le jour, murmura-t-il en quittant la station. Il a eu un de ses sombres accès de neurasthénie, et il est retourné à Londres sans dire un mot. Je quitterai moi-même Audley demain matin ; mais pour ce soir... je peux aussi bien descendre au château et faire connaissance avec la femme de mon oncle. Ils ne dînent pas avant sept heures ; si je retourne à travers champs, j'arriverai à temps. Bob... tu vas tomber follement amoureux de ta tante. »

CHAPITRE XI

La marque

Robert trouva sir Michael et lady Audley dans le salon. Milady était assise sur un tabouret devant le grand piano, tournant les feuilles d'un nouveau morceau de musique. Elle pirouetta sur le siège roulant ; sa robe de soie froufrouta... lorsqu'on annonça le nom de Mr Robert Audley ; quittant alors le piano, elle fit à son neveu une révérence cérémonieuse et tout aussi comique.

« Je vous remercie beaucoup pour les fourrures que vous m'avez rapportées, dit-elle en offrant ses petits doigts, tout brillants et étincelants de diamants, ces zibelines sont magnifiques. Que c'est gentil à vous d'y avoir pensé ! »

Robert avait presque oublié les courses qu'il avait faites pour lady Audley pendant son voyage en Russie. Son esprit était si préoccupé par George Talboys qu'il se contenta d'incliner la tête.

« Savez-vous, sir Michael, dit-il, que mon absurde camarade est reparti pour Londres en me plantant là ?

– Mr George Talboys est retourné à Londres ! s'écria milady en levant les sourcils.

– Quelle effroyable catastrophe ! dit malicieusement Alicia.

– C'est un excellent ami, dit Robert avec énergie et, pour dire la vérité, je me fais du souci pour lui.

– Du souci ! » Milady était désireuse de savoir pourquoi Robert était inquiet sur le compte de son ami.

« Je vais vous dire pourquoi, lady Audley, répondit le jeune avocat. George a éprouvé un chagrin très vif, à la mort de sa femme, il y a un an. Il n'a jamais surmonté cette douleur. Il prend la vie très tranquillement, presque comme moi ; mais il parle souvent de façon étrange, et parfois je pense que cette tristesse le submergera, et qu'il fera une bêtise. »

Mr Robert Audley parlait vaguement ; mais ses trois auditeurs comprenaient que cette bêtise à laquelle il faisait allusion était un acte définitif.

Il y eut un court moment de silence, pendant lequel lady Audley arrangea ses boucles blondes en se regardant dans une glace sur la console.

« En vérité, dit-elle, c'est vraiment extraordinaire. Je ne croyais pas que les hommes fussent capables de ces profondes et durables chagrins ; je croyais qu'un joli visage avait autant de prix pour eux qu'un autre, et que, lorsqu'une belle aux yeux bleus et à la chevelure blonde disparaissait, ils avaient vite fait de la remplacer par une autre aux yeux bruns et à la chevelure noire afin de varier les plaisirs.

– Ce n'est pas le genre de George Talboys. La mort de sa femme lui a brisé le cœur.

– On a envie de dire que Mrs Talboys a été bien cruelle de mourir et de faire tant de peine à son mari.

– Alicia avait raison : elle est puérile », pensa Robert en examinant sa tante.

Milady fut vraiment charmante au dîner ; elle avoua de la façon la plus séduisante son incapacité à découper le faisan, et appela Robert à son secours.

« Je pouvais découper un gigot chez Mr Dawson, dit-elle en riant, mais un gigot, c'est facile. »

Sir Michael observait l'impression que faisait

milady sur son neveu, satisfait de la beauté et du pouvoir de fascination de son épouse.

« Je suis si heureux de voir ma femme de si bonne humeur, dit-il. Elle était abattue, hier, par la déconvenue qu'elle a subie à Londres.

– Ah oui !

– J'ai reçu, répondit milady, l'autre matin, une dépêche télégraphique de ma chère vieille amie et maîtresse de pension, m'annonçant qu'elle allait mourir, et que si j'avais envie de la voir, je devais me hâter de lui rendre visite. La dépêche ne portait aucune adresse, et je pensais donc la trouver dans la maison où je l'avais laissée il y a trois ans. Sir Michael et moi, nous nous sommes rendus immédiatement à Londres et nous avons couru droit. La maison était occupée par des personnes que je ne connaissais pas et qui ne purent nous donner aucune nouvelle de mon amie. C'est dans un endroit retiré, et il y a très peu de marchands aux environs. Sir Michael s'informa dans les quelques boutiques voisines ; mais, après s'être donné beaucoup de peine, il ne put rien découvrir qui nous mît sur la voie. Je n'ai pas d'amis à Londres et n'avais, par conséquent, pour m'assister, personne d'autre que mon cher et généreux époux, qui a fait tout ce qu'il pouvait pour trouver la nouvelle résidence de mon amie.

– Il était vraiment ridicule de ne pas indiquer son adresse, dit Robert.

– Lorsqu'on est mourant, on ne pense pas à toutes ces choses », murmura lady Audley en regardant d'un air de reproche Mr Audley.

En dépit de la fascination et de l'admiration absolument inqualifiable qu'exerçait sur lui lady Audley, l'avocat ne pouvait s'empêcher d'éprouver un vague sentiment d'inquiétude en cette paisible soirée de septembre.

Tandis qu'il était assis dans la profonde embrasure

d'une fenêtre, causant avec milady, son esprit errait au loin sous les ombrages de Fig-Tree Court, et il pensait au pauvre George Talboys, solitaire, fumant son cigare dans sa chambre avec les chiens et les canaris.

« Je voudrais n'avoir jamais eu aucune amitié pour ce garçon. Je me sens comme un homme qui aurait un fils unique dont la vie serait menacée. Je voudrais que le ciel me permît de lui rendre sa femme, et de l'expédier à Ventnor, pour y finir ses jours en paix. »

Les pensées de Robert revenaient incessamment à George Talboys, malgré lui.

Il se le représentait se précipitant à Southampton par le train pour voir son fils ; ou lisant dans le *Times* les horaires de départs des bateaux qui le ramèneraient en Australie. Il le vit durant un bref instant, frissonnant, étendu froid et raide au fond d'un ruisseau peu profond, son visage de mort tourné vers le ciel ténébreux.

Lady Audley remarqua son air distrait et lui demanda à quoi il pensait.

« À George Talboys ! » répondit-il brusquement.

Elle eut un petit frisson nerveux.

« Sur ma parole, dit-elle, vous me rendez presque mal à l'aise. On a l'impression que quelque chose d'extraordinaire lui est arrivé.

– Dieu nous en préserve ! Mais je ne puis m'empêcher d'être inquiet sur son compte. »

Plus tard, dans la soirée, sir Michael demanda un peu de musique, et milady alla au piano. Robert Audley s'empressa de la suivre pour tourner les feuilles de son cahier de musique, mais elle jouait de mémoire et elle lui épargna la peine que lui avait imposée sa galanterie.

Il disposa harmonieusement une paire de bougies allumées sur le piano. Elle plaqua quelques accords, puis se lança dans une sonate rêveuse de Beethoven.

C'était une des nombreuses contradictions de son caractère que cet amour pour les mélodies sombres et mélancoliques, si peu en accord avec sa nature frivole et enjouée.

Robert Audley soupirait à côté d'elle, et comme il était inoccupé, il s'amusa à observer ces mains fines chargées de bijoux, courant légèrement sur les touches, avec des manches de dentelle tombant sur ses poignets gracieusement arrondis. Il examina ses jolis doigts l'un après l'autre ; celui-ci portait un cœur serti de rubis, un serpent d'émeraude entourait celui-là, et sur tous, une constellation scintillante de diamants. De ses doigts, ses yeux allèrent à ses poignets : un bracelet d'or sans motif glissa de son poignet droit sur sa main, alors qu'elle exécutait un passage rapide. Elle s'arrêta brusquement pour le remettre en place ; mais avant qu'elle eût pu le faire, Robert Audley remarqua une meurtrissure sur sa peau délicate.

« Vous avez été blessée au bras, lady Audley ? » s'écria-t-il.

Elle se hâta de replacer le bracelet.

« Cela n'est rien, dit-elle. J'ai une peau qui marque au plus léger contact. »

Elle continua de jouer ; mais sir Michael traversa le salon pour examiner la blessure sur le poignet de sa femme.

« Qu'est-ce que c'est, Lucy ? demanda-t-il, et comment est-ce arrivé ?

– Que vous êtes tous ridicules de vous tracasser pour une chose aussi futile ! dit lady Audley en riant. J'ai quelquefois des absences, et je m'amusais, il y a quelques jours, à m'attacher un morceau de ruban si serré autour du bras, qu'il a laissé une trace lorsque je l'ai retiré. »

« Hum ! pensa Robert, milady raconte de candides petits mensonges d'enfant ; la meurtrissure est plus récente, la peau commence seulement à changer de couleur. »

Sir Michael prit l'élégant poignet dans sa main puissante.

« Tenez les bougies, Robert, et laissez-moi examiner ce pauvre bras. »

C'étaient quatre marques rouges distinctes, semblables à celles qu'auraient pu laisser quatre doigts d'une main qui aurait saisi le poignet délicat un peu trop rudement. Un ruban étroitement lié pouvait avoir produit, il est vrai, de tels signes, et milady affirma une fois de plus que les choses s'étaient passées comme elle les avait racontées.

Les faibles marques rouges étaient barrées d'une ligne plus foncée, comme si un anneau porté par l'un de ces doigts vigoureux et cruels s'était incrusté dans la tendre chair.

« Je suis sûr que milady nous raconte là de jolis mensonges, pensa Robert, car je ne peux pas croire à l'histoire du ruban. »

Vers dix heures et demie il prit congé de sa famille, leur souhaita une bonne nuit, et leur dit qu'il partait pour Londres par le premier train pour chercher George dans Fig-Tree Court.

« Si je ne le trouve pas là, j'irai à Southampton, dit-il, et si je ne le trouve pas à Southampton...

– Eh bien, alors ? demanda milady.

– C'est que quelque chose d'extraordinaire lui est arrivé. »

Robert Audley se sentit découragé en rentrant lentement à son logis à travers les prairies recouvertes par les ténèbres ; il était plus déprimé encore lorsqu'il fut dans le salon de l'auberge du *Soleil*, où lui et George avaient paressé ensemble, regardant par la fenêtre et fumant leurs cigares.

« Penser, dit-il en méditant, qu'il est possible de s'attacher autant à un ami ! Mais, arrive que pourra, la première chose, demain matin, sera de courir après lui à Londres et, si je ne peux le trouver, j'irai jusqu'au bout du monde. »

Prendre une décision était une chose peu conforme à la nature lymphatique de Robert Audley et constituait un fait exceptionnel, de sorte que, après avoir définitivement arrêté son projet, son obstination n'avait d'égale que son opiniâtreté dans la conduite à tenir pour accomplir ce qu'il avait en tête.

La lenteur de son esprit, qui l'incitait à ne réfléchir qu'à une seule chose à la fois, le rendait remarquablement lucide sur chaque point auquel il devait prêter une attention sérieuse.

Les hommes de loi et les avocats enclins à se moquer de lui et à douter fort qu'il puisse instruire un procès, auraient été bien étonnés de son nouvel état d'esprit.

CHAPITRE XII

Encore introuvable

Le soleil de septembre étincelait sur la fontaine des jardins du Temple, lorsque Robert Audley revint à Fig-Tree Court de bonne heure le jour suivant.

Il trouva les canaris chantant dans la jolie petite chambre où George avait dormi ; mais l'appartement était dans l'état où la femme de ménage l'avait laissé après le départ des deux jeunes gens. Pas une chaise déplacée, pas même le couvercle d'une boîte à cigares soulevé, qui aurait pu témoigner du passage de George Talboys. Avec un dernier et vague espoir, il chercha une lettre de George.

« Il peut avoir couché ici la nuit dernière et être parti pour Southampton de bonne heure ce matin, pensait-il ; Mrs Maloney est venue ici très probablement pour faire un peu de ménage après son départ. »

Mais comme il était assis, regardant nonchalamment dans la chambre, sifflant de temps en temps ses canaris chéris, un bruit de chaussons traînant dans l'escalier annonça l'arrivée de Mrs Maloney.

Non, Mr Talboys n'était pas venu à la maison ; elle était entrée de bonne heure, à six heures, le matin, et avait trouvé les pièces vides.

« Lui serait-il arrivé quelque chose ? » demanda-t-elle, voyant la figure livide de Robert Audley.

À cette question, il se retourna avec un air féroce.

Que lui serait-il arrivé ? Ils étaient partis à deux heures seulement le jour précédent.

Mrs Maloney lui aurait bien raconté l'histoire de la femme d'un conducteur de train, qui avait dormi une fois chez elle : elle était sortie, après avoir dîné de bon cœur, et avait trouvé la mort dans une collision avec une voiture ; mais Robert reprit son chapeau et sortit de la maison avant que la brave femme écossaise eût pu entamer sa lamentable histoire.

La nuit tombait lorsqu'il atteignit Southampton. Il connaissait le chemin pour se rendre aux pauvres petites maisons, dans une ruelle sombre qui menait au bord de l'eau, et dans laquelle habitait le beau-père de George. Le petit Georgey jouait à la fenêtre du salon lorsque le jeune homme descendit la rue.

L'atmosphère triste et silencieuse de la maison laissa supposer à Robert Audley que son ami ne s'y trouvait pas. Le vieillard ouvrit lui-même la porte, et l'enfant sortit pour regarder l'étranger.

C'était un bel enfant. Il avait les yeux bruns de son père et une chevelure bouclée noire, mais son expression reflétait une certaine dissimulation, de sorte que si l'enfant avait les traits de son père, il ne lui ressemblait pas pour autant.

Le vieillard était enchanté de voir Robert Audley ; il se souvenait d'avoir eu le plaisir de le rencontrer à Ventnor, dans la triste circonstance de... Il essuya ses yeux larmoyants en guise de conclusion. Mr Audley voulait-il entrer ? Robert avança dans le petit salon. L'ameublement était en mauvais état et sale, et l'endroit était imprégné d'une odeur de vieux tabac et de grog. Les jouets brisés de l'enfant, les débris des pipes en terre du vieillard, des journaux déchirés et tachés d'eau-de-vie, étaient éparpillés sur le tapis malpropre. Le petit Georgey se glissa vers le visiteur en lui jetant des regards furtifs. Robert prit l'enfant sur ses genoux et lui donna sa chaîne de montre pour jouer pendant qu'il parlait avec le vieillard.

« Il est inutile de vous demander ce que je voulais savoir, dit-il ; j'avais l'espoir de trouver votre gendre ici.

– Quoi ! vous saviez qu'il était venu à Southampton ?

– Il y est venu ! s'écria Robert, le front éclairci ; il est ici alors ?

– Non, il n'est pas ici maintenant, mais il y était.

– Quand ?

– La nuit dernière, il est arrivé par le train.

– Et il est reparti immédiatement ?

– Il est resté un peu plus d'une heure.

– Bonté du ciel ! dit Robert, quelle inquiétude inutile j'ai éprouvée !

– Vous ne saviez rien de ses intentions ?

– De quelles intentions ?

– De partir en Australie.

– Je savais qu'il avait toujours eu cela en tête mais j'ignorai à quelle date.

– Il s'embarque ce soir à Liverpool. Il est venu ici ce matin, à une heure, pour voir son enfant, avant de quitter l'Angleterre et peut-être ne jamais y revenir. Il m'a dit qu'il en avait assez du monde, et que la vie rude qu'il allait mener était la seule chose qui pût lui convenir. Il est resté une heure, a embrassé l'enfant sans le réveiller, et a quitté Southampton par le train de deux heures un quart.

– Que signifie tout cela ? dit Robert. Quelle raison a-t-il eue de quitter l'Angleterre de cette manière, sans un mot pour moi, son plus intime ami, sans même changer de vêtements, car il les a tous laissés dans mon appartement ? C'est vraiment incroyable ! »

Le vieillard paraissait très sérieux.

« Savez-vous, Mr Audley, dit-il se frappant le front d'une manière significative, que je pense que la mort d'Helen a produit un étrange effet sur le pauvre George ?

– Bah ! s'écria Robert avec mépris ; il a ressenti le choc très cruellement, mais son esprit est aussi sain que le vôtre ou le mien.

– Peut-être vous écrira-t-il de Liverpool », dit le beau-père de George.

Il paraissait anxieux d'apaiser l'indignation que Robert éprouvait quant à la conduite de son ami.

« Il le doit, dit Robert gravement, car nous avons été bons amis depuis le temps où nous étions ensemble à Eton. Ce n'est pas bien de la part de George de me traiter ainsi. »

Mais au moment où il prononçait ce reproche, une étrange pointe de remords transperça son cœur.

« Cela ne lui ressemble pas, dit-il ; ce n'est pas la façon d'agir de George Talboys. »

Le petit Georgey saisit les derniers mots.

« C'est mon nom, dit-il, et le nom de mon papa... le nom du gros monsieur.

– Oui, Georgey, et votre papa est venu la nuit dernière, et vous a embrassé pendant votre sommeil. Vous en souvenez-vous ?

– Non, dit l'enfant en secouant sa petite tête bouclée.

– Vous deviez être bien profondément endormi pour ne pas avoir aperçu votre papa. »

L'enfant ne répondit pas, mais fixant ses yeux sur le visage de Robert, il dit brusquement :

« Où est la jolie dame ?

– Quelle jolie dame ?

– La jolie dame qui avait l'habitude de venir autrefois.

– Il veut parler de sa pauvre maman, dit le vieillard.

– Non ! s'écria l'enfant, non pas maman ; maman criait toujours ; je n'aimais pas maman.

– Oh ! Georgey !

– Non, je ne l'aimais pas et elle ne m'aimait pas. Elle criait toujours. Je veux parler de la jolie dame, la dame qui est si bien habillée et qui m'a donné la montre en or.

– Il veut parler de la femme de mon vieux capitaine, une excellente amie qui aime beaucoup Georgey et lui a donné quelques magnifiques présents.

– Où est ma montre en or ? Laissez-moi montrer au monsieur ma montre en or, s'écria Georgey.

– Je l'ai donnée à nettoyer, Georgey, répondit son grand-père.

– Elle est toujours à nettoyer, dit l'enfant.

– La montre est parfaitement en sûreté, je vous l'affirme, Mr Audley. »

Et, prenant une reconnaissance du mont-de-piété, il la présenta à Robert.

Elle était faite au nom du capitaine Mortimer : « Une montre montée sur diamants, onze livres. »

« Je suis souvent gêné pour quelques shillings, Mr Audley, dit le vieillard. Mon gendre a été vraiment généreux à mon égard ; mais ce n'est pas suffisant, Mr Audley, et... et... et je n'ai pas été toujours bien traité. »

Il essuya quelques larmes véritables en disant ces mots d'une voix lamentable et criarde.

« Allons, Georgey, il est temps que ce petit garçon aille au lit ; venez avec grand-papa. Excusez-moi un quart d'heure, Mr Audley. »

L'enfant suivit sans se faire prier. À la porte de la chambre, le vieillard se retourna vers son visiteur, et dit de la même voix geignarde :

« C'est une bien pauvre demeure pour passer la fin de ses jours, Mr Audley. J'ai fait de nombreux sacrifices, et ce n'est pas fini ; mais je n'ai pas été bien traité. »

Laissé seul dans le sombre petit salon, Robert Audley croisa ses bras et, préoccupé, fixa le parquet.

George était parti, alors ; il recevrait peut-être une lettre d'explication à son retour à Londres ; il ne reverrait plus jamais son vieil ami.

« Et penser que je m'étais attaché à lui, dit-il, haussant les sourcils. La chambre empeste le vieux tabac comme une tabagie, cela n'a donc pas d'importance que je fume un cigare ici. »

Il en prit un dans le porte-cigares qui était dans sa poche ; il y avait une étincelle de feu dans le foyer, et il chercha autour de lui quelque chose pour allumer son cigare.

Un morceau de papier tortillé et à demi brûlé traînait sur le tapis du foyer ; il le ramassa et le déplia. Ce faisant, regardant d'un œil distrait les caractères tracés au crayon sur le petit morceau de papier, ses yeux furent attirés par un nom : c'était celui de la personne qui occupait ses pensées. Il approcha le bout de papier de la fenêtre, et l'examina à la lumière du jour qui déclinait.

C'était un fragment de dépêche télégraphique. La partie supérieure avait été brûlée, mais la plus importante, la plus grande partie du message était intacte :

« ... Alboys est venu à... la nuit dernière, et est parti par le train pour Londres, puis pour Liverpool, d'où il doit mettre à la voile pour Sydney. »

La date, le nom et l'adresse de l'expédition du message avaient été brûlés. Le visage de Robert Audley devint pâle comme la mort. Il plia soigneusement le morceau de papier et le plaça entre les feuilles de son carnet de poche.

« Mon Dieu ! dit-il, que signifie tout ceci ? J'irai à Liverpool ce soir, pour y prendre des renseignements. »

CHAPITRE XIII

Sombres rêves

Robert Audley quitta Southampton par le train et entra dans son appartement juste comme l'aube se glissait, froide et grise, dans les pièces solitaires, et que les canaris commençaient à agiter faiblement leurs ailes.

Il y avait plusieurs lettres dans la boîte derrière la porte, mais il n'y en avait aucune de George Talboys.

Le jeune avocat était harassé par une longue journée passée à courir d'un endroit à un autre. La monotonie de sa vie avait été rompue comme elle ne l'avait jamais été pendant les précédentes vingt et une années qui s'étaient écoulées sans tracas. Son esprit commençait à devenir confus. Il lui semblait qu'il y avait des mois qu'il avait perdu de vue George Talboys. Il était difficile de croire qu'il y avait moins de vingt-quatre heures que le jeune homme l'avait laissé endormi sous les saules, au bord du ruisseau aux truites !

Ses yeux étaient horriblement fatigués faute de sommeil. Il chercha dans l'appartement pendant quelque temps, furetant dans toutes sortes d'endroits pour trouver une lettre de George Talboys, puis se jeta sur le lit de son ami, dans la chambre aux canaris et aux géraniums.

« J'attendrai la poste demain matin, dit-il, et si elle

ne m'apporte pas de lettre de George, je partirai pour Liverpool, sur-le-champ. »

Il était complètement épuisé et tomba dans un lourd sommeil, un sommeil profond sans être réparateur, car il fut tourmenté tout le temps par des rêves désagréables, pénibles ; sans être horribles, ils étaient confus et absurdes.

À un moment, il poursuivait des gens étranges et pénétrait dans de non moins étranges maisons, s'efforçait de percer le mystère de la dépêche télégraphique ; à un autre, il se trouvait dans le cimetière de Ventnor, examinant la pierre tombale que George avait commandée. Une nuit, lors d'un de ces rêves mystérieux, il approcha de la tombe, et trouva la pierre tumulaire absente ; il fit des remontrances au maçon qui lui rétorqua qu'il y avait une raison que Robert connaîtrait un jour.

Il se réveilla en sursaut, et se rendit compte que quelqu'un frappait à la porte de l'appartement.

C'était une matinée triste, humide, la pluie battait contre les fenêtres, et les canaris gazouillaient tristement entre eux, se plaignant peut-être du mauvais temps. Robert n'aurait pu dire pendant combien de temps la personne avait frappé. Il avait entendu le bruit en rêvant, et lorsqu'il s'éveilla il avait seulement pris à moitié conscience de la réalité.

« Je parierais que c'est cette stupide Mrs Maloney, murmura-t-il ; elle peut frapper de nouveau, je m'en fiche. Pourquoi ne se sert-elle pas de son double de clef, au lieu d'arracher un homme à son lit lorsqu'il est à demi-mort de fatigue. »

La personne frappa de nouveau et puis cessa, apparemment dégoûtée ; environ une minute après, une clef tourna dans la serrure.

« Elle avait donc sa clef sur elle tout le temps, dit Robert. Je suis vraiment content de ne pas m'être levé. »

La porte entre le salon et la chambre à coucher était à demi ouverte, et il pouvait voir s'activer la femme de ménage, époussetant les meubles et remettant en ordre des objets qui n'avaient pas été dérangés.

« Est-ce vous, Mrs Maloney ? demanda-t-il.

– Oui, monsieur.

– Alors pourquoi, bonté de Dieu, faisiez-vous tout ce vacarme à la porte alors que vous aviez votre clef sur vous ?

– Du vacarme à la porte, monsieur !

– Oui, infernal avec ça.

– Je n'ai jamais frappé, Mr Audley, je suis entrée directement avec la clef...

– Qui a frappé alors ? Quelqu'un a fait du bruit à cette porte pendant un quart d'heure au moins ; vous devez l'avoir rencontré dans l'escalier.

– Mais je suis en retard ce matin, car j'ai été d'abord dans la chambre de Mr Marin, et je suis venue directement de l'étage au-dessus.

– Alors vous n'avez pas vu quelqu'un à la porte ou dans l'escalier ?

– Pas âme qui vive, monsieur.

– Que c'est ennuyeux ! dit Robert. Dire que j'ai laissé partir cette personne sans savoir qui elle était ou ce qu'elle voulait. Et si c'était quelqu'un qui m'apportait un message ou une lettre de George ?

– Si c'est cela, on reviendra assurément, dit Mrs Maloney, cherchant à le consoler.

– Oui, sans doute, si c'est quelque chose d'important », murmura Robert.

Le fait est que, à partir du moment où il avait trouvé la dépêche télégraphique à Southampton, tout espoir d'entendre parler de George s'était envolé. Il sentait qu'il y avait quelque mystère qui enveloppait la disparition de son ami – quelque traîtrise envers lui-même ou envers George. Pourquoi le beau-père rapace n'aurait-il pas essayé de les séparer à cause de cet argent que Robert Audley devait gérer ? Puisque, même en cette époque soi-disant civilisée, toutes sortes d'horreurs insoupçonnables étaient constamment commises, pourquoi le vieillard n'aurait-il pas fait tomber George dans un piège à Southampton, et n'en aurait-il pas fini avec lui, afin de s'emparer de ces vingt mille livres laissées en dépôt à Robert ?

Mais aucune de ces hypothèses n'expliquait la dépêche télégraphique, et c'était cela qui avait alarmé Robert. Le facteur n'apporta pas de lettre de George Talboys, et la personne qui avait frappé à la porte de la chambre ne revint pas, aussi Robert Audley quitta-t-il Fig-Tree Court pour aller encore une fois à la recherche de son ami. Il dit à un cocher de le conduire à la gare d'Euston, et au bout de vingt minutes il y était, s'informant sur les horaires des trains.

L'express pour Liverpool était parti depuis une demi-heure, et il devait attendre une heure un quart pour qu'un train régulier l'emportât à destination.

Ce retard irrita cruellement Robert Audley. Une demi-douzaine de bâtiments pouvaient partir pour l'Australie pendant qu'il errait çà et là, pestant contre son mauvais sort.

Il acheta le *Times* et regarda instinctivement à la seconde colonne, les avis de gens disparus, fils, frères et maris, qui avaient abandonné leurs demeures pour ne plus jamais y revenir.

On pouvait lire qu'un jeune homme avait été trouvé noyé quelque part sur le rivage de Lambeth.

Pourquoi George n'aurait-il pas eu le même destin ? Mais non ; la dépêche télégraphique impliquait son beau-père dans sa disparition, et toute supposition devait partir de là.

Il était huit heures du soir lorsque Robert arriva à Liverpool, trop tard pour faire autre chose que de se renseigner sur les bâtiments qui avaient mis à la voile pour les antipodes durant les deux derniers jours.

Un vaisseau d'émigrants, le *Victoria Regia*, était parti à quatre heures cet après-midi chargé pour Melbourne.

Le résultat de son enquête se réduisit à ceci. S'il voulait savoir qui s'était embarqué sur le *Victoria Regia*, il devait attendre jusqu'au lendemain matin pour prendre des informations.

Robert Audley se rendit au bureau le lendemain matin à neuf heures, il y entra tout de suite après les employés.

L'homme à qui il s'adressa fut d'une extrême politesse. Il consulta ses livres et, suivant de haut en bas avec sa plume la liste des passagers qui étaient montés sur le *Victoria Regia*, dit à Robert qu'il n'y en avait pas un seul du nom de George Talboys. Robert insista : y avait-il un passager qui eût fait inscrire son nom quelques instants avant le départ du bâtiment ?

L'un des autres employés leva la tête à la question de Robert.

« Oui », dit-il.

Il se rappelait un jeune homme qui était entré dans le bureau à trois heures et demie de l'après-midi pour payer sa traversée. Son nom était le dernier sur la liste : Thomas Brown.

Robert Audley haussa les épaules. Il ne pouvait pas y avoir de raison plausible pour que George prît un autre nom. Il demanda à l'employé s'il pouvait décrire ce Mr Thomas Brown.

« Non, le bureau était encombré à ce moment-là : des gens entraient et sortaient, et je n'ai pas fait attention à lui. »

Robert les remercia pour leur obligeance. Comme il allait quitter le bureau, un des jeunes gens le rappela.

« Ah ! à propos, monsieur, dit-il, je me rappelle

quelque chose sur ce Mr Thomas Brown. Son bras était en écharpe. »

Mr Robert Audley n'avait plus rien à faire sinon retourner à Londres. Il rentra chez lui à six heures, complètement harassé une fois encore par ses vaines recherches.

Mrs Maloney lui apporta son dîner et un verre de vin d'une taverne du Strand. La soirée était froide et humide, et la femme de ménage avait allumé un bon feu dans la cheminée du salon.

Après avoir mangé la moitié d'une côtelette de mouton, Robert resta assis, son verre de vin sur la table, fumant des cigares les yeux fixés sur le feu.

« George Talboys n'est pas parti pour l'Australie, dit-il après une longue et pénible réflexion. S'il est vivant, il est encore ici et s'il est mort, son corps est caché dans quelque coin de l'Angleterre. »

Il resta pendant des heures à fumer ; de confuses et lugubres pensées laissaient sur son visage triste une ombre noire que ne purent dissiper ni la brillante lumière de la lampe à gaz, ni la flamme rouge du feu.

Très tard dans la soirée, il se leva de sa chaise, recula la table, avança son bureau près de la cheminée, sortit une feuille de papier écolier, et trempa une plume dans l'encre.

Mais après avoir fait tout cela, il s'arrêta, appuya ses mains sur son front, et se replongea dans ses réflexions.

« Je ferai un rapport de tout ce qui est arrivé depuis notre descente dans l'Essex jusqu'à ce soir, en commençant par le tout début. »

Il rédigea ce rapport en phrases télégraphiques, qu'il numérotait en les écrivant.

« JOURNAL DES FAITS SE RATTACHANT À LA DISPARITION DE GEORGE TALBOYS, Y COMPRIS LES FAITS

QUI ONT AUSSI DES RELATIONS APPARENTES AVEC CETTE CIRCONSTANCE. »

Malgré son chagrin, il était presque fier de l'intitulé quasi officiel de ce titre. Il resta quelque temps à le considérer avec tendresse, l'extrémité de sa plume dans la bouche.

« Ma parole, dit-il, je commence à croire que j'aurais dû exercer ma profession au lieu de gaspiller ma vie comme je l'ai fait. »

Il fuma la moitié d'un cigare avant d'avoir mis ses idées en ordre, et alors il commença à écrire :

1. J'envoie une lettre à Alicia et je lui propose d'amener avec moi George au château.

2. Alicia nous fait part de l'opposition à cette visite de lady Audley.

3. Nous allons dans l'Essex en dépit de cette opposition. Je vois milady. Milady refuse d'être présentée à George dans cette même soirée sous prétexte de fatigue.

4. Sir Michael nous invite George et moi à dîner pour le lendemain.

5. Milady reçoit une dépêche télégraphique le lendemain matin qui l'appelle à Londres.

6. Alicia me montre une lettre de milady, dans laquelle elle la prie de lui faire savoir à quel moment nous avons l'intention de quitter l'Essex. À cette lettre est joint un post-scriptum réitérant la prière ci-dessus.

7. Nous allons au château, et demandons à voir l'habitation. Les appartements de milady sont fermés à clef.

8. Nous pénétrons dans les susdits appartements par un passage secret, dont l'existence est ignorée de milady. Dans l'une des pièces nous trouvons son portrait.

9. George est effrayé par l'orage. Sa conduite est excessivement étrange pendant le reste de la soirée.

10. George est complètement revenu à lui le matin suivant. Je propose de quitter Audley immédiatement, il préfère rester jusqu'au soir.

11. Nous allons à la pêche. George me laisse pour se rendre au château.

12. Le dernier renseignement solide que je peux obtenir sur lui dans l'Essex, c'est au château, où un des domestiques me déclare qu'il croit que Mr Talboys lui a dit qu'il allait chercher milady dans la campagne.

13. Je reçois sur lui, à la gare, des renseignements qui peuvent être exacts ou pas.

14. J'apprends de ses nouvelles encore une fois à Southampton où, selon son beau-père, il est resté pendant une heure la nuit précédente.

15. La dépêche télégraphique.

Lorsque Robert eut terminé ce court rapport, qu'il avait rédigé après mûre réflexion, en s'arrêtant fréquemment pour changer et raturer, il contempla longtemps la page écrite.

Puis il la parcourut avec attention, s'arrêtant sur quelques-uns des nombreux paragraphes, en marquant certains d'une croix; enfin il plia la feuille de papier écolier, passa dans le cabinet à côté de la pièce, et plaça le papier dans le casier où il avait jeté la lettre d'Alicia, étiqueté : *Important.*

Ayant accompli tout cela, il plaça son fauteuil à côté du feu, recula son bureau et alluma un cigare.

« C'est aussi obscur que la nuit du commencement à la fin, dit-il, et le nœud du mystère doit se trouver à Southampton ou dans l'Essex. Advienne que pourra, ma résolution est prise. J'irai d'abord à Audley, et je chercherai George. »

CHAPITRE XIV

Le marché

« Mr G*EORGE* T*ALBOYS. Toute personne qui aurait rencontré ce gentleman depuis le 7 du mois courant, ou qui posséderait quelque renseignement postérieur à cette date le concernant, serait généreusement récompensée en les communiquant à A. Z. 14, Chancery Lane. »*

Sir Michael Audley lut l'annonce ci-dessus dans la seconde colonne du *Times*, alors qu'il déjeunait avec milady et Alicia, deux ou trois jours après le retour de Robert à Londres.

« Alors on n'a pas eu encore de nouvelles de l'ami de Robert, dit le baron après avoir lu l'entrefilet à sa femme et à sa fille.

– Quant à cela, répliqua milady, je ne puis m'empêcher de me demander qui est assez niais pour dépenser des frais d'annonces pour lui. Ce jeune homme était évidemment d'un caractère instable et vagabond, une espèce de Bamfylde Moore Carew de nos jours, qu'aucune puissance ne peut retenir dans un endroit. »

L'avis parût à trois reprises successives mais les habitants du château attachèrent peu d'importance à la disparition de Mr Talboys, et à part cette fois-ci, son nom ne fut plus jamais mentionné.

Alicia et sa jolie belle-mère n'étaient absolument

pas devenues meilleures amies après la paisible soirée où le jeune avocat avait dîné au château.

« C'est une petite coquette frivole, vaine et sans cœur, dit Alicia en s'adressant à son terre-neuve César, qui était le seul confident de la jeune fille ; c'est une habile et consommée rouée, César, et non contente de faire bouger ses boucles blondes et faire entendre son ricanement niais à la moitié des hommes de l'Essex, il faut à tout prix qu'elle captive l'attention de mon stupide cousin. Je fais preuve d'une patience peu commune avec elle. »

Pour preuve, miss Alicia Audley traita sa belle-mère avec une telle impertinence que sir Michael dut faire des reproches à sa fille unique.

« La pauvre est si sensible, vous savez, Alicia, dit gravement le baron, et elle est vivement éprouvée par votre conduite vis-à-vis d'elle.

– Je ne crois pas un mot de cela, papa, répondit Alicia avec fermeté. Vous croyez qu'elle est sensible, parce qu'elle a de petites mains blanches et douces, de grands yeux bleus avec de longs cils, et qu'elle adopte des comportements fantasques et précieux qui provoquent de la fascination chez vous autres, les hommes. Sensible ! Eh bien, je l'ai vue faire des choses cruelles avec ces doigts élégants, et rire de la douleur causée. Je suis très fâchée, papa, ajouta-t-elle, un peu adoucie par le regard de détresse de son père, qu'elle soit venue chez nous, et qu'elle me prive par son attitude de tout l'amour que j'aurais pu lui manifester ; mais je ne puis pas, vraiment pas et César ne peut pas davantage. Elle s'est approchée de lui dernièrement avec ses lèvres rouges entrouvertes laissant voir l'éclat de ses dents blanches, et a caressé sa grosse tête ; mais si je ne l'avais retenu par son collier, il lui aurait sauté à la gorge et l'aurait étranglée. Elle peut ensorceler tous les hommes de l'Essex, mais elle ne sera jamais amie avec mon chien.

– Votre chien serait abattu, répondit sir Michael avec aigreur : si sa férocité nuisait à Lucy ! »

Le terre-neuve roula lentement ses yeux dans la direction de celui qui parlait, comme s'il avait compris tous les mots qui avaient été prononcés. Lady Audley entra dans la pièce au même moment et l'animal se blottit à côté de sa maîtresse avec un grognement sourd. Il y avait dans l'allure du chien quelque chose qui ressemblait plus à de la terreur qu'à de la colère. Aussi incroyable que cela puisse paraître d'être effrayé par une créature aussi frêle que Lucy Audley.

Le caractère de milady ne pouvait qu'être sensible à l'aversion que lui témoignait Alicia. Elle ne fit allusion à cela qu'une seule fois, lorsque, haussant ses gracieuses et blanches épaules, elle dit en soupirant :

« Il m'est vraiment pénible que vous ne m'aimiez pas, Alicia, car ce n'est pas dans mes habitudes de me faire des ennemis ; mais, puisqu'il en est ainsi, je ne puis l'empêcher. Si nous ne pouvons être amies, restons dans la neutralité au moins. Vous n'avez pas l'intention de me causer du tort ?

– Du tort, à vous ? s'écria Alicia, comment pourrais-je vous en faire ?

– M'enlever l'affection de votre père par exemple ?

– Je ne suis pas aussi aimable que vous, milady, et je n'ai pas les mêmes sourires doux, les mêmes mots agréables pour tous les étrangers que je rencontre ; mais je ne suis pas capable d'une telle bassesse et quand bien même le serais-je, je vous crois si sûre de l'amour de mon père, que rien ne saurait vous en priver.

– Que vous êtes sévère, Alicia, dit milady faisant une petite moue. Je suppose que vous voulez insinuer que je suis hypocrite... mais je ne peux m'empêcher de sourire aux gens et de leur parler gentiment. Je sais que je ne suis pas meilleure que le reste du monde, mais c'est ainsi, il est dans ma nature d'être d'humeur enjouée. »

Alicia ayant complètement fermé la porte à toute complicité, sir Michael étant principalement occupé à ses affaires agricoles et à la pratique du sport, il était peut-être assez naturel que milady trouvât un grand réconfort en la compagnie de sa femme de chambre.

Phœbe Marks avait toutes les qualités pour passer du stade de femme de chambre à celui de dame de compagnie. Elle avait une éducation suffisante pour lui permettre de comprendre Lucy lorsque celle-ci se livrait à un bavardage effréné, une sorte de tarentelle intellectuelle, dans laquelle sa langue s'enivrait au bruit de son propre babil, comme le danseur espagnol au bruit de ses castagnettes. Phœbe connaissait assez bien la langue française pour pouvoir se plonger dans les romans à couverture jaune que milady faisait venir de Burlington Arcade, et assez d'intelligence pour discuter avec Lucy sur les points obscurs de ces romans. Leur ressemblance les rapprochait sans aucun doute. Ce n'était pas à proprement parler frappant ; un étranger aurait pu les voir toutes les deux l'une à côté de l'autre et ne rien remarquer. Mais certains jours tristes et sombres lorsque Phœbe Marks errait à travers les noirs corridors lambrissés de chêne du château, ou sous les allées couvertes du jardin, il était facile de la prendre pour milady.

Les vents violents d'octobre balayaient les feuilles des tilleuls, les chassaient et les amoncelaient en tas avec un bruit sinistre qui résonnait sur le gravier. Le vieux puits devait être à moitié comblé par les feuilles qui tournoyaient en mouvements rapides dans l'ouverture obscure et en ruine. Ces mêmes feuilles se décomposaient lentement dans le fonds tranquille du vivier, mêlées aux herbes entrelacées qui coloraient la surface de l'eau. Aucun jardinier, si doué soit-il, n'aurait pu préserver les terres qui entouraient le château de la force destructrice de l'automne.

« Que je déteste ce mois, dit milady, en se promenant dans le jardin, toute grelottante sous son manteau de fourrure ; le soleil froid et vacillant illumine d'en haut la terre défigurée, comme la clarté d'une lampe éclaire les rides d'une vieille femme. Deviendrai-je vieille, Phœbe ? Ma chevelure tombera-t-elle comme les feuilles de ces arbres, et me laissera-t-elle défaite et dépouillée comme eux ? Que deviendrai-je lorsque je serai vieille ? »

Elle frissonna à cette pensée plus qu'elle ne l'avait fait à la froide bise d'hiver, et s'emmitouflant étroitement dans sa fourrure, marcha si vite, que sa femme de chambre avait du mal à la suivre.

« Te souviens-tu, Phœbe, lui dit-elle bientôt, modérant son pas, te souviens-tu de cette histoire française que nous avons lue... l'histoire de cette belle femme qui avait commis un crime... j'ai oublié lequel... au zénith de sa puissance et de sa beauté, lorsque tout Paris buvait à sa santé chaque nuit ; et que le peuple laissait la voiture du roi pour s'attrouper autour de la sienne et la regarder ? Te souviens-tu comment elle garda le secret de ce qu'elle avait fait pendant près d'un demi-siècle, passant sa vieillesse dans son château de famille, honorée et chérie comme une sainte par toute la province ; et comment, lorsque ses cheveux furent devenus blancs et ses yeux presque voilés par l'âge, son secret fut découvert par une de ces bizarres coïncidences telles qu'il y en a dans les romans, et comment elle fut jugée, reconnue coupable, et condamnée à être brûlée vive ? Le roi qui avait porté ses couleurs était mort et oublié ; la cour dont elle avait été l'étoile avait disparu ; les puissants fonctionnaires et les grands magistrats qui auraient pu la secourir moisissaient dans leurs tombeaux ; les jeunes et braves cavaliers qui auraient donné leur vie pour elle étaient morts sur les champs de bataille ; elle avait vécu suffisamment longtemps pour voir le siècle auquel elle appartenait s'évanouir comme dans un rêve ; et elle alla au bûcher, suivie seulement de quelques paysans, qui avaient oublié toutes ses bontés et l'insultaient comme si elle était une méchante sorcière.

– Je n'aime pas ces histoires terrifiantes, milady, dit Phœbe en frissonnant. On n'a pas besoin de lire de tels livres dans une demeure si effrayante. »

Lady Audley haussa les épaules et rit de la naïveté de sa femme de chambre.

« C'est une résidence lugubre, Phœbe, dit-elle, quoiqu'il ne faille pas dire cela à mon vieil époux chéri. Même étant la femme d'un des hommes les plus influents du comté, je me demande parfois si la maison de Mr Dawson n'était pas plus agréable. Et pourtant Dieu sait si c'est important pour moi de porter des fourrures de zibeline et d'avoir dépensé tant d'argent pour décorer mon appartement. »

Traitée comme une compagne par sa maîtresse, recevant des gages considérables, il était étrange que Phœbe Marks aspirât à quitter sa situation et fût désireuse d'échanger tous les avantages que présentait le château d'Audley contre une vie peu tranquille auprès de son cousin Luke.

Le jeune homme avait tout fait pour être près de Phœbe et ne lui avait accordé aucun repos, jusqu'à ce qu'elle lui obtienne, par l'entremise de milady, un poste de valet au château.

Il n'accompagnait jamais Alicia ou sir Michael à cheval ; mais, lors d'une des rares fois où milady monta le joli petit pur-sang qui lui était réservé, il l'escorta. Il en vit assez dès la première demi-heure pour s'apercevoir que, sous l'apparence gracieuse que pouvait avoir Lucy Audley dans sa longue tenue bleue d'amazone, se cachait une cavalière timide et totalement incapable de maîtriser son cheval.

Lady Audley tenta de convaincre sa femme de chambre que c'était une folie d'épouser ce valet.

Les deux femmes étaient assises près de la cheminée dans le cabinet de toilette de milady ; le ciel gris cachait le soleil de cet après-midi d'octobre, et les noires traînées de lierre obscurcissaient les châssis des fenêtres.

« J'espère que tu n'es pas amoureuse de ce rustre ? » demanda durement milady.

La jeune fille était assise sur un tabouret aux pieds de sa maîtresse. Elle ne répondit pas immédiatement à la question de milady, mais elle resta quelques instants à regarder vaguement dans l'abîme incandescent de l'étroit foyer.

Bientôt elle répondit comme si elle réfléchissait à haute voix :

« Je ne crois pas l'aimer. Nous avons grandi ensemble et, à l'âge de quinze ans, j'ai promis d'être sa femme. Parfois il me vient l'envie de lui dire que je ne peux pas respecter ma promesse, mais les mots meurent sur mes lèvres et je reste là, à le regarder, muette, une sensation horrible au cœur. Je n'ose pas refuser de l'épouser. En l'observant de temps à autre, lorsqu'il se tient à l'écart et qu'il taille une branche avec son grand couteau, je me dis qu'il est de la trempe de ces hommes qui attirent leurs amantes dans un coin sombre pour les égorger faute d'avoir tenu parole. Quand il était enfant, il était toujours violent et vindicatif. Je l'ai vu une fois ouvrir ce même couteau lors d'une querelle avec sa mère. Je vous assure, milady, que je dois l'épouser.

– Tu es une sotte, il ne faut pas faire cela, répondit Lucy. Tu dis qu'il te tuerait, le crois-tu ? S'il est poussé par l'instinct de meurtre, pourras-tu être en sûreté quand tu seras sa femme ? Si tu le contraries ou le rends jaloux ; s'il a besoin d'épouser une autre femme ou de s'emparer de l'argent t'appartenant, ne pourrait-il pas te tuer alors ? Je te dis que tu ne peux pas l'épouser, Phœbe. En premier lieu, je déteste cet individu ; et en second lieu, je ne suis pas d'accord pour me séparer de toi. Nous lui donnerons quelques livres et le renverrons d'où il vient. »

Phœbe Marks saisit les mains de milady dans les siennes et les serra convulsivement.

« Milady, s'écria-t-elle avec impétuosité. N'essayez pas de m'en empêcher ; ne me demandez pas de le contrarier. Je vous dis que je dois l'épouser. Vous ne savez pas qui il est ; il travaillera à ma ruine et à celle des autres si je manque à ma parole. Je dois l'épouser !

– Très bien alors, Phœbe. Je ne peux m'y opposer. Il doit y avoir quelque secret dans tout ceci.

– Il y en a un, milady, dit la jeune fille sans la regarder.

– Je serai très fâchée de te perdre ; mais j'ai promis d'être ton amie en toute occasion. Que veut faire ton cousin quand vous serez mariés ?

– Il désirerait tenir une auberge.

– Alors il tiendra une auberge, et qu'il s'y enivre jusqu'à la mort, le plus vite possible. Sir Michael se rend ce soir à un dîner entre hommes chez le major Margrave, et ma belle-fille est chez ses amis de La Grange. Tu peux amener ton cousin dans le salon après le dîner, et je lui dirai ce que je peux faire pour lui.

– Vous êtes vraiment bonne, milady », répondit Phœbe en soupirant.

Lady Audley était assise, éclairée par l'éclat brillant du feu et des bougies, dans le somptueux salon. Les coussins de damas jaune d'ambre du sofa contrastaient avec le foncé de sa robe de velours violet, et sa chevelure ondoyante qui tombait sur son cou en volutes d'or. La fortune et la splendeur qui l'entouraient contrastaient avec la grossièreté du valet debout, grattant sa grosse tête ronde, pendant que milady lui expliquait les décisions qu'elle avait prises pour sa servante et confidente. Les promesses de Lucy étaient magnifiques, et elle s'attendait à ce qu'il exprimât de la reconnaissance avec la rudesse qui lui était propre.

À sa grande surprise, il resta immobile, fixant le plancher sans articuler un mot. Phœbe se tenait à côté de lui et semblait désolée de son impolitesse.

« Dites à milady combien vous êtes reconnaissant, Luke, dit-elle.

– Mais je ne le suis pas tant que cela, répondit son amoureux avec dureté. Cinquante livres, ce n'est pas beaucoup pour ouvrir une auberge ; il nous faut bien cent livres, madame.

– Je n'en ferai rien, dit lady Audley, dont les yeux bleus étincelaient d'indignation, et je m'étonne de votre impertinence à me demander une chose pareille.

– Oh ! mais, vous le ferez malgré tout, répondit Luke avec une calme insolence, derrière laquelle se dissimulait un sous-entendu ; vous nous donnerez cent livres, madame. »

Lady Audley se leva, regarda fixement l'homme jusqu'à lui faire baisser les yeux et, se tournant vers sa femme de chambre, lui dit d'une voix haute et perçante, qui était le signe d'une forte agitation :

« Phœbe Marks, vous avez parlé à cet homme.

– Oh ! pardonnez-moi... pardonnez-moi... s'écria-t-elle, il m'y a forcée... autrement... jamais !... jamais !... je ne lui aurais dit... »

CHAPITRE XV

Sur le qui-vive

Fin novembre, en une sombre matinée, Phœbe Marks et son cousin Luke traversèrent le cimetière d'Audley et se présentèrent devant un vicaire grelottant de froid imprégné du brouillard du matin et dont l'humeur ne s'était pas améliorée après avoir attendu les mariés pendant cinq minutes.

Luke Marks, mal fagoté dans ses habits du dimanche, ne paraissait pas plus beau que dans son costume de tous les jours ; mais Phœbe, habillée d'une robe de taffetas gris perle, qui avait été portée environ une demi-douzaine de fois par sa maîtresse, ressemblait, selon certains spectateurs, à une vraie dame.

Une bien triste et sombre dame, aux traits mous et dépourvus de couleurs, ayant des yeux, une chevelure, un teint et une toilette qui se confondaient en ombres si pâles et si incertaines, qu'un étranger superstitieux aurait pu la prendre pour le fantôme de quelque autre mariée morte et ensevelie dans les caveaux de l'église.

Luke Marks, le héros du jour, ne pensait pas à tout cela. Il possédait la femme de son choix et une auberge, fruit de son ambition. Milady avait fourni les soixante-quinze livres nécessaires pour l'acquisition de la modeste auberge située dans le centre d'un petit village isolé perché sur le sommet d'une colline appelée Mount Stanning. Ce n'était pas une très jolie maison en apparence; détériorée par les intempéries, elle était située sur un terrain élevé, abritée seulement par trois ou quatre peupliers démesurés et sans feuilles qui offraient l'image de la souffrance et de l'abandon. Le vent avait soufflé sur l'*Auberge du Château* et avait cruellement fait sentir sa puissance. C'était lui qui avait fait fléchir et renversé les toitures basses couvertes de chaume des hangars et des étables, jusqu'à ce qu'elles fussent penchées en avant comme un chapeau rabattu sur le front de quelque brigand de village; c'était lui qui avait secoué avec fracas les contrevents en bois des fenêtres qui pendaient désormais brisés et délabrés sur leurs gonds rouillés; c'était lui qui avait fait tomber le pigeonnier et détruit la girouette. C'était lui qui avait fait ce que bon lui semblait du moindre morceau de treillage en bois, des plantes grimpantes, du frêle balcon, de toutes les modestes décorations, et avait arraché, dispersé le tout avec fureur et dédain, c'était lui, en un mot, qui avait mis en morceaux, abîmé, crevassé et disloqué la masse des bâtiments, puis s'était évanoui en mugissant dans le désordre et le triomphe de sa vigueur exterminatrice. Le propriétaire s'était fatigué de sa longue lutte avec ce puissant ennemi, aussi le vent était-il resté libre d'agir selon ses caprices, et l'*Auberge du Château* tombait lentement en ruine. Mais malgré tout elle n'en était pas moins prospère. De vigoureux gardiens de troupeaux s'arrêtaient pour boire au comptoir; de riches fermiers passaient leurs soirées à parler politique dans la salle basse et lambrissée, tandis que leurs chevaux mâchaient quelque mélange suspect de foin moisi et de fèves à peine comestibles dans les écuries en ruine. Les membres de la chasse d'Audley avaient parfois fait une halte à l'*Auberge du Château*, pour se rafraîchir et nourrir leurs chevaux ; lors d'une grande occasion, un dîner avait été commandé par le chef piqueur pour une trentaine de personnes, ce qui avait presque rendu fou le propriétaire.

Aussi Luke Marks, qui n'avait pas le moindre souci d'esthétique, s'estima très heureux de devenir propriétaire de l'auberge de Mount Stanning.

Une carriole attendait dans le brouillard pour amener le jeune couple dans sa nouvelle demeure, et seuls quelques simples villageois, qui avaient connu Phœbe enfant, rôdaient près de la porte du cimetière pour la féliciter. Ses yeux ternes l'étaient encore plus d'avoir pleuré. Le mari était gêné par ces signes d'émotion.

« Pourquoi pleurniches-tu ? dit-il durement. Si tu ne voulais pas te marier avec moi, il fallait me le dire. Je ne vais pas te tuer. »

La femme de chambre grelottait pendant qu'il lui parlait, et serra autour d'elle sa mantille de soie.

« Tu as froid dans tout ce bel attirail, dit Luke, jetant un regard mauvais sur sa riche toilette. Pourquoi les femmes ne s'habillent-elles pas selon leur condition ? Ce n'est pas avec mon argent que tu achèteras des robes de soie, ça je peux te le dire. »

Il fit grimper la jeune fille tremblante dans la carriole, l'enveloppa d'un châle grossier et poussa son cheval dans le brouillard jaune, accompagné par les faibles acclamations de deux ou trois gamins.

Une nouvelle femme de chambre fut envoyée de Londres pour remplacer Phœbe Marks auprès de milady, elle portait une robe de satin noir très élégante et des rubans roses sur son bonnet et se plaignait amèrement de la tristesse du château d'Audley.

Mais Noël amena des visites au vieux manoir. Un châtelain de campagne et son épouse grassouillette occupèrent la chambre aux tapisseries ; de gaies jeunes filles virevoltèrent dans les longs corridors, et des jeunes gens regardèrent par les fenêtres, observant le vent du sud et le ciel nuageux. Il n'y avait pas une place vide dans les vieilles et spacieuses écuries ; une forge improvisée avait été établie dans la cour pour ferrer les chevaux de chasse. Les chiens en aboyant rompaient le silence de leurs clameurs continuelles ; des domestiques engagés pour l'occasion étaient logés dans les combles ; toutes les petites fenêtres cachées sous un pignon du toit, chaque lucarne de la vieille toiture bizarre, illuminaient cette nuit d'hiver, de telle sorte que le voyageur surpris par la nuit, arrivant soudainement au château d'Audley, trompé par les lumières, le bruit et le vacarme du lieu, aurait pu prendre le manoir hospitalier pour une bonne auberge de l'ancien temps.

Entre autres invités, il y avait Mr Robert Audley qui se trouvait dans l'Essex pour la saison des chasses, avec une demi-douzaine de romans français, une caisse de cigares, et trois livres de tabac turc dans sa malle.

Les honnêtes châtelains qui parlaient, tout le temps du déjeuner, de *Flying Dutchman* et de *Voltigeur*, des courses à cheval qui duraient sept heures dans les trois comtés, et d'un parcours de trente miles à minuit pour rentrer à leur domicile avec des chevaux de louage, et quittaient brusquement la table bien servie la bouche pleine de rosbeef froid, pour examiner soit un paturon, soit une entorse de la jambe de devant, soit le poulain qui revenait de chez le vétérinaire, restaient pétrifiés en voyant Mr Robert Audley se baguenauder avec une tartine de pain et de marmelade comme s'il était imperméable à tout ce tohu-bohu. Il avait amené deux chiens avec lui, qui faisaient la risée d'un gentilhomme ; l'un d'eux avait suivi Robert Audley à travers Chancery Lane et la moitié de la longueur d'Holborn, tandis que son compagnon avait été enlevé *vi et armis* par le jeune avocat à un marchand de fruits qui le maltraitait. Et parce que Robert, en outre, insistait pour avoir ces deux animaux déplorables sous son fauteuil dans le salon, au grand désespoir de milady, qui détestait toute espèce de chiens, les invités du château d'Audley considéraient le neveu du baron comme un doux maniaque.

Durant d'autres visites effectuées au château, Robert Audley n'avait guère participé aux joies des parties de campagne de la compagnie. Il avait trotté à travers une demi-douzaine de champs labourés juché sur un poney de sir Michael et, essoufflé et haletant, il avait, un matin, exprimé son intention de ne pas suivre davantage la chasse. Il avait chaussé, à grand-peine, une paire de patins à glace mais il était tombé à son premier essai, et était resté placidement assis sur ses fesses, jusqu'au moment où les spectateurs crurent convenable de le relever. Cette année il ne montrait aucun intérêt pour ces amusements champêtres. Il passait son temps à flâner dans le salon, se rendant agréable à milady et à Alicia avec sa nonchalance naturelle.

Lady Audley se montrait sensible aux attentions de son neveu avec cette grâce semi-enfantine que ses admirateurs trouvaient si charmante : mais Alicia s'indignait du changement opéré dans la conduite de son cousin.

« Vous avez toujours été quelqu'un de faible, Bob, dit la jeune fille d'un air méprisant, alors qu'elle avançait dans le salon, en costume de cheval, après un déjeuner de chasse auquel Robert n'avait pas assisté, préférant une tasse de thé dans le boudoir de milady. Mais cette année, c'est encore pire, vous n'êtes bon qu'à tenir un écheveau de soie ou à lire Tennyson à lady Audley.

– Ma chère pétulante et impétueuse Alicia, ne

vous mettez pas en fureur, supplia le jeune homme. Il est des conclusions un peu hâtives et ne lâchez pas la bride à votre jugement, comme vous le faites à votre jument Atalante quand vous courez à travers champs sur les talons d'un infortuné renard. Lady Audley m'intéresse, et les amis de campagne de mon oncle, pas du tout. Est-ce là une réponse suffisante, Alicia ? »

Miss Audley remua la tête avec dédain.

« C'est sans doute la meilleure réponse que vous pouvez me faire, Bob, dit-elle avec impatience, mais je vous en prie, amusez-vous donc comme il vous convient ; allongez-vous dans un fauteuil tout le jour, avec ces deux chiens ridicules endormis sur vos genoux ; enfumez donc les rideaux de la fenêtre de milady avec vos cigares, et énervez tout le monde dans la maison par votre attitude stupide et mollassonne. »

Mr Robert Audley ouvrit tout grand ses beaux yeux gris et jeta un regard désespéré sur miss Alicia.

La jeune fille se promenait de long en large, frappant de façon vigoureuse les pans de sa jupe avec sa cravache ; ses yeux lançaient des regards irrités, et une vive rougeur animait ses joues diaphanes. Le jeune avocat reconnut à ces symptômes que sa cousine était en colère.

« Oui, répéta-t-elle, votre comportement est stupide et montre votre insensibilité. Savez-vous, Robert, qu'avec toute votre amabilité sarcastique, vous êtes bourré d'amour-propre et d'arrogance ? Vous observez nos distractions avec hauteur, vous levez vos sourcils et haussez les épaules, puis vous vous installez dans votre fauteuil, sans vous soucier de nous. Vous êtes un égoïste.

– Alicia ! Ma chère, ma gracieuse Alicia !... »

Il laissa tomber son journal et fixa d'un air rêveur son charmant agresseur.

« Oui, égoïste, Robert ! Vous gardez avec vous une demi-douzaine de chiens affamés, parce que vous les aimez. Vous avez des attentions envers les petits enfants et vous leur donnez un peu d'argent, parce que cela vous flatte d'agir ainsi. Mais vous levez les yeux au ciel lorsque le pauvre sir Harry Towers raconte une histoire stupide, vous l'observez avec mépris et vous lui faites perdre toute confiance en lui. Sir Harry vous vaut vingt fois, même s'il n'écrit que pour demander si ma jument Atalante est remise de son entorse. Il n'a pas des paroles magiques lui, et ne prend pas des airs hautains, mais il traverserait le feu et l'eau pour la femme qu'il aime, tandis que vous... »

Au moment même où Robert s'apprêtait à affronter la colère de sa cousine, qui devenait de plus en plus virulente, la jeune fille s'interrompit brusquement et fondit en larmes.

Robert se leva vivement de son fauteuil, trébuchant sur ses chiens allongés sur le tapis.

« Alicia, ma chère Alicia, qu'y a-t-il ?

– Il y a... il y a... il y a que j'ai une poussière dans l'œil », dit-elle en sanglotant.

Et avant que Robert ait pu vérifier cette affirmation, Alicia s'était enfuie.

Robert Audley se préparait à la suivre, lorsqu'il entendit sa voix dans la cour d'où montait le bruit des piétinements des chevaux, du tumulte causé par les invités, les chiens et les valets. Sir Harry Towers, le plus aristocratique sportif du voisinage, aidait Alicia à monter sur son cheval.

« Bonté du ciel ! s'écria Robert observant la joyeuse troupe de cavaliers jusqu'à ce qu'elle eût disparu au-delà de l'arceau, que veut dire tout ceci ?... Qu'elle est ravissante à cheval ! Quelle belle allure, et quel joli visage ! Mais s'enfuir ostensiblement avec un individu de cette espèce. Voilà ce qui arrive lorsqu'on laisse une jeune fille suivre les chasses !... Quelle jeune fille accomplie elle eût pu faire si elle avait été élevée dans Fig-Tree Court ! Si je me marie et que j'ai des filles, le plus tard possible, Dieu m'en préserve, elles seront élevées dans Paper Buildings, elles se promèneront dans les jardins du Temple, ne sortiront jamais du domaine jusqu'à ce qu'elles soient en âge de se marier, et je les conduirai à l'église de Saint-Dunstan, pour les remettre entre les mains de leurs époux. »

C'est ainsi que Robert Audley trompa le temps jusqu'à l'arrivée de milady, fraîche et rayonnante dans son élégante toilette du matin, ses boucles d'or lustrées par des eaux parfumées et son album recouvert de velours dans les mains. Elle dressa un petit chevalet à côté de la fenêtre, s'assit devant, et commença à mélanger les couleurs sur sa palette, tandis que Robert l'observait les yeux à demi clos.

« Mon cigare ne vous incommode pas, lady Audley ?

– Oh ! non, je suis habituée à l'odeur du tabac. Mr Dawson, le chirurgien, fumait toute la soirée quand je vivais chez lui.

– Dawson est un homme bon, n'est-ce pas ? » demanda Robert d'un air insouciant.

Milady fit entendre son charmant éclat de rire.

« Le meilleur des hommes, dit-elle, il me donnait vingt-cinq livres par an... imaginez-vous... ce qui fait six livres cinq shillings par trimestre. Je me vois encore recevant cette somme, six malheureux souverains ternis, et un peu d'argent qui venait directement de la tirelire du chirurgien ; et à cette époque j'étais si heureuse d'avoir cet argent, tandis qu'aujourd'hui... je ne puis m'empêcher de rire lorsque j'y pense... Ces couleurs que j'emploie coûtent une guinée chacune chez Windsor et Newton... le carmin et l'outremer, trente shillings. J'ai donné à Mrs Dawson une de mes robes de soie, l'autre jour, et elle m'a embrassée. »

Milady laissait libre cours à sa bonne humeur en pensant à cela... Ses couleurs étaient maintenant mélangées ; elle était en train de copier une aquarelle d'une extraordinaire beauté représentant un paysan italien à la manière de Turner. L'esquisse était pratiquement finie, et elle avait seulement à donner quelques petites retouches avec le plus délicat de ses pinceaux en poils de blaireau. Elle se préparait à exécuter délicatement cette tâche en regardant de biais la peinture.

Pendant ce temps-là, Robert Audley observait attentivement son visage.

« C'est un grand changement, dit-il après un silence si long que milady aurait pu ne pas se souvenir de ce qui avait été dit précédemment. C'est une si grande transformation ! Bien des femmes envieraient une situation comme la vôtre. »

Lady Audley leva ses grands yeux bleus et les fixa subitement sur le jeune avocat. Le soleil d'hiver illuminait l'azur de ses beaux yeux, de sorte que leur couleur semblait hésiter entre le bleu et le vert, comme varient en un jour d'été les teintes opalines de la mer. Elle fit un faux mouvement avec le pinceau et tacha le visage du paysan.

Robert Audley lissait délicatement les feuilles de son cigare.

« Mon ami du coin de Chancery Lane ne m'a pas fourni d'aussi bons manilles que d'habitude, murmura-t-il. Si jamais vous fumez un jour, ma chère tante, faites attention à bien choisir vos cigares. »

Milady respira longuement, ramassa sa brosse, et éclata de rire :

« Quel excentrique vous faites, Mr Audley ! Savez-vous que quelquefois vous m'embarrassez.

– Pas plus que vous ne m'embarrassez, ma chère tante. »

Milady rangea ses peintures et l'esquisse, puis,

s'asseyant dans la profonde embrasure d'une autre fenêtre, à une distance considérable de Robert Audley, se mit à travailler à une grande pièce de tapisserie.

Milady était à l'autre bout de la pièce et le jeune homme apercevait de temps à autre la clarté de son beau visage, auréolé de cheveux semblables à une brume dorée.

Robert Audley était depuis une semaine au château, et pourtant ni lui ni milady n'avaient encore prononcé le nom de George Talboys.

Ce matin-là, cependant, après avoir échangé quelques banalités d'usage, lady Audley demanda des nouvelles de l'ami de son neveu.

« Ce Mr George... George... dit-elle en hésitant.

– Talboys ! souffla Robert.

– Oui, c'est cela... Mr George Talboys !... voilà un nom bien particulier d'ailleurs et c'est certainement un très singulier personnage. L'avez-vous vu dernièrement ?

– Je ne l'ai pas vu depuis le 7 septembre, depuis le jour où il me laissa endormi dans la prairie de l'autre côté du village.

– Ah ! mon Dieu ! s'écria milady. Quel jeune homme étrange, ce Mr George Talboys. Je vous en prie, dites-moi tout ce que vous savez sur lui. »

Robert raconta, en quelques mots, sa visite à Southampton et son voyage à Liverpool, et ce qui en résulta ; milady écoutait avec la plus grande attention.

Afin de mieux mettre en valeur les péripéties de cette histoire, le jeune homme se leva de son fauteuil et, traversant le salon, prit place en face de lady Audley.

« Et quelle est votre conclusion ? demanda milady, après un moment de silence.

– C'est tellement mystérieux, répondit-il, que je n'ose pas en tirer des conclusions ; mais malgré les ténèbres, je crois être arrivé à deux hypothèses qui me paraissent presque des certitudes.

– Et quelles sont-elles ?...

– Premièrement, que George Talboys n'est pas allé plus loin que Southampton ; deuxièmement, qu'il n'est pas même allé à Southampton.

– Mais vous avez trouvé des traces manifestes de son voyage : son beau-père l'a vu.

– J'ai des raisons de douter de la sincérité de son beau-père.

– Mon Dieu ! s'écria milady d'un air inquiet : que voulez-vous dire ?

– Lady Audley, répondit gravement le jeune homme, je n'ai jamais exercé comme avocat. J'ai choisi une profession où l'on doit assumer de grandes responsabilités et remplir des devoirs sacrés ; j'ai toujours fui les uns et les autres, comme j'ai toujours évité les soucis de cette vie ennuyeuse ; mais nous sommes parfois obligés de les affronter, et j'ai été confronté dernièrement à cette situation. Lady Audley, n'avez-vous jamais étudié la théorie de l'induction ?

– Comment pourrais-je la connaître ? s'écria milady.

– L'induction, continua le jeune homme, comme s'il eût à peine entendu l'interruption de lady Audley, est ce merveilleux édifice, construit de brins de paille rassemblés dans un certain cercle, est encore assez solide pour servir de potence à un homme. Une foule de petits détails de légers hasards expliquent parfois le secret de quelque crime mystérieux et aucun savant n'a jamais pu comprendre comment fonctionnait cette alchimie. Un chiffon de papier, un morceau de vêtement déchiré, un bouton arraché d'un habit, un mot échappé imprudemment des lèvres d'un coupable, le fragment d'une lettre, une porte ouverte ou fermée, une ombre sur le store, sont autant d'indices qui mèneront le juge à prouver la culpabilité ; voilà le gibet dressé, la cloche fatale qui tinte dans la brume sinistre du jour naissant, la bascule qui crie sous les pieds du coupable, et justice est faite. »

De faibles ombres de vert et de cramoisi, émanant des vitraux, se reflétèrent sur le visage de milady. Son visage était exsangue ; il ne lui restait que la pâleur gris cendre des fantômes.

Assise calmement dans son fauteuil, la tête renversée sur les coussins de damas couleur d'ambre, ses mains reposant sans force sur ses genoux, lady Audley s'était évanouie.

« L'étau se resserre de jour en jour, se dit Robert Audley, George Talboys n'est pas allé à Southampton. »

CHAPITRE XVI

Robert Audley quitte le château

La semaine de Noël était terminée et les invités abandonnaient un à un Audley Court. Le gros châtelain et sa femme quittèrent la chambre sombre aux tapisseries grises et laissèrent les guerriers aux sourcils noirs lancer dans le vide leurs regards avides de vengeance. Les jeunes filles au second étage rangeaient leurs malles, la gaze des toilettes de bal était froissée, après avoir été amenée à Audley dans toute sa fraîcheur. Les vieilles voitures de famille, avec leurs chevaux aux fanons non taillés, étaient rangées en cercle, dans la cour située devant la porte austère de chêne. Un monceau de bagages y était entassé dans un véritable désordre. On voyait de jolis visages apparaître aux portières, pour dire un dernier adieu pendant que le véhicule passait avec fracas en crissant sur ses ressorts sous l'arceau couvert de lierre. Sir Michael était partout à la fois, serrant les mains des jeunes sportifs ; embrassant les jeunes filles aux joues rosées, et même les dames corpulentes qui venaient le remercier de son hospitalité ; toujours cordial, hospitalier, généreux, heureux et aimé, le baron se précipitait d'appartement en appartement, de l'antichambre aux écuries, des écuries à la cour, de la cour à la porte cochère cintrée, pour dire au revoir à ses hôtes.

Les boucles soyeuses de milady jetaient çà et là des reflets semblables aux feux intermittents d'un soleil. Ses grands yeux bleus avaient un joli regard triste, en parfait accord avec la douce pression de sa petite main, des mots d'amitié convenus, avec lesquels elle disait à ses invités combien elle était au désespoir de les voir partir, et qu'elle ne savait pas ce qu'elle allait devenir jusqu'à leur retour.

Mais, si désespérée que pût être milady de perdre ses invités, il y avait au moins un hôte dont la compagnie n'allait pas lui manquer. Robert Audley n'avait pas l'intention de quitter la maison de son oncle. Il n'avait pas de devoirs professionnels à remplir, disait-il ; Fig-Tree Court était une retraite délicieuse, mais c'était terrible lorsque le vent soufflait en hiver et provoquait grippes et rhumatismes. Tout le monde était si agréable avec lui au château, qu'il n'avait vraiment pas envie de s'en aller.

Sir Michael n'avait qu'une seule réponse :

« Restez, mon cher Bob, aussi longtemps que vous le voudrez. Je vous aime comme un fils. Faites-vous bien voir de Lucy et installez-vous au château aussi longtemps que vous le voudrez. »

Avant son départ, le dernier chasseur, sir Harry Towers, demanda un rendez-vous avec Alicia Audley dans la bibliothèque en chêne durant lequel le jeune chasseur de renards manifesta une vive émotion. Devant tant de sincérité, Alicia eut le cœur brisé mais fut obligée de lui répondre qu'elle conserverait toujours à son égard estime et respect, mais qu'il ne devait jamais, jamais, jamais, à moins de lui faire de la peine, lui demander autre chose que cela.

Sir Harry quitta la bibliothèque par la porte ouvrant sur le jardin. Il s'enfonça dans cette allée de tilleuls que George Talboys avait comparée à celle d'un cimetière, et sous les arbres sans feuilles se laissa aller à sa peine.

« Quel fou je suis d'aimer ainsi ! s'écria-t-il, imprimant son pied sur le sol glacé. J'ai toujours su qu'il en serait ainsi, elle était cent fois trop belle pour moi. Que Dieu la rende heureuse ! Quelle noblesse et quelle douceur dans son langage ! Qu'elle était belle lorsqu'elle a rougi, elle était presque aussi belle que le jour où, franchissant la haie, elle me laissa mettre une bruyère à son chapeau sur le chemin du retour. Que Dieu la rende heureuse ! Je peux passer sur bien des choses tant qu'elle ne s'intéresse pas à cet avocat ; ça, je ne le supporterais pas. »

Ce dernier était planté dans le vestibule, examinant une carte géographique des provinces du Centre, lorsque Alicia, les yeux rougis par les pleurs, s'approcha de lui.

« Certainement, dit-il, Norwich est dans le Norfolk, et cet étourdi, ce jeune Vincent, affirmait que c'était dans le Herefordshire. Alicia, c'est vous ? »

Il se retourna vers Alicia qui se dirigeait vers l'escalier et lui barra le passage.

« Mais oui, répliqua brièvement sa cousine, essayant de passer.

– Alicia, vous avez pleuré ? »

La jeune fille ne daigna pas répondre.

« Vous avez pleuré, Alicia. Sir Harry Towers vient de vous demander en mariage, n'est-ce pas ?

– Écoutiez-vous à la porte ?

– Non, miss Audley. En théorie je m'interdis d'écouter, et en pratique je crois que c'est un exercice très fatigant, mais je suis avocat, miss Alicia, et par conséquent capable de tirer des conclusions ? Je ne pensais pas que sir Harry puisse vous parler d'autre chose que de cheval ! Mais j'ai compris intuitivement que le baron se préparait à vous demander en mariage ; premièrement, parce qu'il a descendu l'escalier, les cheveux savamment ordonnés, et que son visage était aussi pâle que la nappe ; deuxièmement parce qu'il n'a rien pu manger à déjeuner et a avalé son café de travers; et troisièmement, parce qu'il vous a demandé une entrevue avant de quitter le château. Eh bien, que va-t-il se passer, Alicia? Allez-vous épouser le jeune baron, et serai-je garçon d'honneur à la noce?

– Sir Harry Towers est un noble cœur, dit Alicia, essayant encore d'échapper à son cousin.

– Mais avez-vous dit oui ou non? Allez-vous devenir lady Towers, châtelaine dans le Herefordshire?

– Qu'est-ce que ça peut vous faire, Robert! s'écria Alicia avec emportement. Pourquoi vous soucier de ce qui va m'arriver, ou qui sera mon époux? Si j'épousais un ramoneur, vous vous contenteriez de dire: "Bénie soit son âme; elle a toujours été excentrique." J'ai dit non à sir Harry Towers, mais lorsque je pense à sa générosité et que je la compare à l'indifférence nonchalante et au manque de cœur des autres hommes, j'ai bonne envie de courir après lui et de lui dire...

– Que vous vous rétractez et que vous consentez à devenir lady Towers?

– Oui.

– Ne faites pas cela, Alicia, ne faites pas cela, dit Robert Audley, saisissant le petit poignet gracile de sa cousine, la conduisant en haut de l'escalier; venez avec moi dans le salon, Alicia, ma pauvre petite cousine, ma charmante, impétueuse petite cousine, asseyez-vous là, et parlons sérieusement et sans nous disputer si nous pouvons.»

Les cousins étaient seuls dans le salon. Sir Michael était dehors, milady dans son appartement et le pauvre sir Harry Towers se promenait de long en large sur le gravier de l'allée, caché par les ombres vacillantes des branches dépouillées.

«Ma chère petite Alicia, dit Robert aussi tendrement que s'il se fût adressé à un enfant gâté, croyez-vous vraiment que parce que l'on ne porte pas des flacons de sels, ou qu'on ne se coiffe pas avec la raie au milieu et qu'on ne se conduit pas comme ces beaux parleurs qui veulent à tout prix prouver la violence de leur passion..., pensez-vous que, si l'on n'est pas tout cela, Alicia Audley, on ne puisse pas être aussi sensible aux mérites d'une chère jeune fille au cœur ardent et tendre, autant que le sont tous ceux qui l'entourent ? La vie est si ennuyeuse que, lorsqu'on a compris cela, on a tout intérêt à jouir des bienfaits qu'elle est capable d'apporter. Je ne pousse pas de grands cris de bonheur parce que je peux acheter de bons cigares au coin de Chancery Lane, et parce que j'ai une adorable cousine ; mais je n'en suis pas moins reconnaissant à la Providence. »

Alicia ouvrit ses grands yeux gris et fixa son cousin avec un regard étonné. Robert caressait paisiblement les oreilles du plus vilain et du plus maigre de ses chiens.

« Est-ce là tout ce que vous avez à me dire, Robert ? demanda Alicia avec douceur.

– Eh bien, oui... oui... répliqua son cousin après avoir longuement hésité. Je crois que c'est ce que je voulais vous dire. Ne prenez pas pour mari le baron, si vous préférez quelqu'un d'autre : soyez patiente et prenez la vie paisiblement, essayez de vous maîtriser et de ne plus fermer les portes à tout rompre, sortir ou entrer avec fracas dans les appartements, parler continuellement d'écuries et galoper à travers le pays. Celui que vous aimez sera, j'en suis sûr, un excellent mari.

– Merci, cousin, dit miss Audley, les yeux étincelants d'indignation et rougissant jusqu'à la racine des cheveux ; mais, comme vous ne connaissez pas la personne que j'aime, vous feriez bien de vous abstenir de répondre à sa place. »

Robert, d'un air rêveur, tira pendant quelques moments les oreilles de son chien.

« Cela serait vrai, dit-il après un instant, si je ne la connaissais pas ; mais je crois savoir qui c'est.

– Ah, oui ! » s'écria Alicia.

Et, ouvrant la porte avec une violence qui fit tressaillir son cousin, elle s'élança hors du salon.

« J'ai simplement dit que je croyais la connaître », s'écria Robert ; et puis, se jetant dans un fauteuil, il murmura d'un air pensif : « Une si gentille fille, si elle n'était pas si brusque ! »

Le pauvre sir Harry Towers quitta donc le château d'Audley, l'air triste et abattu. Il était moins heureux de retrouver son magnifique manoir, caché sous l'ombrage des chênes et des hêtres. La demeure carrée, en briques rouges, n'était plus pour lui désormais qu'une demeure désolée puisque Alicia n'avait pas voulu en devenir la maîtresse.

Il décida d'abandonner tous les projets auxquels il avait songé à un moment : le cheval de chasse que Jim, le dresseur, était en train d'élever, les deux jeunes chiens d'arrêt qui devaient être lancés pour la prochaine saison de chasse, le pavillon du jardin abandonné depuis la mort de sa mère.

« À quoi cela sert-il d'être riche, si on ne peut dépenser son argent avec la personne que l'on aime ! dit le jeune baron. On devient égoïste. C'est vraiment cruel. »

En vérité, ce refus auquel il ne s'attendait pas avait complètement désorienté l'esprit déjà quelque peu limité du jeune homme.

C'était à la dernière saison des chasses, lors d'un bal, qu'il était tombé éperdument amoureux d'Alicia. Cette passion, entretenue pendant la durée monotone d'un long été, avait éclaté dans les joyeux mois d'hiver, et seule, la timidité du jeune homme avait retardé la demande en mariage. Cela ne lui était pas venu à l'idée qu'il puisse être repoussé ; il était si habitué à ce que les mères qui avaient des filles à marier le courtisent ; il avait été si souvent le personnage le plus important dans toute assemblée, même lorsque les esprits les plus vifs du moment étaient présents ; il avait été si sollicité par des regards ardents qui semblaient plus intenses encore lorsqu'il approchait, que, sans être possédé d'une once de vanité, il était persuadé qu'il n'avait qu'à s'offrir à la plus jolie fille de l'Essex, pour se voir immédiatement accepté.

Aussi lorsque Alicia dit : « Non », ou plutôt fit ce joli discours sur l'estime et le respect que les filles bien élevées substituent à ce désagréable monosyllabe, sir Harry Towers sentit que tout ce qu'il avait complaisamment échafaudé s'était écroulé et n'était plus qu'un amas de ruines.

Sir Michael lui prit cordialement la main juste avant que le jeune homme ne montât sur son cheval.

« Je suis navré, Towers, dit-il ; vous êtes le meilleur garçon qui puisse exister, et vous auriez sûrement été un excellent mari pour ma fille. Mais vous savez qu'il y a son cousin, et je crois que...

– Ne me dites pas cela, sir Michael, interrompit énergiquement le jeune homme. Je puis accepter n'importe quoi, mais pas cela. Non, non, sir Michael, il y a des choses insolites dans le monde, mais je ne puis croire cela de miss Audley. Il doit y avoir quelqu'un, mais ça ne peut pas être le cousin. »

Sir Michael secoua la tête tandis que l'amoureux transi s'éloignait.

« Je ne comprends rien, murmura-t-il ; Bob est un excellent garçon, et ma fille pourrait faire un plus mauvais choix ; mais il agit comme s'il ne se souciait pas d'elle. Tout ceci me dépasse. »

Le vieux baron ne prit cependant pas parti, après tout il ne s'agissait pas de ses affaires. Les ombres d'un rapide crépuscule se condensaient sous le plafond bas du vestibule. Mais la lumière de sa vie, sa belle et jeune femme chérie, était près de lui, et il ne voyait plus les ombres lorsqu'elle était à ses côtés.

Elle traversa en sautillant le vestibule pour venir le trouver, et, secouant ses boucles d'or, enfouit sa tête dans le sein de son époux.

« Ainsi, le dernier de nos invités est parti, et nous voilà tout seuls, dit-elle.

– Oui, chérie, répondit-il avec passion en caressant ses beaux cheveux.

– À l'exception de Robert Audley. Combien de temps votre neveu doit-il rester ici ?

– Aussi longtemps qu'il le voudra, il est le bienvenu », dit le baron ; puis, se reprenant, il ajouta avec tendresse : « À moins, cependant, que sa visite ne vous soit pas agréable, chérie ; à moins que sa paresse, sa fumée, ses chiens, ou quelque chose en lui ne vous déplaise. »

Lady Audley plissa ses lèvres rosées, et fixa le sol d'un air rêveur.

« Ce n'est pas cela, dit-elle en hésitant, Robert Audley est un jeune homme agréable et honorable ; mais vous comprenez, sir Michael, je suis une tante bien trop jeune pour un tel neveu, et...

– Quoi, Lucy ? demanda brusquement le baron.

– La pauvre Alicia est presque jalouse des attentions que votre neveu me témoigne, et... et... je crois qu'il vaudrait mieux, pour son moral, qu'il mît fin à son séjour ici.

– Il partira ce soir, Lucy, s'écria sir Michael ; j'ai été un aveugle, un fou, un imprudent de ne pas avoir pensé à cela. Ma délicieuse petite amie, votre puissance de fascination est telle qu'il était fou de soumettre Bob à cette épreuve. Je sais que c'est le meilleur garçon et le plus loyal qui puisse jamais exister, mais... mais il partira ce soir.

– Mais ne soyez pas trop brusque.

– Non, Lucy. Il est en train de fumer dans l'allée des tilleuls. Je vais lui dire de quitter la maison dans une heure. »

Ainsi, dans cette avenue où George Talboys avait attendu cette soirée orageuse qui précéda le jour de sa disparition, sir Michael Audley dit à son neveu que le château n'était pas un lieu pour lui, et que milady était trop jeune et trop jolie pour accepter les faveurs d'un beau neveu de vingt-huit ans.

Robert se contenta de hausser les épaules tandis que sir Michael formulait ces remarques avec délicatesse.

« En effet, j'ai eu de l'attention pour milady, dit-il, elle m'intéresse vivement, étrangement même » ; puis, avec un changement dans la voix et une émotion qui lui était peu habituelle, il se tourna vers le baron et, saisissant sa main, s'écria : « À Dieu ne plaise, mon cher oncle, je voudrais ne jamais vous faire de chagrin ! Fasse que la plus légère ombre de déshonneur ne tombe jamais sur votre noble tête, et au moins que cela ne soit pas de mon fait. »

Le jeune homme prononça ces quelques mots d'une voix faible et saccadée que sir Michael ne lui connaissait pas ; puis, détournant la tête, il s'éloigna, l'air abattu.

Il quitta le château à la nuit, mais il n'alla pas loin. Au lieu de prendre le train du soir pour Londres, il monta au petit village de Mount Stanning, il entra dans l'auberge proprement tenue, et demanda à Phœbe si elle pourrait lui louer un appartement.

CHAPITRE XVII

À l'auberge

La petite salle dans laquelle Phœbe Marks introduisit le neveu du baron était située au rez-de-chaussée, séparée seulement par une cloison en lattes et en plâtre du petit comptoir, derrière lequel s'affairaient l'aubergiste et sa femme.

Il semblait que l'architecte qui avait commandé les travaux de rénovation ait pris un soin particulier à choisir les matériaux les plus fragiles et les plus légers, afin que le vent, qui avait un goût particulier pour ce lieu mal abrité, pût avoir les coudées franches et satisfaire tous ses caprices.

Les fondements étaient en bois ; des plafonds mal assemblés avaient été posés sur de frêles chevrons et sur des poutres qui menaçaient à chaque nuit d'orage de tomber sur la tête des habitants de l'auberge ; les portes, dont la spécificité était de n'être jamais fermées, battaient toujours violemment ; les fenêtres, construites dans le but particulier de laisser entrer la pluie lorsqu'elles étaient fermées, empêchaient l'air de s'introduire lorsqu'elles étaient ouvertes. La main du démon avait bâti cette auberge de campagne isolée.

Robert regarda autour de lui avec un léger sourire de résignation.

C'était décidément bien différent du luxe et du

confort du château d'Audley, et c'était étrangement original de la part du jeune avocat d'aimer mieux séjourner dans ce triste lieu, que de retourner vivre dans son appartement confortable de Fig-Tree Court.

Mais il avait emporté avec lui sa pipe allemande, son pot à tabac, une demi-douzaine de romans français, ses deux chiens préférés qui se tenaient grelottants devant le petit foyer fumeux, et aboyaient de temps en temps pour réclamer un peu de nourriture réconfortante.

Tandis que Robert Audley examinait son nouveau domicile, Phœbe Marks appela un petit garçon du village qui avait l'habitude de faire ses commissions et, le prenant à part dans la cuisine, lui confia un petit billet soigneusement plié et fermé.

« Tu connais le château d'Audley ?

– Oui, madame.

– Si tu y cours ce soir avec cette lettre, et si tu réussis à la remettre entre les mains de lady Audley, je te donnerai un shilling.

– Oui, madame.

– Tu comprends ? Demande à voir milady... Ne dis pas que tu as un message, ou un billet, entends-tu ? Mais dis que tu as une commission à faire de la part de Phœbe Marks ; et quand tu la verras, tu lui remettras ceci en mains propres.

– Oui.

– Tu le feras ?

– Oui.

– Alors, va-t'en. »

L'enfant n'attendit pas un second ordre de départ, et en un instant il fut sur la grande route qui menait à Audley.

Phœbe Marks se mit à la fenêtre et suivit du regard la forme noire de l'enfant qui se hâtait à travers l'obscurité.

« S'il a de mauvaises intentions en venant ici, pensa-t-elle, milady apprendra la nouvelle à temps. »

Phœbe elle-même apporta le plateau à thé soigneusement disposé, et l'assiette d'œufs au jambon préparée à l'intention de son hôte. Ses cheveux, d'un blond pâle, étaient toujours bien tressés, et sa robe gris clair était ajustée avec autant de précision qu'autrefois. Elle était toujours habillée de manière neutre : pas de rubans aux couleurs voyantes, pas de robe de soie froufroutante dans le but d'exhiber sa prospérité. Phœbe Marks n'avait rien perdu de sa personnalité. Silencieuse et retenue. Elle semblait mettre un point d'honneur à ne compter que sur elle-même et à faire fi de ce qui pouvait venir de l'extérieur.

Robert l'examinait avec attention tandis qu'elle mettait la nappe et tirait la table plus près du feu.

« Voilà, pensait-il, une femme capable de garder un secret. »

Les chiens jetaient des regards presque soupçonneux sur le visage calme de Mrs Marks qui se déplaçait doucement dans la pièce, de la théière à la boîte à thé, et de la boîte à thé à la bouilloire qui chantait sur la plaque du foyer.

« Voulez-vous me servir mon thé, Mrs Marks ? » dit Robert en s'asseyant dans un fauteuil rembourré de crin et recouvert de peau de vache qui l'enserrait étroitement de tous côtés, comme si on le lui avait fait sur mesure.

« Vous êtes venu directement du château, monsieur ? dit Phœbe en présentant le sucrier à Robert.

– Oui, il y a seulement une heure que j'ai quitté mon oncle.

– Aussi gai, aussi heureux que jamais ?

– Absolument. »

Phœbe se retira respectueusement, mais alors

qu'elle avait la main sur le loquet de la porte, il lui adressa de nouveau la parole :

« Connaissiez-vous lady Audley lorsqu'elle était miss Lucy Graham ? demanda-t-il.

– Oui. J'habitais dans la maison des Dawson quand milady y était institutrice.

– En vérité ! Est-elle restée longtemps dans la famille du chirurgien ?

– Une année et demie.

– Elle venait de Londres ?

– Oui.

– Et elle était orpheline, je crois ?

– Oui.

– Toujours aussi gaie que maintenant ?

– Toujours. »

Robert vida sa tasse de thé et la tendit à Mrs Marks. Leurs yeux se rencontrèrent : ceux du jeune homme avaient un regard insouciant, ceux de Phœbe un regard perçant et inquisiteur.

« Cette femme serait comme un poisson dans l'eau sur le banc des témoins, pensa-t-il. Il faudrait un juge vraiment habile pour la troubler. »

Il but une seconde tasse de thé, repoussa le couvert, donna à manger à ses chiens, et alluma sa pipe, tandis que Phœbe emportait le plateau.

Le vent arrivait en sifflant à travers la campagne glacée et les bois sans feuillage, secouant avec fracas les châssis des fenêtres.

« Il y a un courant d'air triangulaire formé par la porte et les deux fenêtres, qui est loin d'ajouter au confort de cet appartement, murmura Robert. On a l'impression d'être dans l'eau glacée jusqu'aux genoux. »

Il attisa le feu, caressa ses chiens, enfila sa robe de chambre, déroula un vieux sofa bancal près du foyer, enveloppa ses jambes dans sa couverture de voyage et, s'étendant de tout son long, fuma sa pipe et considéra les spirales bleuâtres de fumée tourbillonnant lentement vers le plafond.

« Oui, murmura-t-il de nouveau, c'est une femme qui peut garder un secret. »

Le salon où était Robert était séparé du comptoir par une cloison. Le jeune avocat pouvait entendre les deux ou trois marchands du village et quelques fermiers riant et causant, tandis que Luke Marks leur servait quelques-unes de ses liqueurs.

Il pouvait même distinguer leurs paroles, surtout celles du propriétaire, car il parlait d'une voix rude, forte et avec plus de volubilité que les marchands.

« L'homme est fou et lourdaud, dit Robert en posant sa pipe. Je vais aller discuter avec lui tout à l'heure. »

Il attendit que les quelques clients de l'auberge soient partis ; et quand Luke Marks eut verrouillé la porte d'entrée, Robert entra paisiblement dans la salle, où l'aubergiste était assis avec sa femme.

Phœbe travaillait devant une petite table sur laquelle se trouvait une élégante boîte à ouvrage, chaque bobine de coton et un poinçon d'acier brillant placés dans leurs cases respectives. Elle était occupée à ravauder les grossières chaussettes grises de son époux, mais elle faisait sa besogne avec autant de goût que si elle eût travaillé à un délicat corsage en soie de milady.

L'élégance vague dont sa nature était empreinte était due à ses manières qui étaient les mêmes, chez son brutal époux à l'auberge, que dans le délicieux boudoir de lady Audley au château.

Elle leva la tête subitement alors que Robert entrait. Il y avait dans ses yeux gris une certaine ombre de dépit qui se changea en une expression d'anxiété... non, plutôt en une expression de terreur... Son regard allait de Robert Audley à Luke Marks.

« Je suis entré pour causer quelques minutes avant

d'aller me mettre au lit, dit Robert en s'installant commodément devant le foyer crépitant. Vous opposeriez-vous à un cigare, Mrs Marks ? À ce que j'en fume un ? ajouta-t-il.

– Non, pas du tout.

– Ce serait une belle chose qu'elle s'opposât à un peu de fumée de tabac, gronda Mr Marks, quand moi et les employés fumons toute la journée ! »

Robert alluma son cigare avec une allumette en papier fabriquée par Phœbe, qui se trouvait sur le chambranle de la cheminée, et tira une demi-douzaine de bouffées avant de parler.

« Je voudrais que vous me disiez tout ce qui a rapport à Mount Stanning, Mr Marks, dit-il.

– Ce sera, ma foi, très vite dit, répliqua Luke avec un rire dur et amer. De tous les endroits désolés sur lesquels un homme ait jamais mis les pieds, celui-ci est sans doute le plus triste. Non pas que les affaires ne rapportent pas ; je ne me plains pas de cela, mais je préférerais une auberge à Chelmsford, ou à Brentwood, ou à Romford, ou dans quelque endroit plus animé ; et j'aurais pu avoir cela, ajouta-t-il d'un air mécontent, si certaines personnes n'avaient pas été aussi radines et aussi rusées. »

Comme son mari murmurait cette plainte en grognant, Phœbe leva les yeux de dessus son ouvrage et lui dit :

« Nous avons oublié de fermer la porte de la brasserie, Luke, dit-elle ; veux-tu venir avec moi, pour m'aider à placer la barre ?

– La porte de la brasserie peut rester ouverte pour ce soir, dit Mr Marks, je n'ai pas envie de me déranger, maintenant que je suis assis et que je vais fumer une bonne pipe. »

Il prit, en parlant, une longue pipe de terre au coin du garde-feu, et se mit à la bourrer.

« Je ne me sens pas tranquille à propos de la porte

de la brasserie, Luke, observa de nouveau sa femme ; il y a des rôdeurs dans les environs, et ils peuvent entrer facilement quand la barre n'est pas placée.

– Vas-y, et pose la barre toi-même, répondit Mr Marks.

– Elle est trop lourde pour moi.

– Alors, laisse-la tranquille, si tu es trop fragile pour le faire. Tu es soudain bien inquiète à propos de cette porte. J'espère que tu n'as pas l'intention de m'empêcher de répondre à ce gentleman qui est là ? Oh ! tu n'as pas besoin de me regarder en fronçant le sourcil pour me faire taire ! Tu es toujours là à m'interrompre et à m'empêcher de terminer mes phrases ; mais je ne peux pas le supporter, entends-tu ? »

Phœbe Marks haussa les épaules, plia son ouvrage, ferma son nécessaire et, croisant les mains sur sa poitrine, fixa de ses yeux gris la face de taureau de son mari :

« Alors, vous n'aimez pas vraiment vivre à Mount Stanning ? dit Robert poliment, comme s'il était désireux de changer le sujet de conversation.

– Oh ! non, répondit Luke, et je me fiche qu'on le sache ; et si, comme je vous l'ai déjà dit, les gens que cela regarde n'avaient pas été comme ils sont, j'aurais pu avoir une auberge dans une ville où il y a un marché, au lieu de cette vieille baraque en ruine dans laquelle un homme a les cheveux qui volent par les jours de grand vent. Qu'est-ce que cinquante livres ou même cent livres ?...

– Luke ! Luke !

– Non, tu ne réussiras pas à me faire taire avec tous tes Luke ! Luke ! répondit Mr Marks. Je le répète, qu'est-ce que cent livres ?

– Rien, répondit Robert Audley, adressant ses paroles à Luke Marks avec une netteté parfaite, tout en observant le visage inquiet de Phœbe. Qu'est-ce, en vérité, que cent livres pour un homme possédant le pouvoir que vous avez, ou plutôt que votre femme a sur la personne en question ? »

Le visage de Phœbe, déjà sans couleur, pouvait difficilement devenir plus pâle ; mais, alors qu'elle baissait les yeux sous le regard inquisiteur de Robert Audley, le sang afflua légèrement vers ses pommettes.

« Minuit un quart, dit Robert, regardant sa montre ; c'est une heure avancée pour un village aussi paisible que celui de Mount Stanning. Bonne nuit, mon cher hôte. Bonne nuit, Mrs Marks. Ce n'est pas la peine de m'apporter de l'eau pour me raser demain matin avant neuf heures. »

CHAPITRE XVIII

Robert reçoit une visite inattendue

Le lendemain matin à onze heures, Robert Audley était encore assis devant son petit déjeuner dressé sur une table, ses chiens installés de chaque côté de son fauteuil, le regardaient attentivement la gueule ouverte, espérant un morceau de jambon ou de rôtie. Robert avait le journal du comté sur les genoux et faisait de temps en temps un effort pour lire la première page remplie d'annonces de fermages, de remèdes de charlatans et autres sujets du même style.

Le temps avait changé, et la neige qui, pendant les derniers jours, tombait en flocons légers contre les fenêtres couvrait en s'accumulant le petit jardin.

La route déserte qui conduisait à Audley paraissait vierge de toute trace de pas au moment où Robert regarda le paysage d'hiver.

« C'est superbe, dit-il, même pour un homme habitué aux plaisirs du Temple Bar. »

Comme il regardait les flocons de neige tombant à chaque instant plus épais et plus serrés sur la route, il fut surpris d'apercevoir un attelage montant lentement la côte.

« Je me demande quel pauvre diable a l'esprit assez fou pour sortir par une matinée pareille », murmura-t-il en retournant à son fauteuil à côté du feu.

Il venait à peine de s'asseoir, lorsque Phœbe Marks entra dans la chambre et annonça lady Audley.

« Lady Audley ! Priez-la d'entrer », dit Robert.

Puis, Phœbe ayant quitté la chambre pour y introduire la visiteuse inattendue, il murmura entre ses dents :

« Vous venez de faire un faux pas, milady, auquel je ne me serais pas attendu. »

Lucy Audley était rayonnante par cette glaciale matinée de janvier, enveloppée dans les fourrures que Robert Audley lui avait rapportées de Russie, elle portait un manchon qui paraissait aussi gros qu'elle.

Elle avait l'apparence d'une petite créature enfantine et chétive. Il y avait presque de la pitié dans les yeux de Robert tandis qu'elle s'approchait du foyer et qu'elle réchauffait ses petits doigts gantés.

« Quelle matinée, Mr Audley ! dit-elle, quelle matinée !

– Oui, vraiment. Pour quelle raison êtes-vous sortie par un temps pareil ?

– Parce que je désirais vous voir... en particulier.

– Ah ! oui ?

– Oui, dit milady avec l'air très embarrassé, jouant nerveusement avec le bouton de son gant et l'arrachant presque. Je tenais à vous faire des excuses pour la façon dont vous avez été traité. Vous auriez des raisons de vous plaindre.

– Je ne désire aucune excuse, lady Audley.

– Mais vous y avez droit, répondit milady avec calme. Pourquoi, mon cher Robert, sommes-nous si solennels l'un envers l'autre ? Vous étiez à l'aise chez nous ; nous étions enchantés de vous y accueillir ; mais mon cher et extravagant mari est convaincu de façon absurde qu'il n'est pas convenable pour moi d'avoir un neveu de vingt-huit ans qui passe son temps à m'observer tout en fumant des cigares. Et voilà pourquoi notre petite réunion de famille s'est disloquée. »

Lucy Audley parlait avec cette vivacité particulière aux enfants, qui semblait si naturelle chez elle. Robert considérait d'un œil fatigué et presque triste son visage brillant et animé.

« Lady Audley, dit-il, Dieu nous préserve vous ou moi d'attirer le chagrin et le déshonneur sur la tête de mon généreux oncle. Il vaut mieux que je sois hors de la maison... Peut-être eût-il mieux valu que je n'y fusse jamais entré. »

Milady fixait le feu, tandis que son neveu parlait ; mais, à ses derniers mots, elle releva subitement la tête, et le regarda avec une expression étonnée, un regard fiévreux et interrogateur, dont le jeune avocat comprit toute la signification.

« Oh ! ne soyez pas inquiète, lady Audley, dit-il gravement. Vous n'avez rien à craindre d'une de ces absurdes folies sentimentales que j'aurais pu emprunter aux héros de Balzac ou de Dumas fils. Les premiers avocats d'Inner Temple pourront vous dire que Robert Audley n'est pas atteint de cette folie dont les symptômes évidents sont les cols de chemise rabattus et les cravates à la Byron. Je persiste à dire que je voudrais n'être jamais entré dans la maison de mon oncle l'année dernière ; mais il y a là une raison d'ordre plus tragique que sentimentale. »

Milady haussa les épaules.

« Si vous continuez à parler par énigmes, Mr Audley, dit-elle, ne soyez pas étonné que je ne puisse pas y répondre. »

Robert ne répondit pas à cela.

« Mais avouez-moi, dit milady changeant de ton, ce qui vous a poussé à venir dans ce misérable endroit.

– La curiosité.

– La curiosité ?

– Oui ; je m'intéresse vivement à cet homme au cou de taureau, à la chevelure fauve et aux yeux gris méchants... un homme dangereux, milady... un homme dont je n'aimerais pas être le jouet. »

Le visage de lady Audley s'altéra ; son joli teint rosé disparut, elle devint blanche comme de la cire, et des lueurs de colère étincelèrent dans ses yeux bleus.

« Que vous ai-je fait, Robert Audley, s'écria-t-elle irritée, que vous ai-je fait pour que vous me haïssiez ainsi ? »

Il lui répondit avec beaucoup de gravité.

« J'avais un ami, lady Audley, que j'aimais profondément, et depuis que je l'ai perdu, les sentiments que j'éprouve envers les autres sont étrangement teintés d'amertume.

– Vous parlez de ce Mr Talboys qui est parti en Australie ?

– Oui, il s'agit bien de ce Mr Talboys qui est allé à Liverpool dans le but de se rendre en Australie.

– Et vous pensez qu'il n'a jamais embarqué pour l'Australie ?

– Oui.

– Et pourquoi ?

– Pardonnez-moi, lady Audley, mais je refuse de répondre à cette question.

– Comme il vous plaira, dit-elle avec insouciance.

– Une semaine après la disparition de mon ami, continua Robert, j'expédiai une annonce aux journaux de Sydney et de Melbourne ; je le priais, s'il était dans l'une des deux villes, de m'écrire et de me faire savoir ce qu'il devenait, et je demandais également à toute personne qui aurait pu le rencontrer, soit dans les colonies, soit en dehors, de me donner des renseignements sur lui. George Talboys a quitté l'Essex ou a disparu de l'Essex dans la journée du 6 septembre dernier. Je dois recevoir une réponse à cet avis vers la fin de ce mois. C'est aujourd'hui le 27 ; elle ne va donc pas tarder à arriver.

– Et si vous ne recevez pas de réponse ? demanda lady Audley.

– Si je ne reçois pas de réponse, je penserai que mes craintes étaient fondées et je ferai ce qui est en mon pouvoir pour agir d'une manière ou d'une autre.

– Que voulez-vous dire ?

– Ah ! lady Audley, je suis pour l'instant dans l'incertitude. Mon ami peut avoir été assassiné dans cette auberge, frappé à mort sur cette pierre de foyer. Comment savoir ce qui s'y est passé même en y restant longtemps ? Connaissons-nous les mystères liés aux maisons dans lesquelles nous habitons ? Si j'allais dans cette auberge à huit étages, dans laquelle Maria Manning et son mari ont égorgé leur hôte, je ne pourrais en aucune façon deviner les faits horribles qui se sont déroulés. De terribles actions ont été accomplies sous les toits les plus hospitaliers, d'atroces crimes ont été commis au milieu des plus beaux sites de la nature, sans laisser de trace. Je ne crois pas à la mandragore, ni aux taches de sang que le temps ne peut effacer. Nous pouvons vivre en toute ignorance dans une atmosphère de crimes, et respirer néanmoins librement. Je suis convaincu que nous pouvons regarder le visage souriant d'un meurtrier et admirer sa beauté tranquille. »

Milady ne put s'empêcher de rire.

« Vous nourrissez une vraie passion pour les sujets horribles, dit-elle avec dédain, vous auriez dû être juge d'instruction.

– J'aurais peut-être été excellent.

– Pourquoi ?

– Parce que je suis patient.

– Mais revenons à Mr George Talboys, que votre éloquence a momentanément laissé de côté, que ferez-vous si vous ne recevez pas de réponse à vos avis ?

– J'en conclurai que mon ami est mort.

– Et alors ?...

– J'examinerai les vêtements qu'il a laissés dans mon appartement.

– Et de quoi se composent-ils ? De redingotes, de gilets, de bottes vernies et de pipes en écume, je présume ?... dit lady Audley en riant.

– Non, de lettres... de lettres de ses amis, de ses anciens camarades d'école, de son père, d'officiers.

– Ah oui !

– De lettres aussi... de sa femme. »

Milady garda le silence quelques instants, l'air pensif.

« Avez-vous déjà vu certaines des lettres écrites par la défunte Mrs Talboys ? ajouta-t-elle bientôt.

– Jamais ! Ses lettres ne contiennent sûrement pas grand-chose de nature à éclairer le sort de mon ami. Je crois pouvoir affirmer qu'elle écrivait avec cette graphie particulière aux femmes. Il existe vraiment peu de femmes comme vous qui aient votre grâce et votre originalité.

– Ah ! vous connaissez donc mon écriture ?

– Oui, je la connais parfaitement bien. »

Milady réchauffa ses mains une fois encore et, prenant le gros manchon qu'elle avait posé à côté d'elle sur une chaise, elle se prépara à partir.

« Vous avez refusé d'accepter mes excuses, Mr Audley, dit-elle, mais j'espère que vous ne doutez pas de mes sentiments à votre égard.

– Absolument pas, Lady Audley.

– Alors, au revoir, et laissez-moi vous recommander de ne pas rester longtemps dans cette demeure humide, si vous ne voulez pas revenir avec des rhumatismes à Fig-Tree Court.

– J'irai à Londres demain matin pour chercher mes lettres.

– Alors, une fois encore, au revoir. »

Elle lui tendit la main ; il la prit mollement. Cette petite main frêle, il aurait pu l'écraser s'il avait été sans pitié.

Il l'accompagna à sa voiture, et considéra l'équipage, qui ne partit pas du côté d'Audley, mais dans la direction de Brentwood, qui est à peu près à six miles de Mount Stanning.

Une heure et demie environ après cette visite, comme Robert se tenait à la porte de l'auberge, fumant un cigare et regardant tomber la neige sur les champs, il aperçut l'attelage revenir vide.

« Avez-vous ramené lady Audley au château ? dit-il au cocher qui s'était arrêté pour demander un pot de bière chaude épicée.

– Non, je reviens à l'instant de la gare de Brentwood. Milady est partie pour Londres par le train de douze heures quarante minutes.

– Pour Londres ?

– Oui.

– Milady est partie pour Londres ! dit Robert en rentrant dans la petite salle. Alors je vais la suivre par le prochain train, et si je ne m'abuse, je sais où la trouver. »

Il fit sa malle, paya sa note que Phœbe s'empressa de ranger, attacha ses chiens l'un à l'autre avec deux colliers en cuir et une chaîne, puis monta dans le chariot aux essieux grinçants, remisé à l'*auberge du Château* à la disposition des habitants de Mount Stanning. Il prit l'express qui partait de Brentwood à trois heures, et assis confortablement dans un compartiment vide de première classe enveloppé dans d'épaisses couvertures de voyage, il se mit à fumer paisiblement un cigare, sans s'inquiéter des contrôleurs.

« Je suis peut-être en infraction, murmura-t-il, mais je prendrai la liberté de jouir de la divine plante tant que j'aurai de l'argent pour payer l'amende. »

CHAPITRE XIX

L'erreur du serrurier

Il était quatre heures et cinq minutes et Robert Audley se trouvait sur le quai de la gare de Shoreditch, attendant paisiblement le temps nécessaire pour que ses chiens et sa malle pussent être donnés au porteur zélé qui s'était chargé de la conduite générale de ses affaires. Robert Audley attendit avec patience pendant longtemps ; mais si l'express comporte généralement de nombreux wagons, il y avait dans celui-ci une grande quantité de chasseurs du Norfolk avec leurs fusils et leurs chiens. Il fallut du temps pour satisfaire toutes les réclamations et l'avocat perdit même de sa légendaire indifférence aux activités de ce monde :

« Lorsque ce gentleman aura retrouvé son chien, ils consentiront à me donner mes bagages et à me laisser partir. Les coquins ont vu tout de suite que j'étais facile à tromper, et que même s'ils me piétinaient je n'aurais jamais l'énergie d'intenter un procès. »

Il eut soudain une idée. Il laissa le porteur lutter pour recouvrer son bien et fit le tour pour rejoindre l'autre côté de la gare.

Il avait entendu sonner une cloche et, regardant l'horloge, il se souvint que le train en direction de Colchester allait partir. Il avait appris à être obstiné depuis la disparition de George Talboys, et atteignit l'autre côté de la gare à temps pour voir les voyageurs prendre place.

Il y avait là une dame qui s'élançait dans la gare à l'instant même où Robert approchait du train et, dans sa précipitation, elle le heurta presque.

« Je vous demande pardon », dit-elle poliment ; puis, levant les yeux au-dessus du gilet de Mr Audley, qui était à peu près au niveau de son joli visage, elle s'écria : « Robert ! Vous à Londres ! Déjà !

– Oui, lady Audley ; vous avez parfaitement raison, l'*auberge du Château* est une triste résidence, et...

– Vous vous en êtes lassé. Je savais qu'il en serait ainsi. Faites-moi le plaisir de m'ouvrir la portière de la voiture : le train va partir dans deux minutes. »

Robert Audley examinait la femme de son oncle avec une expression étonnée.

« Que signifie cela ? pensait-il. Elle semble tout à fait différente de celle qui, il y a quatre heures environ, à Mount Stanning, semblait désespérée, presque digne de pitié et qui avait pour un moment laissé tomber son masque. Que s'est-il passé ? »

Il lui ouvrit la portière, tout en faisant ces réflexions, et l'aida à s'installer, étalant ses fourrures sur ses genoux et arrangeant l'épais manteau de velours qui dissimulait son petit visage.

« Je vous remercie infiniment ; que de bontés vous avez pour moi ! dit-elle, tandis qu'il se livrait à ces petits soins. Vous devez vous dire que je suis folle de voyager un jour pareil, sans que mon cher mari le sache ; mais je suis venue à Londres pour régler une note de modiste que je désirais ne pas montrer à mon mari. Si indulgent soit-il, il aurait pu penser que cette note était exorbitante et je ne puis supporter de perdre son estime pour quelque chose d'aussi futile.

– Dieu nous préserve de cela, lady Audley », dit Robert gravement.

Elle le regarda un instant avec un sourire qui n'excluait pas le défi.

« Que Dieu nous en préserve, en vérité, murmura-t-elle. Mais je ne pense pas que cela puisse arriver. »

La cloche sonna pour la seconde fois, et le train s'ébranla alors qu'elle parlait. La dernière chose que Robert vit d'elle fut un joyeux sourire qui le défiait.

« Elle a accompli avec succès ce qui l'avait amenée à Londres, pensa-t-il. M'aurait-elle trompé avec cette adresse caractéristique des femmes ? Est-ce qu'un jour j'apprendrai toute la vérité ou vais-je toute ma vie être tourmenté par de terribles soupçons au risque de perdre la raison ? Pourquoi est-elle venue à Londres ? »

Il se posait encore la question, tandis qu'il montait son escalier de Fig-Tree Court, un de ses chiens sous chaque bras et sa couverture de voyage sur l'épaule.

Il trouva son logis en ordre. Les géraniums avaient été soigneusement arrosés, et les canaris avaient été couverts pour la nuit sous un morceau de serge verte, témoignage des soins de l'honnête Mrs Maloney. Robert jeta un coup d'œil rapide dans le salon, puis, déposant les chiens sur le tapis du foyer, se dirigea vers la petite chambre qui lui servait de cabinet de toilette.

C'était dans cette chambre qu'il mettait les malles abîmées, les boîtes du Japon délabrées et autres objets au rebut, et c'était là que George Talboys avait laissé ses bagages. Robert se mit à genoux devant une grande malle, une bougie allumée à la main, et examina attentivement la serrure.

Selon toute apparence, elle était exactement comme George l'avait laissée lorsqu'il avait mis de côté ses vêtements de deuil et les avait placés dans ce pauvre reliquaire avec tous les autres souvenirs de sa défunte femme. Robert frotta le couvercle recouvert de cuir usé avec sa manche, les initiales GT étaient inscrites en gros clous à tête de cuivre, mais Mrs Maloney, la femme de ménage, avait ôté consciencieusement la poussière.

Mr Audley envoya un enfant chercher sa domestique, et arpenta son salon de long en large, en attendant impatiemment son arrivée.

Elle entra au bout de dix minutes environ, et après avoir exprimé le plaisir que lui causait le retour du *maître*, elle attendit ses ordres.

« Je voudrais savoir si quelqu'un est entré ici, c'est-à-dire si quelqu'un s'est adressé à vous pour avoir la clef de mon appartement aujourd'hui... une dame par exemple ?

– Une dame ? Non, vraiment, Votre Honneur ; aucune dame n'est venue demander la clef, à moins que Votre Honneur ne veuille parler du serrurier.

– Le serrurier !

– Oui, le serrurier à qui Votre Honneur a demandé de passer aujourd'hui.

– J'ai demandé un serrurier ! s'écria Robert... J'ai laissé une bouteille d'eau-de-vie française dans le buffet, pensa-t-il, et Mrs M... a trop bu...

– Certainement, et à qui Votre Honneur a dit d'inspecter les serrures, répliqua Mrs Maloney. C'est celui qui habite dans une des petites rues près du pont », ajouta-t-elle, décrivant très précisément l'homme en question.

Robert leva les sourcils en signe de désespoir.

« Si vous voulez bien vous asseoir et reprendre vos esprits, Mrs M..., dit-il – il abrégeait ainsi son nom, pour éviter tout effort inutile – peut-être pourrons-nous nous comprendre. Vous dites donc qu'un serrurier est venu ici ?

– Certainement.

– Aujourd'hui ?

– Parfaitement. »

Petit à petit Mr Audley lui arracha les informations suivantes. Un serrurier était passé chez Mrs Maloney cet après-midi, à trois heures, et avait demandé la clef de l'appartement de Mr Audley, afin de pouvoir inspecter les serrures des portes, qui selon lui fonctionnaient mal. Il affirma qu'il agissait d'après les ordres de Mr Audley, qui lui avaient été transmis dans une lettre venant de la région où celui-ci passait les fêtes de Noël. Mrs Maloney, n'ayant aucune raison de ne pas le croire, avait introduit l'ouvrier dans l'appartement, où il était resté environ une demi-heure.

« Vous étiez avec lui pendant qu'il examinait les serrures, je suppose ? demanda Mr Audley.

– Assurément, j'entrais et sortais tout le temps ; car je devais nettoyer l'escalier cet après-midi, et j'en ai profité pour le faire pendant que cet homme travaillait.

– Oh ! vous entriez et sortiez tout le temps ! Si vous pouviez me donner une réponse précise, Mrs M..., je serais content de savoir combien de temps vous êtes restée dehors pendant que le serrurier était chez moi ? »

Mais Mrs Maloney était incapable de répondre avec exactitude. Dix ou quinze minutes peut-être, bien qu'à son avis cinq minutes étaient le maximum.

Mr Audley poussa un profond soupir de résignation.

« Vous n'avez pas réfléchi, Mrs M..., dit-il ; le serrurier avait tout le temps de faire tout ce qu'il voulait pendant ce temps : vous n'avez pas agi prudemment. »

Mrs Maloney fixa son maître avec une expression mêlée de surprise et d'inquiétude.

« Il n'y a pas grand-chose à voler, Votre Honneur, en dehors des oiseaux et des géraniums, et...

– Oui, oui, je sais bien : c'est assez, Mrs M... Donnez-moi l'adresse de cet homme, je vais aller le trouver.

– Mais vous allez dîner d'abord, monsieur ?

– Je vais aller voir le serrurier avant de penser au dîner. »

Il prit son chapeau, et il se dirigea vers la sortie.

« L'adresse de l'homme, Mrs M... »

La vieille Écossaise l'accompagna jusqu'à une petite rue derrière l'église de Saint-Bride, et de là Robert continua tranquillement son chemin dans l'espèce de boue noirâtre que les Londoniens appellent de la neige.

Il trouva le serrurier et, sans craindre pour la forme de son chapeau, parvint à entrer, par une porte basse et étroite, dans une petite boutique ouverte. Une lampe à gaz brûlait derrière la fenêtre, et il y avait une joyeuse assemblée dans la petite pièce derrière la boutique. Personne ne répondit à l'appel de Robert, c'était logique car la compagnie était si absorbée dans de réjouissantes occupations, qu'elle était sourde à tous les autres bruits. Ce fut seulement quand Robert, pénétrant plus avant dans la petite boutique, eut assez d'audace pour ouvrir la porte, qu'il réussit à attirer l'attention.

À l'ouverture de la porte, un tableau plein de gaieté, ressemblant à une peinture de l'école de Téniers, s'offrit à la vue de Robert Audley.

Le serrurier avec sa famille et deux ou trois convives de sexe féminin étaient assis autour d'une table garnie de deux bouteilles de porto et de sherry : un sherry d'un brun s'éloignant de sa couleur naturelle, sacrément fort, qui laissait un goût durable dans la bouche ; et un superbe vieux porto, non pas de ce vin maladif, décoloré et affaibli pour avoir trop vieilli, mais riche, corsé, doux, substantiel et haut en couleur.

Le serrurier parlait au moment où Robert Audley ouvrit la porte.

« Et après cela, dit-il, elle s'éloigna, aussi gracieuse que possible. »

La société fut gênée par l'apparition de Mr Audley ; mais le serrurier était le plus embarrassé de tous. Il posa son verre si précipitamment qu'il renversa son vin, et essuya sa bouche, d'un air contrarié, avec le revers de sa main sale.

« Vous êtes venu chez moi aujourd'hui, dit Robert avec calme. Ne vous dérangez pas. » Ces mots étaient à l'adresse des convives. « Vous êtes venu chez moi aujourd'hui, Mr White, et... »

L'homme l'interrompit.

« J'espère, monsieur, que vous serez assez bon pour me pardonner cette méprise, dit-il en balbutiant ; soyez persuadé, monsieur, que je suis très ennuyé de ce qui s'est passé. On était venu me chercher pour l'appartement d'un autre gentleman, Mr Aulwin, à Garden Court, mais j'ai oublié le nom, aussi comme j'avais fait autrefois quelques petits travaux pour vous, j'ai pensé que cela pouvait être vous qui m'aviez demandé et je me suis adressé à Mrs Maloney pour me procurer la clef ; mais, en examinant les serrures de votre logis, je me suis dit : "Les serrures du gentleman ne sont pas abîmées, elles n'ont nul besoin d'être réparées."

– Vous êtes resté pourtant une demi-heure.

– Oui, monsieur, parce qu'il y avait une serrure qui était cassée... à la porte la plus proche de l'escalier... et je l'ai enlevée pour la nettoyer, et ensuite je l'ai remise en place. Je ne vous demande rien pour ce travail, et encore une fois pardonnez-moi pour cette erreur. Cela fait trente ans que je travaille et cela ne m'était jamais arrivé.

– Ce genre de choses n'arrive jamais, dit Robert gravement. C'est en effet un travail particulier, qui vraisemblablement ne se présente pas tous les jours. Vous êtes en train de vous divertir ce soir, Mr White. Vous avez donné un bon coup de collier aujourd'hui... ou plutôt je parierais... que vous avez eu un coup de chance, et vous fêtez cela, non ? »

Robert Audley, en parlant, regardait l'homme à la figure barbouillée. Le serrurier n'était pas un individu à la mine patibulaire, il n'y avait rien de bien remarquable sur son visage, hormis la saleté, et cela, comme dit la mère d'Hamlet, *is common* ; mais nonobstant cela, les yeux de Mr White se baissèrent face au regard calme et scrutateur du jeune homme, et il balbutia quelques paroles en l'honneur des messieurs et des dames ses voisins, et sur le vin de Porto et sur le sherry, avec autant de trouble que si, lui, honnête artisan d'un pays libre, eût été obligé de s'excuser auprès de Mr Robert Audley d'avoir été surpris à se divertir.

Robert l'interrompit d'un mouvement de tête nonchalant.

« Ne vous excusez pas, je vous en prie, dit-il, j'aime voir les gens s'amuser. Bonsoir, Mr White... bonsoir... ladies. »

Il salua la compagnie, émerveillée par son aisance verbale, sa prestance, et quitta la boutique.

« Et ainsi, murmura-t-il en lui-même tandis qu'il retournait à son appartement, "après cela elle s'éloigna, aussi gracieuse que possible". Qui était la personne qui s'éloigna ? Et quelle était l'histoire que le serrurier était en train de raconter ? Oh ! George Talboys, George Talboys, connaîtrai-je un peu plus un jour le secret de votre destin ? Comment tout cela finira-t-il ? »

Il soupira d'un air fatigué en regagnant lentement son appartement désert à travers les terrains détrempés du Temple.

Mrs Maloney lui avait préparé le dîner. Robert

Audley poussa un autre soupir en s'asseyant devant les mets, regrettant la cuisine de son oncle.

« Les côtelettes à la Maintenon faisaient paraître le mouton supérieur au mouton ; un mets tellement sublime, que l'on aurait pu croire qu'il s'agissait d'un animal divin, murmura-t-il sentimentalement ; et les côtelettes de Mrs Maloney sont dures. Mais c'est la vie ; qu'importe tout cela ? »

Il repoussa son assiette avec impatience après avoir mangé quelques bouchées.

« Je n'ai jamais fait un bon dîner à cette table depuis que George Talboys est parti, dit-il ; l'appartement semble aussi lugubre que si le pauvre ami était mort dans la chambre à côté, et laissé là en l'état. Qu'il me paraît loin, cet après-midi de septembre ! Cet après-midi de septembre où je suis parti avec lui, alors qu'il était en bonne santé ! Et je l'ai perdu d'une manière inexplicable, comme si une trappe s'était ouverte dans les entrailles de la terre, et l'avait englouti pour l'entraîner aux antipodes. »

CHAPITRE XX

Ce qui était écrit

Robert Audley se leva de table et se dirigea vers l'armoire dans laquelle il conservait le document qu'il avait rédigé concernant George Talboys. Il ouvrit les tiroirs, prit un papier dans celui étiqueté *Important*, et s'assit devant le bureau pour écrire. Il ajouta plusieurs paragraphes à ceux qui composaient déjà le document, numérotant les nouveaux avec autant de soin qu'il avait numéroté les anciens.

« Ce papier, murmura-t-il, que nul juge n'a encore jamais vu, ce document servira-t-il comme pièce à conviction dans le premier procès que j'aurai à instruire ? »

Il écrivit pendant une demi-heure environ, puis replaça le tout dans le casier, et ferma l'armoire. Lorsqu'il eut terminé ses opérations, il prit une bougie et alla dans la chambre où se trouvait la malle appartenant à George Talboys.

Il prit un trousseau de clefs dans sa poche, les essaya l'une après l'autre. La serrure de la vieille malle délabrée était une serrure ordinaire, et à la cinquième tentative la clef tourna.

« N'importe qui pourrait, sans la fracturer, ouvrir cette serrure », murmura Robert en soulevant le couvercle de la malle.

Il la vida lentement, plaçant soigneusement chaque

objet sur une chaise à côté de lui. Il prenait les objets respectueusement, comme s'il eût soulevé le cadavre de son ami. Un à un il posa sur la chaise les vêtements de deuil parfaitement pliés. Il trouva de vieilles pipes en écume, des gants salis et racornis qui étaient sortis frais d'une fabrique parisienne ; de vieux programmes de théâtre, dont le nom des acteurs pour la plupart morts ou oubliés était inscrit en gros caractères ; de vieux flacons à parfums aux essences évaporées ; des paquets de lettres, scrupuleusement étiquetés avec le nom de ceux qui les avaient écrites, des fragments de vieux journaux, et un petit lot de livres dépareillés, tombant en lambeaux, dont les feuillets détachés s'éparpillèrent entre les mains malhabiles de Robert comme un paquet de cartes. Mais sous toute cette masse d'objets hétéroclites et sans valeur, Robert Audley chercha en vain ce qu'il désirait : le paquet de lettres écrites à son ami par sa femme. Il avait entendu George faire plus d'une fois allusion à l'existence de ces lettres. Il l'avait vu un jour sortir ces papiers jaunis avec une sorte de vénération et les replacer dans la malle, soigneusement attachés avec un ruban qui avait appartenu à Helen. Les avait-il retirées plus tard, ou avaient-elles été subtilisées depuis sa disparition par une autre main, voilà ce qui n'était pas facile à savoir ; mais le fait était là, elles n'y étaient plus.

Robert Audley poussa un profond soupir, replaçant les objets un à un dans la caisse vide de la même manière qu'il les avait sortis. Il s'arrêta, les petits livres déchirés entre les mains, et hésita un instant.

« Je vais garder ceci, murmura-t-il ; il peut y avoir dans l'un de ces morceaux de papier des renseignements qui pourraient m'aider. »

Il n'y avait pas dans la bibliothèque de George de prestigieux ouvrages littéraires à part l'Ancien

Testament en grec et la grammaire latine d'Eton, une brochure française sur l'exercice du sabre dans la cavalerie, et un petit volume de *Tom Jones* avec la moitié de la couverture de cuir qui ne tenait que par un fil, un *Don Juan* de Byron, imprimé en caractères si petits qu'ils devaient avoir été inventés pour le compte des opticiens, et un gros volume relié en rouge avec des dorures passées.

Robert Audley ferma à clef la malle et prit les livres sous son bras. Mrs Maloney enlevait les restes de son dîner quand il rentra dans le salon. Il plaça les livres à l'écart sur une petite table dans un coin à côté de la cheminée, et attendit patiemment que la femme de ménage termine son travail. Il n'était même pas en humeur de fumer sa pipe, sa consolatrice. Les romans à couverture jaune qui étaient sur les rayons au-dessus de sa tête lui semblaient démodés et sans intérêt. Il ouvrit un ouvrage de Balzac ; mais les boucles dorées de la femme de son oncle voltigeaient et frémissaient, dans un brouillard lumineux, sur les diableries métaphysiques de *La Peau de chagrin* et les horreurs sociales de *La Cousine Bette*. L'ouvrage tomba de sa main, et il resta à observer impatiemment Mrs Maloney enlevant les cendres du foyer, regarnissant le feu, tirant les rideaux de damas sombre, nourrissant les canaris, avant de souhaiter une bonne nuit à son maître. Dès que la porte fut fermée sur la vieille Écossaise, il se leva de sa chaise avec impatience et parcourut sa chambre de long en large.

« Pourquoi continuer ces recherches, dit-il, quand je sais qu'elles me conduiront, jour après jour, pas à pas, heure après heure, au dénouement que je redoute ? Suis-je attaché à une roue, dois-je suivre chacune de ses révolutions et me laisser emporter partout où elle voudra ? Ou puis-je m'asseoir, et me dire que j'ai fait ce que je devais pour mon ami ; que je l'ai cherché avec persévérance, mais en vain ? Est-ce que tous ces faits parviendront à me donner la paix ? Serai-je pardonné en laissant la chaîne que j'ai lentement construite, anneau par anneau, se démantibuler à ce point ? Ou dois-je ajouter de nouveaux anneaux à cette fatale chaîne jusqu'à ce que le dernier clou soit à sa place et que le cercle soit fermé ? Je pense et je crois que je ne reverrai plus le visage de mon ami, que rien de ce que je ferai ne pourra le sauver. En un mot, le plus cruel des mots, je crois qu'il est mort. Dois-je découvrir comment et en quel lieu il est mort ? Ou, étant comme je le crois, en passe de tout découvrir, vais-je faire du tort à la mémoire de George Talboys en retournant sur mes pas ou en m'arrêtant maintenant ? Que dois-je faire ? Que dois-je faire ? »

Lorsqu'il releva la tête après cette longue rêverie, ses yeux avaient une expression déterminée, et chaque trait de son visage semblait avoir changé.

« Justice pour le mort d'abord, dit-il ; pitié pour les vivants ensuite. »

Il avança son fauteuil vers la table, arrangea la lampe et procéda à l'examen des livres.

Il les prit l'un après l'autre, et les inspecta attentivement, regardant d'abord la page sur laquelle est habituellement inscrit le nom du propriétaire, puis recherchant une feuille de papier qui aurait pu être laissée à l'intérieur. À la première page de la grammaire latine d'Eton, le nom de Mr Talboys était écrit d'une main qui trahissait l'écolier débutant ; la brochure française avait un G.T. négligemment tracé au crayon sur la couverture, de la grande et large écriture de George ; le *Tom Jones* avait été évidemment acheté à l'étalage d'un bouquiniste et portait une inscription datée du 14 mars 1788, indiquant que l'ouvrage était un cadeau respectueux adressé à Mr Thomas Scrowton par son obéissant serviteur

James Anderley ; le *Don Juan* et l'Ancien Testament étaient vierges. Robert Audley respira plus librement ; il ne restait plus que le gros volume relié en rouge à examiner.

C'était un annuaire de l'année 1845. Les gravures sur cuivre, représentant de charmantes jeunes femmes, vedettes de l'époque, étaient jaunies et piquées ; les costumes étaient étranges et grotesques. Les petites légendes en vers avaient une saveur passée, comme les accords d'une harpe dont les cordes seraient détendues par l'humidité. Robert Audley parcourut rapidement les feuillets, cherchant des fragments d'écriture ou de lettres qui auraient pu avoir été utilisés pour servir de marque-page. Il ne trouva rien qu'une belle boucle de cheveux dorés, de cette nuance brillante qu'on voit rarement ailleurs que sur la tête d'un enfant... une boucle lumineuse qui s'enroulait naturellement comme une vrille de vigne, d'une texture opposée, quoique de nuance semblable à la tresse que la propriétaire de Ventnor avait donnée à George Talboys après la mort de sa femme. Robert Audley arrêta son examen, rangea cette boucle blonde dans une feuille de papier à lettre, qu'il scella du cachet de sa bague, et la posa à part, avec le memorandum concernant George Talboys et la lettre d'Alicia dans le casier étiqueté *Important*. Il allait replacer le gros annuaire parmi les autres livres, lorsqu'il s'aperçut que les deux pages blanches du début étaient collées. Il était si résolu à poursuivre ses investigations, qu'il sépara ces feuillets avec l'extrémité tranchante de son couteau à papier ; son obstination fut récompensée car il trouva une inscription sur l'un d'eux. Elle était en trois parties et de trois écritures différentes. Le premier paragraphe était daté de l'année même où l'annuaire avait été publié, et indiquait que le livre était la propriété d'une certaine miss Elizabeth Ann

Bince, à qui on avait offert le précieux volume pour récompenser son ordre et son obéissance aux autorités du couvent de Camford House, Torquay. Le second paragraphe était daté de cinq ans plus tard, écrit de la main de miss Bince elle-même, qui offrait le livre comme un témoignage d'éternelle affection et d'impérissable estime (miss Bince était évidemment d'un caractère romanesque) à sa chère amie Helen Maldon. Le troisième paragraphe était daté de septembre 1853 et écrit de la main d'Helen Maldon, qui donnait l'annuaire à George Talboys ; et ce fut à la vue de ce troisième paragraphe que le visage de Robert Audley passa de sa couleur naturelle à une pâleur maladive.

« Je pensais qu'il en serait ainsi, dit le jeune homme en fermant le livre avec un douloureux soupir. Dieu sait que j'étais préparé à tout ce qu'il y a de pire, et le pire est venu. Je peux tout comprendre maintenant. Je vais aller à Southampton. Je dois placer l'enfant dans de meilleures mains. »

CHAPITRE XXI

Mrs Plowson

Dans le paquet de lettres que Robert Audley avait trouvé dans la malle de George, il y en avait une qui portait le nom du père de l'absent, de ce père qui n'avait jamais été indulgent pour son fils unique et qui avait profité avec plaisir de l'excuse fournie par l'imprudent mariage de George pour laisser le jeune homme sans ressources. Robert Audley n'avait jamais vu Mr Harcourt Talboys; mais certaines paroles de George prononcées çà et là avaient révélé à son ami le caractère profond de ce gentleman. Il avait écrit à Mr Talboys immédiatement après la disparition de George, élaborant soigneusement sa lettre, et laissant entendre qu'il craignait un mauvais coup. Après un laps de plusieurs semaines, il avait reçu une lettre incisive de Mr Harcourt Talboys qui déclarait qu'il s'était lavé les mains de toute responsabilité envers son fils George, depuis le jour de son mariage, et que son absurde disparition était sûrement en rapport avec cela. L'auteur de la lettre ajoutait en *post-scriptum* que, si Mr George Talboys avait eu le dessein méprisable d'inquiéter ses parents par cette prétendue disparition, et de jouer avec leurs sentiments dans le but d'en tirer parti financièrement, il s'était bien trompé.

Robert Audley avait répondu à cette lettre par

quelques lignes indignées, informant Mr Talboys qu'il était peu probable que son fils en veuille à l'argent de ses parents, car il avait laissé vingt mille livres dans les mains de son banquier au moment de sa disparition. Après avoir expédié cette lettre, Robert avait perdu tout espoir d'être aidé par cet homme qui, dans l'ordre naturel des choses, aurait dû être la personne la plus soucieuse du destin de George. Cette fin qu'il pressentait si noire, il était décidé à l'élucider. Cela le poussait à faire une ultime tentative d'approche auprès de Mr Harcourt Talboys.

« J'irai dans le Dorsetshire après mon départ de Southampton, dit-il, pour voir cet homme. S'il ne veut rien savoir du sort cruel de son fils, du mystère qui entoure sa disparition... s'il veut descendre dans la tombe sans savoir ce qu'est devenu son fils, pourquoi essaierais-je de débrouiller l'écheveau, d'assembler les pièces de l'intrigue. Je veux aller vers lui et lui faire part franchement de mes terribles soupçons. Ce sera à lui de juger de ce qu'il convient de faire. »

Robert Audley partit par un express matinal pour Southampton. La neige s'étendait en épaisses couches blanches, et le jeune avocat s'était enveloppé d'un grand nombre de couvertures. Il regardait tristement par la portière, rendue opaque par sa respiration et celle d'un vieil officier des Indes, son seul compagnon ; il considérait le paysage fuyant, qui lui apparaissait comme un fantôme dans son linceul de neige. Il grelottait d'un air hargneux, et semblait disposé à chercher querelle au destin qui le forçait à se lever si tôt par une si pitoyable journée d'hiver.

« Qui aurait cru que je puisse m'attacher à ce garçon, murmura-t-il, et que je puisse me sentir si seul sans lui ? J'ai une confortable petite fortune, je suis l'héritier présomptif du titre de mon oncle, et je connais une jeune fille qui, je crois, ferait de son mieux pour me rendre heureux ; mais j'abandonnerais volontiers le tout pour que ce mystère soit éclairci et que George Talboys puisse être à mes côtés. »

Il arriva à Southampton entre onze heures et midi, longea le quai de la gare, le visage fouetté par la neige, et se dirigea vers la jetée du port à l'autre bout de la ville. Saint-Michel sonnait midi alors qu'il traversait l'élégant square dans lequel cet édifice s'élevait, et il chercha son chemin dans les petites rues qui mènent au bord de l'eau.

Mr Maldon s'était installé dans un de ces tristes passages sur lesquels spéculent les promoteurs. Ils bâtissent sur des terrains misérables aux limites d'une cité florissante. Brigsome's Terrace était peut-être un des blocs de bâtiments les plus lugubres qui eussent jamais été construits, depuis que le premier maçon a manié la truelle et que le premier architecte a dessiné un plan. L'entrepreneur, à qui étaient dus ces huit étages mille fois plus tristes que ceux d'une prison, s'était lui-même pendu derrière la porte de la salle d'une taverne, alors que la charpente n'était pas encore terminée. L'individu qui avait acheté les carcasses de briques et de mortier avait fait faillite. L'insolvabilité et le malheur étaient attachés à ces misérables habitations. Le bailleur et le prêteur sur gages étaient aussi connus des enfants qui jouaient sur le terrain d'en face que le boucher et le boulanger. Les locataires aisés étaient dérangés à des heures indues par le bruit que faisaient ceux qui, avec leur mobilier, disparaissaient furtivement par les nuits sans lune. Les locataires insolvables défiaient ouvertement le percepteur de la taxe sur l'eau, et vivaient des semaines entières sans pouvoir se procurer l'eau qu'on leur avait coupée.

Robert Audley regarda en frissonnant cette localité atteinte par la misère. Un convoi funéraire portant le cercueil d'un enfant sortait d'une des maisons au moment où il approchait et il pensa avec un frémissement d'horreur que, s'il s'était agi du fils de George, il eût été en quelque sorte responsable de la mort de l'enfant.

« Le pauvre petit ne dormira pas une nuit de plus dans ce misérable bouge, pensa-t-il tandis qu'il frappait à la porte de la maison de Mr Maldon. Il est le légataire de mon pauvre ami, et je dois assurer sa sécurité. »

Une jeune servante en chaussons ouvrit la porte et examina Mr Audley d'un air soupçonneux en lui demandant d'une voix nasillarde ce qu'il désirait. La porte du petit salon était entrebâillée, et Robert put entendre le cliquetis des couteaux et des fourchettes, ainsi que la voix du petit Georgey qui babillait gaiement. Il dit à la servante qu'il venait de Londres, qu'il avait besoin de voir Mr Talboys ; et, passant devant elle sans autre cérémonie, il ouvrit la porte du salon. La jeune fille le fixa, horrifiée par sa façon d'agir ; et, comme frappée par quelque révélation soudaine, elle enleva son tablier, et sortit en courant dans la neige. Elle s'élança à travers le terrain désert, s'engouffra dans une allée étroite, et ne respira plus que lorsqu'elle se trouva sur le seuil d'une certaine taverne appelée *Coach and Horses*, fréquentée par Mr Maldon. La fidèle domestique avait cru voir en Robert Audley un percepteur, et avait supposé que le récit débité par ce gentleman était un mensonge adroit inventé pour exercer son droit sur les locataires en défaut de paiement ; elle s'était précipitée dehors pour avertir à temps son maître de l'approche de l'ennemi.

Quand Robert entra dans le salon, il fut surpris de trouver le petit Georgey assis en face d'une femme en train de manger des mets peu appétissants sur une nappe sale devant une mesure en étain remplie de bière. La femme se leva à l'entrée de Robert et fit une humble révérence au jeune avocat. Elle paraissait âgée d'environ cinquante ans et portait une robe de deuil. Son teint était lisse mais sans éclat. Elle avait peut-être été belle en son temps, mais ses traits, quoique réguliers, avaient un aspect chétif et pincé comme s'ils eussent été trop étroits pour sa figure. C'était particulièrement flagrant lorsqu'on regardait sa bouche qui semblait trop petite pour contenir une dentition proéminente. Elle sourit en faisant la révérence à Mr Robert Audley, et ce sourire découvrit une rangée de dents carrées qui n'arrangea rien à sa beauté.

« Mr Maldon n'est pas ici, dit-elle, avec une politesse insistante ; mais si c'est pour la taxe sur l'eau, il m'a priée de vous dire que... »

Elle fut interrompue par le petit Georgey Talboys, qui descendit comme il put de la chaise sur laquelle il avait été perché et courut à Robert Audley.

« Je vous connais, dit-il, vous êtes venu à Ventnor avec le gros monsieur et vous êtes revenu ici et vous m'avez donné un peu d'argent, et je l'ai donné à grand-papa pour qu'il le conserve, et grand-papa l'a gardé, et le garde toujours. »

Robert Audley prit l'enfant dans ses bras, et le porta sur une petite table devant la fenêtre.

« Restez là, Georgey, dit-il, le temps que je vous regarde. »

Il tourna le visage de l'enfant à la lumière et repoussa les boucles brunes de son petit front avec les deux mains.

« Vous ressemblez chaque jour davantage à votre père, Georgey, et vous allez devenir un homme comme lui, dit-il ; aimeriez-vous aller à l'école ?

– Oh oui, s'il vous plaît ; j'aimerais bien cela, répondit le petit garçon avec vivacité. J'ai été une fois à l'école de miss Pevins, une école de jour ; mais j'ai attrapé la rougeole et grand-papa n'a pas voulu m'y laisser retourner, de crainte que cela se renouvelle ; et grand-papa m'interdit de jouer avec les petits garçons dans la rue, parce que ce sont des garçons grossiers ; il dit des polissons, mais il dit que je ne dois pas répéter ce mot parce que c'est vilain. Lui, il dit Dieu me damne et le diable m'emporte, mais il dit qu'il peut dire ça parce qu'il est âgé. Je dirai Dieu me damne et le diable m'emporte quand je serai grand, et je voudrais aller à l'école, s'il vous plaît, et je peux y aller aujourd'hui si c'est possible ; Mrs Plowson va me préparer mes habits, n'est-ce pas que vous allez le faire, Mrs Plowson ?

– Certainement, Mr Georgey, si votre grand-papa le veut bien », répondit la femme, jetant un regard troublé sur Mr Robert Audley.

« Quel est le rôle exact de cette femme ? pensa Robert, détournant ses yeux de l'enfant vers la veuve aux beaux cheveux, qui elle-même se dirigeait lentement vers la table sur laquelle Georgey était debout, parlant avec son tuteur. Me prend-elle toujours pour un percepteur, ou bien son inquiétude aurait-elle une cause plus profonde ? Pourtant, il est peu probable que cette femme ait eu connaissance des secrets de Mr Maldon. »

Mrs Plowson s'était faufilée près de la petite table pendant ce temps, et faisait descendre doucement l'enfant, lorsque Robert se retourna brusquement.

« Que voulez-vous faire ? dit-il.

– Je voulais seulement l'emmener se laver le visage, et arranger ses cheveux, répondit la femme, du même ton suave avec lequel elle avait parlé de la taxe sur l'eau. Il n'est pas à son avantage en ce moment. J'ai besoin de cinq minutes pour le rendre aussi propre qu'un sou neuf. »

Elle entourait l'enfant de ses bras longs et maigres

et se préparait à faire ce qu'elle venait de dire, lorsque Robert l'arrêta.

« Je préfère le voir comme il est, je vous remercie, dit-il. Mon séjour à Southampton ne sera pas long, et je veux entendre tout ce que ce petit garçon a à me raconter. »

Le petit bonhomme se glissa plus près de Robert et examina avec confiance les yeux gris de l'avocat.

« Je vous aime beaucoup, dit-il, j'avais peur de vous quand vous veniez autrefois, parce que j'étais sauvage. Je ne le suis plus maintenant, je vais avoir six ans. »

Robert caressa la tête de l'enfant tout en observant la veuve aux beaux cheveux qui regardait par la fenêtre.

« Vous êtes inquiète ? » dit Robert.

À cette remarque elle se mit à rougir et elle lui répondit sur un ton hésitant.

« Je guettais l'arrivée de Mr Maldon, dit-elle. Il va être si contrarié s'il ne vous voit pas.

– Vous savez qui je suis, alors ?

– Non, monsieur, mais... »

L'enfant l'interrompit en tirant de sa poitrine une jolie montre et, la montrant à Robert :

« C'est la montre que la belle dame m'a donnée, dit-il. Je l'ai maintenant, mais pendant longtemps elle est restée chez le bijoutier qui l'a nettoyée et qui est un paresseux, dit grand-papa, et qu'il la garde toujours assez longtemps, et grand-papa dit qu'il doit encore la faire nettoyer à cause des taxes ; mais il dit que, s'il la perdait, la jolie dame m'en donnerait une autre. Connaissez-vous la jolie dame ?

– Non, Georgey ; mais dites-moi tout ce que vous savez sur elle. »

Mrs Plowson fit une autre tentative pour s'emparer de l'enfant. Elle était armée d'un mouchoir de poche cette fois, et souhaitait moucher le nez de

Georgey, mais Robert prévint l'attaque et tira l'enfant des mains de son bourreau.

« Tout ira très bien, dit-il, si vous voulez nous laisser seuls pendant cinq minutes. Maintenant, Georgey, asseyez-vous sur mes genoux pour me dire ce que vous savez sur la jolie dame. »

L'enfant descendit comme il put de la table sur les genoux de Mr Audley, saisissant sans aucune cérémonie le col de son tuteur.

« Je vais tout vous raconter sur la jolie dame, dit-il, parce que je vous aime beaucoup. Grand-papa m'a dit de n'en parler à personne, mais je vais vous le dire parce que grâce à vous je vais aller à l'école. La jolie dame est venue ici un soir... il y a bien longtemps... Oui, bien longtemps, dit l'enfant, secouant sa tête avec un air dont la solennité semblait renvoyer à une époque extrêmement lointaine. Elle est venue quand je n'étais pas aussi grand qu'aujourd'hui... et elle est venue la nuit, j'étais déjà couché, et elle est entrée dans ma chambre, et elle s'est assise sur le lit et elle a pleuré... et elle a glissé la montre sous mon traversin, et elle... Pourquoi me faites-vous de gros yeux, Mrs Plowson ? Je peux raconter cela », ajouta Georgey, s'adressant subitement à la veuve, qui était debout derrière Robert.

Mrs Plowson marmonna confusément des excuses car elle craignait que Georgey ne fût ennuyeux.

« Attendez que je m'en plaigne, avant de vouloir le faire taire, dit Robert Audley durement. Si j'étais méfiant, je pourrais supposer que Mr Maldon et vous êtes impliqués dans un complot et que vous avez peur de ce que l'enfant pourrait révéler. »

Il se leva en prononçant ces mots et regarda Mrs Plowson. Le visage de la veuve était aussi blanc que son bonnet quand elle tenta de lui répondre, et ses lèvres pâles étaient si sèches qu'elle dut les humecter avant que les mots puissent sortir.

Le petit garçon vint à son secours.

« Ne soyez pas triste, Mrs Plowson, dit-il ; Mrs Plowson est très bonne pour moi, Mrs Plowson est la mère de Matilda. Vous n'avez pas connu Matilda ; pauvre Matilda, elle était toujours à se plaindre, elle était malade, elle... »

L'enfant se tut à la soudaine apparition de Mr Maldon qui, à moitié ivre, à moitié terrifié, se tenait debout sur le seuil de la porte du salon et observait Robert Audley. La jeune servante, essoufflée et haletante, se tenait derrière son maître. Quoique la journée ne fût pas avancée, le vieillard avait la langue épaisse et bafouillait en s'adressant durement à Mrs Plowson.

« Vous n'avez vraiment pas de jugeotte ! dit-il ; pourquoi n'avez-vous pas pris l'enfant et ne lui avez-vous pas lavé la figure ? Voulez-vous me déshonorer ? Ou me perdre ? Emmenez l'enfant ! Mr Audley, je suis vraiment enchanté de vous voir, très heureux de vous recevoir dans mon humble demeure », ajouta le vieillard avec une politesse d'ivrogne en s'affaissant sur une chaise, et en essayant d'être digne devant son visiteur inattendu.

« Quels que soient les secrets de cet homme, pensa Robert, tandis que Mrs Plowson poussait Georgey hors de la chambre, cette femme sait quelque chose d'important. Quel que puisse être le mystère, il devient à chaque pas plus noir et plus ténébreux ; mais je ne puis faire marche arrière ou m'arrêter dans ma quête car une main plus forte que la mienne m'indique du doigt le chemin du tombeau de l'ami que j'ai perdu. »

CHAPITRE XXII

Georgey quitte son ancien domicile

Je suis venu emmener votre petit-fils, Mr Maldon », dit gravement Robert, tandis que Mrs Plowson se retirait avec l'enfant qui lui était confié.

L'abrutissement du vieillard dû à l'ivresse se dissipa lentement, comme les vapeurs épaisses d'un brouillard de Londres que le faible éclat du soleil perce difficilement. Il fallut un temps considérable pour que le cerveau du lieutenant Maldon embrumé par le rhum retrouve un peu de lucidité ; mais le rayon vacillant brilla faiblement à la fin à travers les nuages, et le vieillard put se concentrer.

« Oui, oui, dit-il faiblement, enlever l'enfant à son pauvre vieux grand-père ; j'ai toujours su qu'il en serait ainsi.

– Vous avez toujours pensé que je vous le retirerais ? demanda Robert, cherchant à deviner ce qui se cachait derrière le comportement de l'ivrogne ; pourquoi Mr Maldon ? »

Un brouillard lié à l'ivresse envahit à nouveau sa raison, et le lieutenant répondit vaguement :

« Parce que... »

Le coup d'œil impatient et courroucé du jeune avocat lui fit faire un nouvel effort.

« Parce que je pensais que vous ou son père alliez l'emmener d'ici.

– La dernière fois que je suis venu dans cette maison, Mr Maldon, vous m'avez dit que George Talboys s'était embarqué pour l'Australie.

– Oui, oui..., je sais, je sais, répondit le vieillard d'un air troublé, passant ses mains nerveusement dans ses mèches de cheveux gris ; je sais, mais il aurait pu être de retour... Il aurait pu ?... Il était remuant, et... et... parfois bizarre... Il aurait pu revenir... »

Il répéta ces mots deux ou trois fois faiblement, chercha en tâtonnant sur le dessus de la cheminée, tout en désordre, une pipe en terre en mauvais état, la bourra et l'alluma d'une main tremblante.

Robert Audley considérait ces pauvres doigts desséchés et tremblotants qui laissaient tomber des brins de tabac sur le tapis du foyer, et étaient à peine capables d'enflammer une allumette. Il déambula dans la petite pièce, et laissa le vieillard tirer quelques bouffées.

Puis il se retourna subitement vers le lieutenant, le visage grave et sombre :

« Mr Maldon, dit-il lentement, observant l'effet sur son interlocuteur de chacune de ses paroles, George Talboys ne s'est pas embarqué pour l'Australie, j'en suis certain ; plus que cela, il n'est pas venu à Southampton, et le mensonge que vous m'avez fait le 8 septembre dernier vous était dicté par une dépêche télégraphique que vous avez reçue ce jour-là. »

La pipe de terre s'échappa de sa main tremblante et vint se briser contre le garde-feu en fer ; mais le vieillard ne fit aucun effort pour en trouver une nouvelle ; il s'assit, tremblant de tous ses membres, en regardant Robert Audley.

« Le mensonge vous était dicté, et vous avez répété la leçon. Mais vous n'avez pas plus vu George Talboys ici, le 7 septembre, que je ne le vois dans cette pièce en ce moment. Vous avez cru brûler la dépêche télégraphique, mais vous n'en avez brûlé qu'une partie, le reste est en ma possession. »

Le lieutenant Maldon était complètement dessaoulé maintenant.

« Qu'ai-je fait ? murmura-t-il tout consterné ; ô mon Dieu ! Qu'ai-je fait ?

– À deux heures, dans la journée du 7 septembre dernier, continua la voix accusatrice, George Talboys a été vu, vivant et bien portant, dans une maison du comté d'Essex. »

Robert s'arrêta pour voir l'effet que produisaient ces paroles : aucun. Le vieillard était toujours tremblant de la tête aux pieds, avec ce regard fixe et hébété de quelqu'un dont tous les sens s'engourdissent progressivement de terreur.

« À deux heures ce jour-là, répéta Robert Audley, mon pauvre ami a été vu vivant et bien portant dans la maison dont je parle. À partir de cette heure jusqu'à maintenant, je n'ai jamais rencontré quelqu'un qui puisse témoigner de son existence. J'ai fait des démarches telles que j'aurais dû obtenir des renseignements sur son compte s'il était vivant. J'ai accompli tout cela scrupuleusement, avec persévérance ; en premier lieu, avec beaucoup d'espoir même. Maintenant je sais qu'il est mort ! »

Robert Audley s'était attendu à voir le vieillard agité, mais il n'était pas préparé à la terrible détresse qui bouleversa le visage effaré de Mr Maldon.

« Non... non... non... non... répéta le lieutenant d'une voix glapissante, non... non ! pour l'amour de Dieu, ne dites pas cela !... ne pensez pas cela !... ne me laissez pas penser cela !... ne me laissez pas !... pas mort... n'importe quoi, mais pas mort... tenu caché, peut-être... séquestré, gardé à l'écart, peut-être, mais pas mort... pas mort... pas mort ! »

Il prononça ces paroles en criant, comme s'il était sorti de ses gonds, se frappant la tête de ses mains, et se balançant d'avant en arrière sur sa chaise. Ses mains ne tremblaient plus... elles étaient raidies par quelque force convulsive qui leur conférait une puissance nouvelle.

« Je crois, dit Robert, de la même voix solennelle et impitoyable, que mon ami n'a pas quitté l'Essex ; et je crois qu'il est mort le 7 septembre dernier. »

Le misérable vieillard se jeta aux pieds de Robert.

« Oh ! non, non... pour l'amour de Dieu, non ! cria-t-il d'une voix rauque, non, vous ne savez pas ce que vous dites... Vous voulez me faire croire... vous ignorez la signification de vos paroles !

– Je ne connais que trop bien leur sens et leur valeur, aussi bien que je vous vois, Mr Maldon ; que Dieu nous garde tous.

– Oh ! que dois-je faire, que dois-je faire ? » murmura le vieillard ; puis, se relevant avec effort, il se dressa et dit avec une certaine dignité : « Vous n'avez pas le droit de venir terrifier un homme qui est ivre et qui n'est pas en possession de tous ses moyens. Vous n'avez pas le droit de faire cela, Mr Audley. Même le... le policier qui... qui... » Il ne balbutiait pas, mais ses lèvres tremblaient si fort, que les mots semblaient se briser. « Le policier, je répète, monsieur, qui arrête un... un voleur, ou un... » Il s'arrêta pour essuyer ses lèvres et pour se calmer. « Un voleur... ou un meurtrier... » Sa voix mourut subitement sur le dernier mot, et c'est seulement par le mouvement de ses lèvres tremblantes que Robert comprit ce qu'il disait. « Il l'avertit, qu'il ne doit rien dire qui puisse le compromettre lui-même... ou... d'autres personnes. La... la... loi a ce langage miséricordieux pour un... un... être soupçonné de crime. Mais vous, monsieur, vous... vous venez dans ma maison et dans un moment où..., où..., contrairement à mes habitudes... qui, comme on vous le dira, sont des habitudes de sobriété... vous venez et, vous apercevant que je ne suis pas entièrement lucide... vous saisissez... la... l'occasion de... m'effrayer... et cela n'est pas bien, monsieur... cela est... »

Quelle qu'en fût la signification, ses paroles moururent dans des soupirs, et se laissant tomber sur une chaise, il pleura à chaudes larmes. Jamais spectacle semblable à celui-ci n'exista dans ces quartiers où pullulaient pourtant les scènes de misère, les chagrins cruels, la honte.

« Si je m'étais attendu à cela, pensa Robert Audley, je l'aurais épargné. Il aurait peut-être mieux valu. »

Pourtant les scrupules de Robert Audley s'évanouissaient lorsqu'il pensait à un autre homme, aussi âgé que celui-là ; quelle différence ! Et cependant cet homme-là éprouvera peut-être les mêmes douleurs et une détresse plus grande, et versera, des larmes encore plus amères ! Ces pensées le ramenèrent dans l'Essex, et il entrevit l'image de son oncle, frappé par l'infortune et le déshonneur.

« Pourquoi continuer à éclaircir cette affaire ? pensa-t-il. Pourquoi suis-je impitoyable ? Une force surnaturelle me pousse à avancer encore plus loin. »

Toutes ses pensées se bousculaient dans son esprit, tandis que le vieillard, la figure toujours enfouie dans les mains, luttait contre ses angoisses sans pouvoir les surmonter.

« Mr Maldon, dit Robert Audley après un instant de silence, je ne vous demande pas de me pardonner pour ce que je vous ai révélé, car je suis convaincu que cela devait arriver tôt ou tard... par mon entremise, ou par l'intermédiaire d'une autre personne. Il y a... » Il s'arrêta un instant, et il hésita. Les sanglots éclataient avec une nouvelle violence ou mouraient pendant un instant. « Il y a des choses qui ne peuvent être dissimulées. Si... si j'avais pu laisser mon ami reposer dans sa tombe, il serait peu vraisemblable que quelqu'un n'ayant jamais entendu le nom de

George Talboys découvrît le secret de sa mort. Si je *pouvais* laisser dormir *la chose*; si... si je pouvais quitter à jamais l'Angleterre et, de propos délibéré, éviter tout indice qui me mettrait sur la voie, je le ferais... je le ferais avec plaisir, avec des actions de grâce, mais je ne puis ! Je ne veux pas vous déshonorer; mais je dois avancer, je dois marcher. Si vous devez avertir quelqu'un, faites-le... Si le secret que je vais découvrir a à voir avec quelqu'un que vous aimez, dites-lui de fuir avant que j'arrive, qu'elle quitte ce pays, qu'elle quitte tous ceux qui la connaissent... tous ceux dont la paix peut être menacée par son crime ; qu'elle parte... elle ne sera pas poursuivie. Mais si elle ne se soucie pas de cette mise en garde... si elle essaie de conserver les avantages qu'elle possède, comme un défi à ce que vous pourrez dire... qu'elle prenne garde à moi; car, lorsque viendra l'heure, je jure de n'épargner personne. »

Le vieillard releva la tête pour la première fois, et essuya son visage ridé avec un foulard de soie déchiré.

« Je ne vous comprends pas, dit-il. Je vous jure solennellement que je ne comprends rien à ce que vous dites, et je suis sûr que George Talboys n'est pas mort.

– Je donnerais dix années de ma propre vie si cela pouvait être vrai, répondit tristement Robert. Je suis triste pour vous, Mr Maldon... je suis triste pour nous tous.

– Je ne crois pas que mon gendre soit mort, dit le lieutenant, je ne crois pas qu'il le soit. »

Il s'efforçait de convaincre Robert Audley que son extravagante explosion de douleur avait été causée par le chagrin qu'il éprouvait à la pensée que George Talboys puisse être mort ; mais cela ne tenait pas debout.

Mrs Plowson rentra dans le salon, avec Georgey, dont le visage était éclatant.

« Que se passe-t-il ? s'écria Mrs Plowson. Nous entendions ce pauvre homme sangloter depuis le corridor. »

Le petit Georgey grimpa sur les genoux de son grand-père et caressa de sa petite main le visage ridé, mouillé de pleurs.

« Ne pleurez pas, grand-papa, dit-il, ne pleurez pas. Vous aurez ma montre à faire nettoyer, et le brave bijoutier vous donnera de l'argent pour payer le percepteur, pendant qu'il nettoiera la montre... Allons chez le bijoutier... le bijoutier dans High Street, vous savez, celui qui a des globes dorés peints sur sa porte », dit l'enfant.

L'enfant prit le bijou, et se dirigea vers la porte, fier d'être en possession d'un talisman qui avait souvent rendu de si grands services.

« Il y a des loups à Southampton, dit-il, faisant un signe de tête presque triomphant à Robert Audley. Mon grand-papa dit que quand il prend ma montre, il fait cela pour tenir le loup éloigné de la porte. Y a-t-il des loups où vous habitez ? »

Le jeune avocat ne répondit pas à la question de l'enfant, mais l'arrêta alors qu'il entraînait son grand-père.

« Votre grand-papa n'a pas besoin de la montre aujourd'hui, Georgey, dit-il gaiement.

– Pourquoi a-t-il du chagrin, alors ? demanda Georgey naïvement... Quand il a besoin de la montre, il est toujours triste et il frappe son front ainsi... L'enfant s'interrompit pour imiter l'action avec ses petits poings... Et dit que la... la jolie dame, je crois, le traite bien durement et qu'il ne peut tenir le loup éloigné de la porte. Et alors je dis : "Grand-papa, prenez la montre." Et alors il me prend dans ses bras et dit : "Oh ! mon ange béni ! Comment puis-je voler mon ange béni ?" Et puis il pleure, mais non pas comme aujourd'hui... pas tout haut, vous savez ; rien que des pleurs qui coulent sur ses pauvres joues ; mais pas comme aujourd'hui où l'on pouvait l'entendre jusque dans le corridor. »

Les paroles de l'enfant, pénibles pour Robert Audley, consolèrent le vieillard. Il ne parut pas écouter le bavardage de l'enfant, mais marcha de long en large dans la petite chambre, lissa ses cheveux en désordre et laissa arranger sa cravate par Mrs Plowson, qui paraissait soucieuse de découvrir la cause de son agitation.

« Pauvre lieutenant, dit-elle, jetant les yeux sur Robert. Que s'est-il passé pour le mettre ainsi dans cet état ?

– Son gendre est mort, répondit Mr Audley, en regardant le visage compatissant de Mrs Plowson. Il est mort un an et demi après la mort d'Helen Talboys qui est ensevelie dans le cimetière de Ventnor. »

L'expression de Mrs Plowson changea imperceptiblement ; mais elle détourna les yeux tandis qu'il parlait, et Mrs Plowson, une fois de plus, fut obligée d'humecter ses lèvres avant de lui répondre.

« Ce pauvre Mr Talboys est mort, dit-elle, quelle affreuse nouvelle ! »

Le petit Georgey lança un regard plein d'intelligence à son tuteur.

« Qui est mort, dit-il, Georgey Talboys est mon nom, qui est mort ?

– Un autre individu dont le nom est Talboys, Georgey.

– Pauvre homme ! Ira-t-il dans le trou ? »

L'enfant comme tous les autres enfants avait associé la mort à la fosse béante.

« Je voudrais le voir mettre dans le trou », remarqua Georgey, après un moment de silence.

Après avoir accompagné plusieurs convois mortuaires d'enfants du voisinage, il était considéré comme le principal pleureur du village en raison de son talent de comédien. Il considérait, par conséquent, la cérémonie d'enterrement comme une réjouissance solennelle dans laquelle gâteaux, vins et voitures faisaient figure d'événements.

« Vous n'avez pas d'objections à ce que j'emmène Georgey avec moi, Mr Maldon ? » demanda Robert Audley.

L'agitation du vieillard s'était atténuée pendant ce temps. Il avait trouvé une autre pipe cachée derrière le cadre brillant de la glace et essayait de l'allumer avec un morceau de journal froissé.

« Vous n'êtes pas contre, Mr Maldon ?

– Non, ... non, m... ; vous êtes son tuteur et vous avez le droit de l'emmener où il vous plaira. Il était la joie de ma vie mais je m'étais fait à l'idée de le perdre. J'ai... je... peux n'avoir pas toujours rempli mon devoir envers lui, du point de vue de l'instruction et... Le nombre de chaussures que peuvent user les enfants de son âge est difficile à imaginer pour un jeune homme comme vous ; il n'est pas allé souvent à l'école quand nos fonds étaient au plus bas ; mais il n'a pas été maltraité. Ça non, même si vous le questionniez durant une semaine, vous sauriez que son pauvre vieux grand-père ne l'a jamais traité durement. »

Sur ces entrefaites, Georgey, apercevant la détresse de son grand-père, poussa un gémissement, et dit qu'il ne voulait pas le quitter.

« Mr Maldon, dit Robert Audley d'un ton également triste, lorsque, la nuit dernière, j'ai songé à tout cela je n'avais pas idée que cela serait aussi pénible. Je ne peux dire qu'une chose... que Dieu ait pitié de nous tous. Je crois qu'il est de mon devoir d'emmener l'enfant, mais il ira directement de votre maison à la meilleure pension de Southampton, et je vous donne ma parole d'honneur que je n'essaierai pas de découvrir la vérité en le questionnant. Je... je ne suis pas un officier de justice, et je ne pense pas que même l'officier de justice le plus consciencieux souhaite obtenir des informations d'un enfant. »

Le vieillard ne répondit pas; il restait assis, la figure cachée d'une main et sa pipe éteinte dans l'autre.

« Préparez l'enfant, Mrs Plowson, dit-il après un instant, et rassemblez ses affaires. Il doit partir avec Mr Audley.

– Ce n'est pas bien d'enlever un petit garçon à son grand-père, s'écria Mrs Plowson subitement, avec indignation.

– Taisez-vous, Mrs Plowson, répondit le vieillard d'un ton digne de pitié, Mr Audley est meilleur juge. Je n'ai plus que quelques années à vivre, je ne vais plus longtemps être un fardeau pour les autres. »

Les pleurs coulaient lentement à travers ses doigts sales derrière lesquels il cachait ses yeux injectés de sang.

« Dieu sait que je n'ai jamais causé de tort à votre ami, dit-il, ni ne lui ai jamais voulu de mal. Il a été un bon gendre pour moi, meilleur que beaucoup de fils; je ne lui ai jamais causé de tort de façon intentionnelle, monsieur... J'ai... j'ai dépensé son argent, mais j'en ai des remords aujourd'hui. Mais je ne crois pas qu'il soit mort; non, je ne le crois pas, s'écria le vieillard en enlevant la main de ses yeux, et en regardant Robert Audley avec une nouvelle énergie. Je... je ne crois pas cela! Pourquoi... comment serait-il mort? »

Robert ne répondit pas à cette question. Il secoua la tête d'un air morne, et regarda par la petite fenêtre à travers une rangée de géraniums desséchés, le triste terrain sur lequel les enfants jouaient.

Mrs Plowson revint avec le petit Georgey emmitouflé dans une veste et une couverture de voyage, et Robert prit la main de l'enfant.

« Dites bonsoir à votre grand-papa, Georgey. »

Le petit garçon s'élança vers le vieillard et, s'agrippant à lui, baisa les larmes sales qui coulaient sur ses joues fanées.

« Ne soyez pas triste pour moi, grand-papa, dit-il ; je vais aller à l'école pour apprendre à devenir savant, et je reviendrai à la maison pour vous voir et voir Mrs Plowson aussi, n'est-ce pas ? ajouta-t-il en se tournant du côté de Robert.

– Oui, mon petit, de temps en temps.

– Emmenez-le, monsieur, emmenez-le, cria Mr Maldon ; je souffre trop. »

Le petit garçon sautillait en s'éloignant d'un air joyeux à côté de Robert. Il était enchanté à l'idée d'aller en pension, même s'il avait passé de bons moments chez son grand-père, qui lui avait toujours montré de l'affection, et avait fait de son mieux pour lui faire plaisir, en lui laissant faire tout ce qu'il voulait : en conséquence de quoi, Georgey veillait tard, mangeait n'importe quoi, et buvait parfois des petits coups de rhum mélangé à de l'eau dans le verre de son grand-père.

Il était intarissable sur de nombreux sujets dont il faisait part à Robert Audley mais celui-ci ne lui répondait pas tant il était absorbé.

C'était facile de trouver une bonne pension dans un endroit comme Southampton. On indiqua à Robert Audley une jolie maison, et confiant Georgey aux soins d'un garçon d'hôtel avenant, qui passait son temps à regarder par la fenêtre, à ôter une poussière invisible sur le poli brillant des tables, l'avocat monta vers High Street, pour atteindre l'institution pour jeunes enfants dirigée par Mr Marchmont.

Il trouva en Mr Marchmont un homme sensé ; une rangée de jeunes gens escortée de deux professeurs passa devant eux au moment où il entrait dans la maison.

Il dit au chef d'établissement que le petit Georgey Talboys avait été laissé à sa charge par un de ses meilleurs amis, qui s'était embarqué quelques mois auparavant pour l'Australie, et qu'il croyait mort. Il confia l'enfant à Mr Marchmont en particulier, et il le pria en outre de n'autoriser aucune visite. Après avoir tout réglé en quelques mots, comme s'il se fût agi d'une affaire, il revint chercher Georgey à l'hôtel.

Il le trouva en grande conversation avec le garçon qui montrait à Georgey ce qui se passait sur High Street.

Le pauvre Robert en savait autant sur les besoins d'un enfant que sur ceux d'un éléphant blanc. Il avait acheté des vers à soie, des cochons d'Inde, des loirs, des canaris et des chiens en quantité durant sa jeunesse, mais il n'avait jamais eu à pourvoir aux besoins d'un enfant de cinq ans.

Il fit un effort sur lui-même pour se rappeler ce qu'il aimait à cet âge.

« Je me souviens vaguement que je mangeais beaucoup de pain, du lait et du mouton en ragout, pensa-t-il, et je me rappelle que ça ne me plaisait pas beaucoup. Est-ce qu'il en est de même pour cet enfant ? »

Il resta debout pendant quelques minutes, tirant sur son épaisse moustache, et fixa l'enfant en réfléchissant.

« Vous devez avoir faim, Georgey », dit-il.

L'enfant fit signe que oui, et le garçon ôta l'hypothétique poussière sur la table, afin de mettre une nappe.

« Peut-être aimeriez-vous déjeuner ? » suggéra Mr Audley en tirant toujours sa moustache.

L'enfant éclata de rire.

« C'est l'après-midi, et j'ai déjà déjeuné... »

Robert Audley se sentit de nouveau embarrassé.

« Vous aurez un peu de pain et de lait, Georgey,

dit-il après un instant. Garçon, donnez-nous du pain et du lait, et un verre de vin du Rhin. »

Georgey fit la grimace.

« Je ne mange jamais du pain et du lait, dit-il ; je n'aime pas cela ; je préfère les choses savoureuses comme dit grand-père. Je préférerais une côtelette de veau. Grand-papa m'a raconté qu'il avait dîné ici une fois, et que les côtelettes de veau étaient délicieuses. Faites-moi donner une côtelette de veau, s'il vous plaît, avec des œufs et du pain rond, et un peu de jus de citron, ajouta-t-il, s'adressant au garçon. Grand-papa connaît le cuisinier d'ici. Le cuisinier ressemble à un beau gentleman, et il m'a donné une fois un shilling, quand grand-papa m'a amené ici. Le cuisinier porte de plus beaux vêtements que grand-papa... plus beaux même que les vôtres », dit Georgey, indiquant avec un signe de dédain la veste grossière de Robert.

Robert Audley resta pétrifié. Comment devait-il agir avec cet épicurien âgé de cinq ans, qui refusait du pain et du lait et demandait des côtelettes de veau ?

« Je vais vous dire ce que je vais faire, petit Georgey, s'écria-t-il au bout d'un instant. *Je vais vous faire servir à dîner.* »

Le garçon eut un sourire d'approbation.

« Sur ma parole, dit-il, je crois que ce petit sera capable de tout manger.

– Vous allez dîner, Georgey, répéta Robert : une petite julienne, de l'anguille à l'étuvée, un plat de côtelettes, un oiseau rôti et un pudding. Qu'en dites-vous ?

– Je crois qu'il sera d'accord avec le menu lorsqu'il le verra, dit le garçon : anguille, julienne, côtelettes, oiseau, pudding. Je vais avertir le cuisinier... À quelle heure, monsieur ?

– Eh bien, eh bien, commandez pour six heures, et Mr Georgey ira à la pension pour l'heure du coucher. Je pense que vous arriverez à l'amuser cet après-midi. J'ai des affaires à conclure, et je ne pourrai pas m'en occuper. Je coucherai ici cette nuit. Au revoir, Georgey, prenez soin de vous et tâchez d'avoir bon appétit pour six heures. »

Robert Audley laissa l'enfant à la charge du garçon et descendit vers l'eau, choisissant cette rive déserte qui conduit jusque sous les murs tombant en poussière de la ville, dans la direction du petit village situé près de la partie plus étroite de la rivière.

Il avait fui intentionnellement la compagnie de l'enfant, et il marcha sur un léger amas de neige jusqu'à la tombée de la nuit.

Il retourna à la ville, et demanda de quelle gare partaient les trains pour le Dorsetshire.

« Je partirai de bonne heure demain matin, pensa-t-il, pour voir le père de George avant la tombée de la nuit. Je lui dirai tout... tout, excepté ce qui me rapproche de la personne soupçonnée, et il décidera ce qu'il convient de faire. »

Georgey fit honneur au dîner que Robert avait commandé. Il but du *Bass's pale ale* en si grande quantité, que cela inquiéta beaucoup son tuteur. À huit heures une voiture vint le chercher, et il partit de très bonne humeur avec un souverain en poche et une lettre de Robert destinée à Mr Marchmont, qui contenait de l'argent pour acheter des vêtements au jeune garçon.

« Je suis enchanté, je vais avoir des habits neufs, dit-il, comme il faisait ses adieux à Robert ; car Mrs Plowson a raccommodé les vieux si souvent, qu'elle peut s'en servir maintenant pour Billy.

– Qui est Billy ? demanda Robert riant du bavardage de l'enfant.

– Billy est le petit frère de la pauvre Matilda ;

c'est un enfant sans intérêt, vous savez. Matilda était banale aussi, mais elle... »

Le cocher fit claquer son fouet à ce moment ; le vieux cheval partit et Robert Audley n'entendit plus rien sur Matilda.

CHAPITRE XXIII

Visite à un homme intraitable

Mr Harcourt Talboys vivait dans une belle demeure de forme carrée, en briques rouges, à un mile d'un petit village appelé Grange Heath, dans le Dorsetshire. La belle habitation s'élevait au centre des jardins, à peine assez étendus pour former un parc, trop grands pour être appelés autrement : ainsi ni la maison, ni les terrains n'avaient de nom, et le domaine était simplement désigné par ces mots : le domaine du châtelain Talboys.

Mr Harcourt Talboys était peut-être la dernière personne à qui l'on puisse attribuer le simple, le loyal, l'agreste, le vieux titre anglais de châtelain. Il ne chassait pas et ne cultivait pas ; il n'avait jamais porté de sa vie de vêtements de couleurs ou des cuissardes. Les récoltes ne l'intéressaient que dans la mesure où il recevait les rentes des fermages de son domaine. C'était un homme âgé d'environ cinquante ans, grand, osseux, droit et anguleux, avec une figure carrée et pâle, des yeux gris clair, et de courts cheveux noirs qui formaient une sorte de couronne, ce qui donnait à sa physionomie une petite ressemblance avec celle d'un terrier, un rude et peu accommodant terrier à tête dure.

Personne ne pouvait prétendre connaître le défaut de la cuirasse de Harcourt Talboys. Il ressemblait à l'architecture de pierre de sa demeure sans ombrages. Il n'y avait dans son caractère aucune faille dans laquelle on pût se glisser pour se mettre à l'abri de son implacable lucidité. Son caractère était inflexible. Manichéen à l'extrême, il n'avait jamais eu, dans son impitoyable et consciencieuse existence, l'idée que des circonstances pussent atténuer la gravité d'une faute ou affaiblir la force de la loi. Il avait chassé son fils unique, parce que celui-ci lui avait désobéi, et il aurait chassé sa fille unique pour la même raison.

Si cet homme entêté avait éprouvé de la faiblesse, de la vanité par exemple, il aurait été fier de sa dureté, de son inflexible caractère, de cette obstination qui n'avaient jamais pu être tempérés par l'amour ou le remords. Il eût été orgueilleux de n'avoir jamais cédé à la tendresse. S'il avait éprouvé des regrets au sujet du mariage de son fils, ou de sa rupture avec lui, il n'en avait rien montré. Seul le ciel savait combien cet homme dur avait ressenti amèrement la séparation d'avec son fils unique, ou combien l'angoisse produite par cet inflexible amour-propre avait rendu l'épreuve plus terrible encore.

« Mon fils a agi à mon égard de façon impardonnable en épousant la fille d'un ivrogne, avait dit Mr Talboys à tous ceux qui avaient eu la témérité de lui parler de George ; et à cette heure je n'ai plus de fils. Je ne lui souhaite aucun mal ; il est simplement mort pour moi. J'ai du chagrin pour lui, comme j'ai du chagrin pour sa mère qui est morte il y a dix-huit ans. Si vous me parlez de lui comme vous me parleriez d'un mort, je suis prêt à vous entendre. Si vous me parlez de lui comme d'un vivant, je refuse d'écouter. »

Harcourt Talboys se félicitait de la grandeur quasi romaine de ce discours, et il aurait aimé porter une toge et s'en draper et tourna le dos à celui qui intercédait en faveur de George. Ce dernier n'avait jamais tenté quoi que ce soit pour adoucir le verdict ; il le connaissait assez bien pour savoir que tout effort dans ce sens était vain.

« Si je lui écris, il pliera ma lettre, la remettra dans l'enveloppe et la rangera à mon nom et à la date de son arrivée, disait le jeune homme, et il fera en sorte que tout le monde sache qu'il n'a jamais éprouvé de pitié, ni d'émotion et cela jusqu'au jour de sa mort. »

George avait dit cela à sa femme quand elle et son père l'avaient pressé de demander de l'aide à Harcourt Talboys.

« Non, ma chérie, avait-il dit en concluant. C'est dur d'être pauvre, mais nous le supporterons. Nous n'irons pas lui demander aumône en tentant de susciter sa pitié d'autant que je sais qu'il refusera tout. Non, il est plus facile de mourir de faim, que de s'humilier. »

La femme de George ne fut probablement pas d'accord avec le dernier argument. Elle n'avait pas envie de mourir de faim, et elle le manifesta quand les jolies bouteilles de champagne, *Cliquot* et *Moët*, furent remplacées par des pintes d'ale à six pence, apportées de la brasserie voisine par une domestique. George avait dû alors, en plus de ses propres tourments, apaiser sa femme qui ne cachait guère ses regrets et sa désillusion.

« Je croyais que les officiers étaient toujours riches, disait-elle lorsqu'elle était de mauvaise humeur. Les jeunes filles veulent toujours les épouser, les marchands veulent toujours être leurs fournisseurs, les hôteliers les avoir en pension. Qui aurait pu croire qu'un officier boirait de l'ale à six pence, fumerait de l'horrible tabac à tuer les oiseaux au vol, et laisserait sa femme porter un chapeau en loques ? »

George Talboys n'avait jamais voulu s'apercevoir de l'égoïsme de son épouse. Il avait aimé sa femme et avait eu confiance en elle de la première à la dernière heure de sa courte vie. L'amour, qui n'est pas aveugle, n'est peut-être qu'une fausse divinité après tout ; car lorsque le bandeau tombe des yeux de Cupidon, ce dernier étend ses ailes et s'envole. George n'avait jamais oublié la première rencontre et l'admiration qu'il avait éprouvée pour la fille du lieutenant Maldon, et rien n'avait réussi à entamer l'image qu'il gardait de cet instant.

Robert Audley quitta Southampton par un train qui partit avant le lever du jour, et atteignit la station de Wareham de bonne heure dans la matinée. De là il loua un véhicule pour le conduire à Grange Heath.

Le sol était gelé et l'air était pur et froid, chaque objet du paysage dessinait des lignes abruptes sur le fond du ciel bleu. Les sabots des chevaux résonnaient sur la route glacée, les fers frappaient le sol qui était presque aussi dur qu'eux. Ce jour d'hiver ressemblait à l'homme qu'il allait voir. Comme lui, il était acéré, glacial, rigoureux ; comme lui, il était sans pitié pour la détresse, et impénétrable à la douce influence du soleil. Seuls les rayons d'un soleil de janvier éclairaient le pays morne et nu sans toutefois le rendre lumineux. Harcourt Talboys ne voyait que le côté négatif de toute chose et n'acceptait pas d'autre vérité que la sienne.

Le courage de Robert Audley faiblit au moment où le véhicule de louage s'arrêta devant une grille d'apparence sévère ; le cocher descendit pour ouvrir une large porte en fer, qui tourna sur ses gonds à grand bruit et fut saisie par un grand crochet de fer planté dans le sol, qui happa un des barreaux inférieurs, comme s'il eût voulu le mordre.

Cette porte en fer ouvrait sur une maigre plantation de sapins qui secouaient leur vigoureux feuillage d'hiver d'un air de défi au souffle mordant de la brise glacée. Un chemin droit et sablé courait entre ces arbres et une pelouse unie et bien entretenue menait à l'habitation, chaque fenêtre réfléchissait l'éclat d'un soleil de janvier comme si elle venait d'être nettoyée par quelque servante consciencieuse.

Mr Talboys avait une aversion totale pour le désordre et il était la terreur de tous ses domestiques.

Les fenêtres étincelaient, et les marches du perron de pierre brillaient au soleil ; les principales allées du jardin étaient si fraîchement couvertes de gravier qu'elles donnaient à ce lieu un aspect sablonneux. La pelouse était principalement ornée d'arbrisseaux noirs qui donnaient au lieu un aspect funéraire, plantés en carrés comme des figures géométriques, et le perron en pierre conduisant à la porte vitrée du vestibule était bordé de caisses en bois vert foncé contenant les mêmes vigoureux arbrisseaux.

« Si l'homme ressemble à sa maison, pensa Robert, je ne m'étonne pas que George se soit disputé avec lui. »

À l'extrémité d'une maigre avenue, le chemin pour les voitures faisait un angle droit (il eût été tracé en courbe sur le terrain de tout autre individu) et passait devant les fenêtres inférieures de la maison. Le cocher descendit devant le perron, monta les marches et sonna, à l'aide d'une poignée de cuivre qui rentra dans son emboîture avec un bruit de ressort irrité, comme si elle eût reçu un affront par ce contact « plébéien ».

Un domestique en pantalon noir et veste de toile rayée, qui sortait évidemment depuis peu des mains de la blanchisseuse, ouvrit la porte. Mr Talboys était à la maison. Le gentleman voulait-il lui remettre sa carte ?

Robert attendit dans la salle d'attente.

Le vestibule était spacieux, haut de plafond, carrelé de pierre. Les panneaux de la boiserie en chêne brillaient du même poli rigoureux qui reluisait sur chaque objet à l'intérieur et à l'extérieur de l'habitation.

Quelques personnes ont assez de goût pour apprécier les peintures et les statues. Mr Harcourt Talboys avait l'esprit bien trop pratique pour donner dans ce qu'il considérait comme des fantaisies absurdes. Un baromètre et un porte-parapluies étaient les seuls ornements du vestibule.

Robert observait ces meubles pendant que l'on présentait sa carte au père de George.

Le domestique à la veste de toile revint bientôt. C'était un homme maigre, au visage pâle, âgé d'une quarantaine d'années et qui semblait totalement dénué d'émotions.

« Si vous voulez venir par ici, monsieur, dit-il, Mr Talboys vous recevra, bien qu'il soit en train de déjeuner. » Il pensait sûrement que tout le monde dans le Dorsetshire était au courant de ses horaires.

Ces mots étaient en quelque sorte une manière de reproche à l'intention de Mr Robert Audley. Ils firent pourtant très peu d'effet sur le jeune avocat. Il haussa simplement ses sourcils en signe d'indifférence.

« Je n'habite pas le Dorsetshire, dit-il. Mr Talboys aurait pu savoir cela, s'il avait fait un effort de déduction. Conduisez-moi, mon ami. »

L'homme jeta sur Robert Audley un regard d'horreur non dissimulée, ouvrit une des lourdes portes en chêne et l'introduisit dans une vaste salle à manger meublée avec la sévère simplicité d'un lieu dont le but est d'y survivre et non d'y vivre harmonieusement. À l'extrémité d'une table qui aurait pu recevoir dix-huit personnes, Robert Audley aperçut Mr Harcourt Talboys.

Mr Talboys était vêtu d'une robe de chambre grise, serrée à la taille par une ceinture. C'était un vêtement austère, et c'était peut-être ce qui pouvait ressembler le plus à une toge parmi les costumes modernes. Il portait un gilet de peau de buffle, une cravate de batiste empesée, et un col de chemise immaculé. Le gris froid de sa robe de chambre était presque le même que celui de ses yeux, et son gilet était aussi pâle que son teint.

Robert Audley s'attendait à trouver une vague ressemblance entre le père et le fils, un air de famille, or il n'y en avait aucun; il était difficile d'imaginer deux personnes plus opposées physiquement. Robert ne s'étonna plus de la lettre cruelle qu'il avait reçue de Mr Talboys quand il en vit l'auteur. Un tel homme pouvait difficilement écrire autre chose.

Une seconde personne se trouvait là, Robert lui lança un coup d'œil, après avoir salué Harcourt Talboys, sans savoir précisément par où il allait commencer. Cette seconde personne était une femme, qui assise à la dernière des quatre fenêtres en enfilade, faisait de la couture, une large corbeille en osier remplie de calicot et de flanelle posée à côté d'elle.

Elle était à l'autre bout de la pièce; mais il vit qu'elle était jeune et qu'elle ressemblait à George Talboys.

« C'est sa sœur, pensa-t-il, sans aucun doute. Il était fou d'elle, je le sais; c'est certain, elle ne doit pas être totalement indifférente à ce qui lui est arrivé ! »

La jeune fille se leva à moitié de son siège, son ouvrage tomba de ses genoux et une bobine de coton s'échappa et roula au loin sur le parquet ciré, au-delà du bord du tapis de Turquie.

« Asseyez-vous, Clara », dit la voix sèche de Mr Talboys.

Il ne semblait pas s'adresser à sa fille et ne tourna pas la tête vers elle lorsqu'elle se leva. Il semblait savoir ce qui se passait par quelque don magique qui lui était propre ; et il semblait, ainsi que ses domestiques avaient tendance à le remarquer de façon insolente, qu'il eût des yeux derrière la tête.

« Asseyez-vous, Clara, répéta-t-il, et remettez votre coton dans votre boîte à ouvrage. »

La jeune fille rougit à ce reproche et se baissa pour chercher la bobine. Robert Audley, impressionné par le ton autoritaire du maître de la maison, s'agenouilla sur le tapis, ramassa la bobine et la rendit à sa propriétaire. Harcourt Talboys considéra cette manière d'agir avec une expression d'étonnement suprême.

« Peut-être... Mr Robert Audley, dit-il, en jetant les yeux sur la carte qu'il tenait entre l'index et le pouce, peut-être, lorsque vous aurez fini de chercher des bobines de coton, consentirez-vous à me dire ce qui me vaut l'honneur de cette visite ? »

Il fit un geste de la main, et le domestique avança lentement une lourde chaise en maroquin rouge.

Tout ceci se passa de façon si solennelle que Robert Audley se demanda si l'action allait arriver à son terme. Mr Talboys s'assit enfin sur le siège massif.

« Vous pouvez attendre, Wilson, dit Mr Talboys, comme le domestique allait se retirer ; Mr Audley prendra peut-être du café. »

Robert n'avait rien mangé depuis le matin ; mais il jeta un coup d'œil sur la triste nappe, sur le service à thé et à café en argent, sur la splendeur austère et sur la maigre collation et déclina l'invitation de Mr Talboys.

« Mr Audley ne veut pas de café, Wilson, dit le maître de la maison ; vous pouvez vous retirer. »

L'homme s'inclina et sortit, ouvrant et fermant la porte avec autant de précaution que s'il se fût permis une grande liberté en agissant ainsi, ou que le respect dû à Mr Talboys exigeât qu'il disparût directement à travers le panneau de chêne comme un fantôme des contes allemands.

Mr Harcourt Talboys observa avec sévérité son visiteur, les coudes appuyés sur les bras de son fauteuil, et les extrémités de ses doigts réunies. Si Robert Audley avait été impressionnable, Mr Talboys eût réussi à le troubler ; mais comme le jeune homme aurait volontiers allumé son cigare tranquillement assis sur un baril de poudre, il ne fut pas le moins du monde ému. La dignité du père lui paraissait une chose infime au regard de la disparition du fils.

« Je vous ai écrit il y a quelque temps, Mr Talboys », dit-il calmement, quand il vit que celui-ci attendait qu'il entamât la conversation.

Harcourt Talboys s'inclina ; il savait que c'était de son fils que Robert allait parler.

« Fasse le ciel que son stoïcisme glacé reflète sa vanité plutôt que son manque de cœur ! » pensa Robert.

« J'ai reçu votre lettre, Mr Audley, dit-il ; elle est classée parmi d'autres lettres d'affaires. J'ai répondu comme il se devait.

– Mais cela concernait votre fils. »

Il y eut un petit bruissement à la fenêtre où était assise la jeune fille au moment où Robert prononça ces mots. Il regarda de son côté instantanément, mais elle ne semblait pas avoir remué ; elle ne tremblait pas, et elle était parfaitement calme.

« Elle est aussi dépourvue de cœur que son père, malgré sa ressemblance avec George, pensa Mr Audley.

– Votre lettre concernait la personne qui fut autrefois mon fils, dit Harcourt Talboys. Je vous prie de vous souvenir que je n'ai plus de fils.

– Vous n'avez aucune raison de me le rappeler, Mr Talboys, répondit gravement Robert ; je ne m'en souviens que trop bien. J'ai tout lieu de croire que vous n'avez plus de fils car j'ai des raisons de penser qu'il est mort. »

Il se peut que le teint de Mr Talboys fût passé à une nuance plus pâle que le gilet de buffle, tandis que Robert prononçait ces paroles ; mais il s'était contenté d'élever la broussaille de ses sourcils gris, et de secouer doucement la tête.

« Non, dit-il, non ; je vous assure que non.

– Je crois que George Talboys est mort au mois de septembre. »

La jeune fille, son ouvrage soigneusement plié sur ses genoux, les mains entrelacées, ne bougea pas tout le temps que Robert parla de la mort de son ami.

« Non, non, je vous assure, reprit Mr Talboys ; vous vous trompez.

– Vous croyez que je suis dans l'erreur en pensant que votre fils est mort ? demanda Robert.

– Certainement, répliqua Mr Talboys avec un sourire qui reflétait le calme de la sagesse ; la disparition est un subterfuge habile, sans aucun doute, mais ce n'est pas suffisant pour me tromper. Permettez-moi de vous dire que vous avez tout lieu de me croire, Mr Audley, et laissez-moi vous assurer de trois choses : en premier lieu, votre ami n'est pas mort ; en deuxième lieu, il se tient caché à l'écart dans le but de m'inquiéter, de jouer avec les sentiments d'un... d'un homme qui fut autrefois un père, afin d'obtenir mon pardon ; en troisième lieu, il n'obtiendra pas ce pardon, même s'il lui plaisait de rester caché indéfiniment. Il devrait donc retourner sans délai à sa résidence et à ses plaisirs.

– Alors vous pensez qu'il se cache avec intention, de tous ceux qui le connaissent, dans le dessein de...

– Dans le dessein de m'influencer, s'écria Mr Talboys, qui considérait chaque événement de la vie de son propre point de vue. Dans le dessein de m'influencer. Il connaît l'inflexibilité de mon caractère ;

jusqu'à un certain point, il me connaît, et il sait que toutes les tentatives banales pour adoucir ma décision ou ébranler ma résolution seraient vouées à l'échec. Il a, en conséquence, essayé des moyens extraordinaires ; il se tient caché afin de provoquer mon inquiétude ; et quand après un temps convenable il s'apercevra qu'il ne m'a pas alarmé, il reviendra. Lorsqu'il fera cela, dit Mr Talboys, je lui pardonnerai. Oui, monsieur, je lui pardonnerai ; et je lui dirai : "Vous avez essayé de me tromper, vous avez essayé de m'effrayer, et je vous ai démontré que cela était impossible ; vous n'avez pas voulu croire à ma générosité, eh bien maintenant je vais vous montrer que je peux l'être." »

Harcourt Talboys débita cette déclaration sur un ton étudié qu'il indiquait qu'elle avait été soigneusement élaborée depuis longtemps.

Robert Audley poussa un soupir en l'entendant.

« Fasse le ciel que vous puissiez avoir l'occasion de dire ces paroles à votre fils, répondit-il tristement. Je suis heureux d'apprendre que vous êtes disposé à lui pardonner, mais je crains que vous ne puissiez jamais le revoir sur cette terre. J'ai beaucoup de choses à vous dire sur ce... ce lamentable sujet, Mr Talboys ; mais je préférerais vous les dire à vous seul, ajouta-t-il en jetant un regard sur Clara.

– Ma fille connaît mes idées à ce sujet, Mr Audley, dit Harcourt Talboys ; il n'y a aucune raison qu'elle n'entende pas ce que vous avez à dire. Miss Clara Talboys, Mr Robert Audley », ajouta-t-il en étendant majestueusement la main.

La jeune fille inclina la tête en réponse au salut de Robert.

« Qu'il en soit ainsi, pensa-t-il. Si elle est insensible au point de ne montrer aucune émotion, qu'elle entende donc ce que j'ai à raconter. »

Il y eut quelques minutes de silence, durant lesquelles Robert sortit des papiers de sa poche ; parmi eux se trouvait le document qui avait été rédigé immédiatement après la disparition de George.

« Je réclame toute votre attention, Mr Talboys, dit-il, car ce que j'ai à vous dévoiler est pénible. Votre fils était mon ami le plus cher pour plusieurs raisons. Peut-être parce que j'étais avec lui au moment où il a éprouvé le plus grand chagrin de sa vie, et qu'il était presque seul au monde... rejeté par vous, qui eussiez été son meilleur allié, privé de la seule femme qu'il eût jamais aimée.

– La fille d'un ivrogne, remarqua en passant Mr Talboys.

– S'il était mort dans son lit, continua Robert Audley, et si j'avais eu à fermer ses paupières, j'aurais éprouvé un chagrin immense. Mais cette peine aurait été peu de chose en comparaison de celle que je ressens aujourd'hui, car je suis fermement convaincu que mon pauvre ami a été assassiné.

– Assassiné ! »

Le père et la fille répétèrent simultanément cet horrible mot. Le visage du père se couvrit d'une pâleur livide. La jeune fille enfouit sa tête dans ses mains qu'elle serra convulsivement et elle ne la releva plus pendant tout le temps de l'entrevue.

« Mr Audley, vous êtes fou, s'écria Harcourt Talboys, vous êtes fou, ou bien vous avez été envoyé par votre ami pour vous moquer de mes sentiments. Je proteste contre ce procédé que je considère être un complot, et je... je reviens sur mon intention de pardonner à celui qui fut autrefois mon fils. »

En prononçant ces paroles, il redevint lui-même. Le coup avait été rude, mais ses effets n'avaient été que momentanés.

« Il n'est pas dans mon propos de vous inquiéter sans raison, monsieur, répondit Robert. Fasse le ciel que je puisse avoir tort. Je prie pour cela, mais je ne peux le croire... je ne peux l'espérer. Je suis venu à vous pour avoir un conseil. Je vais vous raconter simplement et sans passion les faits qui ont éveillé mes soupçons. Si vous me dites que cela est absurde et sans fondement, je suis prêt à me soumettre à votre jugement qui est sans doute plus sage que le mien. Je quitterai l'Angleterre et je ne rechercherai plus la preuve qui doit venir confirmer mes craintes. Si vous me dites poursuivez, je poursuivrai. »

Rien ne pouvait être plus flatteur pour la vanité de Mr Harcourt Talboys que cet appel. Il déclara être prêt à écouter ce que Robert avait à lui dire, et à l'assister comme il le pouvait.

Il prononça avec emphase ces derniers mots, annulant l'éventuel bien-fondé de ses conseils par une affectation qui était aussi évidente que son amour-propre.

Robert Audley rapprocha sa chaise du fauteuil de Mr Talboys, et commença le récit minutieux de tout ce qui était arrivé à George depuis son arrivée en Angleterre jusqu'à l'heure de sa disparition, aussi bien que de tout ce qui s'était passé depuis. Harcourt Talboys l'écouta avec attention, interrompant de temps à autre le narrateur pour lui poser une question sur un ton magistral. Clara Talboys ne releva jamais la tête.

Les aiguilles de la pendule marquaient onze heures un quart quand Robert commença son histoire. Midi sonna lorsqu'il la termina.

Il avait volontairement passé sous silence les noms de son oncle et de la femme de son oncle en relatant les circonstances dans lesquelles ils étaient impliqués.

« Maintenant, monsieur, dit-il, j'attends votre décision. Vous savez désormais pourquoi j'en suis arrivé à cette terrible conclusion. Quel est votre sentiment ?

– Cela ne me détourne nullement de ma première impression, répondit Mr Harcourt Talboys avec l'orgueil déraisonnable d'un homme obstiné. Je crois encore, comme je le croyais auparavant, que mon fils est vivant, et que sa disparition est un complot contre moi. Je refuse d'en être la victime.

– Vous me conseillez donc de m'arrêter ? demanda Robert d'un ton solennel.

– Je ne vous dis que ceci : si vous poursuivez, poursuivez pour vous et non pour moi. Il n'y a rien dans tout ce que vous m'avez raconté de nature à m'alarmer quant à la vie de... votre ami.

– Qu'il en soit ainsi, alors ! s'écria Robert subitement. Je ne m'occuperai plus de cette affaire ; désormais, je ferai tout pour l'oublier. »

Il se leva en disant ces mots et prit son chapeau sur la table ; il jeta un regard sur Clara Talboys. Son attitude n'avait pas changé.

« Au revoir, Mr Talboys, dit-il gravement. Dieu veuille que vous ayez raison ; Dieu veuille que j'aie tort. Mais j'ai peur que vous ayez un jour des raisons de regretter votre indifférence. »

Il s'inclina devant Mr Harcourt Talboys et devant la jeune fille, dont le visage était toujours enfoui dans ses mains.

Il regarda un instant miss Talboys, pensant qu'elle lèverait les yeux, qu'elle ferait un signe ou témoignerait le désir de le retenir.

Mr Talboys, sans émotion aucune, sonna le domestique, qui conduisit Robert à la porte du vestibule avec la solennité d'un bourreau conduisant l'accusé à son exécution.

« Elle est comme son père, pensa Mr Audley en regardant pour la dernière fois la jeune fille. Pauvre George, vous aviez vraiment besoin d'un ami dans ce monde, car il n'existe personne d'autre pour vous aimer. »

CHAPITRE XXIV

Clara

Robert Audley trouva le cocher endormi sur le siège de son véhicule. On lui avait offert une bière assez forte pour le faire dormir, et il fut très content de s'en retourner et de recevoir le prix de sa course. Le vieux cheval blanc, qui était probablement un poulain dans l'année où la voiture avait été construite, paraissait, comme celle-ci, avoir survécu à la mode ; il était aussi profondément assoupi que son maître et se réveilla en donnant une ruade au moment où Robert arriva au bas des marches du perron, accompagné par son exécuteur qui attendit respectueusement que Mr Audley fût installé dans le véhicule et eût disparu au détour de l'allée.

Le cheval, excité par le claquement du fouet et par une violente secousse des rênes, avança à moitié endormi, et Robert, le chapeau rabattu sur les yeux, pensa à son ami.

Il avait joué dans ces jardins austères des années auparavant... si c'était toutefois possible qu'un jeune garçon pût s'amuser sous le regard sévère de Mr Harcourt Talboys. Il avait joué peut-être sous ces arbres au feuillage sombre, avec sa sœur qui avait eu connaissance de son triste sort sans verser une larme. Robert Audley jeta les yeux sur la froideur artificielle de ce terrain méthodiquement rangé, s'étonnant que George eût pu grandir dans une telle maison et devenir le franc, le généreux, l'insouciant ami qu'il avait connu. Comment se faisait-il qu'ayant grandi à côté de son père, celui-ci ne fût pas devenu son modèle ?

« Grâce à Dieu, pensait Robert Audley, grâce à Dieu ! c'est fini. Mon pauvre ami repose dans sa tombe, et je n'attirerai pas le malheur sur ceux que j'aime. Cela arrivera peut-être, tôt ou tard, mais pas par mon entremise. La crise est passée, et je suis libre. »

Il trouva dans cette pensée une véritable consolation car sa nature généreuse répugnait au rôle qui avait été le sien... espionner, recueillir les indices qui conduisaient à des conséquences inéluctables.

Il poussa un long soupir... un soupir de soulagement d'être délivré de tout cela. C'était fini maintenant.

La voiture sortait de la plantation alors qu'il pensait à ces choses, et il se retourna pour jeter un dernier regard sur les tristes sapins, les allées couvertes de gravier, la pelouse unie et la grande maison en briques rouges à l'aspect désolé.

Il vit avec surprise une femme qui courait, qui volait presque, le long du chemin par lequel il était venu, en agitant un mouchoir à la main.

Il considéra cette singulière apparition pendant quelques instants, avec étonnement, avant d'être capable d'exprimer sa stupéfaction.

« Est-ce à moi qu'en veut cette femme ? s'écria-t-il à la fin. Vous feriez mieux d'arrêter, ajouta-t-il s'adressant au cocher. Nous vivons des temps bizarres, dans une ère anormale de l'histoire du monde. Elle peut avoir besoin de moi. Probablement, j'ai dû oublier mon mouchoir de poche, et Mr Talboys l'a envoyée me le rapporter. Peut-être ferais-je mieux de descendre et d'aller à sa rencontre. »

Robert Audley descendit avec résolution de la voiture et marcha vers la forme féminine qui courait si vite et qui le rejoignit bientôt.

Ce ne fut que lorsqu'elle arriva près de lui qu'il vit qui elle était.

« Bonté du ciel ! s'écria-t-il, c'est miss Talboys. »

C'était miss Talboys, rouge et hors d'haleine, avec un châle de laine sur la tête.

Robert Audley voyait maintenant clairement son visage pour la première fois, et il remarqua qu'il était très beau. Elle avait des yeux bruns, comme ceux de George, un teint pâle (elle était colorée quand elle s'approcha de lui, mais les couleurs s'évanouirent dès qu'elle eut recouvré son souffle), des traits réguliers et si expressifs qu'ils reflétaient tous ses sentiments. Il vit tout cela en quelques instants, et s'étonna davantage du stoïcisme de sa conduite durant son entrevue avec Mr Talboys. Il n'y avait pas de larmes dans ses yeux, mais ils brillaient d'un éclat fiévreux... d'un éclat terrible... et il put voir que ses lèvres tremblaient lorsqu'elle s'adressa à lui.

« Miss Talboys, dit-il, que puis-je ?... pourquoi ?... »

Elle l'interrompit soudain, saisissant son poignet de sa main libre... elle tenait son châle de l'autre.

« Oh ! laissez-moi vous parler, s'écria-t-elle, laissez-moi vous parler, ou je deviendrai folle. J'ai tout entendu. Je crois ce que vous croyez ; et je vais devenir folle, si je ne peux pas faire quelque chose... quelque chose pour venger sa mort. »

Pendant quelques instants, Robert Audley fut trop abasourdi pour répondre. C'était de toutes les choses qui pussent arriver sur terre la dernière à laquelle il se serait attendu.

« Prenez mon bras, miss Talboys, dit-il ; calmez-vous, je vous en prie. Retournons vers la maison et causons tranquillement. Je n'aurais pas parlé comme je l'ai fait si j'avais su...

– Si vous aviez su que j'aimais mon frère, dit-elle avec calme. Comment auriez-vous pu savoir que je l'aimais ? Comment pourrait-on le croire ? Je n'ai jamais pu faire en sorte qu'il soit à nouveau accueilli dans cette maison ou qu'il reçoive une lettre affectueuse de notre père. Comment aurais-je osé montrer ma tendresse pour lui dans cette maison quand je savais que même l'amour d'une sœur tournerait à son désavantage ? Vous ne connaissez pas mon père. Intercéder pour George eût été perdre sa cause ; je savais que faire confiance au temps était la seule chance de revoir mon cher frère. Et j'attendais... j'attendais patiemment, espérant toujours, car je savais que mon père aimait son fils unique. Je vois votre sourire moqueur, Mr Audley, et je conçois bien qu'il soit difficile pour un étranger de croire que, sous cette indifférence affectée, mon père cache une forme quelconque d'affection pour ses enfants... pas un vif attachement peut-être, car il a conduit toute sa vie selon la stricte loi du devoir. Arrêtez, dit-elle subitement en posant la main sur son bras et regardant derrière elle dans l'allée des pins ; je suis sortie en courant par la porte de derrière. Papa ne doit pas s'apercevoir que je vous parle, Mr Audley, et il ne faut pas qu'il voie la voiture stationner près de la porte. Voulez-vous aller sur la grand-route et dire au cocher de faire avancer la voiture jusqu'au bout du chemin ? Je sortirai par une petite porte et je vous rejoindrai sur la route.

– Mais vous allez attraper froid, miss Talboys, observa Robert, la regardant d'un air inquiet. Vous grelottez...

– Ce n'est pas le froid, répondit-elle ; je pensais à mon frère. Si vous avez quelque pitié pour la sœur de votre ami, faites ce que je vous demande, Mr Audley. Il faut que je vous parle... il faut que je vous parle... avec calme, si possible. »

Elle posa la main sur son front comme si elle essayait de rassembler ses idées, puis elle montra la grille du doigt. Robert s'inclina et la laissa. Il dit au cocher d'avancer lentement vers la gare, et continua son chemin, longeant la barrière goudronnée qui entourait la propriété de Mr Talboys. À une centaine de mètres environ de l'entrée principale, il arriva à la petite porte en bois, et attendit miss Talboys.

Elle le rejoignit bientôt, son châle encore sur la tête ; ses yeux brillants étaient toujours secs.

« Voulez-vous marcher avec moi à l'intérieur de la plantation ? dit-elle, car nous pourrions être vus sur la grand-route. »

Il s'inclina, passa la porte, et la ferma derrière lui.

Quand elle prit le bras qu'il lui offrit, il s'aperçut qu'elle était encore tremblante... qu'elle tremblait violemment.

« Je vous prie, je vous supplie de vous calmer, miss Talboys, dit-il, je suis peut-être arrivé à une conclusion fausse ; je puis...

– Non, non, non, s'écria-t-elle, vous ne vous êtes pas trompé, mon frère a été assassiné. Dites-moi le nom de cette femme... de la femme que vous soupçonnez... de son meurtre...

– Je ne puis faire cela jusqu'à ce que...

– Jusqu'à quand ?

– Jusqu'à ce que je sois certain qu'elle est coupable.

– Vous disiez à mon père que vous vouliez abandonner toute idée de découvrir la vérité... Que vous vouliez rester tranquille en laissant le sort de mon frère à l'état d'horrible mystère non élucidé ; mais vous ne pouvez pas agir ainsi, Mr Audley... vous ne voulez pas manquer à la mémoire de votre ami. Vous voulez voir punir ceux qui l'ont tué. Oui ou non ? »

Un voile de tristesse assombrit le visage de Robert Audley.

Il se rappelait ce qu'il avait dit le jour précédent à Southampton...

« Une volonté plus forte que la mienne me fait signe d'avancer sur la route sinistre. »

Un quart d'heure auparavant, il avait cru que tout était fini, et qu'il était délivré du terrible devoir qu'il s'était assigné. Cette jeune fille, insensible en apparence, avait retrouvé la voix et le pressait de continuer.

« Si vous saviez dans quel malheur je puis tomber en découvrant la vérité, miss Talboys, dit-il, vous hésiteriez à me demander de faire un pas de plus.

– Mais je ne vous interroge pas, répondit-elle avec une passion contenue. Je ne vous interroge pas. Je vous demande de venger la mort de mon frère. Voulez-vous le faire, oui ou non ?

– Si je réponds non ?

– Alors je le ferai moi-même ! s'écria-t-elle en le fixant de ses yeux bruns éclatants. Je remonterai moi-même jusqu'à la source de ce mystère ; je trouverai cette femme... oui, même si vous refusez de me dire dans quelle partie de l'Angleterre mon frère a disparu. Je voyagerai d'un bout à l'autre du monde pour découvrir le secret de sa disparition, si vous refusez de le découvrir pour moi. Je suis majeure ; je suis indépendante ; je suis riche, car j'ai de l'argent que m'a laissé une de mes tantes. Je peux payer plus que convenablement ceux qui m'aideront dans mes recherches, et je ferai en sorte qu'ils servent au mieux mes intérêts. Choisissez, Mr Audley. Est-ce vous ou moi qui partirai à la recherche du meurtrier de mon frère ? »

Il la regarda et vit que sa résolution n'était pas le fruit d'une exaltation passagère, mais d'une volonté capable de se frayer un chemin malgré toutes les difficultés. Ses admirables traits, presque sculptés dans leurs contours, semblaient transformés en marbre par sa fermeté d'expression. Le visage qu'il regardait était celui d'une femme que la mort seule pouvait faire dévier de ses projets.

« J'ai grandi dans une atmosphère d'abnégation, dit-elle avec calme. J'ai refoulé et étouffé les sentiments naturels de mon cœur, au point de les exacerber à outrance ; je ne me suis donné ni amis ni amants. Ma mère est morte quand j'étais très jeune. Mon père a toujours été avec moi comme vous l'avez vu aujourd'hui. Je n'ai personne d'autre que mon frère. Tout mon amour est concentré sur lui. Vous étonnez-vous, alors, que lorsque j'apprends que sa jeune existence a été anéantie traîtreusement, je désire voir punir le coupable ? Oh ! mon Dieu, s'écria-t-elle, en joignant subitement les mains et en levant les yeux vers le ciel d'hiver glacé, conduisez-moi au meurtrier de mon frère, et laissez ma main venger sa mort. »

Robert Audley resta immobile devant elle, il la regarda avec respect et admiration. Sa beauté s'était élevée jusqu'au sublime sous la tension de la passion réprimée. Elle ne ressemblait à aucune des femmes qu'il connaissait. Sa cousine était jolie, la femme de son oncle était ravissante, mais Clara Talboys était admirable. Sa toilette même, austère dans la simplicité de sa couleur grise, rendait sa beauté plus éclatante que n'auraient pu le faire des vêtements somptueux.

« Miss Talboys, dit Robert après un instant, votre frère sera vengé. Il ne sera pas oublié. Personne, autre que moi, n'est en mesure de trouver la clef du mystère. Pour cela il faut que vous soyez patiente et que vous ayez confiance en moi.

– J'ai confiance en vous, répondit-elle, car je sais que vous êtes sincère.

– Il est donc dans ma destinée d'agir ainsi », dit-il d'un ton solennel.

Au cours de la conversation qu'il avait eue avec Harcourt Talboys, Robert Audley avait soigneusement évité de tirer lui-même des conclusions sur les événements qu'il avait relatés. Il avait simplement raconté l'histoire de la vie de George, à partir de l'heure de son arrivée à Londres jusqu'à celle de sa disparition, mais il s'aperçut que Clara Talboys partageait son point de vue, et qu'il y avait entre eux une intelligence tacite de choses.

« Avez-vous des lettres de votre frère, miss Talboys ? demanda-t-il.

– Deux. Une, écrite peu de temps après son mariage, l'autre, écrite de Liverpool avant d'embarquer pour l'Australie.

– Puis-je les voir ?

– Oui, je vous les enverrai si vous me donnez votre adresse. Vous m'écrirez de temps en temps, n'est-ce pas ? Pour me dire si vous approchez de la vérité. Je serai obligée d'agir secrètement, mais je vais quitter la maison dans deux ou trois mois, et je serai alors parfaitement libre d'agir à ma guise.

– Vous n'allez pas quitter l'Angleterre ? demanda Robert.

– Oh non ! je dois seulement aller rendre visite à des amis dans l'Essex. »

Robert tressaillit si violemment à ces mots que Clara Talboys le fixa soudain. L'agitation qu'il manifestait trahissait une partie du secret.

« Mon frère George a disparu dans l'Essex », dit-elle.

Il ne put la contredire.

« Je suis fâché que vous en ayez découvert autant, répliqua-t-il. Ma situation devient chaque jour plus compliquée, chaque jour plus pénible. Au revoir. »

Elle lui donna machinalement sa main quand il tendit la sienne, mais cette main plus froide que du marbre resta inanimée dans celle de Robert, et tomba comme un bloc à côté d'elle lorsqu'il l'abandonna.

« Je vous en prie, rentrez vite, dit-il vivement. J'ai peur que vous ne tombiez malade après la fatigue de ce matin.

– Malade, s'écria-t-elle avec dédain, vous me parlez de souffrance, quand le seul être au monde qui m'ait jamais aimée a été enlevé dans sa prime jeunesse. Peut-il y avoir désormais pour moi autre chose que de la souffrance ? Qu'ai-je à faire du froid ? dit-elle, en rejetant son châle en arrière et en exposant sa magnifique tête à la bise. Je marcherais d'ici à Londres nu-pieds dans la neige, sans jamais m'arrêter en chemin, si je pouvais le ramener à la vie. Que ne ferais-je pas pour le ramener à la vie ?... que ne ferais-je pas ? »

Ses paroles finirent par un gémissement de douleur ; et les mains sur le visage, elle pleura pour la première fois de la journée. La force de ses sanglots ébranlait son corps frêle, et elle fut obligée de s'appuyer contre le tronc d'un arbre pour rester debout.

Robert la regardait avec une tendre compassion ; elle était bien le portrait de l'ami qu'il avait aimé, il lui était impossible de la considérer comme une étrangère, impossible de penser qu'ils s'étaient vus pour la première fois le matin.

« Je vous en prie, je vous en prie, calmez-vous, dit-il, espérons même contre tout espoir. Nous pouvons nous tromper l'un et l'autre, votre frère est peut-être encore vivant.

– Oh ! s'il en était ainsi, murmura-t-elle avec ardeur, s'il pouvait en être ainsi !

– Essayons d'espérer...

– Non, répondit-elle, le regardant à travers ses larmes, n'espérons rien d'autre que la vengeance. Au revoir, Mr Audley. Attendez : votre adresse. »

Il lui donna une carte, qu'elle plaça dans sa poche.

« Je vous enverrai les lettres de George, dit-elle, elles peuvent vous être de quelque secours. Au revoir. »

Elle le laissa à demi bouleversé par son énergie passionnée et la noble beauté de son visage. Il l'observa comme elle disparaissait derrière les troncs des sapins, puis il sortit lentement de la plantation.

« Que le ciel vienne en aide à ceux qui se dressent entre moi et le secret, pensa-t-il, car ils seront sacrifiés à la mémoire de George Talboys. »

CHAPITRE XXV

Les lettres de George

Robert Audley ne revint pas à Southampton, mais il prit un billet pour le premier train partant pour Wareham et atteignit Waterloo Bridge une heure ou deux après la tombée de la nuit. La neige, qui était dure et craquante dans le Dorsetshire, était de la boue noire et grasse dans Waterloo Road, fondue par les lampes des *gin-palaces* et le gaz flamboyant dans les boutiques des bouchers.

Robert Audley haussa les épaules, en regardant les rues sombres par lesquelles le faisait passer le cocher, choisissant – avec ce délicieux instinct qui semble inné chez les conducteurs de voitures de louage – les passages noirs et hideux totalement inconnus du piéton ordinaire.

« Quelle agréable chose que la vie, pensait l'avocat, quel ineffable bienfait... quelle suprême grâce ! Que chaque homme considère l'ensemble de sa vie en soustrayant les heures pendant lesquelles il a été *foncièrement* heureux... réellement et entièrement à son aise, sans une arrière-pensée pour gâter son bonheur... sans le plus petit nuage pour assombrir l'éclat de son horizon. Qu'il fasse cela, il constatera avec amertume la pitoyable somme de ses heures de félicité. Il aura passé une semaine ou dix jours agréablement, en trente ans, peut-être. Trente années faites de la température morose de décembre, de tempêtes de mars, de pluies d'avril et de ciels sombres de novembre. Il aura vécu sept ou huit resplendissantes journées d'août pendant lesquelles le soleil a brillé dans un ciel sans nuages, où des brises d'été ont apporté sans discontinuer leurs parfums. Avec quelle ivresse nous nous souvenons de ces rares jours de plaisir, espérons leur retour et essayons de nous souvenir des circonstances qui les ont rendus si heureux ; ah ! combien d'arrangements, de préméditations faisons-nous avec le destin pour jouir de ces plaisirs ! Comme si le bonheur n'était pas forcément accidentel... un oiseau merveilleux et passager, complètement irrégulier dans ses migrations, parmi nous un jour d'été, et loin de nous le jour suivant ! Considérons le mariage, par exemple, continuait le pensif Robert. Considérons le mariage ! Qui peut dire qu'il fera le seul choix judicieux contre neuf cent quatre-vingt-dix-neuf méprises possibles ? Qui discernera au premier aspect la visqueuse créature qui est la seule anguille dans l'énorme sac de serpents ? Cette jeune fille sur le trottoir, qui est là à attendre pour traverser la rue que ma voiture soit passée, est peut-être la seule femme parmi toutes les créatures féminines de ce vaste univers qui pourrait faire de moi un homme heureux. Cependant je passe à côté d'elle... je l'éclabousse avec la boue de mes roues, ignorant et soumis aveuglément au destin. Si cette jeune fille, Clara Talboys, avait été cinq minutes en retard, j'aurais quitté le Dorsetshire, la croyant froide, dure, dépourvue de qualités, et je serais mort avec cette idée. Je la prenais pour un automate magnifique et sans cœur. Je sais maintenant qu'elle est noble et admirable. Et cela va tellement changer ma vie ! Après avoir quitté cette maison, j'étais bien déterminé à tout abandonner. Je l'ai vue et elle m'a forcé à avancer sur le chemin qui me répugnait... le chemin tortueux du soupçon et de l'espionnage. Comment lui dire que son frère a été assassiné ! Je sais qui est le criminel, mais je ne veux rien faire ! Je ne puis dire cela. Cette femme connaît mon secret à demi ; elle sera bientôt en possession du reste et alors... et alors... »

La voiture s'arrêta au milieu de la méditation. Robert Audley paya le cocher et se soumit aux contingences de la vie, qui sont les mêmes, que l'on soit content ou triste.

Qui n'a pas éprouvé dans la première fureur du chagrin une rage déraisonnable contre le mutisme des chaises et des tables, l'immuable forme carrée des tapis de Turquie, l'obstination inflexible de l'attirail extérieur de la vie ? Nous voudrions déraciner des arbres gigantesques dans une forêt vierge, arracher et séparer leurs énormes branches dans une étreinte convulsive ; et le plus que nous pouvons faire pour soulager notre fureur, c'est casser un fauteuil, ou briser un objet.

Les maisons de fous sont vastes et nombreuses ; et elles devraient l'être encore plus quand on songe à la frontière si mince qui sépare la raison de la folie et à tous ceux dont l'esprit chancelle de l'autre côté du miroir.

Robert avait ordonné au cocher de le déposer au coin de Chancery Lane. Il monta l'escalier brillamment éclairé du *Dîner de Londres*, et il s'assit à une des tables, avec une vague impression de vide et de lassitude. Il était venu dans ce luxueux restaurant parce qu'il lui était absolument nécessaire de manger quelque chose et il valait mieux que cela se fît dans cet endroit plutôt que chez Mrs Maloney, dont l'imagination n'allait pas au-delà du hachis et des côtelettes. Le garçon empressé essaya en vain de convaincre Robert de passer une commande digne d'honorer une telle carte. Celui-ci laissa au garçon le soin de choisir pour lui, et le garçon obligeant, qui connaissait Robert, s'en alla dire au cuisinier avec un air désolé, que Mr Audley, de Fig-Tree Court, n'était évidemment pas très bien. Robert dîna et but un verre de vin de Moselle, mais il n'était pas en mesure d'apprécier l'excellence des viandes et le délicat arôme du vin. Le monologue intérieur reprit :

« J'accepte la domination de cette pâle jeune fille, avec ses traits de statue et ses yeux bruns et calmes, pensait-il. Je reconnais le pouvoir d'un esprit supérieur au mien, je me soumets, et je m'incline devant lui. J'ai agi et pensé par moi-même pendant les quelques derniers mois, et je suis fatigué de ces efforts contre ma nature. J'ai été infidèle au principe de toute ma vie, et j'ai expié ma folie. J'ai trouvé enfin deux cheveux gris dans ma chevelure la semaine dernière, et un corbeau impertinent a laissé une légère impression de sa patte sous mon œil droit. Oui, je suis en train de vieillir ; et pourquoi... pourquoi en serait-il autrement ? »

Il repoussa son assiette et leva les sourcils, les yeux fixés sur les miettes de pain éparses sur le damassé brillant, tandis qu'il allait plus loin dans son questionnement :

« Que diable suis-je allé faire dans cette galère ? se demandait-il. Mais j'y suis maintenant et ne puis en sortir : aussi vaut-il mieux me soumettre à la jeune fille aux yeux bruns et faire ce qu'elle me dira avec patience et fidélité. L'homme peut mentir en regardant le soleil, manger le lotus de l'oubli et s'amuser tous les après-midi si sa femme le lui permet ! Mais elle ne le lui permet pas habituellement : bénissons les battements de son cœur et l'activité de son esprit ! Elle agit mieux que cela. Qui a jamais entendu parler de ces femmes prenant la vie comme elle doit être prise ? Au lieu de la supporter comme un ennui inévitable, seulement endurable par sa brièveté, elles marchent à travers elle comme si c'était une cérémonie pompeuse ou une procession. Elles ne savent pas ce que c'est que d'être au repos. Elles sont Sémiramis, Cléopâtre, Jeanne d'Arc, Élisabeth ou Catherine II, et se vautrent dans les batailles, les meurtres, les cris et le désespoir. Si elles ne peuvent agiter l'univers et jouer à la balle avec les hémisphères, elles changent en montagnes de guerre et en tourments les plus petites taupinières, et soulèvent des tempêtes sociales dans les tasses à thé. Empêchez-les de pérorer sur l'indépendance des nations et les injustices de l'humanité, et elles chercheront querelle à quelqu'un d'autre sous un prétexte futile. Les appeler le sexe faible, c'est articuler une hideuse plaisanterie ; elles sont le sexe le plus fort, le plus bruyant, le plus persévérant, le plus tyrannique. Elles demandent la liberté de penser, la variété des occupations ; les ont-elles ? Qu'on les leur laisse. Laissez-les être jurisconsultes, docteurs, prédicateurs, professeurs, soldats, législateurs, ce qu'elles voudront, mais qu'elles vivent en paix si elles le peuvent. »

Mr Audley se passa les mains dans les cheveux.

« Je déteste les femmes, pensa-t-il dans un accès de misanthropie : ce sont des créatures entreprenantes, éhontées, abominables, inventées pour l'ennui. Prenons l'exemple de George ! C'est entièrement à cause d'elles, du commencement à la fin, que son malheur a été consommé. Il épouse une femme, et son père l'abandonne sans le sou et sans profession. Il apprend la mort de cette femme, et son cœur se brise. Il va chez une femme, et on ne le revoit plus vivant. Et maintenant je me trouve moi-même acculé par une autre femme que je ne connaissais pas jusqu'à ce jour. Et... et puis, rumina Mr Audley, il y a encore Alicia ; voilà un autre ennui. Elle voudrait se marier avec moi, je le comprends, et elle y réussira ; mais je voudrais ne pas en arriver là. »

Robert paya sa note et récompensa généreusement le garçon. Le jeune avocat ne rechignait pas à distribuer son confortable revenu entre les gens qui le servaient, car il ne faisait pas plus attention à l'argent qu'à toute autre chose.

Son appartement de Fig-Tree Court, avec sa décoration et son calme, sembla lugubre à Robert Audley en cette soirée. Il n'avait nulle envie de lire de la littérature française, quoiqu'il y eût un paquet de romans non coupés, drôles ou sentimentaux, qui attendaient son bon plaisir sur une des tables. Il prit sa pipe d'écume favorite et se laissa tomber en soupirant dans son fauteuil préféré.

« C'est confortable, mais je me sens vraiment seul ce soir. Si le pauvre George était assis en face de moi, ou... ou si même la sœur de George... elle lui ressemble extraordinairement... l'existence pourrait être plus supportable. Mais quand un garçon a vécu seul, en sa propre compagnie, pendant huit ou dix ans, il commence à s'ennuyer. »

Il partit d'un éclat de rire bruyant.

« Quelle singulière idée de penser à la sœur de George, pensa-t-il. Quel idiot je fais. »

Le jour suivant, une lettre écrite d'une main ferme, féminine, qui lui était étrangère lui parvint. Il trouva le petit paquet posé sur la table à déjeuner à côté du petit pain français chaud enveloppé dans une serviette par les mains attentionnées mais peu soignées de Mrs Maloney. Il observa l'enveloppe pendant quelques minutes avant de l'ouvrir, et il savait qu'il n'y avait qu'une seule personne qui pût vraisemblablement lui écrire de ce lointain village.

« De Clara Talboys, murmura-t-il à voix basse, comme il examinait son nom écrit nettement sur l'enveloppe ; oui, de Clara Talboys, je reconnais l'écriture de son pauvre frère, plus nette que la sienne et plus décidée, mais la même, la même. »

Il retourna la lettre et examina le cachet qui portait les armoiries de famille de son ami.

« Je me demande ce qu'elle peut me dire ? pensa-t-il. C'est une longue lettre, j'en suis sûr ; elle doit être du genre à écrire une longue lettre... dans laquelle elle me presse d'avancer, d'aller de l'avant, de sortir de moi-même. »

Il déchira l'enveloppe avec un soupir de résignation.

Elle ne contenait rien d'autre que deux lettres de George et quelques mots écrits sur le dessus :

« *Je vous envoie les lettres, faites-moi le plaisir de les conserver et de me les renvoyer. C.T.* »

La lettre écrite de Liverpool ne disait rien de la vie de celui qui l'écrivait, excepté sa détermination soudaine de partir pour le Nouveau Monde afin de reconquérir la fortune qu'il avait dilapidée dans l'ancien. La lettre, écrite presque immédiatement après le mariage de George, contenait une description de sa femme, comme seule un homme peut le faire après trois semaines d'un mariage d'amour. Chaque trait était minutieusement enregistré, chaque forme gracieuse était passionnément soulignée, tous les charmes amoureusement dépeints.

Robert Audley lut les lettres trois fois avant de les reposer.

« Si George avait su à quoi allait servir cette description, pensa le jeune avocat, il est sûr que sa main aurait été paralysée d'horreur et incapable de former une seule syllabe de ces tendres expressions. »

SECONDE PARTIE

CHAPITRE I

À la recherche du temps perdu

Ce lugubre mois de janvier touchait à sa fin. Les fêtes de Noël étaient terminées, et Robert Audley était encore à Londres... passant les soirées dans son paisible salon de Fig-Tree Court, errant nonchalamment dans les jardins du Temple les matinées ensoleillées, écoutant, l'esprit ailleurs, le bavardage des enfants tout en regardant distraitement leurs jeux. De nombreux amis habitaient les vieilles et élégantes maisons qui jouxtaient son appartement, il avait d'autres relations plus loin, dans de charmantes résidences de campagne. Mais il avait perdu toute espèce de goût pour la compagnie, toute sympathie pour ses plaisirs et ses occupations habituels depuis la disparition de George Talboys. Ses confrères, des juristes plus âgés, lui lançaient des piques sur sa pâleur et sur ses manières fantasques. Ils devinaient une histoire malheureuse, quelque mauvais traitement féminin. Ils l'exhortaient à bien manger et l'invitaient à des soupers, auxquels « des femmes aimables, avec tous les vices, que Dieu les protège », étaient ivres à côté de messieurs qui proposaient des toasts, et sombraient dans l'abrutissement et la tristesse après avoir vidé leurs verres. Robert n'avait aucun penchant pour l'ivresse. Seules les considérations sur la vie l'intéressaient. Il était l'esclave d'une pensée sinistre – d'un horrible pressentiment. Un sombre nuage planait au-dessus de la maison de son oncle, et il devait donner l'ordre au tonnerre et à la tempête de se lever quitte à détruire cette noble existence.

« Si elle pouvait entendre l'avertissement et s'enfuir, se disait-il. Dieu sait que je lui ai offert une chance inespérée. Pourquoi n'en profite-t-elle pas ? »

Il avait reçu des lettres de sir Michael, et d'Alicia. Celles de la jeune fille renfermaient rarement plus que quelques lignes, pour l'informer que son père se portait bien et que lady Audley, de très belle humeur, se divertissait comme à son habitude.

Une lettre de Mr Marchmont, le directeur de la pension de Southampton, fit part à Robert que le petit Georgey était en bonne santé, mais qu'il n'était pas très en avance dans sa scolarité et n'avait pas encore passé le cap des mots de deux syllabes. Le capitaine Maldon était venu voir son petit-fils, mais on lui avait refusé l'entrée, selon les instructions de Mr Audley. Le vieillard avait envoyé quelques sucreries, mais on avait renvoyé le tout, au prétexte que ces friandises étaient indigestes et donnaient mal au foie.

Vers la fin de février, Robert reçut une lettre de sa cousine Alicia l'incitant à revenir dans la maison d'où il avait été en quelque sorte renvoyé sur ordre de la femme de son oncle.

> « Papa est très malade, écrivait Alicia, pas gravement malade, Dieu merci, mais retenu dans sa chambre par la fièvre qui a succédé à un rhume violent. Venez le voir, Robert, si vous avez de l'affection pour vos plus proches parents. Il a parlé de vous plusieurs fois, et je sais qu'il serait enchanté de vous voir. Venez de suite, mais ne parlez pas de cette lettre.
>
> « De votre affectionnée cousine,
>
> « ALICIA. »

Cette lettre glaça le cœur de George d'une vague et terrible crainte indicible.

« Ai-je bien fait ? pensa-t-il, ai-je bien fait de temporiser avec la justice et de ne pas divulguer mes soupçons, dans l'espoir de préserver ceux que j'aime du chagrin et du malheur ? Que ferai-je s'il est malade, très malade, mourant, appuyé contre le cœur de milady ? Que ferai-je ? »

Il n'y avait qu'une seule solution : partir rapidement à Audley. Il fit sa valise, grimpa dans une voiture, et atteignit la gare une heure après avoir reçu la lettre d'Alicia.

Lorsque Robert arriva à Audley, on apercevait les faibles lumières du village à travers les ténèbres. Il laissa sa malle au chef de gare, et se hâta sur le sentier qui conduisait au château. Les arbres en forme de voûte déployaient leurs branches sans feuilles au-dessus de sa tête. Un vent mugissant tristement balayait les prairies et secouait en tous sens les branches de ces arbres sévères sur le ciel obscurci. On eût dit de grotesques bras de géants courbés et vieillis, indiquant à Robert la maison de son oncle. On eût dit des fantômes menaçants gesticulant pour le presser. La longue avenue, brillante et délicieuse lorsque les fleurs légères des tilleuls parfumés virevoltaient sur le sol, et que les feuilles des églantiers flottaient dans l'atmosphère d'été, était terriblement sinistre et désolée dans le morne intervalle qui sépare Noël de la pâle aurore du printemps.

Un triste pressentiment s'immisça dans le cœur de Robert Audley alors qu'il se rapprochait de la maison de son oncle.

Sir Michael avait été un second père pour le jeune homme, un généreux et noble ami et un conseiller sérieux et attentif ; et le baron était sans doute l'être que Robert affectionnait le plus. Mais sa tendre reconnaissance lui était si naturelle qu'elle se manifestait rarement par des discours, et jamais personne, même un familier, n'aurait pu soupçonner la force de ce sentiment.

« Qu'adviendrait-il de cette résidence si mon oncle venait à mourir ? pensa-t-il, tandis qu'il atteignait l'arche couverte de lierre et les étangs paisibles, aux eaux froides et grises. D'autres habitants viendront-ils s'asseoir dans ces appartements sous les bas plafonds de chêne ? »

Cette réflexion remplit le cœur du jeune homme d'une douleur prophétique, tandis qu'il pensait que, tôt ou tard, les volets de chêne seraient fermés, et que la lumière du jour ne pénétrerait plus dans cette maison qu'il aimait tant.

Une seule lumière était visible dans la longue rangée irrégulière des fenêtres faisant face à l'arche ; quand Robert passa dans l'ombre sinistre du lierre, il reconnut le large œil-de-bœuf de la chambre de son oncle. La dernière fois qu'il avait vu la vieille habitation, elle retentissait de la gaieté des invités, chaque fenêtre brillait comme une étoile dans l'obscurité ; aujourd'hui sombre et silencieuse, elle se dressait dans la nuit d'hiver comme un triste manoir oublié dans la solitude des bois.

Le domestique qui lui ouvrit la porte manifesta sa joie en le reconnaissant.

« Sir Michael sera bien content de vous voir, dit-il en introduisant Robert Audley dans la bibliothèque où flambait un bon feu, et qui semblait désertée maintenant que le fauteuil du baron restait vide sur le large tapis. Vous apporterai-je quelque chose à dîner ici, monsieur, avant que vous alliez voir votre oncle ? demanda le domestique. Milady et miss Audley dînent de bonne heure, mais je peux vous servir tout ce qui vous fait plaisir, ajouta-t-il avec empressement.

– Je ne prendrai rien avant d'avoir vu mon oncle, répondit Robert précipitamment, si toutefois je peux le voir tout de suite. Il n'est pas trop mal pour que je le dérange ? ajouta-t-il d'un air inquiet.

– Oh ! non... pas trop malade, un peu fatigué seulement. Par ici, s'il vous plaît. »

Robert monta le court escalier en chêne conduisant à la chambre octogonale dans laquelle George Talboys était resté cinq mois auparavant, à regarder d'un œil intrigué le portrait de milady. Le tableau était terminé et suspendu à la place d'honneur en face de la fenêtre, au milieu des Claude, des Poussin et des Wouwerman, dont les teintes moins violentes étaient écrasées par les couleurs de cette nouvelle toile. Lorsque Robert jeta un coup d'œil au portrait, il lui sembla que le sourire moqueur du modèle était encore plus apparent que lorsqu'il l'avait vu pour la première fois. Deux ou trois minutes après, il avait traversé le boudoir de milady et son cabinet de toilette, et s'arrêtait au seuil de la chambre de sir Michael. Le baron reposait, bras étendus sur le lit et sa jeune femme serrait de ses doigts délicats sa main vigoureuse. Alicia était assise sur une chaise basse auprès du foyer, dans lequel des bûches énormes brûlaient avec frénésie par cette température glacée. L'intérieur de cette luxueuse chambre à coucher eût pu fournir un sujet pour un artiste. L'ameublement massif, de couleur sombre et sévère, dont l'austérité était rompue et relevée çà et là par des ornements dorés et des masses de couleur éclatante, l'élégance de chaque détail, dans lequel la richesse était égale à la pureté du goût, et enfin, les gracieuses figures des deux femmes et la noble tête du vieillard eussent formé une étude digne d'un peintre.

Robert s'arrêta sur le seuil, craignant d'éveiller son oncle. Les deux femmes avaient entendu son pas, quoiqu'il eût été presque silencieux, et levèrent la tête pour le regarder. La figure de milady portait l'expression d'une ardeur inquiète qui la rendait plus belle encore ; mais le même visage, en reconnaissant le visiteur, perdit de sa beauté éclatante, et parut effrayée et livide à la clarté de la lampe.

« Mr Audley, s'écria-t-elle d'une voix faible et tremblante.

– Silence, dit Alicia en chuchotant, avec un geste d'avertissement, vous allez réveiller papa. Que c'est bien à vous d'être venu, Robert », ajouta-t-elle sur le même ton, à voix basse, en faisant signe à son cousin de prendre une chaise.

Le jeune homme s'assit sur le siège indiqué au pied du lit, en face de milady, qui se tenait près du chevet. Il examina longtemps et attentivement le visage du dormeur, plus encore le visage de lady Audley, qui reprenait lentement ses couleurs naturelles.

« Il n'a pas été très malade, n'est-ce pas ? » demanda Robert d'une voix aussi basse que celle de sa cousine.

Milady répondit à cette question.

« Oh ! non, pas gravement malade, dit-elle, tout en gardant les yeux sur le visage de son mari, mais cependant nous avons été inquiètes, très inquiètes. »

Robert continua d'examiner ce visage livide.

« Elle me parlera, pensait-il, je la forcerai à rencontrer mes yeux, et je lirai dans les siens comme j'y ai déjà lu. Elle saura combien il est inutile d'être hypocrite avec moi. »

Il resta silencieux pendant quelques minutes. La respiration régulière du dormeur, le tic-tac de la montre de chasse en or suspendue à la tête du lit, et le craquement des bûches étaient les seuls bruits qui rompaient le silence.

« Je suis sûr que vous avez été inquiète, lady Audley, dit Robert après un moment, fixant les yeux de milady alors qu'elle le regardait furtivement. Il n'y a personne pour qui la vie de mon oncle puisse être d'une plus grande valeur que pour vous. Votre bonheur, votre prospérité, votre *sécurité* dépendent entièrement de son existence. »

Le ton avec lequel il articula ces mots était trop bas pour qu'Alicia puisse entendre.

Les yeux de milady rencontrèrent ceux de Robert et laissèrent entrevoir un éclair de triomphe.

« Je le sais, dit-elle, ceux qui me veulent du mal devront passer sur son corps pour me frapper. »

Elle indiqua le dormeur en disant ces mots, le regard toujours fixé sur Robert Audley. Elle le défiait de ses yeux bleus, dont l'éclat était intensifié par son air victorieux, avec son sourire calme, un sourire de beauté fatale, plein de pensées sournoises et secrètes, celui que l'artiste avait exagéré dans le portrait de milady.

Robert se détourna du charmant visage, et posa sa main sur ses yeux, mettant ainsi une barrière entre milady et lui ; cet écran suscita la curiosité de lady Audley. L'examinait-il encore ou réfléchissait-il ? Et à quoi ?

Robert Audley resta assis à côté du lit pendant plus d'une heure avant que son oncle se réveillât. Le baron fut enchanté de la visite de son neveu.

« C'est très aimable à vous d'être venu, Bob, dit-il. J'ai beaucoup pensé à vous depuis que j'ai été malade. Vous et Lucy devez être bons amis, savez-vous, Bob ; et vous devez apprendre à la considérer comme votre tante, quoiqu'elle soit jeune et belle, et... et... et vous comprenez, n'est-ce pas ? »

Robert saisit la main de son oncle, puis il baissa gravement les yeux en répondant :

« Je ne vous comprends pas, monsieur, dit-il avec calme ; et je vous donne ma parole d'honneur que je suis à l'abri de la fascination que pourrait exercer lady Audley sur moi. Elle sait cela aussi bien que moi. »

Lucy Audley fit une petite moue avec ses jolies lèvres.

« Vous êtes ridicule, Robert, s'écria-t-elle, vous prenez tout au sérieux. Si j'ai pensé que vous étiez un peu trop jeune pour être mon neveu, c'était par crainte d'absurdes commérages, non de quelque... »

Elle hésita un instant, et ne put terminer sa phrase grâce à l'interruption à point nommé de Mr Dawson, qui entra dans la chambre pour la visite du soir.

Il tâta le pouls du malade, lui posa deux ou trois questions, constata une amélioration progressive, échangea quelques banalités avec Alicia et lady Audley, et se disposa à quitter la chambre. Robert se leva et l'accompagna à la porte.

« Je vais vous éclairer dans l'escalier, dit-il, en prenant une des bougies sur la table.

– Non, non, Mr Audley, ne vous dérangez pas, protesta le chirurgien, je connais parfaitement le chemin. »

Robert insista ; et les deux hommes quittèrent la chambre. Comme ils entraient dans l'antichambre, l'avocat s'arrêta et ferma la porte derrière lui.

« Voulez-vous fermer l'autre porte, Mr Dawson ? dit-il, en indiquant celle qui ouvrait sur l'escalier. Je désire vous parler pendant quelques minutes.

– Avec grand plaisir, répliqua le chirurgien, mais si vous êtes inquiet sur l'état de votre oncle, Mr Audley, je puis vous rassurer. S'il avait été sérieusement malade, j'eusse envoyé immédiatement un télégramme au médecin de la famille.

– Je suis certain que vous auriez fait votre devoir, répondit gravement Robert. Mais je ne viens pas vous parler de mon oncle. Je désire vous poser deux ou trois questions sur quelqu'un d'autre.

– Vraiment !

– Oui, sur celle qui est miss Lucy Graham ; autrement dit lady Audley. »

Mr Dawson leva la tête avec une expression de surprise sur son visage calme.

« Pardonnez-moi, Mr Audley, répondit-il, vous pouvez difficilement espérer que je réponde à des questions sur la femme de votre oncle, sans la permission expresse de sir Michael. Je ne puis comprendre quel motif vous pousse à m'interroger de la sorte... aucun motif convenable du moins. »

Il lança un regard sévère au jeune homme, comme pour lui dire : « Vous êtes tombé amoureux de la femme de votre oncle, et vous voulez me faire jouer un rôle dans votre perfidie, mais je n'y consentirai pas. »

« J'ai toujours respecté lady Audley aussi bien que miss Graham, dit-il, et je l'estime doublement depuis qu'elle est lady Audley... non parce qu'elle est désormais d'un autre rang ; mais parce qu'elle est la femme de l'homme le plus noble de la chrétienté.

– Vous ne pouvez respecter mon oncle ou l'honneur de mon oncle plus sincèrement que je ne le fais, répondit Robert. Ce n'est pas pour un motif inavouable que je cherche à me renseigner. Vous devez me répondre.

– Vous devez !... répéta en écho Mr Dawson d'un air outré.

– Oui, vous êtes l'ami de mon oncle. C'est dans votre maison qu'il a rencontré la femme qui est maintenant son épouse. Elle se disait orpheline, et fit jouer en sa faveur la pitié aussi bien que l'admiration. Elle lui disait qu'elle était seule au monde... sans amis et sans parents. C'est tout ce que j'ai pu apprendre sur son passé.

– Pourquoi désirez-vous en connaître davantage ? demanda le chirurgien.

– Pour une bien terrible raison, répondit Robert

Audley. Depuis quelques mois j'ai des doutes et des soupçons qui ont rendu ma vie amère. Ces sentiments sont devenus plus forts chaque jour, et ne s'apaiseront pas avec les sophismes et les arguments superficiels auxquels les hommes essaient de croire, plutôt que de penser à ce qu'ils doivent le plus craindre. Je ne pense pas que la femme qui porte le nom de mon oncle soit digne d'être son épouse. Je puis me tromper sur son compte. Dieu veuille qu'il en soit ainsi. Mais si je suis dans l'erreur, jamais un enchaînement de faits accusateurs ne fut aussi étroitement lié à une personne innocente. Je désire que mes doutes disparaissent... ou mes craintes confirmées. Il n'y a qu'une manière d'agir pour arriver à ce but. Je dois connaître la vie de la femme de mon oncle durant ces six dernières années. C'est aujourd'hui le 24 février 1859. Je veux savoir chaque détail de son existence depuis février 1853.

– Et votre motif est honorable ?

– Oui, je désire l'absoudre d'un horrible soupçon.

– Qui existe seulement dans votre esprit ?

– Et dans celui d'une autre personne.

– Puis-je vous demander qui est cette personne ?

– Non, Mr Dawson, répondit Robert d'un ton déterminé, je ne puis révéler rien de plus que ce que je viens de vous dire. Je suis un homme résolu, et vaillant pour beaucoup de choses. Je vous répète une fois de plus que je dois connaître l'histoire de la vie de Lucy Graham. Si vous refusez de m'aider, je trouverai d'autres personnes qui viendront à mon secours. Aussi pénible que cela puisse être, plutôt que d'échouer, je demanderai à mon oncle les informations que vous me refusez. »

Mr Dawson resta silencieux quelques minutes.

« Je ne puis vous dire à quel point vous m'avez étonné et inquiété, Mr Audley, dit-il. Je puis vous dire si peu de choses sur les antécédents de lady

Audley, qu'il y aurait de ma part une sotte obstination à refuser de vous faire part de la faible somme d'informations que je possède. J'ai toujours considéré la femme de votre oncle comme la plus aimable des femmes. Je ne puis m'empêcher de penser autrement. Ce serait aller contre une de mes plus fermes convictions si j'étais forcé de changer d'avis. Vous désirez tout savoir d'elle de l'année cinquante-trois à l'heure présente !

– Oui.

– Elle s'est mariée avec votre oncle au mois de juin il y a un an. Elle avait vécu dans ma maison un peu plus de treize mois. Elle devint un membre de ma famille le 14 mai de l'année 1856.

– Et elle vint chez vous ?...

– En sortant d'une institution de Brompton, dirigée par une dame du nom de Vincent. Ce fut sur la chaleureuse recommandation de Mrs Vincent que j'accueillis miss Graham dans ma famille sans en connaître davantage sur elle.

– Avez-vous rencontré Mrs Vincent ?

– Non. J'avais passé une annonce dans les journaux pour avoir une gouvernante et miss Graham y répondit. Dans sa lettre elle donnait pour caution Mrs Vincent, propriétaire d'une institution dans laquelle elle occupait la fonction de directrice adjointe. Je suis toujours si occupé que je fus enchanté de ne pas avoir à perdre un jour à Londres, pour prendre des renseignements sur les aptitudes de cette jeune fille. Je cherchai dans l'almanach des Postes le nom de Mrs Vincent, je le trouvai, je conclus qu'elle était une personne recommandable et je lui écrivis. Sa réponse fut parfaitement satisfaisante... Miss Lucy Graham était consciencieuse, et offrait les qualités que je demandais. Je répondis de façon positive à l'offre, et je n'ai pas de raison de regretter ce qui aurait pu être une imprudence ; et maintenant, Mr Audley, je vous ai dit tout ce que je savais.

– Voudrez-vous être assez bon pour me donner l'adresse de cette Mrs Vincent ? demanda Robert en sortant son carnet.

– Certainement. Elle demeurait alors au 9 de Crescent Villas, Brompton.

– Ah, c'est cela, murmura Mr Audley. Quelque chose qui s'était passé au mois de septembre lui revint brusquement en mémoire tandis que le chirurgien parlait. Crescent Villas... oui, j'ai entendu cette adresse de la bouche de lady Audley elle-même. Cette Mrs Vincent a envoyé une dépêche télégraphique à la femme de mon oncle au début du mois dernier. Elle était malade... mourante, je crois... et demandait à voir milady ; mais elle avait quitté son ancienne demeure et elle fut introuvable.

– Vraiment ? Je n'ai jamais entendu lady Audley en parler.

– C'est possible. C'est arrivé pendant mon séjour ici. Je vous remercie, Mr Dawson, pour ce que vous m'avez appris de si bonne grâce et avec tant d'honnêteté. Cela me renseigne sur deux années et demie de la vie de milady ; mais il me manque des indications sur trois années avant de l'absoudre totalement. Bonsoir. »

Robert donna une poignée de main au chirurgien et retourna dans la chambre de son oncle ; il avait été absent environ un quart d'heure. Sir Michael s'était endormi à nouveau et les tendres mains de milady avaient tiré les lourds rideaux et voilé la lumière de sa lampe de chevet. Alicia et la femme de son père prenaient le thé dans le boudoir de lady Audley, attenant à l'antichambre dans laquelle Robert et Dawson s'étaient assis.

Lucy Audley leva les yeux et observa Robert d'un air presque inquiet, tandis qu'il allait doucement à la chambre de son oncle et revenait ensuite au boudoir. Elle paraissait vraiment jolie et innocente, assise derrière l'ensemble gracieux que formaient le délicat opale de Chine et l'étincelante argenterie. Une femme n'est jamais plus jolie que lorsqu'elle fait le thé. La plus féminine de toutes les occupations communique une harmonie magique à chacun de ses mouvements, un charme à chacun de ses regards. La vapeur flottante du liquide en ébullition dans lequel elle infuse les feuilles délicieuses dont les secrets sont connus d'elle seule l'enveloppe d'un nuage de senteurs embaumées ; elle semble la fée de la réunion, et c'est comme si elle fabriquait des philtres puissants avec la poudre à canon et le Bohéa. À la cérémonie du thé, elle règne omnipotente et inabordable.

Les éclats des diamants qui ornaient les doigts fins de milady scintillaient çà et là, et elle courba sa jolie tête sur la merveilleuse boîte à thé indienne de bois de santal et d'argent avec autant d'attention que si la vie n'avait pas d'autre but que l'infusion de Bohéa.

« Prendrez-vous une tasse de thé avec nous, Mr Audley ? demanda-t-elle, s'arrêtant, la théière dans la main, pour lever les yeux sur Robert qui était debout près de la porte.

– S'il vous plaît.

– Mais vous n'avez pas dîné ? Voulez-vous que l'on vous apporte quelque chose de plus substantiel que des biscuits et des tartines ?

– Non, je vous remercie, lady Audley. J'ai pris une légère collation avant de quitter Londres ; je ne veux pas autre chose qu'une tasse de thé. »

Il s'assit à la petite table et regarda sa cousine Alicia, un livre sur les genoux, l'air très absorbé par sa lecture. Le teint éclatant de la jolie brune avait perdu son vif cramoisi, et l'animation de la jeune fille avait disparu... à cause de la maladie de son père, sans aucun doute, pensa Robert.

« Alicia, ma chère amie, dit l'avocat après avoir contemplé à loisir sa cousine, vous paraissez souffrante.

– Qu'importe ? répondit-elle d'un air dédaigneux. Je suis en train de devenir une adepte de votre philosophie, Robert Audley. Qu'importe ? qui se soucie de savoir si je suis bien portante ou non ? »

« Quelle ardeur ! » pensa Robert.

Il savait que sa cousine était fâchée quand, en s'adressant à lui, elle l'appelait Robert Audley.

« Vous n'avez pas à vous mettre en colère contre un ami parce qu'il vous adresse une question attentionnée, Alicia, dit-il d'un ton de reproche. Quant à dire que personne ne se préoccupe de votre santé, c'est absurde. Je m'en soucie, moi. »

Miss Audley leva les yeux avec un sourire brillant.

« Sir Harry Towers aussi. »

Miss Audley revint à son livre, le sourcil froncé.

« Que lisez-vous, Alicia ? demanda Robert après un moment de silence pendant lequel, pensif, il remuait son thé.

– *Hasards et Changements*.

– C'est un roman ?

– Oui.

– Qui en est l'auteur ?

– Celui de *Folies et Fautes*, répondit Alicia, poursuivant toujours sa lecture.

– Est-ce intéressant ? »

Miss Audley fronça les lèvres et haussa les épaules.

« Non, pas précisément, dit-elle.

– Alors vous avez mieux à faire que de lire cela pendant que votre cousin est assis en face de vous, observa Robert avec une certaine gravité, surtout lorsqu'il n'est venu que pour une courte visite avant de repartir le lendemain matin.

– Demain matin ! » s'écria milady, levant soudain les yeux sur lui.

Lady Audley eut dans les yeux un éclair de joie fugitif. Il n'échappa cependant pas à Robert Audley.

« Oui, dit-il, je suis obligé de retourner à Londres demain matin pour affaires ; mais je serai de retour le jour suivant, si vous le permettez, lady Audley, et je resterai ici jusqu'à ce que mon oncle soit rétabli.

– Mais vous n'êtes pas trop inquiet sur son état, n'est-ce pas ? demanda milady. Vous ne pensez pas qu'il soit très malade ?

– Non, répondit Robert. Grâce au ciel, il n'y a pas la moindre raison d'avoir peur. »

Milady resta silencieuse pendant quelques instants, regardant les tasses vides avec un visage pensif, sérieux, empreint de l'innocente gravité d'un enfant rêveur.

« Mais vous êtes resté enfermé pendant si longtemps avec Mr Dawson, dit-elle après ce court silence. J'étais affolée par la longueur de votre conversation. Avez-vous parlé de sir Michael tout le temps ?

– Non, pas tout le temps. »

Milady baissa de nouveau les yeux sur les tasses à thé.

« Et que pouviez-vous avoir à dire à Mr Dawson ou que pouvait-il avoir à vous dire ? demanda-t-elle après un autre instant de silence. Vous ne vous connaissez presque pas.

– Figurez-vous que Mr Dawson voulait me consulter sur une affaire de droit.

– Laquelle ? s'écria vivement lady Audley.

– Il serait contraire à ma profession de vous dire de quoi il s'agit, milady », répondit Robert avec sévérité.

Milady se mordit les lèvres et resta silencieuse. Alicia ferma son livre et observa l'air soucieux de son cousin. Il lui adressa de temps en temps la parole mais il était évident qu'il faisait un effort.

« Sur ma parole, Robert Audley, vous êtes

agréable », s'écria enfin Alicia. Sa patience se trouvait presque à bout après deux ou trois essais avortés de conversation. « Peut-être la prochaine fois que vous viendrez au château serez-vous assez bon pour apporter votre esprit avec vous. Votre apathie laisse supposer que vous avez laissé votre intelligence quelque part dans le Temple. Vous n'avez jamais été des plus aimables ; mais depuis peu, vous êtes devenu presque insupportable. Je suppose que vous êtes amoureux, Mr Audley, et que vous pensez à l'objet privilégié de votre tendresse. »

Il songeait à la noble figure de Clara Talboys, sublime dans son ineffable douleur ; à son langage passionné, qui résonnait encore dans ses oreilles aussi clairement que le jour où il l'entendit pour la première fois. Il se souvenait de ses yeux noirs brillants. Il entendait encore cette question solennelle : « Qui de vous ou de moi trouvera le meurtrier de mon frère ? » Et il était dans l'Essex, dans le petit village où il croyait fermement que George Talboys était resté. Il était sur les lieux où le journal de la vie de son ami s'était arrêté, aussi soudainement que finit une histoire quand le lecteur ferme le livre. Et pouvait-il maintenant sortir de l'enquête dans laquelle il se trouvait impliqué ? Pouvait-il s'arrêter ? Non, mille fois non. Non, pas avec l'image de ce visage abattu par la douleur inscrite dans sa mémoire. Non, pas avec les accents de cet appel chaleureux qui résonnait à ses oreilles.

CHAPITRE II

Pas plus loin

Le lendemain, Robert partit d'Audley par le premier train du matin, et arriva à Shoreditch peu après neuf heures. Il ne rentra pas chez lui. Il prit une voiture et se fit conduire tout droit à Crescent Villas, West Brompton. Il se doutait bien qu'il ne réussirait pas mieux que son oncle à trouver la dame qu'il allait chercher à cette adresse, mais il croyait pouvoir obtenir quelques renseignements sur sa nouvelle demeure, bien que les efforts de sir Michael eussent été infructueux quelques mois auparavant.

« Mrs Vincent était sur son lit de mort d'après la dépêche télégraphique, se disait Robert ; et si je ne trouve pas la dame, je saurai du moins si la dépêche était vraie. »

Il trouva difficilement Crescent Villas. Les maisons étaient grandes, mais à moitié encastrées dans les briques et le mortier. Partout dans les rues, dans les squares, on voyait des monceaux de pierres et de plâtre. La boue s'attachait aux roues de la voiture et couvrait entièrement les fanons du cheval. C'était le spectacle de la désolation qu'offrent toujours des constructions inachevées et Robert perdit quarante minutes à monter et à descendre ces rues pour trouver les Villas.

Il finit cependant par arriver à destination, et

après avoir ordonné au cocher de l'attendre à un endroit précis, il commença ses recherches.

« Si j'étais un célèbre avocat, pensait-il, je ne pourrais pas me permettre une pareille chose ; mon temps vaudrait environ une guinée la minute, et je serais occupé par le grand procès de Hobbs contre Boggs qui se juge aujourd'hui devant un jury spécial à Westminster Hall. Mais dans ma situation rien ne m'empêche d'avoir de la patience. »

Il s'enquit de Mrs Vincent au numéro que Mr Dawson lui avait indiqué. La servante qui vint ouvrir n'avait jamais entendu parler de cette dame ; elle alla demander à sa maîtresse, et revint dire à Robert que Mrs Vincent avait effectivement habité la maison, mais qu'elle l'avait quittée deux mois avant l'arrivée des nouveaux locataires. Elle ajouta que sa maîtresse occupait le logement depuis quinze mois.

« Et pouvez-vous me dire où Mrs Vincent est allée en partant d'ici ? demanda Robert découragé.

– Non, monsieur ; ma maîtresse croit que cette dame a fait faillite et qu'elle a décampé sans dire un mot, ni révéler sa nouvelle adresse. »

Mr Audley se trouvait de nouveau désorienté. Il y avait donc peu d'espoir d'apprendre où elle était en questionnant les commerçants, et pourtant il devait bien exister un créancier à la recherche de sa nouvelle demeure.

Il jeta un coup d'œil sur les boutiques les plus proches, et aperçut à quelques pas un boulanger, un papetier et une marchande de fruits. Les trois boutiques avaient un aspect agréable, sans pour autant refléter l'opulence.

Robert s'arrêta devant chez le boulanger, qui était aussi pâtissier, et exposait dans sa devanture du pain d'épices et des gâteaux glacés recouverts d'une gaze verte.

« Il est probable que cette dame achetait du pain, se dit Robert en réfléchissant devant la boutique. Essayons le boulanger. »

Celui-ci était derrière son comptoir, en train de discuter les détails d'une addition avec une jeune femme dont la toilette avait dû jadis être élégante. Il ne prit pas la peine de s'occuper de Robert Audley avant d'avoir fini. Quand il eut compté son argent, il leva la tête et demanda à l'avocat ce qu'il désirait.

« Pourriez-vous me donner l'adresse d'une Mrs Vincent qui habitait le 9, à Crescent Villas, il y a environ dix-huit mois ? demanda Mr Audley sur un ton poli.

– Non, je ne peux pas, répondit le boulanger, soudain très rouge et parlant avec beaucoup plus d'animation qu'il n'était nécessaire. Je le voudrais bien cependant, car cette dame me doit plus de onze livres pour du pain, et je ne suis pas assez riche pour perdre une pareille somme de gaieté de cœur. Je serais ravi de savoir où elle demeure. »

Robert haussa les épaules et souhaita le bonjour au boulanger. Il eut conscience que trouver le domicile de cette dame lui donnerait plus de peine qu'il n'avait cru. Il pouvait chercher dans l'almanach des Postes, mais il était probable qu'une dame en proie à des créanciers n'allait pas leur fournir un moyen aussi facile de la retrouver.

« Si le boulanger n'a pas pu la découvrir, comment y parviendrais-je ? se demandait-il avec désespoir. Si un homme résolu et actif comme ce boulanger ne réussit pas, il est inutile que moi qui n'ai pas la moindre énergie, je songe à résoudre la difficulté. Ce serait même de la folie que d'essayer. »

Mr Audley s'abandonnait à ces tristes réflexions en revenant à l'endroit où l'attendait la voiture. À mi-chemin, il fut interpellé par une femme qu'il entendit marcher derrière lui. Il se retourna et se trouva face à face avec la cliente qui était avant lui chez le boulanger.

« Que me voulez-vous ? lui dit-il. Puis-je faire quelque chose pour vous ? Mrs Vincent vous doit-elle aussi de l'argent ?

– Oui, monsieur, répondit-elle. Mrs Vincent est ma débitrice, mais ce n'est pas là ce qui me préoccupe, monsieur. Je... je désire savoir, si cela ne vous dérange pas, ce que vous avez à faire avec elle... parce que... parce que...

– Vous pouvez me donner son adresse, n'est-ce pas ? C'est cela que vous voulez me dire. »

La femme hésita un instant et regarda Robert avec méfiance.

« Vous n'avez rien de commun avec... avec les huissiers, n'est-ce pas, monsieur ? lui dit-elle après avoir examiné la tenue de Robert pendant quelques instants.

– Les quoi... madame ? s'écria le jeune avocat, dévisageant son interlocutrice avec étonnement.

– Je vous demande pardon, monsieur, reprit la jeune femme s'apercevant qu'elle venait de commettre une erreur grossière. Vous auriez pu en faire partie, vous savez, quelques-uns de ces messieurs sont si bien habillés qu'il est facile de se tromper. Je sais que Mrs Vincent doit beaucoup d'argent. »

Robert Audley posa sa main sur le bras de la jeune femme.

« Chère madame, lui dit-il, je ne veux rien savoir des affaires de Mrs Vincent. Loin d'avoir quelque chose de commun avec ces gens-là, je vous avoue que je ne comprends même pas ce que cela signifie. C'est peut-être une conspiration politique que vous désignez sous ce nom, ou bien encore un nouveau genre d'impôt. Mrs Vincent ne me doit rien, quels que soient ses démêlés avec le boulanger. Je ne l'ai jamais vue de ma vie, et si je la cherche aujourd'hui, c'est pour lui poser quelques questions au sujet d'une jeune fille qui a vécu jadis chez elle. Si vous savez où elle demeure et bien vouloir me le dire, vous me rendriez un grand service. »

Il sortit un portefeuille, prit une carte de visite et la tendit à la jeune femme, qui l'examina attentivement avant de reprendre la parole.

« Vous avez tout à fait l'air honnête, dit-elle après un moment d'arrêt, et j'espère que vous m'excuserez si je me suis montrée méfiante. La pauvre Mrs Vincent a eu bien des ennuis, et je suis la seule personne des environs qui sache son adresse. Je suis couturière, monsieur, et j'ai travaillé pour elle pendant plus de six ans. Elle ne m'a pas payée rubis sur l'ongle, mais elle me donne de l'argent de temps à autre, et je fais de mon mieux pour vivre. Je peux donc vous dire où elle demeure. Vous ne m'avez pas trompée ?

– Sur mon honneur, non.

– Eh bien, monsieur, reprit la couturière baissant la voix comme si elle craignait que le pavé ou les barreaux des grilles en fer du devant des maisons l'entendissent, c'est à Acacia Cottage, Peckham Grove. J'y ai porté hier une robe pour Mrs Vincent.

– Merci, dit Robert écrivant l'adresse sur son carnet. Je vous suis très obligé, et vous pouvez compter sur ma parole : Mrs Vincent ne sera pas ennuyée à cause de moi. »

Il souleva son chapeau, salua la petite couturière, et retourna vers la voiture.

« J'ai été plus fort que le boulanger finalement, se dit-il. En route maintenant pour la deuxième étape de mon voyage exploratoire dans la vie de milady. »

Brompton était à une distance considérable de Peckham Road et Robert Audley eut le temps de réfléchir entre Crescent Villas et Acacia Cottage. Il songea à son oncle malade et affaibli dans sa chambre à coucher d'Audley. Il songea aux beaux yeux bleus qui veillaient sur son sommeil, aux douces mains fines qui le servaient quand il s'éveillait, à la voix musicale et enchanteresse qui charmait sa solitude et égayait sa vieillesse. Quel ravissant tableau c'eût été pour lui, s'il avait pu le contempler comme tout le monde, sans y voir autre chose que ce que constataient les étrangers ! Mais le nuage noir qu'il apercevait ou qu'il croyait apercevoir voilait le tout, et transformait cette scène d'intérieur en un tableau infernal.

Peckham Grove, très agréable en été, offre un spectacle assez triste par une sombre journée de février, lorsque les arbres sont privés de leurs feuilles et les jardins de leurs fleurs. Ce nom d'Acacia Cottage se justifiait peu. Les murs blanchis à la chaux se dressaient sur la route, et quelques peupliers seulement les abritaient. Il y avait une petite plaque de cuivre au nom d'Acacia Cottage scellée sur l'un des montants de la porte et ce détail n'échappa pas aux bons yeux du cocher. Il arrêta la voiture devant la petite porte, et Mr Audley sonna.

Acacia Cottage était moins luxueux que Crescent Villas, et la servante qui vint discuter avec Mr Audley à travers les barreaux en bois était de toute évidence habituée à n'être séparée des créanciers intraitables de sa maîtresse que par cette faible barrière.

Elle commença par dire qu'elle ignorait si Mrs Vincent était chez elle, mais ajouta que, si le visiteur voulait dire son nom et ce qui l'amenait, elle irait voir si sa maîtresse était là.

Mr Audley présenta sa carte et écrivit au crayon sous son nom : « Un parent de miss Graham. »

Il demanda à la servante de remettre cette carte à sa maîtresse et attendit tranquillement le résultat.

Au bout de cinq minutes, la servante revint avec la clef de la porte. Elle dit à Robert que Mrs Vincent le recevrait avec plaisir. Le salon dans lequel Robert fut introduit était meublé avec ce que la maîtresse de pension de Crescent Villas avait pu sauver de la faillite : un piano, un chiffonnier beaucoup trop grand pour cet appartement, et une table de jeu placée au milieu. Sur un tapis jeté au centre de la chambre, des roses et des lis se dessinaient sur un fond vert fané. Les fenêtres étaient garnies de rideaux, et des corbeilles en fil de fer tressé étaient suspendues ; elles contenaient des cactus qui poussaient dans tous les sens, comme atteint de démence.

La table de jeu était couverte de livres magnifiquement reliés et placés à angles droits ; mais Robert ne s'y intéressa pas. Il s'assit sur une chaise, et attendit tranquillement l'arrivée de Mrs Vincent. Dans la salle à côté, il entendait le murmure d'une demi-douzaine de voix et quelqu'un plaquait des accords discordants sur un piano aux cordes prêtes à casser.

Un quart d'heure après, la porte se rouvrit et livra passage à une dame, vêtue d'une robe élégante, dont la beauté n'avait plus que le faible éclat d'un soleil couchant.

« Mr Audley, je suppose, dit-elle en invitant Robert à s'asseoir tout en faisant de même dans un fauteuil en face de lui. Pardonnez-moi de vous avoir fait attendre si longtemps... mes devoirs...

– C'est moi qui devrais m'excuser de venir perturber votre travail, répondit Robert poliment ; mais j'ai pour excuse une raison très importante. Vous souvenez-vous de la dame dont j'ai écrit le nom sur une carte ?

– Très bien.

– Puis-je vous demander si vous avez de ses nouvelles depuis qu'elle a quitté votre maison ?

– Oh ! Pas beaucoup, non. Je sais qu'elle est institutrice chez un chirurgien du comté d'Essex. C'est même moi qui l'ai recommandée à ce monsieur. Depuis je ne sais plus rien.

– Mais vous êtes restée cependant en relation avec elle.

– Pas du tout. »

Mr Audley garda le silence pendant quelques instants, et sa figure s'assombrit.

« N'avez-vous pas, au début de septembre dernier, envoyé une dépêche télégraphique à miss Graham pour lui annoncer que vous étiez très malade et que vous désiriez la voir ? »

Mrs Vincent sourit.

« Je n'en ai pas eu l'occasion car je n'ai jamais été malade. »

Robert Audley s'arrêta avant de poser une nouvelle question, et écrivit à la hâte quelques mots au crayon sur une feuille qu'il replaça dans son portefeuille.

« Si je vous posais quelques questions personnelles sur miss Lucy Graham, me répondriez-vous sans me demander la raison ?

– Certainement. Tout ce que je sais sur miss Graham est flatteur, et je n'ai pas lieu de faire un mystère du peu que je sais.

– À quelle date cette jeune fille est-elle entrée chez vous ? »

Mrs Vincent sourit et secoua la tête. Elle avait un joli sourire, le sourire franc d'une femme habituée à être admirée et qui est trop sûre de plaire pour que les revers de fortune lui enlèvent toute assurance.

« Il est tout à fait inutile de me demander cela, Mr Audley ; je suis l'être le plus insouciant du monde ; je n'ai jamais eu de mémoire pour cela bien que je tente par tous les moyens possibles de convaincre mes élèves de l'importance pour leur avenir de se rappeler la date précise du règne de Guillaume le Conquérant et de beaucoup d'autres choses du même genre. Je ne me souviens plus quand miss Graham entra chez moi. Je sais seulement qu'il y a longtemps et que c'était en été, car j'avais ma robe rose couleur de fleur de pêcher. Nous allons consulter Tonks... Tonks doit savoir cela par cœur. »

Robert Audley se demanda ce que pouvait être ce ou cette Tonks ; un journal ou un agenda.

Mrs Vincent sonna, et la servante qui avait introduit Robert fit son entrée.

« Dites à miss Tonks de venir, j'ai à lui parler. »

En moins de cinq minutes, miss Tonks se montra. Elle avait une figure tellement froide, qu'on aurait dit qu'elle apportait un courant d'air dans les plis de sa robe en mérinos sombre. Elle n'avait pas d'âge ; elle semblait n'avoir jamais été plus jeune, et ne devoir jamais vieillir. Elle paraissait destinée à fonctionner éternellement comme une machine à éduquer les jeunes filles.

« Ma chère Tonks, lui dit Mrs Vincent, Mr Audley est un parent de miss Graham. À quelle époque est-elle arrivée à Crescent Villas ?

– Elle est venue au mois d'août 1854. Je crois que c'était le 18, à moins que ce ne fût le 17, mais je crois que c'était un mardi.

– Merci, Tonks ; vous êtes très précieuse », s'écria Mrs Vincent avec un de ses plus ravissants sourires.

C'était peut-être parce que les services de miss Tonks étaient si précieux, qu'elle n'avait pas reçu d'appointements depuis trois ou quatre ans. Mrs Vincent avait sans doute hésité à donner un maigre salaire à une institutrice si compétente.

« Y a-t-il encore quelque chose que Tonks ou moi puissions vous dire, Mr Audley ? reprit Mrs Vincent.

– Savez-vous d'où venait miss Graham ?

– Je me souviens vaguement d'avoir entendu miss Graham parler du bord de la mer sans nommer précisément l'endroit. Tonks, miss Graham vous a-t-elle dit d'où elle venait ?

– Oh ! non, répondit Tonks, secouant la tête avec

une grimace significative. Miss Graham ne m'a rien avoué ; elle était bien trop rusée pour cela. Elle savait garder ses secrets malgré son air innocent, ajouta miss Tonks avec mépris.

– Vous croyez donc qu'elle avait des secrets ? demanda vivement Robert.

– Oui, elle en avait, et de toutes sortes. Ce n'est pas moi qui l'aurais acceptée comme institutrice sans un seul mot de recommandation.

– Vous n'avez donc pris aucun renseignement sur miss Graham ? dit Robert à Mrs Vincent.

– Aucun, répondit celle-ci avec embarras. Je suis passée là-dessus parce que miss Graham n'était pas intéressée par l'argent. Elle s'était querellée avec son père, et elle voulait vivre loin de toutes les personnes qu'elle avait connues. Elle avait beaucoup souffert, et désirait éviter de nouveaux chagrins. Comment, en pareil cas, lui demander une recommandation, d'autant plus qu'elle semblait avoir toutes les qualités requises. Vous savez, Tonks, que Lucy Graham était tout à fait comme il faut, et ce n'est pas juste de me reprocher de l'avoir embauchée comme cela.

– Quand on a des favorites, on s'expose à être trompée par elles, répondit miss Tonks sur un ton glacé sans se soucier de ce que venait de dire Mrs Vincent.

– Elle n'a jamais été ma favorite, Tonks. Ai-je déjà affirmé qu'elle m'était aussi utile que vous ?

– Non. Elle n'était pas une *utilité*, elle était un *ornement* ; elle faisait bonne impression assise au piano.

– Donc vous ne pouvez me renseigner sur les antécédents de miss Graham ? » demanda Robert aux deux femmes.

Il sentait clairement que miss Tonks avait été jalouse de miss Graham et que sa rancune ne s'était pas calmée avec le temps.

« Si cette femme sait quelque chose qui pourrait

porter préjudice à lady Audley, elle me le dira, songea-t-il ; oui, elle me le dira volontiers. »

Mais miss Tonks ne paraissait pas savoir grand-chose. Miss Graham, disait-elle, s'était posée plusieurs fois en victime, disant qu'elle avait souffert par la faute d'autrui et qu'elle avait été réduite à la misère.

« Je n'ai plus qu'une seule question, ajouta-t-il. Miss Graham n'a-t-elle rien oublié chez vous lorsqu'elle a quitté votre établissement, un chiffon, une parure, ou quelque chose d'autre ?

– Pas que je sache, dit Mrs Vincent.

– Pardon, madame, s'écria miss Tonks, elle a laissé un carton qui est chez moi ; il contient un de mes vieux chapeaux. Voulez-vous le voir ?

– Si cela ne vous dérange pas d'aller le chercher, je le verrai avec plaisir.

– J'y cours ; il n'est pas très important. »

Avant que Mr Audley l'eût remerciée, miss Tonks était sortie de l'appartement.

« Comme les femmes sont sans pitié les unes pour les autres, se disait Robert en l'absence de l'institutrice. Miss Tonks a fort bien deviné que mes questions menaçaient miss Graham. Elle flaire le malheur et elle m'aide du mieux qu'elle peut. Qu'est-ce donc qu'un monde où les femmes conduisent tout à notre place ? Helen Maldon, lady Audley, Clara Talboys, et maintenant miss Tonks. »

Miss Tonks rentra pendant que Robert méditait sur l'infamie de ses pareilles. Elle apportait un carton à chapeau tout démantibulé.

Mr Audley s'agenouilla pour examiner les étiquettes de chemin de fer et les adresses collées sur le carton. De toute évidence le carton avait longtemps et souvent voyagé. Plusieurs adresses avaient été déchirées, mais il en restait des fragments, et sur un bout de papier jaune, Robert lut ces lettres : TURI.

« Ce sont sûrement les quatre premières lettres de Turin, la ville italienne. »

La seule adresse qui n'avait pas été effacée ou déchirée était la dernière ; elle portait le nom de miss Graham. En regardant attentivement cette adresse, Robert s'aperçut qu'elle était collée par-dessus une autre.

« Puis-je avoir un peu d'eau et une éponge ? dit-il à Mrs Vincent. Je voudrais enlever l'adresse du dessus. Soyez sûre que j'ai le droit d'agir de la sorte. »

Miss Tonks s'empressa d'aller chercher un verre d'eau et une éponge.

« Faut-il enlever l'adresse ? dit-elle.

– Non, merci, répondit Robert froidement, je le ferai moi-même. »

Il mouilla soigneusement le papier pour décoller les bords, et après deux ou trois tentatives infructueuses, il réussit à l'enlever sans déchirer l'adresse du dessous.

Malgré toute l'habileté qu'elle déploya, miss Tonks ne put parvenir à lire cette adresse par-dessus l'épaule de Robert.

Mr Audley recommença l'opération pour décoller la deuxième adresse et la glissa soigneusement entre deux feuilles blanches de son carnet.

« Il est inutile que je vous dérange plus longtemps, mesdames, dit-il quand il eut fini. Je vous suis reconnaissant pour les renseignements que vous m'avez fournis, et je vous salue. »

Mrs Vincent sourit, salua, et murmura quelques formules convenues sur le plaisir que lui avait procuré la visite de Mr Audley. Miss Tonks, plus rusée, remarqua avec étonnement le changement visible qui s'était opéré sur le visage du jeune homme depuis qu'il avait détaché la dernière adresse.

Robert s'éloigna lentement d'Acacia Cottage.

« Si ce que j'ai trouvé aujourd'hui ne constitue pas une preuve pour un jury, se dit-il, cela suffira à convaincre mon oncle qu'il a épousé une femme rusée et méprisable. »

CHAPITRE III

De l'autre côté

Robert Audley marchait lentement sous les arbres, et il songeait à la découverte qu'il venait de faire.

« Ce que j'ai dans ma poche, calculait-il, fait le lien entre deux femmes : celle dont George Talboys a lu l'avis de décès dans le *Times* et celle qui règne dans la maison de mon oncle. L'histoire de Lucy Graham commence au seuil de l'établissement de Mrs Vincent. Elle est entrée chez elle au mois d'août 1854. Mrs Vincent et miss Tonks n'ont pu me dire d'où elle venait, ni me fournir un seul renseignement sur sa vie depuis le jour de sa naissance jusqu'au moment de son arrivée. Il m'est impossible d'aller plus loin dans cette recherche rétrospective ; que faut-il donc faire si je veux tenir parole envers Clara Talboys ? »

Il fit quelques pas en se posant maintes fois la question. Les ombres du soir qui descendaient lentement ajoutaient encore à l'expression douloureuse de ses traits. Son cœur se serrait sous le poids du chagrin et de la crainte.

« Mon devoir est tout tracé, songeait-il, même s'il est pénible... il n'en est pas moins clair, et me conduit à porter fatalement la ruine et la désolation chez ceux que j'aime. Il faut que je sache tout sur Helen Talboys depuis le départ de George jusqu'aux funérailles dans le cimetière de Ventnor. »

Mr Audley monta dans une voiture et se fit reconduire chez lui.

Il arriva à Fig-Tree Court à temps pour écrire à miss Talboys et mettre sa lettre à la poste de Saint-Martin-le-Grand.

Il avait écrit à Clara Talboys pour lui demander le nom du petit port de mer où George avait rencontré le capitaine Maldon et sa fille ; car, malgré l'intimité qui existait entre George Talboys et Robert, ce dernier ne connaissait pratiquement rien sur la vie qu'avait menée son ami durant son mariage.

Depuis le jour où George Talboys avait lu dans le *Times* l'annonce de la mort de sa femme, il avait évité toute allusion à cette union, qui s'était terminée si brusquement. La terrible réalité avait pris le pas sur les souvenirs.

Cette courte histoire renfermait trop de souffrances. George se reprochait sans cesse d'avoir abandonné si cruellement celle qui l'attendait. Robert Audley l'avait compris, et le silence de son ami ne l'avait pas étonné. Ils avaient tous deux évité ce sujet.

La lettre écrite à miss Talboys par son frère George, un mois après son mariage, provenait de Harrowgate. C'était donc là, concluait Robert, que le jeune couple avait passé sa lune de miel.

Robert Audley pria Clara Talboys de répondre immédiatement afin de ne pas retarder d'un jour l'accomplissement de la promesse qu'il avait faite.

La dépêche parvint à Fig-Tree Court le lendemain avant midi.

Le nom du port de mer était Wildernsea, Yorkshire.

Une heure après la réception de ce message, Robert Audley arriva à la station de King's Cross et prit son billet pour Wildernsea. Le train express partait à deux heures moins le quart.

Il traversa d'immenses plaines où se montrait çà et là quelque verdure. Cette route ne lui était pas familière, et ce paysage monotone l'attrista. Le but de son excursion assombrissait tout ce qu'il regardait.

Il faisait nuit quand le train arriva en gare de Hull ; mais Robert Audley n'était pas au terme de son voyage. Suivi par les porteurs on le conduisit à moitié endormi à un autre train qui devait l'amener à Wildernsea, en passant sur les bords de l'océan.

Une demi-heure après avoir quitté Hull, Robert sentit sur son visage la fraîcheur de la brise marine qui entrait par la fenêtre ouverte ; au bout d'une heure le train s'arrêta à une gare isolée bâtie au milieu d'un désert de sable et habitée par deux ou trois employés dont l'un fit sonner à toute volée la cloche annonçant l'arrivée du train.

Mr Audley fut le seul voyageur à descendre. Le train était déjà reparti vers d'autres endroits plus riants avant que l'avocat fût revenu à lui et eût récupéré sa malle, trouvée avec peine au fond d'un wagon.

« Est-ce que les colons d'Amérique du Nord se trouvent aussi dépaysés que je le suis ce soir ? » se demanda-t-il en essayant de trouver son chemin dans les ténèbres.

Il appela un des porteurs et lui montra sa malle.

« Voulez-vous porter cela à l'hôtel le plus proche, lui dit-il, et me réserver une chambre ? »

Celui-ci se mit à rire en soulevant la malle.

« Vous en aurez trente, si cela vous plaît, répondit-il. Les hôtels de Wildernsea sont vides en cette saison. Par ici, monsieur. »

Robert Audley se retrouva sur une pelouse qui s'étendait tout autour d'un immense bâtiment dont deux fenêtres seulement étaient éclairées ; et comme elles étaient éloignées l'une de l'autre, elles ressemblaient chacune à la lueur rouge d'un phare brillant au milieu de la nuit.

« C'est l'hôtel *Victoria*, monsieur, lui dit le porteur. Vous ne pouvez pas imaginer le monde que nous avons eu cet été. »

En voyant la pelouse sans gazon, les kiosques en bois déserts et les sombres fenêtres de l'hôtel, il était en effet difficile de s'imaginer que la gaieté pût jamais régner en un pareil endroit ; mais Robert Audley écouta gentiment ce qu'il plut au porteur de lui dire, et suivit tristement son guide vers une des entrées du grand hôtel. On accédait à une salle confortable où les clients les moins riches trouvaient, en été, des rafraîchissements sans être exposés aux regards narquois des garçons en livrée qui se tenaient à la porte principale.

Les visiteurs n'étaient pas nombreux à cette époque de l'année, et ce fut le maître d'hôtel lui-même qui introduisit Robert dans une pièce encombrée de tables et de fauteuils qu'il appela pompeusement le salon.

Mr Audley s'assit à côté du feu et allongea ses jambes de chaque côté du foyer, tandis que le maître d'hôtel enfonçait son tisonnier dans un amas de charbon et en faisait jaillir des flammes.

« Si vous préférez un salon particulier, monsieur... commença le maître d'hôtel.

– Non, merci, celui-ci est parfait. Pourriez-vous me commander une côtelette de mouton et un verre de sherry ?

– Tout de suite.

– Mais avant de vous occuper de mon dîner, pouvez-vous m'accorder quelques instants de conversation ?

– Avec plaisir ; nous voyons si peu de monde en ce moment, que nous sommes heureux de faire plaisir à nos clients. Désirez-vous des renseignements sur les environs et sur les distractions qu'offre Wildernsea ? ajouta le maître d'hôtel, tirant de sa poche un petit guide de l'endroit qu'il vendait au comptoir... Je serais très heureux de...

– Ce ne sont pas les environs de Wildernsea qui m'intéressent, interrompit Robert, protestant faiblement devant la volubilité du maître d'hôtel. Je voudrais vous poser quelques questions sur des personnes qui ont séjourné ici il y a quelque temps. »

Le maître d'hôtel s'inclina en souriant d'un air qui laissait entrevoir qu'il était prêt à raconter la biographie de tous les habitants du petit port de mer, si cela pouvait plaire à Mr Audley.

« Depuis combien de temps habitez-vous ici ? demanda Robert, sortant son agenda de sa poche. Cela ne vous dérange pas si je prends des notes ?

– Pas le moins du monde, reprit le maître d'hôtel enchanté de la tournure solennelle que Robert donnait à l'affaire. Notez tous les détails qui peuvent avoir de l'importance pour vous...

– C'est ce que je vais faire... murmura Robert interrompant ce flux de paroles. Merci... Vous êtes ici depuis...

– Six ans, monsieur.

– Depuis 1853.

– Depuis novembre 1852. J'étais à Hull avant cette époque. La construction de cette maison a été achevée au mois d'octobre.

– Vous souvenez-vous d'un lieutenant de navire qui était, je crois, en demi-solde à cette époque... il se nommait Maldon.

– Le capitaine Maldon.

– Oui, C'est cela... Je vois que vous vous souvenez de lui.

– Oui. C'était un de nos meilleurs clients. Il passait toutes ses soirées dans le salon où nous sommes, malgré l'humidité. En effet nous n'avons fait poser des tentures qu'une année après son départ. Sa fille épousa un jeune officier arrivé ici avec son régiment lors du Noël de 1852. Le mariage eut lieu à Wildernsea ; ils passèrent un mois sur le continent et revinrent ensuite. Mais le mari partit pour l'Australie en laissant sa femme une ou deux semaine après qu'elle fut devenue mère. L'affaire fit grand bruit dans Wildernsea, et Mrs... Mrs... j'ai oublié le nom.

– Mrs Talboys.

– Oui, Mrs Talboys. Nous l'avons beaucoup plaint, car elle était très jolie et tout le monde l'aimait.

– Combien de temps Mr Maldon et sa fille restèrent-ils à Wildernsea après le départ de Mr Talboys ? demanda Robert.

– Je ne sais... voyons... ma foi, je ne pourrais vous le dire précisément. Je sais que Mr Maldon venait d'arriver ici et racontait à qui voulait l'entendre comment sa fille avait été traitée par un jeune homme en qui il avait toute confiance ; mais j'ignore à quelle époque il quitta Wildernsea... Mrs Barkamb vous renseignera sûrement.

– Mrs Barkamb ?

– Oui, Mrs Barkamb, la propriétaire de North Cottages, où habitaient Mr Maldon et sa fille. C'est une femme très aimable, et je suis sûr qu'elle vous dira tout ce que vous lui demanderez.

– Merci, j'irai voir Mrs Barkamb demain... Attendez... encore une question. Reconnaîtriez-vous Mrs Talboys, si vous la voyiez ?

Autant que si elle était une de mes filles. »

Robert Audley inscrivit l'adresse de Mrs Barkamb sur son agenda, mangea sa côtelette, but quelques verres de sherry, fuma un cigare, et se retira ensuite dans sa chambre, où un bon feu avait été allumé.

Il s'endormit très vite : la fatigue que lui avaient

occasionnée les deux derniers jours lui était inhabituelle. Mais il se réveilla peu après. Il entendit le vent gémir sur la vaste étendue de sables et le clapotement monotone des vagues. Ces bruits étranges, joints aux pensées mélancoliques engendrées par un voyage désagréable revinrent sans cesse dans son esprit tourmenté, sous la forme de visions imaginaires et fantastiques qui avaient cependant quelques vagues liaisons avec les événements réels dont se souvenait le dormeur.

Il vit le château d'Audley arraché aux verts pâturages et aux ombrages du comté d'Essex, transplanté sur cette plage déserte, et que des vagues mugissantes menaçaient d'engloutir. Tandis qu'elles s'approchaient de plus en plus de la maison, le dormeur aperçut une figure pâle au milieu de l'écume argentée, et reconnut milady, qui, transformée en sirène, attirait son oncle vers l'abîme. Au-delà des eaux, des nuages gigantesques plus noirs que l'encre et plus épais que les ténèbres apparaissaient aux yeux du rêveur ; mais pendant qu'il regardait cet horizon étrange, ces nuages annonçant la tempête disparurent peu à peu, et un rayon de lumière vint danser sur les vagues hideuses qui se retirèrent lentement sans entraîner la maison loin du bord.

Robert s'éveilla et éprouva une sensation de bien-être, car le sentiment de malaise qui l'oppressait avait disparu.

Il se rendormit et ne s'éveilla que lorsque le pâle soleil d'hiver pénétra dans sa chambre à travers les persiennes. La voix aiguë d'une servante vint lui annoncer qu'il était huit heures et demie passées. À dix heures moins le quart, il avait quitté l'hôtel *Victoria* et cheminait sur une allée déserte face aux maisons qui se dressaient sur le bord de mer jusqu'au petit port dans lequel deux ou trois bateaux de marchandises et à charbon se trouvaient ancrés. Au-delà du port se dessinaient les murs grisâtres d'une caserne reliée par un pont en fer à Wildernsea. L'habit rouge de la sentinelle qui se promenait entre deux canons postés aux angles du mur était la seule tache de couleur qui relevât la teinte grise des maisons et de la mer.

À côté du port, une longue jetée s'avançait dans la mer.

C'était là que George Talboys avait rencontré sa femme pour la première fois tandis que le soleil brillait et que la musique du régiment déchirait les oreilles. C'était là que le jeune homme s'était laissé aller pour la première fois à cette douce illusion qui avait exercé sur sa vie une si fatale influence.

Robert contempla d'un air hargneux la ville déserte et le port miniature.

« Et dire, pensa-t-il, qu'un endroit pareil peut conduire un homme vigoureux à sa perte ! Il vient ici le cœur heureux sans connaître les femmes ; il ne les connaît pas plus que les satellites des planètes les plus lointaines. Il arrive ici ou dans quelque autre endroit du même genre, et l'univers se rétrécit tout à coup ; l'immensité du monde se réduit à une centaine de mètres, et toute la création se renferme dans une boîte en carton. Les femmes belles et jeunes qu'il a vaguement entrevues dans son imagination en délire sont là sous ses yeux, et avant qu'il ait le temps de sortir de son égarement, le charme a agi, le cercle magique est tracé autour de lui, toutes les puissances de la sorcellerie sont entrées en jeu, et la victime ne peut pas plus s'échapper que le prince aux jambes de marbre de ce conte oriental. »

En ruminant ces pensées, Robert atteignit la maison de Mrs Barkamb. Il fut introduit aussitôt par une servante âgée à l'expression revêche qui le fit entrer dans un salon où se trouvait Mrs Barkamb, une vieille dame de soixante ans qui se chauffait au coin d'un maigre feu. Un vieux terrier à poil noir et gris dormait sur ses genoux. Tout dans l'appartement avait un air vétuste et respirait l'ordre et le confort en harmonie avec le calme extérieur.

« J'aimerais vivre ici, se dit Robert, et contempler la mer qui roule ses flots gris sous ce ciel calme et sombre. J'aimerais vivre ici pour prier et me repentir dans cette paisible retraite. »

Sur l'invitation de Mrs Barkamb, il prit un siège et s'assit en face d'elle. Le terrier quitta les genoux de sa maîtresse et aboya.

« Je suppose, monsieur, que vous désirez louer un... sois sage, Dash... un des cottages », dit Mrs Barkamb.

Robert Audley expliqua le but de sa visite.

« Je viens vous poser une seule question, dit-il. Je veux savoir la date précise où Mrs Talboys a quitté Wildernsea. Le propriétaire de l'hôtel *Victoria* m'a conseillé de m'adresser à vous. »

Mrs Barkamb réfléchit quelques instants.

« Je puis vous donner la date du départ de Mr Maldon, dit-elle, car il a quitté le n° 17 en me devant beaucoup d'argent ; quant à Mrs Talboys... »

Mrs Barkamb s'arrêta un moment avant de continuer.

« Vous savez que Mrs Talboys est partie précipitamment ? demanda-t-elle.

– Non.

– Ah ! oui, elle est partie précipitamment, la pauvre ! Elle avait essayé de gagner sa vie, après le départ de son mari, en donnant des leçons de musique ; elle était bonne pianiste, et elle réussissait assez bien, mais son père lui prenait son argent et le dépensait au café. Ils ont eu une explication sérieuse un jour, et le lendemain, Mrs Talboys a quitté Wildernsea en laissant son enfant qui était en nourrice dans les environs.

– Et vous ne pouvez pas me dire la date de son départ ?

– Je crains bien que non... Cependant, attendez. Le capitaine Maldon m'écrivit le jour même du départ de sa fille. Il avait du chagrin, le pauvre, et il venait toujours à moi quand il était triste. Il faudrait que je trouve sa lettre... elle est peut-être datée... ? »

Mr Audley répondit que c'était probable.

Mrs Barkamb se dirigea vers un secrétaire à côté de la fenêtre, et l'ouvrit après avoir enlevé la serge verte qui le couvrait. Ce secrétaire était bourré de papiers qui s'échappaient en tous sens des casiers. Des lettres, des reçus, des notes, des inventaires étaient entassés pêle-mêle, et ce fut parmi ces documents que Mrs Barkamb tenta de retrouver la lettre du capitaine Maldon.

Mr Audley attendit patiemment.

Après dix minutes de recherche et après avoir chamboulé tous ses papiers, Mrs Barkamb poussa un cri de triomphe.

« J'ai la lettre, dit-elle, et elle renferme quelques lignes de Mrs Talboys. »

La figure pâle de Robert Audley se colora d'une vive rougeur pendant qu'il prenait la lettre.

« La personne qui a volé chez moi les lettres d'amour d'Helen Maldon dans la malle de George aurait pu s'épargner cette peine », songea-t-il.

La lettre du vieux lieutenant n'était pas longue, mais presque tous les mots étaient soulignés.

« Ma généreuse amie – écrivait le capitaine,

« Je suis *au désespoir*. Ma fille m'a *quitté*. Vous devez *vous imaginer ma douleur*. Nous avons eu quelques mots hier soir à propos d'argent. Cette maudite question d'argent a toujours provoqué *des disputes* entre nous... et ce matin, en me levant, je me suis vu *aban-*

donné. Le billet d'Helen ci-inclus m'attendait sur la table du salon.

« À vous dans *ma douleur et mon désespoir*,

HENRI MALDON.

North Cottages, 16 août 1854. »

Le billet de Mrs Talboys était encore plus concis. Il commençait ainsi sans préambule :

« Je suis fatiguée de la vie que je mène ici, et je veux, si je peux, en trouver une plus agréable. Je vais courir le monde après avoir brisé tous les liens qui me rattachent à un passé odieux, et j'espère me faire une autre famille et une autre situation. Pardonnez mes caprices, mes bouderies. Vous devez me pardonner, car vous savez *pourquoi* j'ai agi de la sorte. Vous connaissez le *secret* qui explique ma vie.

HELEN TALBOYS. »

Ces lignes avaient été écrites par une main que Robert connaissait trop bien.

Il réfléchit pendant longtemps à la lettre d'Helen Talboys.

Que signifiaient ces deux dernières phrases : « Vous devez me pardonner, parce que vous savez *pourquoi* j'ai agi de la sorte. Vous connaissez le *secret* qui explique ma vie. »

Il se tortura pour trouver une explication à ces deux phrases. Il ne se rappelait rien, il n'imaginait rien qui pût lui en donner l'explication. Le départ d'Helen, d'après la lettre du capitaine Maldon, datait du 16 août 1854. Miss Tonks avait déclaré que Lucy Graham était entrée à Crescent Villas le 17 ou le 18 août de cette année. Entre la fuite d'Helen Talboys de chez son père et l'arrivée de Lucy Graham à l'école de Brompton, il ne s'était pas écoulé plus de quarante-huit heures. C'était un faible indice mais qui tenait la route.

« Mr Maldon a-t-il reçu des nouvelles de sa fille après avoir quitté Wildernsea ? demanda Robert.

– Je crois que oui, répondit Mrs Barkamb, mais je n'ai plus vu le vieux capitaine à partir de ce mois d'août. J'ai dû faire saisir ses biens en novembre car il me devait un loyer de quinze mois, et ce fut comme cela que je parvins à le déloger. Nous nous séparâmes bons amis malgré cela, et le capitaine se rendit à Londres avec l'enfant, qui avait tout au plus un an. »

Mrs Barkamb n'avait plus rien à ajouter, et Robert plus rien à demander. Il obtint la permission de garder les deux lettres, et les glissa dans son portefeuille.

Il revint à l'hôtel juste à l'heure du déjeuner. Un express pour Londres partait à une heure un quart. Robert envoya sa malle à la gare, paya sa note et se promena sur la jetée en attendant le départ du train.

« J'ai découvert l'histoire de Lucy Graham et d'Helen Talboys, pensait-il ; il me reste maintenant à découvrir celle de la femme qui est enterrée dans le cimetière de Ventnor. »

CHAPITRE IV

Dans la tombe

À son retour de Wildernsea, Robert Audley trouva chez lui une lettre de sa cousine Alicia.

« Papa va beaucoup mieux, écrivait la jeune fille, et il désire vous voir au château. Pour un motif que je ne m'explique pas, ma belle-mère s'est mis en tête que votre présence était indispensable et ne cesse de me questionner sur tous vos mouvements. Venez donc sans retard pour faire taire ces inquiétudes. Votre cousine affectionnée,

« A.A. »

« Ainsi donc, mes mouvements préoccupent milady, se dit Robert en réfléchissant, la pipe à la bouche, au coin du feu. Elle est inquiète et questionne sa belle-fille. Pauvre petite femme, pauvre pécheresse à la chevelure dorée, le combat qui va avoir lieu entre nous me semble terriblement inégal. Pourquoi ne fuit-elle pas lorsqu'il en est encore temps ? Je l'ai pourtant avertie. J'ai dévoilé le dessous de mes cartes et j'ai joué à découvert devant elle. Pourquoi ne s'en va-t-elle pas ? »

Il répéta cette question à plusieurs reprises en fumant sa pipe, jusqu'à ce qu'il ressemblât à quelque magicien moderne au milieu de son laboratoire.

« Pourquoi ne fuit-elle pas ?... Je ne voudrais pour rien au monde attirer la foudre sur cette maison. Je veux seulement rendre justice à un ami et à un homme brave et généreux qui a fait confiance à une femme indigne. Le ciel m'est témoin que je n'appelle pas sur elle le châtiment. Je ne suis pas né pour être un redresseur de torts et un persécuteur. Je ne demande qu'à remplir mon devoir. Je l'avertirai une fois encore, ouvertement et en termes précis, et puis... »

Ses pensées s'envolèrent vers ce sombre avenir où pas un rayon de lumière ne brillait au sein des ténèbres, où nul espoir n'était possible. Il serait à tout jamais hanté par les angoisses de son oncle, torturé par l'idée que toute cette catastrophe dont il n'était pas la cause allait être dévoilée par ses soins. Mais la main de Clara Talboys était là menaçante, et d'un geste impérieux, elle l'attirait vers la tombe de son frère.

« Irai-je à Southampton, se demanda-t-il, essayer d'en savoir plus sur l'histoire de la femme enterrée à Ventnor ? Agirai-je par ruse en corrompant les misérables qui ont participé au crime, jusqu'à ce que je trouve le fil qui me guidera vers celle qui l'a préparé ? Non ! je préfère trouver la vérité par d'autres moyens. Vais-je aller voir ce misérable vieillard et l'accuser d'avoir participé au complot dont mon ami a été la victime ? Non ! je ne veux plus le torturer comme je l'ai fait il y a quelques semaines. J'irai voir l'instigatrice du complot, et je lui arracherai ce voile charmeur sous lequel elle cache sa laideur morale. Je la forcerai à me révéler le secret de la disparition de mon ami, et je la chasserai pour toujours de cette maison qu'elle a souillée par sa présence. »

Il partit le lendemain de bonne heure pour le comté d'Essex et arriva à Audley avant onze heures.

Il était tôt mais milady était déjà sortie. Elle était allée à Chelmsford faire des emplettes avec sa belle-fille. Elle avait plusieurs visites à faire et ne reviendrait que vers l'heure du dîner. La santé de sir Michael s'était améliorée et il allait descendre dans l'après-midi. Mr Robert pouvait le voir dans sa chambre s'il le désirait.

Non, Robert ne voulait pas le rencontrer. Qu'aurait-il à lui dire ? Comment adoucir les souffrances qui allaient l'éprouver ?... Comment diminuer la force du coup qui allait briser son cœur ?

« Si j'étais capable de lui pardonner les torts qu'elle a causés à mon ami, se disait Robert, j'aurais encore des raisons de la détester pour la douleur que son crime va infliger à l'homme qui lui a fait confiance. »

Il dit au domestique de son oncle qu'il allait faire un tour au village jusqu'à l'heure du dîner. Il s'éloigna lentement du château et se promena sans but dans les prairies qui séparaient la demeure de son oncle du village. Les soucis qui le tourmentaient se lisaient sur son visage.

« Je vais entrer dans le cimetière, se dit-il, et contempler les pierres tombales. Je ne peux pas être plus triste que je ne le suis déjà. »

Il se trouvait dans ces mêmes prairies qu'il avait traversées en courant à la gare, en cette journée de septembre où George Talboys avait disparu. Il regarda le sentier qu'il avait suivi ce jour-là, il se souvint de la rapidité de sa course et du vague sentiment de terreur qui s'était emparé de lui en ne trouvant pas son ami.

« D'où provenait cette terreur ? pensait-il. Pourquoi ai-je vu quelque chose de mystérieux dans la disparition de George ? Était-ce du pressentiment ou de la monomanie ? Si je me trompais, après tout ? Si toutes ces preuves que j'accumule n'étaient que le fruit de ma folie ? Si cet édifice d'horreur et de soupçons n'était qu'un assemblage de bizarreries suggérées par l'hypocondrie ? Mr Harcourt Talboys n'a vu aucune signification à tous ces événements qui ont suscité chez moi d'affreuses interrogations. Je lui ai montré un à un les anneaux de la chaîne, et il a refusé de reconnaître qu'ils s'agençaient parfaitement. Ô mon Dieu, si c'était moi le seul coupable ! Si... il sourit avec amertume et secoua la tête. J'ai en poche, continua-t-il, un écrit qui sert de preuve irrécusable... il ne me reste plus, du secret de milady, qu'à lever le dernier voile. »

Il évita le village et suivit le chemin de la prairie. L'église se trouvait un peu en arrière de la rue principale, et par une porte en bois grossièrement façonnée on entrait dans le cimetière.

Robert gravit à pas lents le sentier du pré qui menait à la porte du cimetière. Le calme de cet endroit était en harmonie avec sa tristesse. Un vieillard qui cheminait péniblement vers une barrière à l'autre bout du pré fut le seul être humain que le jeune avocat aperçût. La fumée qui s'échappait des cheminées des maisons de part et d'autre de la grand-rue était la seule preuve tangible de la présence d'êtres humains, et sans le mouvement des aiguilles de la vieille horloge de l'église, on aurait pu croire que le temps s'était arrêté au village d'Audley.

Pendant que Robert ouvrait la porte du cimetière et entrait dans le petit enclos, il entendit tout à coup le son d'un orgue qui parvenait jusqu'à lui par une fenêtre entrouverte dans la nef du bâtiment.

Il s'arrêta et écouta les accords d'une mélodie romantique qui avait tout l'air d'une improvisation de quelque pianiste accompli.

« Qui aurait pensé qu'Audley possédât un orgue pareil ? pensa Robert. Je n'aurais jamais pu soupçonner en entendant le maître d'école en jouer que cet instrument fût si bon. »

Il demeura immobile auprès de la porte, pour ne pas rompre le charme que la douce ballade mélancolique avait fait naître en lui. La voix de l'instrument, tantôt pleine comme le mugissement de la tempête, tantôt faible et douce comme le souffle de la brise, apaisait sa douleur.

Il ferma doucement la porte et traversa le chemin caillouteux devant l'entrée de l'église. La porte avait sans doute été laissée entrouverte par l'organiste. Robert l'ouvrit complètement, parvint sous le porche d'où partait un escalier en pierre qui menait à l'orgue et au beffroi. Mr Audley ôta son chapeau et entra dans l'église. Il marcha doucement dans le saint lieu en se dirigeant vers la grille de l'autel, et quand il fut arrivé là, il examina l'église. La petite galerie où se trouvait l'orgue était en face de lui, mais des rideaux verts masquaient l'instrument, et il ne put voir le musicien.

La musique continuait. L'organiste venait de se lancer dans une mélodie de Mendelssohn dont la tristesse allait droit au cœur. Il visita les coins et recoins de l'église et contempla les reliques sacrées en écoutant cette musique.

« Si mon pauvre ami George Talboys était mort dans mes bras, et avait été enseveli dans cette église à l'écart de tous les bruits du monde et sous une de ces voûtes que je foule aux pieds, que de tourments et d'hésitations m'auraient été épargnés ! pensait Robert en déchiffrant les inscriptions à moitié effacées des tablettes de marbre sans couleur. J'aurais su où il reposait. Ah ! c'est cette misérable incertitude et les horribles soupçons qu'elle suscite qui empoisonnent ma vie. »

Il regarda sa montre.

« Une heure et demie, murmura-t-il. Il faudra que j'attende quatre ou cinq heures mortelles avant de voir milady... Ses visites du matin... Ses discours cérémonieux ! Grand Dieu, quelle comédienne que cette femme ! Quelle habile menteuse ! Elle sait parfaitement mener tout le monde en bateau. Mais elle ne jouera plus longtemps la comédie sous le toit de mon oncle. J'ai assez composé avec elle. Elle est passée outre un avertissement. Ce soir, je lui parlerai de façon définitive. »

La musique cessa, et Robert entendit que l'on fermait l'instrument.

« Il faut que je voie le nouvel organiste qui vient enterrer son talent à Audley et jouer les plus belles fugues de Mendelssohn juste pour le plaisir. »

Il se planta au milieu du porche, attendant que celui-ci eût descendu l'escalier. Robert était content de trouver une distraction, même futile. Il se laissa donc aller librement à sa curiosité.

La première personne qui parut sur les marches inégales de l'escalier fut un enfant en habit de futaine qui faisait grand bruit avec ses souliers ferrés, la figure encore toute rouge de la fatigue que lui avait occasionné le fait de gonfler le soufflet du vieil orgue. Derrière cet enfant venait une jeune femme vêtue simplement d'une robe de soie noire et d'un grand châle gris. À la vue de Robert Audley, elle tressaillit et devint pâle.

Cette jeune femme était Clara Talboys.

C'était la dernière personne au monde que Robert s'attendait à voir. Elle lui avait dit qu'elle allait rendre visite à quelques amis qui habitaient le comté d'Essex, mais le comté était grand et le village d'Audley, l'un des plus éloignés et des moins fréquentés. L'idée que la sœur de son ami perdu se trouvait là... qu'elle pouvait surveiller tous ses mouvements et découvrir ce qui le préoccupait, compliquait encore plus l'affaire.

Clara Talboys fut la première à parler.

« Vous êtes surpris de me voir ici, Mr Audley ? dit-elle.

– Très surpris, en effet.

– Je vous ai dit que j'allais dans le comté d'Essex. Je suis partie avant-hier, quelques instants après avoir reçu votre dépêche. L'amie avec laquelle je demeure est Mrs Martyn, la femme du nouveau recteur de Mount Stanning. Je suis descendue ce matin pour voir l'église et le village, et comme Mrs Martyn avait à visiter l'école avec le pasteur et sa femme, je me suis arrêtée ici pour jouer de l'orgue. J'ignorais, avant de venir ici, qu'il y eût un village portant le nom d'Audley. Je suppose que ce nom vient de votre famille.

– Je crois que oui, répondit Robert émerveillé du calme de la jeune fille face à son embarras. Je me rappelle vaguement avoir entendu conter l'histoire d'un de mes ancêtres qui se nommait d'Audley, sous le règne d'Edouard IV. La tombe qui se trouve dans le chœur appartient à l'un des chevaliers d'Audley; mais je ne me suis jamais documenté sur ses exploits. Est-ce que vous attendez vos amis ici, miss Talboys ?

– Oui, ils reviendront ici me prendre après leur tournée.

– Et vous repartez avec eux à Mount Stanning cet après-midi ?

– Oui. »

Robert tenait son chapeau à la main et regardait, sans les voir, les pierres tombales alignées contre le mur du cimetière. Clara Talboys observa sa figure pâle et contractée par la tension permanente de son esprit.

« Avez-vous été malade depuis que nous nous sommes vus, Mr Audley ? dit-elle d'une voix douce et harmonieuse comme le son de l'orgue sous ses doigts.

– Non; j'ai été constamment harcelé par des doutes, des incertitudes lancinantes. »

Il songeait en lui parlant :

« Jusqu'où vont ses soupçons ? »

Il lui avait raconté l'histoire de la disparition de George en ne supprimant que les noms des personnes impliquées dans le mystère ; peut-être que cette jeune fille savait tout, et taisait ce qu'il n'avait pas jugé utile de lui dire.

Le regard pensif de Clara Talboys était fixé sur lui, et cherchait à pénétrer ses plus secrètes pensées.

« Que suis-je entre ses mains ? se dit-il. Que suis-je pour cette femme qui ressemble tant à mon ami ? Elle connaît toutes mes hésitations, elle scrute toutes mes pensées grâce au charme magique de ses grands yeux bruns. Le combat est inégal entre nous, et je ne gagnerai pas contre sa beauté et son intelligence. »

Mr Audley se préparait, en toussant légèrement, à dire adieu à sa belle compagne qu'il redoutait lorsque Clara Talboys lui parla précisément de ce qu'il voulait le plus éviter.

« Vous m'avez promis de m'écrire, Mr Audley, si vous découvriez quelque chose qui pût révéler l'énigme de la disparition de mon frère. Vous ne m'avez pas écrit. Je suppose donc que vous n'avez rien appris de plus. »

Robert Audley resta un moment silencieux. Comment lui répondre ?

« La chaîne qui unit la destinée de votre frère à la personne que je soupçonne se compose d'anneaux bien légers, répondit-il après une pause. Je pense en avoir ajouté un autre depuis que je vous ai vue dans le Dorsetshire.

– Et vous refusez de me faire part de cette découverte ?

– Tant que je n'en saurais pas plus long.

– J'ai supposé, d'après votre dépêche, que vous vous étiez rendu à Wildernsea.

– C'est vrai.

– Ah ! serait-ce là que vous avez trouvé quelque chose ?

– Oui. Souvenez-vous, miss Talboys, que mes soupçons reposent sur l'identité de deux personnes qui n'ont apparemment aucun rapport entre elles. Il s'agit d'une substitution d'identité : une femme qui est supposée morte et une autre qui est bien vivante. Le complot dont votre frère a, je crois, été la victime n'a pas d'autre cause. Si sa femme, Helen Talboys, est véritablement morte... si la femme qui repose sous la pierre du cimetière de Ventnor est réellement celle dont le nom est gravé sur cette pierre... alors je n'ai rien découvert. J'en aurai bientôt le cœur net. Je suis capable d'agir avec beaucoup d'audace, et je parviendrai à découvrir la vérité. »

Il parlait à voix basse et sur un ton solennel qui laissait percer son émotion. Miss Talboys lui tendit sa main dégantée et la plaça dans la sienne. Le contact de cette main froide et fine le fit tressaillir des pieds à la tête.

« Vous ne souhaitez pas que la mort de mon frère reste à tout jamais un mystère, Mr Audley, dit-elle tranquillement. Je sais que vous ferez tout ce que vous pourrez. »

La femme du recteur et ses deux compagnons entrèrent à ce moment dans le cimetière. Robert Audley serra la main qui touchait la sienne, et la porta à ses lèvres.

« Je suis paresseux et bon à peu de choses, miss Talboys ; mais si je pouvais ramener votre frère George à la vie et au bonheur, je me préoccuperais fort peu de sacrifier mes sentiments. Je crains malheureusement d'arriver seulement à savoir ce qu'il est devenu, et pour faire cela, il me faudra causer un immense chagrin à la personne qui m'est la plus chère au monde. »

Il mit son chapeau et disparut par la porte menant à la prairie, à l'instant où Mrs Martyn apparaissait sous le porche.

« Quel est ce beau jeune homme ? lui demanda-t-elle en riant.

– C'est Mr Audley, un ami de mon pauvre frère.

– Ah ! c'est sans doute quelque parent de sir Michael Audley ?

– Sir Michael Audley ?

– Mais oui, ma chère, le personnage le plus important de la paroisse. Nous irons le voir dans quelques jours, et je vous présenterai au baron et à sa toute jeune et charmante femme.

– Toute jeune ! répéta Clara Talboys, regardant son amie d'un air sérieux. Est-ce que sir Michael est marié depuis peu ?

– Oui. Il est resté veuf pendant seize ans, et a épousé, l'année dernière, une institutrice qui n'avait pas un sou. C'est tout à fait romanesque, et lady Audley est considérée comme la plus belle des femmes du comté. Mais ne nous attardons pas, Clara ; venez donc. Le cheval est fatigué d'attendre, et nous avons un long chemin à parcourir avant le dîner. »

Clara Talboys prit place dans le petit char à bancs qui attendait à la porte du cimetière, sous la garde de l'enfant à l'habit de futaine qui avait soufflé l'orgue. Mrs Martyn s'empara des rênes, et le cheval vigoureux partit au grand trot dans la direction de Mount Stanning.

« Racontez-moi ce que vous savez de cette lady Audley, Fanny, dit miss Talboys après un long silence. Je veux savoir tout ce qui la concerne. Connaissez-vous son nom de jeune fille ?

– Oui, elle se nommait miss Graham.

– Est-elle très jolie ?

– Oh ! très jolie. Une beauté enfantine. Elle a de grands yeux bleus très clairs et des cheveux d'un blond cendré qui bouclent naturellement, et retombent gracieusement sur ses épaules. »

Clara Talboys gardait le silence. Elle ne posa plus d'autres questions sur milady.

Elle songeait à un passage d'une lettre que George avait écrite pendant sa lune de miel, dans lequel il disait : « Ma femme, qui n'est qu'une enfant, regarde par-dessus mon épaule pendant que j'écris ceci. Ah ! combien je voudrais que tu la connaisses, Clara ; ses yeux sont bleus et clairs comme le ciel par un beau jour d'été, et ses cheveux entourent son visage d'une pâle auréole semblable à celle de la madone dans les tableaux italiens. »

CHAPITRE V

Dans l'allée des tilleuls

Robert Audley se promenait sur la vaste pelouse située devant le château d'Audley, au moment où la voiture ramenant milady et Alicia passa sous l'arche et vint s'arrêter à la porte basse de la tour. Mr Robert Audley eut le temps d'accourir pour aider les dames à descendre.

Milady était fort jolie avec son élégant chapeau bleu et portait les fourrures que son neveu lui avait achetées à Saint-Pétersbourg. Elle parut très contente de voir Robert, et lui adressa un sourire charmant en lui tendant sa petite main gantée.

« Ainsi vous êtes de retour, déserteur, lui dit-elle en riant. Eh bien, maintenant que nous vous tenons, nous vous garderons prisonnier. N'est-ce pas, Alicia, qu'il ne pourra pas se sauver de sitôt ? »

Miss Audley fit un mouvement de tête dédaigneux et ce mouvement fit bouger les boucles épaisses de ses cheveux sous son chapeau d'amazone.

« Je n'ai rien à faire des actions d'un être aussi fantasque, dit-elle ; puisque Robert Audley s'est mis en tête de se conduire comme les héros de ces ballades allemandes qui sont possédés du démon, je renonce à le comprendre. »

Robert Audley regarda sa cousine avec un air moitié sérieux, moitié rieur.

« C'est une charmante jeune fille, pensa-t-il, mais elle m'ennuie. Sans en connaître la raison, elle m'ennuie chaque jour davantage. »

Il tordit sa moustache en cherchant la solution de ce problème, et pendant un instant son esprit oublia ce qui lui importait le plus pour élucider ce problème mineur.

« Oui, elle est aimable, elle a bon cœur, elle a d'excellentes qualités, et pourtant... »

Il se perdit dans un océan de doutes et de questionnements. Il y avait en lui quelque chose qu'il ne pouvait appréhender, un changement survenu en lui qui ne tenait pas à la disparition de George et qui l'inquiétait et le désorientait.

« Où avez-vous passé vos deux dernières journées, Mr Audley ? » demanda milady pendant qu'elle attendait avec sa belle-fille que Robert s'écartât du seuil pour leur livrer passage.

Le jeune homme tressaillit à cette question, et regarda milady. Il y avait quelque chose dans sa beauté et dans son expression enfantine qui le touchait au cœur et il pâlit pendant qu'il la contemplait.

« J'ai été dans... le Yorkshire, au petit port de mer qu'habitait mon pauvre ami George Talboys à l'époque de son mariage. »

La figure de milady changea de couleur à ces mots. Elle essaya de sourire et tenta de passer sans paraître avoir entendu.

« Il faut que je m'habille pour dîner, dit-elle, je dois me rendre à une invitation ; laissez-moi entrer, Mr Audley.

– Accordez-moi une demi-heure d'entretien, répondit Robert à voix basse, je ne suis venu ici que pour vous parler.

– À quel propos ? » demanda milady.

Elle était remise de l'émotion violente qu'elle venait d'éprouver, et ce fut d'un ton naturel qu'elle s'exprima. Son visage reflétait plutôt la curiosité et l'étonnement d'une enfant.

« Que pouvez-vous avoir à me dire, Mr Audley ?

– Je m'expliquerai quand nous serons seuls », répondit Robert, jetant un regard sur sa cousine qui se tenait un peu en arrière et surveillait ce tête-à-tête.

« Il est fou de la beauté de cire de ma belle-mère, pensa Alicia, et c'est pour elle qu'il a perdu l'esprit. Il a précisément tout ce qu'il faut pour tomber amoureux de sa tante. »

Miss Audley se dirigea vers la pelouse en tournant le dos à son cousin et à milady.

« Il est devenu aussi blanc qu'une feuille de papier quand il l'a vue, se dit-elle. Il est donc enfin amoureux. Ce morceau de glace qu'il a à la place du cœur aura donc battu pour la première fois en vingt-cinq ans. Il lui faut apparemment une poupée aux yeux bleus pour le mettre en mouvement. Il y a longtemps que j'aurais renoncé à lui si j'avais su que son idéal pouvait se trouver dans un magasin de jouets. »

La pauvre Alicia traversa la pelouse et disparut du côté opposé au quadrilatère, où se trouvait une porte qui donnait sur les écuries. La fille de sir Michael Audley alla se consoler auprès de son chien César, et de sa jument brune Atalante, qu'elle allait voir chaque jour.

« Voulez-vous vous promener dans l'allée des tilleuls, lady Audley ? dit Robert quand sa cousine eut quitté le jardin. Je désire vous parler sans être dérangé, et je ne pense pas qu'il y ait d'endroit plus adéquat que celui-là. Voulez-vous me suivre ?

– Comme il vous plaira », répondit milady.

Robert s'aperçut qu'elle tremblait et qu'elle regardait de tous côtés comme quelqu'un qui cherche à s'échapper.

« Vous frissonnez, lady Audley ? dit-il.

– Oui, j'ai froid. J'aimerais tout autant remettre

cet entretien à un autre jour. Demain, par exemple. Je dois m'habiller pour dîner et voir sir Michael que j'ai quitté ce matin à dix heures. Remettons cela à demain, voulez-vous ? »

Milady avait dit cela d'une voix plaintive. Le cœur de Robert fut ému. D'horribles images parvinrent à son esprit en regardant cette tête jeune et belle, et en songeant à la dure tâche qui l'attendait.

« Il faut que je vous parle, lady Audley. Si je suis cruel, c'est à cause de vous. Vous auriez pu éviter cela, ne plus me revoir, je vous avais avertie. Vous avez préféré me défier, et si je suis sans pitié c'est votre faute. Venez, il faut vraiment que je vous parle. »

La froide détermination de ces paroles fit taire les objections de milady. Elle le suivit sans dire un mot jusqu'à l'allée des tilleuls, de l'autre côté de la mare.

Le crépuscule, qui tombe de si bonne heure en hiver, commençait à tout envahir, et les branches des arbres enchevêtrées se découpaient sur le ciel gris et froid. L'allée des tilleuls vue à pareille heure ressemblait à un cloître.

« Pourquoi m'amenez-vous dans cet endroit qui me fait peur ? dit milady d'un ton boudeur. Vous savez bien que je suis émotive.

– Vraiment, vous êtes nerveuse ?

– Oh ! affreusement. J'enrichis ce pauvre Mr Dawson. Il passe sa vie à m'expédier du camphre, des sels volatils, de la lavande rouge et toute espèce de drogues abominables qui n'ont aucun effet.

– Vous souvenez-vous de ce que Macbeth dit à son médecin, milady ? demanda Robert d'une voix grave. Mr Dawson a beau être plus habile que le médecin écossais, il ne peut rien contre un esprit troublé.

– Qui vous a dit que mon esprit était troublé ?

– Vous venez de m'avouer votre nervosité. Laissez-moi vous soigner, lady Audley ; je déracinerai le mal. Je ne suis pas impitoyable. Je vous épargnerai autant qu'il sera en mon pouvoir ; mais il faut que justice soit faite... Voulez-vous que je vous dise pourquoi vous êtes si émotive dans cette maison, milady ?

– Si vous en êtes capable, répliqua-t-elle avec un petit éclat de rire.

– Cette maison est hantée.

– Hantée !

– Oui, hantée par l'esprit de George Talboys. »

Robert Audley entendit la respiration précipitée de milady ; il lui sembla même qu'il entendait les battements de son cœur pendant qu'elle frissonnait et qu'elle s'enveloppait avec soin dans son manteau de fourrures.

« Que voulez-vous dire ? s'écria-t-elle tout à coup après quelques instants. Pourquoi me persécutez-vous au sujet de ce George Talboys qui a disparu depuis quelques mois ? Êtes-vous fou, Mr Audley, et m'avez-vous choisie pour victime de votre obsession ? Qu'est donc pour moi ce George Talboys, pour que vous me poursuiviez de son nom ?

– Vous était-il complètement inconnu, milady ?

– Absolument !

– Dois-je vous raconter l'histoire de la disparition de mon ami telle que je l'ai comprise, milady ? demanda Robert.

– Non. Je ne veux rien savoir de votre ami. S'il est mort, j'en suis désolée ; s'il vit, je ne veux ni le voir ni entendre parler de lui. Laissez-moi aller près de mon mari, Mr Audley ; à moins que vous n'ayez l'intention de me faire mourir de froid.

– J'ai l'intention de vous retenir jusqu'à ce que j'aie tout dit, lady Audley, répondit résolument Robert ; je prendrai le temps nécessaire. Après, vous saurez ce que vous avez à faire.

– Très bien, alors ; ne perdons pas de temps,

reprit milady avec insouciance. Je vous écoute patiemment.

– Lorsque mon ami George Talboys revint en Angleterre, commença gravement Robert, il ne pensait qu'à sa femme.

– Qu'il avait abandonnée, dit milady avec vivacité. C'est ce que, ajouta-t-elle après réflexion, vous nous avez dit. »

Robert Audley ne prit pas garde à cette interruption.

« Il rêvait de façon obsessionnelle à sa femme, répéta-t-il. Son plus cher espoir était de la rendre heureuse et de dépenser avec elle la fortune qu'il avait gagnée en Australie. Je le vis quelques heures après qu'il eut débarqué en Angleterre, et je fus témoin de toute sa joie à l'idée de la retrouver. Je fus témoin aussi du coup violent qu'il reçut en plein cœur, et qui le transforma aussi complètement qu'un homme peut l'être du jour au lendemain. Le coup qui opéra ce cruel changement fut l'avis de décès de sa femme qu'il lut dans le *Times*. Je sais maintenant que cette nouvelle était fausse.

– Ah ! Et quelle raison avait-on d'annoncer la mort de Mrs Talboys si elle était encore en vie ?

– Mrs Talboys elle-même avait tout intérêt à faire cela.

– Plus précisément ?

– Elle avait peut-être profité de l'absence de George pour épouser un homme plus riche ? Et puisqu'elle était remariée, elle devait souhaiter que son ancien mari, mon pauvre ami, ne retrouverait jamais sa trace ? »

Lady Audley haussa les épaules.

« Vos suppositions sont véritablement absurdes, Mr Audley, et j'espère que vous en avez la preuve.

– J'ai parcouru un à un tous les journaux publiés à Chelmsford et à Colchester, répondit Robert sans s'arrêter à cette question, et j'ai trouvé dans une des feuilles publiques de Colchester, en date du 2 juillet 1857, un article annonçant que Mr George Talboys, un Anglais, était arrivé à Sydney, apportant de la poudre d'or et des pépites pour vingt mille livres et avait acheté un billet pour Liverpool sur le clipper *l'Argus*. Cette annonce, lady Audley, n'est sans doute pas très probante ; mais elle indique cependant que toute personne résidant dans le comté d'Essex, en juillet 1857, pouvait être informée du retour de George Talboys. Est-ce que vous suivez mon raisonnement ?

– Pas très bien ; quel rapport y a-t-il entre les journaux d'Essex et la mort de Mrs Talboys ?

– Nous allons y arriver petit à petit, milady. Je crois, ai-je dit, que l'annonce du *Times* était fausse et faisait partie du complot fomenté par Helen Talboys et le lieutenant Maldon contre George.

– Un complot !

– Oui, tramé par une femme rusée, qui avait spéculé sur la mort probable de son mari et s'était assuré une belle situation au risque de commettre un crime ; par une femme audacieuse, qui a cru pouvoir jouer son rôle jusqu'au bout sans être découverte ; par une femme méchante, qui n'a pas songé à toute la douleur qui allait submerger l'homme qu'elle avait délibérément trompé en soumettant sa vie à un jeu de hasard où elle se figurait avoir les cartes majeures. Elle a pourtant oublié que la Providence met à nu le cœur des coupables et ne permet pas que leurs secrets restent cachés. Si cette femme n'avait pas commis de délit plus grave que celui de la fausse annonce dans le *Times*, je n'aurais que du mépris pour elle et son infâme calcul. Ce terrible mensonge était un coup de poignard donné dans le dos par un lâche assassin.

– Mais pourquoi dites-vous que l'annonce était

fausse ? Vous nous avez dit que vous étiez allé à Ventnor avec George Talboys, voir la tombe de sa femme. Qui donc était enterré à Ventnor, si ce n'était pas elle ?

– Ah ! lady Audley, dit Robert, voilà une question à laquelle deux ou trois personnes seulement pourraient répondre et, avant peu, il faudra bien que l'une d'elles m'avoue ce secret. Je suis résolu à éclaircir le mystère de la disparition de George Talboys. Croyez-vous donc que les dénégations et les artifices d'une femme m'écarteront de mon chemin ? Non ! J'amasse petit à petit les preuves du crime, et je ne tarderai pas à les réunir en un faisceau terrible. Croyez-vous que je me laisserai flouer et que je ne découvrirai pas ce qui manque ? Non, lady Audley, et je réussirai, car *je sais où trouver les renseignements dont j'ai besoin* ! Il y a dans Southampton une femme aux cheveux blonds magnifiques, une femme nommée Plowson, qui est au courant des secrets du beau-père de mon ami. Je pense qu'elle m'aidera à découvrir l'histoire de la femme enterrée à Ventnor, et je ferai tout pour y parvenir, à moins que...

– À moins que... quoi ? demanda lady Audley avec vivacité.

– À moins que la femme que je veux sauver de la honte et du châtiment n'accepte ma miséricorde, et tienne compte de mes avertissements pendant qu'il en est encore temps. »

Milady haussa gracieusement les épaules, et ses beaux yeux bleus lancèrent un regard de défi.

« Il faudrait qu'elle fût bien bête pour se laisser influencer par de pareilles absurdités, répondit-elle. Vous êtes hypocondriaque, Mr Audley, et vous avez besoin de camphre, de sels volatils et de lavande rouge. L'idée que vous vous êtes mise en tête est des plus ridicules. Vous perdez votre ami George Talboys d'une façon un peu mystérieuse, ou, à vrai dire, il plaît à ce monsieur de quitter l'Angleterre, sans vous prévenir, et vous trouvez cela étonnant ! N'avez-vous pas avoué vous-même que la mort de sa femme l'avait transformé ? Il était devenu excentrique et misanthrope, complètement indifférent à tout ce qui l'environnait. Pourquoi, dès lors, la vie civilisée ne l'aurait-elle pas dégoûté au point de le faire retourner en Australie y chercher un remède à sa douleur ? Ce serait un peu romanesque, mais n'aurait rien d'extraordinaire. Au lieu de vous satisfaire de cette explication, vous inventez un absurde complot qui n'a jamais existé que dans votre esprit délirant. Helen Talboys est morte. Le *Times* l'a annoncé. Son père vous l'a déclaré. La pierre tombale du cimetière de Ventnor porte la date de son enterrement. De quel droit, s'écria milady d'une voix aiguë qui indiquait une vive émotion, de quel droit, Mr Audley, venez-vous me tourmenter au sujet de George Talboys ? Quelle preuve avez-vous que sa femme est encore vivante ?

– Lady Audley, répondit Robert, en vertu de certains faits indéniables qui font porter les soupçons sur quelqu'un d'apparemment irréprochable.

– Quelles preuves ?

– Celles du temps et du lieu. Celles de l'écriture. Lorsqu'Helen Talboys a quitté la maison de son père à Wildernsea, elle a laissé une lettre, dans laquelle elle avouait qu'elle était lasse du genre de vie qu'elle menait et qu'elle voulait chercher une famille nouvelle et la fortune. Cette lettre, je l'ai.

– Vraiment !

– Faut-il vous dire à quelle écriture est comparable celle d'Helen Talboys à tel point qu'un expert ne pourrait pas faire la différence entre les deux ?

– Deux écritures similaires n'ont rien d'extraordinaire de nos jours, répondit milady avec indifférence. Je pourrais vous montrer des lettres d'une demi-douzaine de mes amies et je serais curieuse de savoir si vous pouvez arriver à les différencier.

– Mais si l'écriture n'était pas ordinaire, si elle offrait des particularités qui sont reconnaissables entre mille ?

– Alors la coïncidence serait curieuse ; mais ce serait un simple hasard. Pouvez-vous douter de la mort d'Helen Talboys parce que son écriture est semblable à celle d'une personne qui est vivante ?

– Et si une série de coïncidences conduisaient au même résultat ? Helen Talboys a quitté la maison de son père, au dire de sa lettre, parce qu'elle en avait assez de sa vie et qu'elle voulait en commencer une nouvelle. Savez-vous ce que j'en conclus ? »

Milady fit un mouvement d'épaules.

« Je n'en ai aucune idée, répondit-elle. Vous m'avez retenue dans cette allée sinistre pendant assez longtemps, permettez-moi de rentrer m'habiller.

– Non, lady Audley, reprit Robert avec une sévérité tellement étrange qu'il en devenait un autre homme, un grand juge ou un instrument de supplice ; non, lady Audley, je vous ai dit que vos mensonges étaient vains, je vous répète maintenant que vous n'avez rien à gagner. J'ai agi loyalement avec vous, je vous ai avertie il y a deux mois du danger qui vous guettait.

– Que voulez-vous dire ?

– Vous n'avez pas voulu tenir compte de cet avertissement, lady Audley, poursuivit Robert, ce qui m'a amené à vous parler crûment. Êtes-vous persuadée que les moyens dont vous vous êtes servie pour vous emparer de la fortune vous sauveront du châtiment ? Non, milady, votre jeunesse, votre beauté, votre grâce et votre élégance ne rendront que plus terrible le secret de votre vie. Il ne me manque plus qu'une preuve pour vous faire condamner, et cette preuve je la trouverai. Helen Talboys n'est jamais retournée chez son père. Quand elle a abandonné son vieux père, elle a affirmé clairement son intention de fuir à tout jamais les tracas du passé. Que font généralement les gens qui veulent recommencer leur vie d'une autre manière en se débarrassant des entraves de leur ancienne existence ? *Ils changent de nom*, lady Audley. Helen Talboys a quitté son fils lorsqu'il était tout jeune ; elle s'est enfuie de Wildernsea avec l'intention bien arrêtée de falsifier son identité. Elle a disparu comme Helen Talboys, le 16 août 1854, et le 17 du même mois elle est reparue sous le nom de Lucy Graham, la jeune fille solitaire qui a consenti à travailler pour rien, à condition qu'on ne la questionnât pas.

– Vous êtes fou, Mr Audley, s'écria milady, vous êtes fou, et mon mari me protégera contre votre insolence. Qu'est-ce que cela prouve, que je sois entrée dans une pension le lendemain du jour où Helen Talboys a abandonné sa famille ?

– Le fait en lui-même ne prouve pas grand-chose ; mais quand on le rapproche d'autres preuves...

– Quelles autres preuves ?

– Deux adresses collées l'une sur l'autre sur un carton que vous avez laissé chez Mrs Vincent. La première portait le nom de miss Graham, et celle de dessous celui de Mrs George Talboys. »

Milady se taisait. Robert ne pouvait voir son visage dans l'obscurité, mais il distinguait très bien ses deux mains posées avec force sur son cœur et il comprit que le coup avait porté.

« Que Dieu pardonne, pensa-t-il, à cette pauvre malheureuse. Elle sait maintenant qu'elle est perdue. Les juges éprouvent-ils la même émotion que moi quand ils condamnent à mort le coupable qui ne leur a jamais fait aucun mal ? Est-ce qu'ils ressentent de l'indignation ou bien cette angoisse poignante qui me torture en face de cette femme ? »

Il marcha pendant quelques minutes à côté de milady. Ils avaient monté et descendu l'avenue obscure, et se trouvaient maintenant tout près d'un bosquet sans feuillage, à un bout de l'allée des tilleuls, le bosquet où se cachait le puits en ruines sous des ronces entrelacées.

Il ne dit pas un mot jusqu'à ce qu'ils fussent arrivés sur un tertre gazonné à côté du puits. Les briques de la construction en ruine étaient tombées çà et là, et des fragments de maçonnerie étaient enfouis sous les ronces. Les poteaux qui avaient soutenu la chaîne étaient encore debout, mais la barre en fer qui les reliait avait été arrachée et jetée à quelques pas du puits.

Robert Audley s'appuya contre un des poteaux couverts de mousse et regarda le visage de milady, qui lui sembla fort pâle à la lueur du crépuscule. La lune venait de se lever, son disque lumineux se détachait sur le ciel gris, et sa lumière fantastique se confondait avec les dernières lueurs du jour. Les traits de milady ressemblaient en tous points à ceux de la sirène que Robert avait vue surgir des vagues furieuses et entraîner son oncle à sa perte.

« Ces deux adresses sont en ma possession, reprit-il. Je les ai ôtées du carton, en présence de Mrs Vincent et de miss Tonks. Avez-vous quelque chose à dire à propos de cela ? Vous prétendez que vous êtes Lucy Graham et que vous n'avez rien de commun avec Helen Talboys. En ce cas il existe sûrement des personnes qui peuvent en témoigner. Où habitiez-vous avant d'aller à Crescent Villas ? Vous deviez avoir des parents, des amis, des connaissances qui pourront comparaître et parler en votre faveur. Même si vous étiez la femmc la plus seule de toute la terre, il vous serait toujours possible de fairc constater votre identité par quclqu'un.

– Oui, s'écria milady, si j'étais sur le banc des

assises, je présenterais des témoins qui réfuteraient vos absurdes accusations. Mais comme je n'y suis pas, Mr Audley, je me contente de rire de votre folie. J'affirme que vous êtes fou. Si cela vous plaît de proclamer qu'Helen Talboys n'est pas morte et que c'est moi qui suis Helen Talboys, vous êtes libre, ne vous gênez pas. Si vous trouvez bon d'aller partout où j'ai vécu et où a vécu Mrs Talboys, allez-y, mais je vous préviens que de pareils délires ont plus d'une fois conduit des personnes, en apparence aussi raisonnables que vous, à une réclusion à vie dans une maison de fous. »

Robert Audley tressaillit et recula de quelques pas au milieu des broussailles en entendant milady parler ainsi.

« Elle est capable de commettre n'importe quel crime pour se mettre à l'abri, se dit-il, elle pourrait bien user de son influence sur mon oncle pour m'envoyer dans un asile d'aliénés. »

Robert Audley n'était pas un lâche, mais un frisson d'horreur, semblable à de la peur, lui glaça le sang. Si l'esprit démoniaque de cette femme était plus fort que la vérité et allait le briser lui aussi ? Elle n'avait pas épargné George Talboys quand il s'était trouvé sur son chemin et l'avait menacée ; l'épargnerait-elle, lui qui la menaçait d'un danger bien plus terrible ? Robert Audley regarda le pâle visage de la femme qui était à son côté. À la vue de ses beaux yeux bleus dont l'ardeur avait quelque chose de venimeux, il se rappela une foule d'histoires sur la perfidie des femmes et tressaillit en songeant que la lutte ne serait peut-être pas égale entre milady et lui.

« Je lui ai dévoilé mes cartes, se dit-il, et je n'ai pas vu les siennes. Il sera difficile de la démasquer. Mon oncle me croira fou avant de la croire coupable. »

Le visage pâle de Clara Talboys, grave et sérieux,

d'un caractère si différent de la beauté fragile de milady s'insinua dans son esprit.

« Quel lâche je suis de penser à moi et au danger que je cours ! pensa-t-il. Plus je vois cette femme, plus je redoute son pouvoir sur ceux qui l'entourent. C'est une raison pour l'éloigner d'ici. »

Il regarda autour de lui dans le clair-obscur. Le jardin isolé était aussi calme qu'un cimetière.

« C'est quelque part dans ce jardin qu'elle a rencontré George Talboys le jour de sa disparition. Où cela peut-il être ? se demanda-t-il. Je voudrais bien savoir où il était lorsqu'il lui a reproché sa trahison. »

Milady, la main appuyée sur le poteau opposé à celui contre lequel s'adossait Robert, soulevait avec son pied les longues herbes autour d'elle et surveillait attentivement son ennemi.

« C'est donc un duel à mort entre nous, milady, dit Robert d'un ton solennel. Vous refusez ma mise en garde. Vous ne voulez pas fuir et vous repentir de votre crime loin de cet homme admirable que vous avez trompé et ensorcelé. Vous préférez rester ici et me défier.

– Je le préfère... répondit lady Audley, levant la tête et regardant bien en face le jeune avocat. Ce n'est pas ma faute si le neveu de mon mari est devenu fou et me prend pour cible de sa folie.

– Qu'il en soit donc ainsi, milady. George Talboys a été vu pour la dernière fois quand il est entré dans ce jardin par la petite porte en fer là-bas. Il voulait vous voir. Il est entré ici, et nul ne l'en a vu sortir ; je crois même qu'il n'en est pas sorti. Je crois qu'il a trouvé la mort dans ce coin de terre et que son cadavre est enfoui au fond de la mare ou dans quelque oubliette. Je ferai faire des recherches. La maison sera renversée, les arbres déracinés, et je découvrirai la tombe de mon ami. »

Lady Audley poussa un cri d'effroi, mais ne

répondit pas à son terrible accusateur. Elle demeura immobile, les yeux fixés sur Robert. Son visage blafard était visible dans l'obscurité, et ses yeux flamboyaient.

« Vous ne vivrez pas assez longtemps pour cela, dit-elle. *Je vous tuerai auparavant.* Pourquoi m'avez-vous tourmentée de la sorte ? Pourquoi ne m'avez-vous pas laissée tranquille ? Quel mal vous ai-je fait, *à vous*, pour que vous me persécutiez et que vous surveilliez tous mes mouvements, tous mes regards ? Voulez-vous me rendre folle ? Savez-vous ce que c'est que de lutter avec une folle ? Non, s'écria milady avec un éclat de rire, vous ne le savez pas, sans cela vous ne voudriez pas... »

Elle s'arrêta brusquement et se redressa. Ce mouvement était exactement le même que celui que le vieux lieutenant avait fait lorsqu'il était à demi ivre ; il avait la même dignité, la même attitude sublime dans la souffrance.

« Allez-vous-en... Mr Audley, dit-elle, allez-vous-en... vous êtes fou... vous êtes fou...

– Je m'en vais, milady. Par pitié pour votre douleur, je vous eusse pardonné vos crimes. Vous avez refusé mon pardon. Je voulais éprouver de la compassion pour les vivants. Dorénavant je ne me souviendrai plus que de mon devoir envers les morts. »

Il s'éloigna du puits et se dirigea vers l'allée des tilleuls. Milady le suivit lentement le long de la sombre avenue et sur le pont rustique. Lorsqu'il franchit la petite porte en fer, Alicia sortit de la salle à manger par une porte qui ouvrait de plain-pied à l'un des angles de la maison, et rencontra son cousin.

« Je vous ai cherché partout, Robert, lui dit-elle ; papa est descendu à la bibliothèque et désirerait vous voir. »

Le jeune homme tressaillit au son de la voix fraîche et juvénile de sa cousine.

« Ciel ! se dit-il, ces deux femmes sont-elles faites de la même terre ? Cette jeune fille au cœur franc et généreux, qui ne peut maîtriser aucun de ses bons sentiments, est-elle de chair et d'os comme cette misérable dont l'ombre s'allonge derrière moi ? »

De sa cousine, son regard se reporta sur lady Audley qui se tenait près de la porte, attendant qu'il entre.

« Je ne sais ce qu'a votre cousin, ma chère Alicia, dit milady, il est si distrait et si excentrique que je ne le comprends pas.

– Ah ! s'écria miss Audley ; pourtant, si j'en juge par la longueur de votre tête-à-tête, vous avez fait tout ce qu'il fallait pour cela.

– Oh ! oui, dit Robert tranquillement, nous nous comprenons à merveille, milady et moi. Mais il se fait tard, mesdames, et je vous souhaite le bonsoir. Je passerai la nuit à Mount Stanning, où j'ai quelque chose à faire, et demain je descendrai voir mon oncle.

– Vous vous en allez sans voir papa ?

– Mais oui, ma chère cousine, j'ai à cœur de régler une affaire désagréable qui me rend soucieux, et je préfère ne pas voir mon oncle. Bonsoir, Alicia, je serai là demain, ou j'écrirai. »

Il serra la main de sa cousine, s'inclina devant lady Audley, et s'engagea dans l'avenue.

Milady et Alicia le suivirent du regard aussi longtemps qu'elles le purent.

« Au nom du ciel, qu'est-ce qui arrive à mon cousin Robert ? s'écria miss Audley avec impatience. Que signifient tous ces va-et-vient ? Une affaire désagréable qui le préoccupe ? Allons donc ! C'est sans doute un malheureux client qui est venu lui demander de plaider pour lui. Ce qui l'a rendu maussade car il a bien été obligé de reconnaître qu'il n'était pas compétent.

– Connaissez-vous le caractère de votre cousin, Alicia ? demanda milady sérieusement.

– Son caractère ? Ma foi, non ! Pourquoi ? Il est facile de s'apercevoir que c'est un paresseux, un sybarite, un égoïste, qui ne se soucie que de son bien-être.

– N'avez-vous jamais pensé qu'il était excentrique ?

– Excentrique ? répéta Alicia en faisant une moue dédaigneuse et en haussant les épaules, peut-être bien... C'est l'excuse dont on se sert d'habitude pour qualifier les personnes de ce genre. Oui, Robert est excentrique.

– Avez-vous entendu parler de son père et de sa mère ? Vous les rappelez-vous ?

– Je n'ai jamais vu sa mère. C'était une miss Dalrymple, une éblouissante jeune fille qui se fit enlever par mon oncle et perdit ainsi une très grosse fortune. Elle mourut à Nice lorsque Robert avait cinq ans.

– Vous n'avez aucun détail sur elle ?

– Qu'entendez-vous par là ?

– Avez-vous entendu dire qu'elle était excentrique... ce qu'on appelle *timbrée* ?

– Oh ! non ; ma tante avait toute sa raison, bien qu'elle eût fait un mariage d'amour. Et puis, comme je n'étais pas née lorsqu'elle mourut, je ne me suis jamais souciée d'en savoir plus long sur son compte.

– Et votre oncle, vous en souvenez-vous ?

– Mon oncle Robert ? Oh ! très bien.

– Était-il excentrique ? Je veux dire, avait-il, comme votre cousin, des comportements bizarres ?

– Oui, je crois que Robert a hérité de son père toutes ses idées absurdes. Mon oncle était aussi indifférent que mon cousin, mais personne ne lui en voulait, parce que somme toute il était bon père, bon mari et bon maître.

– Mais il était excentrique.

– Oui, c'était du moins ce qu'on disait.

– Savez-vous, Alicia, que la folie se transmet plus souvent de père en fils que de père en fille, et de mère en fille que de mère en fils ? Votre cousin Robert Audley est fort bel homme, et a, je crois, un bon cœur, mais il doit être surveillé, Alicia, car il est *fou*.

– Fou ! s'écria miss Audley avec indignation, vous rêvez, à coup sûr... ou... ou... ou bien vous voulez me faire peur, ajouta la jeune fille inquiète.

– Je veux seulement vous mettre en garde, Alicia. Mr Audley peut n'être qu'excentrique, comme vous dites, mais il m'a parlé ce soir de manière effrayante, et je crois qu'il sombre dans la folie. J'en causerai sérieusement avec sir Michael dès ce soir.

– Vous en parlerez à papa... Eh ! mais non... Ne lui faites pas de peine en lui laissant entrevoir un pareil malheur.

– Je me contenterai de le mettre en garde, Alicia.

– Il ne vous croira pas... cette idée le fera rire.

– Oh ! que non, Alicia, il croira tout ce que je lui dirai », répondit milady avec un sourire plein de douceur.

CHAPITRE VI

Stratégie

Lady Audley passa du jardin dans la bibliothèque, où sir Michael aimait lire, écrire et régler ses comptes avec son intendant, un solide campagnard moitié agriculteur, moitié homme d'affaires, qui régissait une petite ferme à quelques miles du château d'Audley.

Le baron était assis dans un grand fauteuil auprès du feu. La flamme brillante du foyer crépitait, mettant en valeur tantôt les rayonnages pleins de livres, tantôt les reliures rouge et or, quelquefois faisant même étinceler le casque athénien d'une Pallas en marbre ou le front de la statue de sir Robert Peel.

La lampe qui était sur la table n'avait pas encore été allumée, et sir Michael était assis à la lueur du foyer en attendant l'arrivée de sa femme.

Il est impossible de décrire à quel point son amour était pur, aussi tendre que l'affection d'une mère pour son enfant, aussi noble et chevaleresque que la passion héroïque de Bayard pour sa souveraine.

Tandis qu'il songeait à sa femme, le baron aperçut sa silhouette gracieuse sur le seuil.

« Comment, ma douce ! vous venez d'arriver ? s'écria-t-il pendant que sa femme fermait la porte derrière elle et s'avançait vers son fauteuil. Je pense à vous et vous attends depuis une heure. Où avez-vous été et qu'avez-vous fait ? »

Milady, debout dans l'ombre de l'appartement, s'arrêta quelques instants avant de répondre à ces questions.

« J'ai été à Chelmsford, dit-elle, faire des emplettes, et... »

Elle hésita, roulant les rubans de son chapeau entre ses doigts délicats d'un air embarrassé et charmant.

« Et qu'avez-vous fait, depuis votre arrivée de Chelmsford ? J'ai entendu une voiture s'arrêter à la porte il y a une heure ; n'était-ce pas la vôtre ?

– Oui, je suis revenue il y a une heure, répondit-elle, toujours avec le même air confus.

– Et qu'avez-vous fait depuis votre retour ? » dit sir Michael Audley sur un ton légèrement empreint de reproche. Sa jeune femme était le soleil de sa vie, et quoiqu'il ne voulût pas l'enchaîner, il souffrait à l'idée que, loin de lui, elle s'adonnât à quelque occupation futile.

« Qu'avez-vous fait depuis votre retour ici ? répéta-t-il ; qui vous a retenue si longtemps loin de moi ?

– J'ai bavardé avec... avec... Robert Audley. »

Elle roulait et déroulait entre ses doigts les rubans de son chapeau, et elle semblait toujours gênée.

« Robert ! s'écria le baron, Robert est ici ?

– Il y était tout à l'heure.

– Et il y est toujours, j'espère ?

– Non, il est parti.

– Parti ! s'écria sir Michael ; que voulez-vous dire ?

– Votre neveu est venu au château cet après-midi. Alicia et moi l'avons trouvé errant dans les jardins. Il y a un quart d'heure, il me parlait encore, puis il est parti sans autre explication que quelques mots d'excuse à propos d'une affaire à Mount Stanning.

– Une affaire à Mount Stanning ! Quel diable

d'affaire peut-il avoir dans cet endroit aussi retiré ? Il est allé y dormir alors ?

– Oui, je crois qu'il a dit quelque chose de ce genre.

– Ma parole, ce garçon est à moitié fou. »

Le visage de milady était dans l'ombre, sir Michael n'aperçut pas le changement subit qui transforma la pâle physionomie de sa femme quand il fit cette observation anodine. Un sourire de triomphe illumina la figure de Lucy Audley, et ce sourire signifiait :

« Il y vient... il y vient ; je fais de lui ce qui me plaît. Il me croirait même si je lui disais qu'il fait jour alors qu'il fait nuit. »

Sir Michael Audley, en disant que l'esprit de son neveu était dérangé, utilisait une expression toute faite. Le baron n'avait pas, il est vrai, une grande estime pour la façon pratique dont son neveu menait ses affaires quotidiennes. Il considérait depuis longtemps son neveu comme un gentil parasite, un homme auquel la nature avait accordé toutes les qualités de cœur, mais que l'on avait oublié lors de la distribution de l'intelligence. Sir Michael faisait là une erreur commune à ceux qui ne regardent que la surface des choses. Il prenait l'indolence pour de l'incapacité. Il croyait que, parce que son neveu était nonchalant, il était forcément stupide, et il concluait que, si Robert ne se donnait pas la peine d'être brillant, c'était parce qu'il en était incapable.

Il oubliait les Milton qui meurent inconnus sans avoir publié leurs poèmes faute d'une persévérance obstinée, de ce courage aveugle que tout poète doit posséder pour trouver un éditeur. Assurément, c'est une erreur de juger ce qu'un homme peut faire par ce qu'il a déjà fait.

Milady ôta son chapeau et s'assit sur un tabouret recouvert de velours, aux pieds de sir Michael. Il n'y avait rien d'étudié dans cette pose enfantine. C'était si naturel chez Lucy Audley d'être enfant, que personne ne souhaitait la voir différente. Il eût été aussi absurde d'attendre de cette sirène à la chevelure d'ambre la réserve digne ou la gravité de la femme, que de demander des notes basses aux caractéristiques trilles aigus de l'alouette.

Elle s'assit en détournant du feu sa figure pâle et entoura de ses mains le bras que son mari appuyait sur le fauteuil. Elles étaient bien fiévreuses, ces mains blanches et effilées. Lady Audley entrelaça ses doigts ornés de bagues tout en parlant à son mari.

« Je voulais vous voir dès mon retour, lui dit-elle, mais Mr Audley a insisté pour que je l'écoute.

– Et à propos de quoi, mon amour ? demanda le baron. Qu'est-ce que Robert pouvait avoir à vous dire ? »

Milady ne répondit pas à cette question. Sa belle tête s'appuya sur le genou de son mari et ses cheveux bouclés cachèrent son visage.

Sir Michael releva le visage charmant et força sa femme à le regarder. La lueur du foyer éclaira et fit briller les larmes qui aveuglaient ses grands yeux bleus si doux et si beaux.

« Lucy !... Lucy !... s'écria le baron, qu'est-ce que cela signifie ? Mon amour !... mon amour !... qu'est-ce qui vous chagrine de la sorte ? »

Lady Audley essaya de parler, mais les paroles expirèrent sur ses lèvres tremblantes. Une sensation pénible parut étouffer dans sa gorge les paroles fausses mais vraisemblables qui étaient sa seule arme contre ses ennemis. Elle ne pouvait plus parler. L'angoisse qu'elle avait endurée silencieusement dans l'avenue des tilleuls la submergea, et elle éclata en sanglots. Ce n'était pas une douleur simulée, qui faisait tressaillir son corps gracieux et la secouait comme une bête fauve à laquelle on retire de force le morceau de viande qu'on lui a jeté ; c'était une souffrance réelle remplie de terreur, de remords et de désespoir. La nature vulnérable de la femme l'avait emporté sur l'habileté de la sirène.

Ce n'était pas ainsi qu'elle avait eu l'intention d'engager le terrible combat qui l'opposait à Robert Audley. Elle avait dédaigné de telles armes, et pourtant aucune des ruses qu'elle aurait pu inventer ne l'aurait mieux servie que cette explosion de douleur véritable. Son mari en fut touché jusqu'au fond de son âme. Il en fut terrifié, et sa grande intelligence s'en trouva désemparée. Il reçut un choc, car l'affection qu'il éprouvait pour sa femme l'égarait.

Ah ! que Dieu protège la faiblesse de l'homme fort pour la femme qu'il aime. Que le ciel le prenne en pitié quand, après l'avoir trompé, elle vient en larmes se jeter à ses pieds pour implorer son pardon en le torturant par le spectacle de ses angoisses, de ses sanglots et de ses gémissements. Qu'on lui pardonne si, rendu fou par tout cela, il hésite et s'avoue prêt à tout oublier et à protéger à nouveau celle que la voix de l'honneur lui dit être indigne de pardon. »

Sir Michael Audley quitta son fauteuil, tremblant d'indignation, et prêt à se battre immédiatement avec celui ou celle qui avait chagriné sa femme.

« Lucy, dit-il, Lucy, je veux savoir qui vous a fait de la peine. Parlez : le coupable, quel qu'il soit, me rendra compte de sa conduite. Venez, mon amour, dites-moi son nom. »

Il s'assit à nouveau et se pencha vers la figure inclinée à ses pieds. Il voulait se calmer pour être apte à atténuer la douleur de sa femme.

« Dites-moi ce que c'est, ma chérie », murmura-t-il tendrement.

La crise avait cessé. Milady leva la tête. La lumière faisait étinceler les larmes qui brouillaient encore ses yeux, et les lignes de sa bouche rosée, ces lignes cruelles que Robert Audley avait remarquées dans le portrait préraphaélite, étaient visibles à la lueur du foyer.

« C'est de l'enfantillage... mais réellement il m'a énervée.

– Qui ?...

– Votre neveu... Mr Robert Audley.

– Robert ! s'écria le baron. Expliquez-vous, Lucy.

– Je vous ai dit que votre neveu avait insisté pour que nous nous promenions dans l'allée des tilleuls. Il voulait me parler, disait-il, et il m'a raconté des choses si horribles, que...

– Lesquelles, Lucy ? »

Lady Audley frissonna, et ses doigts serrèrent la main qui reposait sur son épaule.

« Qu'a-t-il dit, Lucy ?

– Oh ! cher amour, comment vous le répéter ? Cela vous fera de la peine... Ou bien vous rirez de moi, et alors...

– Rire de vous ?... non, Lucy. »

Lady Audley garda le silence un moment. Elle contemplait le feu qui brûlait devant elle, et sa main ne quittait pas celle de son mari.

« Mon cher mari, dit-elle lentement, hésitant de temps en temps, comme si elle avait peur de parler, avez-vous jamais... je ne voudrais pas vous chagriner... ou... avez-vous jamais pensé que Mr Audley fût un peu... un peu...

– Un peu quoi, chère enfant ?

– Un peu timbré ? balbutia lady Audley.

– Timbré !... s'écria sir Michael. Qu'est-ce qui vous fait penser cela ?

– Vous avez dit, il y a à peine un instant, que vous le pensiez à moitié fou.

– J'ai dit cela ? reprit le baron en riant. Je ne m'en souviens pas, et ce n'était qu'une façon de parler. Robert est peut-être un peu excentrique... un peu sot même... On ne peut pas lui reprocher d'avoir trop d'esprit, mais je ne lui crois pas assez de cervelle pour devenir fou. Ce sont généralement les grandes intelligences qui sont dérangées.

– Mais la folie est parfois héréditaire. Mr Audley a peut-être hérité...

– La folie ne lui est pas venue de son père. Les Audley n'ont jamais peuplé les asiles d'aliénés ou enrichi les médecins dont c'est la spécialité.

– Et dans la famille de sa mère ?

– Pas que je sache.

– C'est un secret qui, d'habitude, est gardé soigneusement. La folie existait peut-être dans la famille de votre belle-sœur ?

– Je ne le crois pas ; Lucy, dites-moi ce qui vous a mis de pareilles idées en tête ?

– J'ai essayé de comprendre la conduite de votre neveu, et je n'ai pas trouvé d'autres explications. Si vous aviez entendu ce qu'il m'a dit ce soir, sir Michael, vous auriez été de mon avis.

– Et que vous a-t-il dit, Lucy ?

– Je puis à peine vous le dire. Jugez donc de mon étonnement et de mon épouvante. Je crois qu'il a vécu seul trop longtemps dans son triste logement du Temple. Peut-être a-t-il trop lu ou trop fumé. Vous savez que les médecins disent que la folie est une simple maladie du cerveau, à laquelle tout le monde peut être sujet, due à certaines causes et guérie grâce à des médicaments spécifiques. »

Les yeux de lady Audley étaient toujours fixés sur les charbons enflammés qui brûlaient dans l'immense foyer. Elle parlait de ce sujet comme si elle le connaissait par cœur. Elle en parlait comme si elle était obnubilée par la folie et comme si elle n'avait plus à l'esprit ce qui avait provoqué cette discussion.

« Pourquoi ne serait-il pas fou ? reprit milady. Il y a des personnes qui sont folles pendant des années avant que cela soit visible. Elles savent qu'elles sont folles, mais elles n'en disent rien et leur secret meurt avec elles. Parfois elles ont une crise, et alors elles se trahissent. Il leur arrive, par exemple, de commettre un crime. L'horrible tentation s'empare d'elles, le couteau est dans leurs mains et la victime, qui ne se doute de rien, est proche. Il peut se faire alors qu'elles domptent le démon qui les poursuit sans cesse, et s'éloignent sans avoir versé de sang ; mais il peut se faire aussi qu'elles succombent à l'horrible pulsion qui les conduit à la violence, à l'horreur. C'est alors qu'elles sont perdues. »

La voix de lady Audley devenait de plus en plus forte. Elle manifestait encore un reste d'excitation ; puis elle se contint et c'est d'un ton plus calme qu'elle continua la conversation :

« Robert Audley est fou, dit-elle d'un ton déterminé. Quel est le signe le plus évident de la folie ? Quel est le premier symptôme de l'aliénation mentale ? C'est la paralysie de l'esprit ; il n'est plus alimenté et la faculté de penser disparaît. De même que les eaux d'un marais se putréfient par suite de leur stagnation, de même le cerveau devient trouble et délire faute d'action ; l'esprit est possédé jusqu'à l'obsession. Robert Audley est monomane. La disparition de son ami George Talboys l'a chagriné et pétrifié. Il s'est arrêté sur cette idée, au point de ne plus pouvoir penser à autre chose, et à force, cette idée elle-même a été interprétée et dénaturée. Répétez vingt fois un mot et avant la vingtième répétition vous commencerez à vous demander si ce mot est réellement celui que vous voulez prononcer. Robert Audley a pensé à son ami jusqu'à la hantise. Il regarde ce simple événement avec une vision maladive et le transforme en un fait horrible. Si vous ne voulez pas que je devienne aussi folle que lui, empêchez-moi de le revoir. Il m'a déclaré ce soir que

George Talboys avait été assassiné ici, et qu'il déracinerait les arbres du jardin, et détruirait la maison de fond en comble afin de rechercher... »

Milady s'arrêta. Le mot expira sur ses lèvres. L'étrange énergie avec laquelle elle avait parlé l'avait épuisée. Cette beauté enfantine s'était transformée en femme forte pour plaider sa cause.

« Détruire cette maison !... s'écria le baron. George Talboys assassiné au château d'Audley !... Robert a vraiment dit cela, Lucy ?

– Oui, quelque chose dans ce genre... qui m'a beaucoup effrayée.

– Alors, c'est qu'il est réellement fou. Je suis stupéfait. Est-ce bien vrai, peut-être avez-vous mal compris ?

– Je... je... ne crois pas m'être trompée, balbutia milady, vous avez vu mon état lorsque je suis arrivée, et je n'aurais pas été aussi agitée s'il n'avait rien dit d'horrible. »

Lady Audley avait choisi l'argument qui plaidait le plus en sa faveur.

« Sans doute... mais qui a pu loger cette triste idée dans l'esprit du pauvre Robert ? Ce Mr Talboys, un étranger pour nous... assassiné à Audley ! J'irai ce soir à Mount Stanning voir Robert. Je le connais depuis son enfance, et je ne m'y tromperai pas. Si son cerveau est dérangé, il ne pourra pas me le cacher. »

Milady haussa les épaules.

« La chose n'est pas sûre ; c'est généralement quelqu'un qui ne connaît pas le sujet qui est le plus apte à constater les déviances psychologiques. »

Ces grands mots sonnaient étrangement dans la ravissante bouche de milady, mais cette sagesse inhabituelle avait quelque chose de charmant aux yeux de son mari.

« Il vous est impossible d'aller à Mount Stanning, reprit-elle tendrement. Souvenez-vous que le docteur vous a défendu de sortir avant que le temps s'adoucisse, et que le soleil vienne réchauffer ce triste pays de glace. »

Sir Michael Audley retomba dans son large fauteuil d'un air résigné.

« C'est vrai, Lucy ; il faut obéir à Mr Dawson. Robert viendra sans doute me voir demain.

– Oui, je crois.

– Alors attendons jusqu'à demain ; j'ai du mal à imaginer que ce pauvre garçon soit fou... cela me paraît incroyable, Lucy.

– Comment expliquer alors ses divagations au sujet de Mr Talboys ? » demanda milady.

Sir Michael secoua la tête.

« Je ne sais pas, Lucy... je ne sais pas. Il est toujours très difficile à admettre que ce qui arrive à nos voisins puisse nous atteindre aussi. Je ne puis me faire à l'idée que l'esprit de mon neveu soit dérangé... c'est impossible, Lucy. Je lui proposerai de rester près de nous, et nous le surveillerons attentivement. Je vous répète, ma chère, que s'il y a quelque chose qui ne va pas bien je le découvrirai, car il a toujours été pour moi comme un fils. Mais pourquoi les étranges paroles de Robert vous ont-elles effrayée à ce point, Lucy ?... Elles ne vous concernaient pas. »

Milady poussa un soupir plaintif.

« Vous me prenez donc pour un esprit fort, sir Michael, puisque vous vous imaginez que je puis entendre de pareilles choses avec indifférence. Mais de ma vie je ne pourrai revoir Mr Robert Audley.

– Vous ne le reverrez pas... non, vous ne le reverrez pas.

– Mais vous venez de dire que vous le retiendriez ici.

– Je n'en ferai rien si sa présence vous est pénible. Grand Dieu ! Lucy, pouvez-vous supposer un seul instant que mon seul but n'est pas celui de vous rendre heureuse ? Je consulterai un médecin à Londres au sujet de Robert, et il verra si le fils de mon pauvre frère est réellement atteint de folie. Je ne vous créerai aucun désagrément, Lucy.

– Vous devez me croire méchante, et sa présence ne devrait pas m'être odieuse ; mais à vrai dire il s'est mis en tête des idées si absurdes sur mon compte, que...

– Sur votre compte, Lucy ?

– Oui. Il me fait participer, je ne sais comment, à la disparition de ce Mr Talboys.

– Impossible, Lucy, vous vous êtes trompée.

– Je ne pense pas.

– Alors, c'est qu'il est fou... Il l'est assurément. J'attendrai qu'il soit de retour à Londres, et j'enverrai quelqu'un lui parler. Quel mystère, cette affaire !

– Je vous ai fait de la peine, mon ami, murmura lady Audley.

– Oui, chère enfant, j'en éprouve réellement, mais vous avez agi sagement en me racontant tout cela avec franchise. Je serai à même de prendre la meilleure décision. »

Milady se leva du tabouret. Le feu s'était presque éteint, et la chambre n'était plus éclairée que par une faible lueur. Lucy Audley se pencha sur le fauteuil de son mari et appuya ses lèvres sur son large front.

« Comme vous avez été bon pour moi, lui dit-elle de sa voix douce. Vous ne laisserez jamais personne vous influencer contre moi, n'est-ce pas ?

– Contre vous !... jamais, mon amour.

– Ah ! Il existe aussi dans ce monde des gens qui ont envie de me faire du tort.

– Ils feraient mieux de ne pas essayer, ils se mettraient dans une situation dangereuse s'ils osaient s'attaquer à vous. »

Lady Audley fit entendre un éclat de rire argentin qui vibra dans toute la salle. Elle triomphait.

« Je sais que vous m'aimez, dit-elle, je le sais. Et maintenant il faut que je m'en aille, car il est plus de sept heures et demie. J'avais promis d'aller dîner chez Mrs Montford, mais un domestique ira porter une lettre d'excuse. Mr Audley m'a rendue trop triste pour faire bonne figure en société. Je resterai ici à vous soigner. Vous allez vous coucher de bonne heure, n'est-ce pas, et vous prendrez bien soin de votre santé.

– Oui, ma chérie. »

Milady sortit pour donner des ordres. Elle s'arrêta un moment pendant qu'elle fermait la porte de la bibliothèque, elle avait besoin de comprimer les battements précipités de son cœur.

« J'ai eu peur de vous, Mr Robert Audley, se dit-elle, mais peut-être le temps viendra où vous aurez des raisons de me craindre. »

CHAPITRE VII

Les exigences de Phœbe

Le conflit latent entre lady Audley et sa belle-fille n'avait rien perdu de sa vigueur durant les deux mois qui s'étaient écoulés depuis la fête de Noël au château d'Audley. La guerre n'était pas déclarée entre les deux femmes, il s'agissait seulement d'une entente feinte, interrompue de temps en temps par quelques escarmouches féminines de courte durée et de quelques passes d'armes verbales. Alicia aurait préféré de beaucoup une bonne bataille à ce désaccord silencieux et sans démonstrations ; mais il n'était pas facile de se quereller avec milady. Elle savait répondre avec douceur pour réprimer une colère naissante. Elle savait sourire agréablement lorsque sa belle-fille laissait libre cours à sa joie, et riait aux éclats de sa mauvaise humeur. Peut-être, si elle eût été moins aimable et si elle avait eu un caractère dans le genre de celui d'Alicia, la lutte entre les deux femmes se serait-elle soldée par une terrible querelle, et par la suite seraient-elles devenues amies. Mais Lucy Audley ne voulait pas la guerre. Elle accumulait les motifs de mésentente, et les plaçait avec de forts intérêts en attendant que la brèche qui s'élargissait chaque jour davantage fût devenue un gouffre infranchissable pour les colombes portant la branche d'olivier. Il ne pouvait y avoir de réconciliation là où la guerre ouverte n'existait pas. Il fallait une bataille, une mêlée bruyante avec les drapeaux flottant au vent et des canons en train de tonner pour qu'on pût en venir au traité de paix et aux poignées de main.

Alicia Audley et la jolie femme de son père avaient toute la place nécessaire pour se bouder dans l'immense et antique maison. Milady avait des appartements somptueux, où elle avait rassemblé tout ce qui pouvait lui plaire. Alicia avait les siens dans une autre partie du bâtiment. Elle avait sa jument favorite, son chien Terre-Neuve, tout son attirail de dessin, et elle faisait son possible pour être heureuse. Elle ne l'était pas cependant. La noble jeune fille étouffait dans l'atmosphère contraignante du château. Son père avait changé – ce cher père qu'elle avait gouverné autrefois en despote, en enfant gâtée, était soumis à un autre pouvoir. Petit à petit la puissance de milady avait fait son chemin dans la maison, et Alicia avait vu son père se laisser entraîner pas à pas jusqu'au gouffre qui séparait lady Audley de sa belle-fille jusqu'à ce qu'enfin il le franchît lui-même, et qu'il n'eût plus pour sa fille restée seule sur l'autre rive qu'un regard froid.

Alicia comprit que son père était perdu pour elle. Les sourires de milady, ses mots caressants et sa grâce enchanteresse avaient opéré comme un charme, et sir Michael en était venu à regarder sa fille comme une jeune personne volontaire et capricieuse, qui se conduisait délibérément très mal envers la femme qu'il aimait.

La pauvre Alicia le sentait, et endurait cela comme elle le pouvait. Il lui semblait injuste d'être une belle héritière aux yeux gris, d'avoir des chiens et des chevaux à son service, et de ne pas trouver dans le monde une seule personne à qui confier ses chagrins.

« Si Robert était bon à quelque chose, pensait-elle,

je lui dirais combien je suis malheureuse ; mais pour ce que j'en retirerais, il vaut mieux conter mes ennuis à mon chien César. »

Sir Michael Audley obéit à sa jolie garde-malade, et se mit au lit un peu après neuf heures par cette froide soirée de mars. La chambre à coucher du baron était peut-être la retraite la plus souriante qu'un malade pût avoir en cette désagréable saison. Les rideaux en velours d'un vert sombre étaient tirés aux fenêtres et autour du lit en bois massif ; un bon feu de bois pétillait dans la cheminée. La lampe qui éclairait son livre était posée sur une petite table de chevet, et milady avait empilé des tas de revues et de journaux pour que le malade n'ait pas d'effort à faire pour les prendre.

Lady Audley demeura environ dix minutes assise à côté du lit tout en discutant sérieusement sur l'étrange et terrible folie de Robert Audley. Au bout de quelques instants, elle se leva et souhaita une bonne nuit à son mari. Elle abaissa l'abat-jour en soie verte de la lampe, et la plaça de telle façon que la lumière ne blessât pas les yeux du malade.

« Je vous laisse, mon ami, lui dit-elle ; si vous pouvez dormir, ce sera tant mieux ; si vous voulez lire, les revues et les journaux sont sur votre table. Je laisserai la porte de communication entrouverte, si vous m'appelez, je vous entendrai. »

Lady Audley traversa son cabinet de toilette et entra dans son boudoir où elle était restée avec son mari depuis le dîner.

Toutes les magnificences de la femme étaient réunies dans ce boudoir. Son piano était ouvert et surchargé de partitions qu'aucun virtuose n'aurait dédaigné. Son chevalet se dressait tout près de la fenêtre, et l'aquarelle qui était dessus était une preuve du talent artistique de Lucy : c'était une vue du château et des jardins. Des broderies de tulle et de mousseline, des soies et des laines fines de toutes les couleurs jonchaient le parquet, et les glaces, habilement placées aux encoignures de l'appartement, multipliaient l'image de la reine de ce séjour.

Lucy Audley, au milieu de tout ce luxe, de toutes ces lumières, de toutes ces dorures, s'assit sur un tabouret auprès du feu, et s'abandonna à ses réflexions. Elle était belle en elle-même, mais tous les ornements de son boudoir la rendaient plus belle encore. On pouvait y admirer des coupes en or et en ivoire ciselées par Benvenuto Cellini ; des petits meubles de Boulle et un de porcelaine portant le chiffre de Marie-Antoinette d'Autriche, entouré d'oiseaux, de papillons, de bergères et de déesses ; des statuettes en marbre de Paros et en biscuit de Chine ; des corbeilles remplies de fleurs de serre toutes dorées ou en filigrane, et des fragiles tasses à thé ornées des médaillons en miniature de Louis le Grand, de Louis le Bien-Aimé, de Louise de La Vallière et de Jeanne-Marie du Barry.

Cependant milady était moins heureuse à cet instant dans cet élégant appartement que ne l'était une couturière habitant dans une mansarde et croulant sous les difficultés financières. La blessure dont elle souffrait était trop profonde pour que des remèdes tels que le luxe et la richesse pussent lui apporter quelque soulagement. Elle n'était plus candide, et pour aimer l'art il faut savoir goûter aux plaisirs innocents. Quelques années auparavant elle aurait été heureuse de posséder ce petit palais d'Aladin ; mais depuis qu'elle s'était engagée sur le chemin tortueux du crime, tous ces trésors n'étaient plus bons qu'à être foulés aux pieds et brisés avec une rage désespérée.

Il y avait une seule chose qui aurait pu lui procurer une joie intense : voir Robert Audley, son implacable ennemi, étendu mort à ses pieds. Elle aurait volontiers dansé sur son cadavre.

Quels plaisirs restèrent à Lucrèce Borgia et à Catherine de Médicis, lorsqu'elles eurent franchi la limite qui sépare l'innocence du crime : la vengeance et la trahison. Avec quel dédain elles contemplèrent les vanités mesquines, les futiles déceptions de leur sœurs encore vierges de tout mal, elles qui étaient fières de leurs crimes épouvantables et de ce génie infernal qui les rendait célèbres parmi toutes les coupables.

À cet instant milady était peut-être bien loin de songer au combat qu'elle avait engagé. Elle songeait à ces belles années où sa conscience n'était chargée que d'un mince fardeau. Elle revoyait le temps où elle s'était regardée dans une glace pour la première fois, et avait remarqué combien elle était belle. Ce moment fatal où elle s'était dit que sa beauté était un droit divin, un joyau inestimable plus puissant que les folies qu'elle avait commises dans sa jeunesse, et qui absoudrait ses erreurs. Pensait-elle à ce jour où cette beauté lui avait pour la première fois enseigné à être égoïste et cruelle, indifférente à la joie et au chagrin d'autrui, froide et capricieuse, avide de louanges et tyrannique ? Était-elle consciente que le fait d'avoir surévalué sa belle allure était la cause de tous ses maux ? Il était probable qu'elle se repentait d'avoir cédé à l'emprise de ces trois passions que sont la vanité, l'égoïsme et l'ambition.

Comme ses erreurs de jeunesse semblaient minimes à milady tandis qu'elle se les remémorait une à une ! C'était bien peu de choses que d'avoir remporté une victoire sur une amie de pension et le fiancé d'une compagne. Tout cela pour s'assurer que le droit divin conféré aux yeux bleus et à la chevelure dorée était incontestable. Mais comme ce chemin s'était élargi insensiblement, au point de devenir la grande route du crime sur laquelle elle s'était engagée d'un pas rapide !

Milady enroula autour de ses doigts les boucles couleur d'ambre qui flottaient librement autour de sa figure, comme si elle avait voulu les arracher. Mais à ce moment même de désespoir muet, la beauté l'emporta à nouveau, et elle desserra ses doigts.

« Je n'étais pas méchante quand j'étais jeune, se dit-elle en regardant le feu fixement, j'étais inconséquente. Je ne faisais jamais le mal, consciemment du moins. Ai-je réellement été mauvaise ? Je me le demande. Non, tout le mal que j'ai causé est le résultat de pulsions et non d'un projet prémédité. Je ne suis pas comme ces femmes dont j'ai lu l'histoire, qui jour et nuit, calmes et sombres, pensaient au crime qu'elles allaient perpétrer. Souffraient-elles, ces femmes... ces femmes... souffraient-elles comme... ? »

Ses pensées s'égarèrent dans un labyrinthe inextricable. Tout à coup elle se redressa avec un geste de fierté et de défi, ce n'étaient pas seulement les flammes du foyer qui se reflétaient dans l'éclat de ses yeux.

« Vous êtes fou, Mr Robert Audley, s'écria-t-elle, vous êtes fou, et vos hallucinations sont celles de la folie. Je la connais, la folie. Je connais ses symptômes, et je déclare que vous êtes fou. »

Elle porta la main à sa tête comme si elle songeait à quelque chose qui la dérangeait et qu'il lui était difficile d'envisager calmement.

« Vais-je le défier ? Est-il possible de l'effrayer alors même que l'éventualité de faire souffrir son oncle ne l'a pas arrêté ? Existe-t-il quelque chose qui puisse lui barrer la route, si ce n'est la mort ? »

Elle prononça ces dernières paroles à voix basse, la tête penchée en avant, les yeux dilatés, et ses lèvres restèrent entrouvertes après avoir laissé échapper ces mots effrayants : « La mort ». Elle demeura immobile face au feu.

« Je ne puis tramer ce genre de complot, reprit-elle un instant après. Je ne suis pas assez rusée, ou pas encore assez mauvaise. Si je rencontrais Robert dans ce jardin désert comme j'ai... »

L'enchaînement de ses pensées fut interrompu par un coup frappé discrètement à la porte. Elle se leva d'un bond, effrayée par ce bruit qui troublait le silence. Elle se jeta dans un fauteuil près du feu, renversa sa belle tête sur les coussins, et ouvrit un livre.

Cette façon de faire, insignifiante en elle-même, en disait long. Cela trahissait ses craintes latentes, la nécessité fatale du secret et l'angoisse d'un esprit toujours sur le qui-vive. Elle disait plus clairement que toute autre chose que milady était devenue une parfaite actrice.

Le coup discret frappé à la porte du boudoir se renouvela.

« Entrez », s'écria lady Audley de sa voix la plus claire.

La porte s'ouvrit sans bruit, discrètement. Une jeune femme habillée simplement et apportant dans les plis de sa robe une bouffée du vent qui soufflait au-dehors franchit le seuil et s'arrêta en attendant qu'on lui dise d'approcher.

C'était Phœbe Marks.

« Je vous demande pardon, milady, de venir vous déranger à l'improviste, mais j'ai pensé que vous n'y verriez pas d'inconvénient.

– Effectivement Phœbe... Ôtez votre chapeau, vous avez l'air d'une statue de glace, et asseyez-vous ici. »

Lady Audley désigna du doigt le tabouret sur lequel elle était assise quelques minutes auparavant. La jeune femme avait souvent occupé cette place autrefois pour écouter son bavardage alors qu'elle était sa confidente.

« Asseyez-vous ici, Phœbe, répéta lady Audley, asseyez-vous, et parlons. Je suis très contente que vous soyez venue, je m'ennuyais toute seule dans ce triste boudoir. »

Milady frissonna, et regarda autour d'elle comme si le Sèvres et le bronze, le Boulle et l'or eussent été les ornements délabrés d'un vieux château en ruine. Le désespoir qui la torturait étendait son ombre sur tous les objets qui l'entouraient. C'était vrai que la visite de Phœbe lui était agréable. Elle avait besoin de ce moment de répit pour oublier ses craintes et ses souffrances. Il y avait de la sympathie entre elle et cette jeune femme qui lui ressemblait autant au moral qu'au physique, qui était comme elle égoïste, froide, cruelle, désireuse d'un sort meilleur et mécontente de la vie soumise à laquelle elle était réduite. Milady détestait Alicia à cause de son caractère franc, passionné et généreux ; elle détestait sa belle-fille et s'était prise d'affection pour cette jeune femme aux cheveux ternes, qu'elle n'estimait ni meilleure ni pire qu'elle.

Phœbe Marks obéit aux ordres de son ancienne maîtresse. Le vent froid de mars n'avait pas décoiffé ses bandeaux soigneusement lissés, et toute sa toilette était aussi parfaite que si elle l'eût achevée à l'instant dans le cabinet adjacent.

« Sir Michael va mieux, milady ?

– Oui, Phœbe, beaucoup mieux. Il dort. Fermez cette porte », ajouta lady Audley, indiquant d'un signe de tête la porte de communication entrouverte.

Mrs Marks exécuta cet ordre, et revint prendre sa place.

« Je suis bien malheureuse, Phœbe, et bien tourmentée.

– Au sujet du secret ? » demanda Mrs Marks à voix basse.

Milady ne prit pas garde à la question, et continua sur le même ton plaintif. Elle était soulagée de pouvoir se plaindre. Elle avait souffert si longtemps en secret, que c'était pour elle un bonheur indicible de pouvoir exprimer sa douleur.

« Je suis cruellement persécutée, Phœbe Marks, et par un homme auquel je n'ai jamais fait aucun mal de ma vie. Il ne me laisse pas en paix un seul instant, et je... »

Elle s'arrêta et se remit à contempler le feu comme si elle était seule. Elle se perdit de nouveau dans le dédale de ses pensées sans qu'il lui fût possible d'arriver à tirer de ce chaos une quelconque conclusion.

Phœbe Marks regarda son ancienne maîtresse d'un œil inquiet, et cessa son examen lorsque leurs regards se croisèrent.

« Je crois savoir qui est cet homme, milady...

– Oh ! c'est possible ; mes secrets appartiennent à tout le monde, et vous savez sans doute tout.

– N'est-ce pas celui qui vint à l'*Auberge du Château* il y a deux mois, lorsque je vous avertis de...

– Oui, oui, répondit milady avec impatience.

– Je l'aurais parié. Ce même homme est arrivé ce soir chez nous. »

Lady Audley bondit de son fauteuil, comme si son désespoir avait produit quelque chose en elle d'inattendu, mais elle retomba aussitôt en soupirant. Comment pouvait-elle lutter contre la fatalité ? Que lui restait-il, sinon les crochets du lièvre traqué par la meute, et harcelé jusqu'au gîte où l'attend la mort ?

« Dans votre auberge ! s'écria-t-elle. J'aurais dû m'en douter. Il y est allé pour arracher mon secret à votre mari. Imbécile ! ajouta-t-elle en colère ; vous voulez donc ma perte ! Vous avez laissé ces deux hommes ensemble. »

Mrs Marks joignit les mains piteusement.

« Je ne suis pas venue de mon propre gré, milady... Pour rien au monde je n'aurais voulu quitter la maison ce soir. Je suis là parce qu'on me l'a demandé.

– Qui ?

– Luke, milady. Il est très dur avec moi, surtout si je lui résiste.

– Pourquoi vous a-t-il envoyée ? »

Sous le regard de lady Audley, la femme de l'aubergiste baissa les yeux et hésita avant de répondre.

« Je ne voulais pas, milady, dit-elle en balbutiant. J'ai dit à Luke que ce n'était pas bien de vous harceler tantôt avec ceci, tantôt avec cela ; mais il m'a fait taire en criant, et m'a ordonné d'aller vous voir.

– Pourquoi ?

– Luke n'est pas raisonnable, milady. J'ai beau le sermonner pour qu'il fasse des économies et qu'il prenne soin de ses affaires, tout est remis en question lorsqu'il boit. Sans moi nous serions ruinés depuis longtemps. Mais cela n'a pas suffi, et nous voilà ruinés. Vous vous souvenez, milady, de m'avoir donné de l'argent pour payer la note du brasseur ?

– Oui, répondit lady Audley avec un sourire amer, car j'avais aussi besoin de cet argent pour payer mes fournisseurs.

– Je le sais, milady, et c'était très mal de venir vous le demander après tout ce que vous aviez déjà fait. Et ce qui est pis encore, c'est que Luke implore de nouveau votre aide. Le loyer de la maison n'a pas été payé depuis Noël, et l'huissier est venu ce soir chez nous, nous prévenir qu'il procéderait à la vente de tous nos biens à moins que...

– À moins que je ne paie pour vous, n'est-ce pas ? Je m'en suis doutée dès que je vous ai vue.

– Ce n'est pas ma faute, milady, s'écria Phœbe Marks en sanglotant, c'est Luke...

– Oui, oui, il vous a forcée à venir, et il vous y forcera chaque fois qu'il aura besoin d'argent pour satisfaire ses vices les plus grossiers, et vous serez mes pensionnaires tant que je vivrai ou tant qu'il me restera de l'argent, car j'imagine que lorsque mon portefeuille sera vide, ou mon crédit épuisé, vous et votre mari vendrez mon secret au plus offrant. Savez-vous, Phœbe Marks, que j'ai vidé mon écrin pour vous ? Savez-vous que l'argent que je gardais pour mes menus plaisirs, que je voulais ne pas dépenser quand je n'étais qu'une pauvre gouvernante chez Mr Dawson – mes économies personnelles donc, sont entamées de six mois. Que puis-je faire pour vous ? Faut-il que je vende mon cabinet Marie-Antoinette, mes porcelaines Pompadour, mes pendules en laque de Leroy et de Benson, ou bien mes fauteuils en tapisserie des Gobelins ? Comment vais-je faire pour vous contenter à l'avenir ?

– Chère milady, ne soyez pas cruelle, vous savez bien que ce n'est pas moi qui abuse de votre générosité.

– Je ne sais rien, excepté que je suis malheureuse. Laissez-moi réfléchir, s'écria-t-elle, imposant silence à Phœbe d'un geste impérieux. Taisez-vous et laissez-moi songer à cette affaire si j'en suis capable. »

Elle appuya violemment ses mains sur son front comme si elle souhaitait intensifier sa capacité à réfléchir.

« Robert Audley est avec votre mari, dit-elle lentement, ces deux hommes sont ensemble, l'huissier est avec eux, et votre mari est probablement ivre à cette heure. Si je refuse de donner de l'argent à cet homme, son entêtement deviendra de la férocité. Il est inutile de tergiverser. Je vais vous donner l'argent.

– Mais si vous payez, milady, dit Phœbe d'un ton

sérieux, faites comprendre à Luke que c'est la dernière fois, s'il veut rester dans cette maison.

– Pourquoi ? demanda lady Audley, laissant retomber ses mains sur ses genoux et regardant attentivement Phœbe.

– Parce que je veux qu'il quitte l'*Auberge du Château.*

– Et pour quel motif ?

– Oh ! pour une foule de raisons. Il n'est pas fait pour tenir une auberge. Je l'ignorais lorsque nous nous sommes mariés, sans cela je l'aurais poussé à devenir fermier. Il n'aurait peut-être pas voulu, car il est têtu, milady. Il ne peut pas rester aubergiste. Dès qu'il fait nuit il est ivre, et quand il est ivre il ne sait pas ce qu'il fait. Nous l'avons échappé belle deux ou trois fois déjà.

– Qu'est-ce que cela signifie ?

– Nous avons failli brûler vifs à cause de son imprudence.

– Brûler vifs !... et comment ? » demanda milady avec indifférence.

Elle était trop égoïste et trop absorbée par ses propres chagrins pour s'intéresser au danger qu'avait pu courir Phœbe.

« Vous savez, milady, que c'est une drôle de maison, cette auberge, faite de bois pourri vermoulu. La compagnie d'assurances de Chelmsford ne veut pas s'en occuper, car elle prétend que, si par une nuit de grand vent elle prenait feu, elle brûlerait comme une botte de paille et que rien ne pourrait être sauvé. Luke sait tout cela, et le propriétaire l'a mis en garde plusieurs fois, car il loge à côté de chez nous et surveille les mouvements de mon mari. Mais quand Luke a bu il ne sait plus ce qu'il fait. Il y a une semaine environ, il a laissé une chandelle sous un hangar, et la flamme a gagné l'une des poutres. Si je ne m'en étais pas aperçue, en faisant ma ronde avant de me coucher, nous serions morts. C'est la troisième fois en six mois que pareille chose arrive, et vous comprenez ma frayeur, milady. »

Milady n'eut pas l'air étonné. Elle avait à peine écouté les détails de l'histoire. Pourquoi s'intéresserait-elle aux douleurs d'autrui ? Ses propres terreurs et ses inquiétudes n'accaparaient-elles déjà pas toutes ses pensées ?

Elle ne fit aucune remarque sur ce que la pauvre Phœbe venait de lui dire. Ce n'est qu'un long moment après la fin du récit qu'elle comprit ce que Phœbe venait de lui dire.

« Brûlés vifs ! répéta-t-elle enfin ; quelle chance cela aurait été pour moi si votre excellent mari avait trouvé la mort dans son lit à cette occasion. »

Une image lui vint à l'esprit, qui prit des allures de tableau vivant : l'*Auberge du Château* devenue un immense monceau de plâtras et de bois et vomissant des flammes qui s'élançaient vers le ciel dans la nuit froide et sombre.

Elle soupira profondément et chassa cette idée de son cerveau en ébullition. Elle ne serait pas plus avancée si cet ennemi-là se taisait pour toujours. Elle en avait un autre plus dangereux encore, un autre qu'il lui était impossible de corrompre avec de l'argent.

« Je vous donnerai de quoi payer cet huissier, dit milady après un moment de silence. Le dernier souverain que renferme ma bourse sera pour vous, je ne peux vous le refuser. »

Lady Audley se leva et prit la lampe allumée sur le secrétaire.

« L'argent est dans mon cabinet de toilette, dit-elle ; je vais le chercher.

– Oh ! milady, s'écria tout à coup Phœbe, j'ai oublié quelque chose ; je suis tellement préoccupée que je n'y ai plus songé.

– Qu'est-ce que c'est ?

– Une lettre qu'on m'a demandé de vous remettre au moment où je partais. Une lettre de Mr Audley. Il a appris que j'allais chez vous, et il m'a priée de vous la remettre. »

Lady Audley remit la lampe sur la table et tendit la main. Phœbe Marks ne put s'empêcher de remarquer que cette main couverte de bagues tremblait comme une feuille.

« Donnez-la-moi... donnez-la-moi, cria milady, que je sache ce qu'il a encore à me dire. »

Dans son impatience elle arracha presque la lettre des mains de Phœbe. Elle déchira l'enveloppe et la jeta loin d'elle ; elle put à peine déplier la feuille de papier tant elle était nerveuse.

Un mot très court avec seulement ce message :

« Si Mrs George Talboys n'est pas morte, et si elle vit sous un nom d'emprunt, je connais quelqu'un qui confirmera volontiers son identité. Mrs Barkamb, la propriétaire de North Cottages, à Wildernsea, consentira sans doute à fournir une attestation qui entérinera mes soupçons.

Robert AUDLEY.
3 mars 1859.
Auberge du Château, Mount Stanning. »

Milady froissa la lettre dans ses mains avec violence et la jeta au feu.

« S'il était là devant moi en ce moment, murmura-t-elle, je le tuerais sans aucun doute. »

Elle saisit la lampe et se précipita dans le cabinet de toilette. Elle ferma la porte derrière elle. Elle ne pouvait endurer la présence de quelqu'un, témoin de son horrible désespoir. Tout lui était insupportable.

CHAPITRE VIII

Le ciel enflammé

La porte entre le cabinet de toilette de milady et la chambre à coucher où reposait sir Michael était restée ouverte. Le baron dormait tranquillement, et on apercevait sa noble tête à la faible lueur de la lampe. Sa respiration était lente et régulière, et sur ses lèvres se dessinait un sourire – celui qu'il avait quand il regardait sa femme.

Une lueur de compassion adoucit le regard de lady Audley quand elle le vit. Pendant un instant, la souffrance qui la rongeait fit place à un sentiment de pitié. Cette tendresse était peut-être de l'égoïsme, il était difficile de dire si c'était sur son mari ou sur elle qu'elle s'apitoyait ; mais cela attestait que ses pensées étaient sorties du cercle fermé de ses propres chagrins pour s'arrêter un moment sur la douleur qui allait frapper un autre.

« Comme il serait malheureux s'il apprenait la vérité... ! » se dit-elle.

À cette pensée des images affluèrent qui lui firent éprouver un sentiment de triomphe bien supérieur à la terreur qu'elle ressentait : elle songea en effet à sa jolie figure, ses manières ravissantes, son sourire coquin, sa voix harmonieuse.

Même si son époux vivait jusqu'à l'âge de cent ans en croyant ce que l'on disait d'elle et la méprisait, il ne pourrait sûrement jamais oublier sa beauté. Non, un million de fois non. Jusqu'à la dernière heure de sa vie, il se la représenterait sous les traits aimables et enchanteurs qui avaient conquis son cœur.

Elle se promena dans son cabinet de toilette, à la lueur irisée de la lampe, et réfléchit à la lettre étrange de Robert Audley. Il lui fallut quelque temps avant de rassembler ses idées.

« Il fera ce qu'il a écrit, se dit-elle les dents serrées ; il le fera, à moins que je ne le fasse entrer auparavant dans une maison de fous, ou à moins que... »

Elle n'acheva pas sa pensée, mais les pulsations de son cœur épelèrent une à une toutes les syllabes de la phrase en cognant contre sa poitrine.

Cette pensée était celle-ci : « Il le fera, à moins qu'un malheur extraordinaire ne lui arrive et ne le rende muet pour toujours. » Le sang afflua au visage de milady, et le colora d'un reflet rougeâtre semblable à celui de la flamme ; puis il reprit son teint naturel, et devint tout à coup blanc comme la neige. Ses mains, qu'elle joignait convulsivement, se desserrèrent et retombèrent inertes de chaque côté. Elle s'immobilisa, comme la femme de Loth dut s'arrêter après ce regard fatal jeté sur la cité engloutie, sentant son pouls s'affaiblir, son sang se glacer dans ses veines, et tout son corps se transformer lentement en une statue inanimée.

Lady Audley resta environ cinq minutes dans cette attitude étrange, tenant la tête droite et les yeux fixés loin devant elle, sur le danger qu'elle entrevoyait.

Elle abandonna ensuite cette pose pénible avec presque autant de promptitude qu'elle avait mis à la prendre. Elle sortit de sa semi-léthargie, marcha rapidement vers sa coiffeuse, s'assit, écarta les flacons d'essences qui l'encombraient et se regarda dans le miroir. Elle était très pâle, mais son visage enfantin ne portait pas d'autres traces visibles d'agitation. Les lignes de sa bouche, divinement moulée, étaient si belles, que seul un observateur attentif pouvait se rendre compte qu'elles étaient un peu plus tendues que d'habitude. Elle s'en aperçut et essaya de chasser cette rigidité en souriant mais ses lèvres refusèrent de lui obéir. Elles n'étaient plus les esclaves de sa volonté et de son bon plaisir. Elle pouvait commander à ses yeux, mais ne maîtrisait plus les muscles de son visage. Elle se leva, prit un manteau de velours sombre et un chapeau dans sa garde-robe, et s'habilla pour sortir. La petite pendule en laque qui ornait sa cheminée sonna onze heures un quart alors qu'elle était encore occupée. Cinq minutes plus tard, elle revint dans le boudoir où elle avait laissé Phœbe Marks.

La femme de l'aubergiste était assise devant le feu presque dans la même position que son ancienne maîtresse au début de la soirée. Phœbe avait alimenté le feu et remis son châle et son chapeau. Il lui tardait de rentrer chez elle auprès de son mari qui profitait souvent de son absence pour commettre quelque imprudence. Elle leva la tête lorsque lady Audley entra, et poussa un cri de surprise en voyant sa maîtresse.

« Avez-vous l'intention de sortir à cette heure, milady ? s'écria-t-elle.

– Oui, Phœbe ! Je vais à Mount Stanning avec vous pour voir cet huissier, le payer, et le renvoyer moi-même.

– Mais il est tard, milady. »

Lady Audley ne répondit pas. Elle réfléchissait, la main posée sur le cordon de la sonnette.

« Les écuries sont toujours fermées, et les palefreniers sont couchés à dix heures. Pour avoir une voiture, il faudrait faire beaucoup de bruit ; mais un domestique peut sans doute me la préparer sans trop faire de vacarme.

– Mais pourquoi ce soir, milady ? demanda Phœbe Marks. Demain, cela sera aussi bien. Dans huit jours même, si vous voulez. Notre propriétaire renverra l'huissier lui-même si vous lui promettez de payer. »

Lady Audley ne prêta pas l'oreille à cette observation. Elle retourna dans son cabinet de toilette, enleva à la hâte son manteau et son chapeau et reparut dans le boudoir avec sa tenue pour le dîner.

« Maintenant, Phœbe, écoutez-moi, dit-elle en la saisissant par le poignet et lui parlant à voix basse, mais sur un ton qui n'admettait pas de réplique. Écoutez-moi, Phœbe, je vais ce soir à l'auberge ; je me fiche de l'heure ; je suis décidée à y aller, et j'irai. Vous m'avez demandé pourquoi, et je vous ai répondu. J'y vais pour payer cette dette moi-même et m'assurer que l'argent que je donne est utilisé comme il doit l'être. Il n'y a rien de bien extraordinaire. Je fais ce que font bon nombre d'autres femmes feraient dans ma situation. Je vais rendre service à ma gouvernante favorite.

– Mais il est près de minuit, milady. »

Lady Audley fronça le sourcil.

« Si l'on découvrait que je suis allée chez vous pour payer un huissier, je saurais me justifier ; mais je préférerais qu'on l'ignorât. Je peux quitter cette maison et y rentrer sans être vue si vous m'obéissez.

– Je suis prête, milady.

– Eh bien ! vous allez me souhaiter une bonne nuit, en présence de ma femme de chambre, et vous la laisserez vous conduire dehors. Vous traverserez la cour et vous m'attendrez de l'autre côté du portail. Il se peut que je vous fasse attendre une demi-heure, car je ne pourrai sortir que lorsque tout le monde sera couché, mais prenez votre mal en patience. Je vous rejoindrai, quoi qu'il arrive. »

Le visage de lady Audley était animé. Une rougeur presque surnaturelle colorait ses joues, et ses grands yeux bleus étincelaient. Elle parlait avec une clarté et une rapidité surprenantes. Elle agissait comme sous l'influence de quelque émotion violente. Phœbe Marks la regardait avec épouvante. Elle commençait à craindre que son ancienne maîtresse ne devînt folle.

La femme de chambre de milady arriva.

« Je ne savais pas qu'il fût si tard, Martine, dit milady avec cette douceur qui la rendait si agréable. J'ai oublié l'heure en bavardant avec Mrs Marks. Je n'ai plus besoin de vous ce soir ; vous pouvez aller vous coucher.

– Merci, milady, répondit la femme de chambre, qui paraissait avoir sommeil et retenait avec peine un bâillement. Faut-il reconduire Mrs Marks avant d'aller au lit ?

– Certainement. Les autres domestiques sont-ils déjà couchés ?

– Oui, milady. »

Lady Audley se prit à rire en regardant la pendule.

« Nous avons perdu beaucoup de temps à bavarder, Phœbe. Bonne nuit, et dites à votre mari que le loyer sera payé.

– Merci, milady, et bonne nuit », murmura Phœbe en sortant, suivie par la femme de chambre.

Lady Audley écouta à la porte jusqu'à ce que le bruit de leurs pas eût cessé.

« Martine couche tout en haut de la maison, se dit-elle. Loin d'ici. Dans dix minutes, je pourrai sortir sans crainte. »

Elle revint dans son cabinet de toilette, et remit pour la seconde fois son chapeau et son manteau. Elle avait toujours le rouge aux joues, et ses yeux brillaient encore d'un éclat extraordinaire. La surexcitation qu'elle ressentait était telle qu'elle annihilait tout sentiment de lassitude. Tantôt elle envisageait ses tourments en détail, et tantôt elle les fondait en un seul bloc, en une seule pensée, plus rapide que l'éclair. Elle était debout contre la cheminée de son boudoir et attendait le moment de quitter la maison.

« J'attendrai dix minutes, se dit-elle, mais pas un moment de plus avant de me lancer dans cette nouvelle bataille. »

Elle écouta le mugissement du vent qui semblait avoir redoublé à mesure que la nuit avançait et que les ténèbres devenaient plus épaisses.

À minuit moins le quart, milady prit une lampe et sortit sans bruit de sa chambre. Elle avait un pas aussi léger que celui d'une gazelle, et il était impossible d'éveiller le moindre écho dans cette maison livrée au sommeil en marchant dans les couloirs et les tapis de l'escalier. Elle ne s'arrêta que lorsqu'elle fut arrivée au rez-de-chaussée dans le vestibule. On en sortait par plusieurs portes. L'une de ces portes menait à la bibliothèque, et ce fut celle-là que lady Audley ouvrit avec précaution.

C'eût été de la folie de sortir en secret par l'une des portes principales, car le concierge lui-même vérifiait la fermeture de toutes les portes de devant et de derrière. La combinaison des serrures, qui mettaient à l'abri la vaisselle de sir Michael, n'était connue que des domestiques. Mais, malgré toutes ces précautions, la porte vitrée qui donnait accès de la salle à manger sur la pelouse n'était fermée que par un volet en bois et une barre de fer qu'un enfant aurait pu soulever sans peine.

C'était par là que lady Audley avait choisi de s'enfuir. Elle était assez forte pour soulever le volet et la barre de fer, et elle ne courait pas de grand risque en laissant ce passage ouvert derrière elle. Il était peu probable que sir Michael s'éveillât de sitôt. Il avait un sommeil de plomb à l'ordinaire, et depuis sa maladie il dormait plus profondément encore.

Lady Audley traversa la bibliothèque et ouvrit la porte vitrée de la salle à manger. Cette pièce avait été construite tout récemment. Elle était simple et gaie, et tapissée d'un papier de couleur. C'était Alicia qui l'habitait le plus souvent. Les mille petites choses qui révélaient les occupations favorites de la jeune fille étaient éparpillées dans la salle : des pinceaux, des brosses pour le dessin, une broderie commencée, des écheveaux de soie embrouillés, et une foule d'autres objets attestant la présence d'une jeune fille insouciante. Le portrait de miss Audley, jolie esquisse au crayon, qui la représentait en habit et en chapeau d'amazone, était accroché au-dessus de la cheminée. Milady regarda ces objets avec de la haine et du mépris.

« Comme elle serait heureuse s'il m'arrivait malheur, dit-elle. Quelle joie ce serait pour elle, si j'étais chassée d'ici. »

Lady Audley posa la lampe sur une table, près de la cheminée, et sortit. La nuit était froide et noire, et une bourrasque de vent qui s'engouffra par l'ouverture éteignit la lampe.

« Peu m'importe ! murmura milady, je ne l'aurais pas laissée allumée. Je trouverai bien mon chemin dans la maison à mon retour, toutes les portes sont ouvertes. »

Elle s'aventura sur le sentier caillouteux qui bordait la pelouse.

Elle était maintenant sur le parterre, exposée à la fureur du vent qui s'enroulait autour de sa robe de soie, la faisant claquer comme la voile d'un bateau par une forte brise. Elle traversa la pelouse et jeta un regard en arrière sur les fenêtres de son boudoir, éclairées par la lueur du feu, et sur celles de la chambre à coucher de sir Michael, où brillait un faible rayon de lumière.

« J'éprouve l'émotion de quelqu'un qui s'évade au

cœur de la nuit pour ne plus jamais reparaître et être à jamais oubliée, se disait-elle. Peut-être ferais-je mieux de fuir, de profiter de l'avertissement de cet homme et de lui échapper pour toujours. Si je disparaissais comme George Talboys ?... Mais où aller ?... Que devenir ?... Je n'ai pas d'argent, mes bijoux valent tout au plus une centaine de livres, maintenant que j'ai vendu les plus beaux. Que faire ?... Retrouver la vie d'autrefois, cette vie de misère, de souffrances et d'humiliations et mourir... comme mourut ma mère ? »

Milady demeura quelque temps immobile à ressasser cette question. Sa tête était penchée, et ses mains jointes. Son attitude révélait l'état de son esprit ; elle exprimait l'incertitude, la perplexité. Tout à coup elle releva la tête avec un air de défi.

« Non, Mr Robert Audley, dit-elle tout haut d'une voix claire, je ne recommencerai pas... je ne veux pas recommencer. Si ce duel entre nous est un duel à mort, je ne lâcherai pas l'arme que j'ai en ma possession. »

Elle marcha vers l'arche d'un pas ferme et rapide. En passant sous cette construction massive, il lui sembla qu'elle disparaissait dans quelque gouffre sombre. L'horloge sonna minuit, et chaque coup fit vibrer la solide maçonnerie, pendant que lady Audley arrivait de l'autre côté pour rejoindre Phœbe Marks qui l'attendait.

« Il y a trois miles d'ici à Mount Stanning, n'est-ce pas, Phœbe ? lui dit-elle.

– Oui, milady.

– Alors, nous pouvons les faire en une heure. »

Lady Audley ne s'était pas arrêtée en parlant ; elle marchait très vite le long de l'avenue, et Phœbe suivait à son côté. Faible et délicate en apparence, elle était cependant très bonne marcheuse. Elle avait pris l'habitude des longues promenades chez Mr Dawson, et une telle distance ne l'effrayait pas.

« Votre aimable mari vous aura sans doute attendue, Phœbe, dit-elle en traversant un champ qui, d'habitude, servait de passage entre le château et la grand-route.

– Oh ! bien sûr, milady ; je pense qu'il se sera mis à boire avec l'homme.

– Quel homme ?

– L'homme qui accompagnait l'huissier, milady.

– Oh ! c'est probable », dit milady avec indifférence.

Il était étrange que les chagrins domestiques de Phœbe fussent si loin d'elle au moment même où elle tentait une démarche peu commune pour aller arranger les affaires de la jeune femme.

Après avoir traversé le champ, elles gagnèrent la grande route. Le chemin qui menait à Mount Stanning était escarpé et peu agréable à cette heure avancée de la nuit ; mais milady marchait avec le courage du désespoir. Elle ne dit pas un mot à sa compagne jusqu'au moment où elles arrivèrent au sommet de la colline et aperçurent des lueurs annonçant le village. L'une d'elles, plus brillante que les autres, indiquait la maison où probablement Luke, à moitié ivre, attendait le retour de sa femme.

« Il n'est pas couché, votre mari, Phœbe, dit milady, et comme je ne vois pas d'autre lumière, je suppose que Mr Robert Audley dort depuis longtemps.

– Sans doute, milady.

– Êtes-vous sûre qu'il ait passé la nuit à votre auberge ?

– Mais oui, avant de partir, j'ai aidé la servante à préparer sa chambre. »

Le vent, déjà très violent en plaine, l'était encore plus au sommet de la colline où était située l'auberge. Il ébranlait la frêle maison de fond en comble car il pénétrait partout par les fentes des portes, celles des fenêtres, les tuiles disjointes et les cheminées délabrées.

Luke Marks ne s'était pas donné la peine de fermer correctement la porte d'entrée de l'auberge avant de se mettre à boire avec l'homme qui était chargé provisoirement de surveiller ses meubles et ses ustensiles de ménage. Le maître de l'*Auberge du Château* était une brute paresseuse et sensuelle qui ne songeait qu'à ses plaisirs et haïssait quiconque l'empêchait de s'y adonner librement.

Phœbe ouvrit la porte, et entra suivie de milady. Le gaz était allumé au comptoir et enfumait le plafond, blanchi à la chaux. La porte de la salle derrière le comptoir était ouverte, et lady Audley entendit le rire gras de Marks en franchissant le seuil de l'auberge.

« Je vais lui dire que vous êtes ici, milady, murmura Phœbe à son ancienne maîtresse. Il doit être ivre, et s'il vous dit des grossièretés, ne vous offensez pas. Vous savez que je n'avais pas l'intention de vous faire venir.

– Oui... oui... je le sais ; mais que m'importe ? Qu'il dise ce qu'il voudra. »

Phœbe Marks poussa la porte de la salle, laissant milady seule.

Luke était assis, les pieds posés sur les chenets. Il tenait d'une main un verre de gin, et de l'autre le tisonnier dont il se servait pour remuer les charbons et faire jaillir la flamme.

Quand sa femme parut, il retira brusquement le tisonnier et dit en hochant la tête comme un homme ivre :

« Vous vous êtes donc enfin décidée à revenir, madame, je vous croyais partie pour toujours. »

Sa langue était épaisse ; il parlait avec peine et d'une façon peu intelligible ; ses yeux étaient humides, ses mains tremblantes, et sa voix indiquait qu'il avait bu ce soir-là encore plus que de coutume. Brutal à jeun, il l'était dix fois plus encore en état d'ivresse. Il ne se contrôlait plus.

« Je... je suis restée plus longtemps que je ne pensais, répondit Phœbe d'un ton conciliant ; mais j'ai vu milady, et elle a été très gentille... elle réglera cette affaire.

– Ah ! ah ! vraiment, murmura Marks d'une voix entrecoupée, je la connais, sa bonté, et si elle n'y était pas obligée, elle agirait autrement. »

L'huissier, qu'un tiers de la liqueur engloutie par Marks avait plongé dans une demi-rêverie, regarda tout étonné l'aubergiste et sa femme. Il était assis près de la table sur laquelle il avait planté ses coudes pour ne pas glisser, et il faisait des efforts vains pour allumer sa pipe à la flamme d'une chandelle qu'il avait devant lui.

« Milady a promis de régler cette affaire », riposta Phœbe, sans tenir compte des remarques de Luke. Elle connaissait la nature entêtée de son mari et savait qu'il était inutile de chercher à l'empêcher de parler ou d'agir quand il s'était mis en tête de le faire.

« Elle est venue ici pour régler cela ce soir même, Luke », ajouta-t-elle.

Le tisonnier s'échappa des mains de l'aubergiste et fit grand bruit en tombant.

« Lady Audley est ici ce soir ? s'écria-t-il.

– Oui, Luke. »

Milady parut sur le seuil au même instant.

« Oui, Luke Marks, dit-elle, je suis venue payer cet homme et le renvoyer. »

Lady Audley prononça ces mots comme si elle les avait appris par cœur et les répétait mécaniquement.

Marks posa son verre vide sur la table d'un air mécontent et dit en faisant un geste d'impatience :

« Vous auriez pu donner l'argent à Phœbe ; elle

l'aurait apporté aussi bien que vous. Nous ne voulons pas que de belles dames viennent fourrer leur nez partout.

– Luke... Luke... fit observer Phœbe, tu oublies combien milady a été généreuse.

– Au diable sa bonté ! C'est son argent qu'il nous faut. Ce qu'elle fait, elle est forcée de le faire, sinon elle s'en garderait bien. »

Luke Marks aurait continué longtemps sur ce ton si milady ne s'était tout à coup retournée vers lui, et d'un regard ne l'avait rendu muet. La flamme qui s'échappait de ses yeux était verdâtre comme celle qui se dégagerait de l'œil courroucé d'une sirène.

« Taisez-vous, dit-elle, je ne suis pas venue ici pour écouter vos insolences. Combien devez-vous ?

– Neuf livres. »

Lady Audley tira sa bourse en ivoire, argent et turquoises, et en sortit un billet de banque et quatre souverains qu'elle déposa sur la table.

« Je veux un reçu de cet homme avant de partir », dit-elle.

Il fallut du temps pour faire comprendre à celui-ci ce qu'on désirait, et ce ne fut que lorsqu'il eut une plume pleine d'encre entre les doigts qu'il comprit qu'il devait apposer sa signature au bas du reçu. Dès que l'encre fut sèche, lady Audley prit le papier et quitta la salle. Phœbe la suivit.

« Vous ne vous en retournerez pas seule, milady ; dit-elle. Laissez-moi vous accompagner.

– Oui, oui. »

Les deux femmes se trouvaient près de la porte de l'auberge pendant que milady parlait. Phœbe regardait son ancienne maîtresse. Elle pensait que lady Audley était pressée de repartir après avoir réglé cette affaire. Mais il n'en fut pas ainsi ; milady était appuyée contre le montant de la porte et regardait dans le vide. Mrs Marks eut peur de nouveau que des chagrins récents n'eussent rendu sa maîtresse folle.

Une petite horloge hollandaise placée derrière le comptoir sonna une heure, pendant que lady Audley demeurait ainsi indécise.

Elle tressaillit à ce bruit et commença à frissonner violemment.

« Je crois que je vais m'évanouir, Phœbe, dit-elle ; où pourrais-je trouver de l'eau froide ?

– La pompe est dans le lavoir ; je cours vous chercher un verre d'eau, milady.

– Non, non, dit milady, retenant Phœbe par le bras au moment où elle allait sortir, j'irai moi-même. Il faut que je me plonge la tête dans une cuvette d'eau pour ne pas m'évanouir. Dans quelle chambre se trouve Mr Audley ? »

Cette question était si peu en rapport avec le reste que Phœbe examina attentivement sa maîtresse avant d'y répondre.

« J'ai préparé la 3, milady... celle qui est à côté de la nôtre, répliqua-t-elle après un silence étonné.

– Donnez-moi de la lumière, dit milady, je vais monter chez vous et mettre de l'eau dans une cuvette pour me mouiller la tête. Restez ici, ajouta lady Audley d'un ton autoritaire, en voyant que Phœbe Marks allait lui montrer le chemin, et veillez à ce que votre brute de mari ne monte pas ! »

Elle saisit la bougie allumée des mains de la jeune femme, et monta l'escalier en bois vermoulu qui menait au sombre corridor du premier étage. Cinq chambres à coucher donnaient sur ce couloir et chacune d'elles portait un numéro peint en lettres noires sur le panneau supérieur de la porte. Lady Audley était venue à Mount Stanning inspecter la maison lorsqu'elle avait acheté le fonds pour Luke Marks, et elle connaissait très bien la vieille maison. Elle savait où était la chambre de Phœbe, mais elle s'arrêta devant celle de Robert Audley.

Elle s'arrêta et regarda le numéro peint sur la porte. La clef était dans la serrure, et posa sa main dessus comme par mégarde. Puis elle se mit à trembler comme elle l'avait fait quelques minutes auparavant en entendant l'horloge, et resta ainsi quelques instants. Ensuite une horrible expression déforma son visage, et elle tourna deux fois la clef dans la serrure, fermant ainsi la porte à double tour.

Celui qui occupait la chambre ne fit aucun mouvement, ne donna aucun signe attestant que le grincement de la serrure rouillée l'avait réveillé.

Lady Audley entra précipitamment dans la chambre d'à côté. Elle posa la bougie sur la table de toilette, ôta son chapeau, et en noua les rubans autour de son bras. Elle s'empara de la cuvette et la remplit d'eau. Elle y plongea sa tête et sa chevelure, revint pendant quelques instants au milieu de la chambre, et contempla le pauvre ameublement. La chambre à coucher de Phœbe n'avait rien de luxueux. Elle avait été forcée de mettre les plus beaux meubles dans les chambres réservées aux voyageurs que le hasard amenait parfois à l'*Auberge du Château*. Mais Phœbe avait remplacé une grande partie de l'ameublement par des draperies abondantes. Au lit, aux fenêtres, partout, des rideaux blancs de mousseline à bon marché masquaient la lumière du jour et donnaient asile à des légions de mouches et aux toiles d'araignée. La glace, un malheureux morceau de verre qui déformait tout visage assez hardi pour s'y regarder, était encadrée de mousseline festonnée.

Milady sourit au spectacle de ce décorum. Elle avait raison peut-être de sourire en comparant cela avec la richesse de son splendide appartement ; mais il y avait dans ce sourire une expression sardonique qui exprimait autre chose qu'un mépris naturel pour le luxe de la pauvre Phœbe. Elle s'approcha de la coiffeuse, essuya ses cheveux mouillés devant la glace, puis elle remit son chapeau. La bougie placée sur la table était proche de la gaze qui recouvrait les dorures de la glace, tellement que le frêle tissu semblait attirer la flamme comme s'il avait eu sur elle une puissance magnétique.

Phœbe attendait avec impatience à la porte de l'auberge que milady veuille bien redescendre. Elle trouvait que le temps s'écoulait lentement. Lady Audley reparut un long moment plus tard. Elle avait remis son chapeau, et ses cheveux étaient encore humides.

Phœbe s'inquiéta aussitôt de cette bougie absente.

« Vous avez oublié la bougie là-haut, milady, dit-elle.

– Le vent l'a éteinte au moment où j'allais sortir de chez vous, et je l'ai laissée dans votre chambre, répondit tranquillement milady.

– Dans ma chambre !

– Oui.

– Était-elle bien éteinte ?

– Oh ! tout à fait ; mais pourquoi ces questions ? Il est une heure passée, venez. »

Elle prit le bras de Phœbe, et l'entraîna hors de la maison. La pression de sa main comprimant le bras de sa compagne avait la force d'un étau. Le vent violent de mars referma brusquement la porte de l'auberge, et les deux femmes se trouvèrent de nouveau sur la route, au milieu des ténèbres. La longue route noire s'étendait morne et désolée devant elles, à peine visible entre les rangées d'arbres squelettiques.

Une promenade de trois miles sur une route déserte, entre une et deux heures du matin, par le froid piquant d'une nuit d'hiver, est loin d'être agréable à une femme délicate, une femme qui aime ses aises et son confort. Mais milady n'en gravissait pas moins la grand-route. Elle traînait derrière elle la malheureuse Phœbe comme si le génie du mal l'avait dotée d'une force indomptable. Par cette nuit noire qui les enveloppait, par ce vent terrible qui soufflait en tous sens se déchaînant violemment sur elles, les deux femmes descendirent la colline sur laquelle s'élevait Mount Stanning, et gravirent la côte qui révélait l'agréable coin de terre où le château d'Audley était enseveli loin du tumulte et des clameurs du monde.

Milady s'arrêta au sommet de cette colline pour reprendre haleine et mit ses mains sur son cœur afin d'en étouffer les battements douloureux. Elles n'étaient plus maintenant qu'à trois quarts de mile du château. Il y avait environ une heure qu'elles avaient quitté l'*Auberge du Château*.

Lady Audley, pendant cette halte, tourna la tête vers le château. Phœbe Marks s'arrêta aussi, et jeta un regard en arrière sur la triste auberge où elle était si malheureuse. Soudain, elle poussa un cri d'horreur et saisit avec vivacité le manteau de lady Audley.

Les ténèbres ne couvraient plus de leur voile noir toute l'étendue du ciel. Un éclair de lumière brillait dans le lointain.

« Milady !... milady !... s'écria Phœbe saisissant un des pans du manteau de sa maîtresse, et lui montrant cette lueur, voyez-vous ?... voyez-vous ?

– Oui, je vois, répondit lady Audley en essayant de se libérer de l'emprise de Phœbe. Qu'est-ce que c'est ?

– Le feu... milady... le feu !

– Il me semble, en effet. C'est à Brentwood sans doute. Lâchez-moi, Phœbe, cela ne nous concerne pas.

– Oh ! milady, ce n'est pas à Brentwood, c'est bien plus près, c'est à Mount Stanning. »

Lady Audley ne répondit pas. Elle tremblait de nouveau, de froid peut-être, car le vent avait arraché son manteau de ses épaules et tout son corps frêle était exposé à la piqûre de la bise.

« C'est à Mount Stanning, milady, s'écria Phœbe Marks ; le feu est à l'*Auberge du Château*... je le sais... j'ai été obsédée par le feu toute la soirée et j'étais mal à l'aise, car je savais qu'un jour ou l'autre cela arriverait. Ce n'est pas pour l'auberge, mais il y va de la vie de plusieurs personnes... il y va de la vie de plusieurs personnes, sanglota la jeune femme avec effarement. Luke est ivre et ne pourra pas se sauver, et Mr Audley est endormi... »

Phœbe Marks s'arrêta tout à coup en prononçant le nom de Robert. Elle se jeta à genoux et leva les mains vers lady Audley.

« Ô mon Dieu ! s'écria-t-elle, dites-moi que ce n'est pas vrai, dites-le-moi, c'est trop horrible, trop horrible !...

– Qu'est-ce qui est trop horrible ?

– La pensée qui me vient à l'esprit... la terrible pensée que j'ai en ce moment.

– Que voulez-vous dire, Phœbe ? cria milady.

– Que Dieu me pardonne si je me trompe... s'écria la jeune femme agenouillée, je voudrais me tromper, milady ! Pourquoi êtes-vous venue à l'auberge ce soir ?... Pourquoi n'avez-vous pas tenu compte de mes objections, vous qui êtes l'ennemie de Mr Audley et de Luke, que vous saviez réunis ? Oh ! dites-moi que je vous fais insulte... dites-le-moi... car, aussi vrai qu'il y a un Dieu au-dessus de nos têtes, je suis sûre que vous êtes venue pour mettre le feu à l'auberge. Dites-moi que cela n'est pas vrai ?... Dites-le-moi, je vous en supplie.

– Je n'ai rien à répondre à cela, sinon que vous êtes

folle, répondit lady Audley d'un ton sec et dur ; relevez-vous, peureuse... idiote ! Votre mari est-il donc si important pour que vous gémissiez ainsi ? Que vous est-il, ce Robert Audley, pour que vous agissiez comme une folle, parce qu'il court un danger quelconque ? Comment savez-vous que le feu est à Mount Stanning ? Vous voyez un jet de lumière dans le ciel et vous pensez aussitôt que votre misérable cabane est en flammes, comme s'il n'y avait pas d'autre maison sur terre. Le feu peut être à Brentwood ou plus loin... à Romford... ou plus loin encore ; de l'autre côté de Londres peut-être. Relevez-vous, idiote, et retournez chez vous pour veiller sur vos biens, sur votre mari et sur votre locataire. Relevez-vous et partez, je n'ai plus besoin de vous.

– Oh ! milady... milady... pardonnez-moi... sanglota Phœbe ; rien ne pourra excuser l'injure que je viens de vous faire, si j'ai tort... accablez-moi de reproches... dites-moi tout ce que vous voudrez, mais jurez-moi que je me trompe.

– Retournez vous en assurer, répondit lady Audley sèchement, je vous répète que je n'ai plus besoin de vous. »

Lady Audley s'éloigna, laissant Phœbe Marks toujours agenouillée sur la route. La femme de sir Michael reprit le chemin de la maison où dormait son mari, pendant que les lueurs du feu éclairaient l'immensité du ciel derrière elle et que, devant elle, s'étendait l'obscurité de la nuit.

CHAPITRE IX

Le messager

Tard dans la matinée, lady Audley sortit de son cabinet de toilette. Elle portait un charmant négligé en mousseline, tout garni de dentelles et de broderies, mais sa figure était pâle et ses yeux étaient entourés d'un cercle bleuâtre. Elle avait lu très tard dans la nuit, dit-elle.

Sir Michael et sa jeune femme déjeunèrent dans la bibliothèque, sur une table ronde, commodément installés au coin d'un bon feu, et Alicia fut obligée de s'asseoir à côté de sa belle-mère, tout en se promettant de la fuir entre les repas.

Cette matinée de mars était triste et sombre. La pluie fine qui tombait sans relâche obscurcissait le paysage et bouchait la vue. Il n'était arrivé que quelques lettres par le courrier du matin, et comme les journaux n'arrivaient pas avant midi, la conversation n'était pas très animée à la table du déjeuner.

Alicia regardait les gouttes de pluie ruisseler sur les vitres.

« Impossible de sortir à cheval aujourd'hui, dit-elle, et nous n'aurons pas la moindre visite pour nous distraire, à moins que cet idiot de Bob n'affronte la boue et la pluie pour venir de Mount Stanning. »

C'est étrange d'entendre parler d'une personne que l'on sait morte, par une autre qui l'ignore. On fait dire et faire à celui qui n'est plus les mille banalités de la vie quotidienne, alors qu'il a disparu de la surface de la terre, et qu'il y a, entre lui et les vivants, une pierre tombale. Ces allusions, même insignifiantes, laissent une sensation désagréable dans l'esprit. Ces remarques affectent l'émotivité, et ce manque de respect involontaire envers la mort est odieux. Sont-ce ces raisons qui firent frissonner lady Audley en entendant le nom de Robert ? Dieu seul le sait, mais sa figure devint pâle comme la mort quand Alicia parla de son cousin.

« Oui, il viendra peut-être malgré la boue et la pluie, continua la jeune fille, et il entrera ici avec son chapeau déformé et ruisselant. Une vapeur blanche s'échappera de ses vêtements et le fera ressembler à quelque divinité des eaux sortant la tête au milieu des ondes. La boue de ses bottes salira votre tapis, milady, ses habits mouillés frôleront votre tapisserie des Gobelins, et si vous lui faites des reproches, il le prendra mal et vous demandera pourquoi vous avez des fauteuils si on ne peut pas s'asseoir dessus. Il vous répondra qu'il vaut mieux dans ce cas vivre à Fig-Tree Court, et... »

Sir Michael Audley regardait sa fille d'un air sérieux pendant qu'elle parlait de son cousin. Il arrivait souvent à Alicia de ridiculiser Robert et de parler de lui de façon excessive.

« Qui sait, se disait le baron, si ma fille n'est pas comme cette Béatrice qui ne parlait de Bénédict qu'en termes sévères mais qui en même temps l'aimait de tout son cœur. Savez-vous, Alicia, ce que m'a dit le major Melville durant sa visite hier ? demanda tout à coup sir Michael.

– Je n'en ai pas la moindre idée, répondit Alicia avec dédain ; il vous a peut-être dit que nous aurions une autre guerre avant peu ou bien un nouveau ministère, parce que les ministres actuels ne font rien de bien, et qu'à force de réformer ceci et cela, ils finiront par n'avoir plus d'armée du tout; rien qu'une armée d'enfants bourrés jusqu'aux yeux d'absurdités débitées par les maîtres d'école et portant des jaquettes et des casquettes de toile.

– Vous êtes une impertinente, miss, reprit le baron. Le major Melville ne m'a rien dit de tout cela : il m'a raconté qu'un de vos admirateurs, sir Harry Towers, avait quitté sa résidence du Hertfordshire et renoncé à ses chevaux de chasse pour aller faire un voyage d'une année sur le continent.»

Miss Audley rougit en entendant le nom de son adorateur, mais cette rougeur disparut promptement.

«Il est parti pour le continent! dit-elle avec indifférence. Pauvre garçon! Il m'avait annoncé que c'était là son intention si... s'il n'arrivait pas à ses fins. Sir Harry Towers est une bonne et stupide nature, qui vaut vingt fois mieux que ce morceau de glace qui a pour nom Robert Audley.

– Je voudrais, Alicia, que vous ne preniez pas tant de plaisir à ridiculiser Robert, dit sir Michael gravement. Il a un cœur excellent et je l'aime comme un fils. Il me cause bien des chagrins depuis quelque temps. Il n'est plus le même, il s'est mis en tête des idées absurdes, et ma femme est inquiète, elle...»

Lady Audley interrompit son mari en secouant la tête d'un air grave.

«Ne parlons pas trop de cela, dit-elle. Alicia sait ce que je pense...

– Oui, reprit Alicia, vous croyez qu'il devient fou. Ce n'est pas dans une mare qu'éclate la tempête. Il peut se faire qu'il passe le reste de sa vie à bâiller à la lune dans un état d'imbécillité qui ne lui permettra pas de comprendre qui il est et où il va, mais il ne sombrera pas dans la folie.»

Sir Michael ne répliqua pas. Sa conversation de la

veille avec sa femme l'avait troublé et il avait beaucoup réfléchi.

Celle qu'il aimait le plus au monde et en qui il avait toute confiance, lui avait donné toutes les raisons qui lui laissaient penser que son neveu était fou. Il avait essayé de se persuader du contraire, qu'elle s'était trompée. Mais alors ? Puisqu'elle croyait que Robert était fou, si elle avait tort, c'était son esprit à elle qui était dérangé. Il était certain que Robert avait toujours été excentrique. Il avait le sens de l'honneur et l'attitude d'un gentleman. C'est vrai par ailleurs qu'il était différent de la plupart des jeunes gens de son âge. Il avait bien changé depuis la disparition de George Talboys. Il était devenu rêveur, pensif, mélancolique et distrait ; il fuyait la société, restait muet plusieurs heures de suite, ou bien il s'échauffait, parlait par boutades et discutait avec animation de sujets tout à fait anecdotiques. Il y avait aussi un autre motif qui semblait donner raison à milady sur l'état du jeune homme. Il avait fréquenté souvent sa jolie cousine Alicia, que l'intérêt et l'affection, selon toute vraisemblance, lui désignaient naturellement comme la femme de sa vie. Plus encore, la jeune fille avait montré en toute innocence qu'elle éprouvait de son côté de la tendresse à son égard et pourtant il avait préféré vivre seul, et laisser le champ libre à d'autres jeunes gens venus demander sa main.

Mais l'amour est d'une essence tellement subtile, une merveilleuse alchimie difficile à définir. Celui qui aime n'obtient pas toujours la réciprocité. Sir Michael se disait qu'Alicia étant une charmante jeune fille, il était bizarre que Robert ne fût pas amoureux d'elle. Il trouvait étrange, lui qui n'avait rencontré qu'à soixante ans la femme qui avait fait battre son cœur, que Robert ne soit pas fou d'amour pour Alicia. Il oubliait qu'il y a des hommes qui traversent sans s'arrêter le paradis de Mahomet et qui succombent devant une affreuse virago qui connaît le secret du philtre enivrant. Il oubliait qu'il y a des hommes qui vieillissent sans avoir rencontré la femme désignée par Aphrodite, et meurent vieux garçons, tandis que, de l'autre côté de leur chambre mortuaire, cette même femme achève de broder le voile de sainte Catherine. Il oubliait que l'amour, qui est une folie, une illusion, un piège, est aussi un mystère que ne peuvent déchiffrer ceux qui n'en subissent pas les tourments. Sir Michael Audley regardait son neveu comme l'exemple même d'un certain type de jeunes gens, et sa fille comme un modèle de beauté féminine, et se demandait constamment pourquoi ils ne se mariaient pas. Il ignorait qu'il existe dans les natures de minuscules différences, qui font que pour certains telle nourriture est saine et pour d'autres un poison.

Hélas ! Robert n'aimait pas Alicia ! Il admirait sa bonne santé rieuse et ressentait pour elle une tendre affection qui, avec le temps, serait peut-être devenue assez vive pour le pousser à l'épouser, à contracter avec elle cette espèce d'union banale dont on voit tous les jours des exemples et qui n'exige pas une attitude passionnée. L'affection naissante de Robert Audley pour sa cousine, il faut bien en convenir, avait tourné court et s'était évanouie en cette froide journée de février où il avait parlé avec Clara Talboys sous les pins. Depuis, le jeune homme éprouvait des sentiments déplaisants envers Alicia.

Il la regardait comme un obstacle à sa liberté ; il était hanté par la crainte de s'être tacitement engagé envers elle ; il s'était persuadé qu'elle avait sur lui un droit qui l'empêchait de penser à une autre femme, et c'était probablement l'image de miss Audley qui provoquait les diatribes violentes que le jeune avocat se permettait quelquefois contre les femmes. Cependant il avait suffisamment le sens de l'honneur pour sacrifier son bonheur à ce qu'il considérait comme un acte d'honnêteté et épouser Alicia plutôt que de lui faire de la peine.

« Si la pauvre enfant m'aime, se disait-il, si j'ai prononcé quelques paroles irréfléchies, qui lui ont fait croire que je l'aimais, il est de mon devoir de ne pas me dédire, et je suis prêt à tenir la promesse que j'ai faite à la légère. J'ai eu jadis l'intention de demander sa main après avoir éclairci l'horrible mystère qui entourait la disparition de George Talboys... mais maintenant... »

Ses pensées s'arrêtaient là d'ordinaire, et l'entraînaient où il ne voulait pas aller, sous les pins du Dorsetshire où il se retrouvait de nouveau face à face avec la sœur de son ami disparu.

« Pauvre Alicia ! continuait-il, comme elle m'aime et combien je devrais être reconnaissant de sa tendresse. Combien de jeunes gens accepteraient avec empressement ce cœur généreux, aimant, comme le cadeau le plus précieux. Sir Harry Towers est au désespoir d'avoir été éconduit. Il me donnerait la moitié de sa fortune, toute sa fortune et même deux fois sa valeur, pour être à ma place. Pourquoi ne puis-je l'aimer ? Pourquoi la sachant jolie, pure, bonne et franche, son image est-elle toujours associée à des reproches ? Je ne la vois jamais dans mes rêves, je ne m'éveille jamais en sursaut au milieu de la nuit pour voir ses yeux brillants me contempler, pour sentir sa chaude haleine sur ma joue ou la pression de ses doigts sur ma main. Non, je ne l'aime pas, je ne suis pas amoureux d'elle ! »

Sir Michael s'assit au coin du feu après déjeuner, passa son temps à écrire ou à lire les journaux. Alicia s'enferma chez elle pour achever le troisième tome d'un roman, et lady Audley ferma la porte de la chambre et erra toute la journée de pièce en pièce.

Elle avait fermé la porte à clef pour éviter toute visite inattendue qui ne lui aurait pas donné le temps de se comporter naturellement. Elle pâlissait de plus en plus à mesure que la matinée s'écoulait. Sur sa coiffeuse se trouvait un petit coffret à médicaments renfermant des fioles de chloroforme, lavande, chlorodyne et éther. Milady s'arrêta devant ce coffret et les souleva. Elle finit par en trouver une pleine d'un liquide noirâtre et dont l'étiquette portait : *Opium. Poison.*

Elle joua longtemps avec elle, la plaça devant ses yeux à la lumière du jour, et la déboucha même pour respirer l'odeur du liquide. Puis elle la déposa tout à coup en frissonnant.

« Si je pouvais !... murmura-t-elle, si j'avais le courage !... Et pourtant à quoi bon ! *Maintenant...* »

À ces derniers mots, ses mains se crispèrent, elle courut à la fenêtre de sa chambre d'où l'on apercevait la grande arche tapissée de lierre, sous laquelle toute personne venant de Mount Stanning devait passer pour se rendre au château d'Audley.

Il y avait d'autres portes plus petites dans les jardins qui donnaient sur la prairie située derrière Audley ; mais en revenant de Mount Stanning ou de Brentwood, il fallait passer par l'arche.

L'aiguille de l'horloge marquait une heure et demie lorsque milady la regarda.

« Comme le temps passe lentement, dit-elle ; comme il passe lentement... lentement. Vieillirai-je longtemps ainsi d'une heure par minute ? »

Elle demeura quelques instants immobile, les yeux fixés sur l'arche, mais personne ne parut, et elle s'éloigna de la fenêtre pour recommencer sa promenade.

La journée était triste et pluvieuse. Ce n'était pas un jour de marché, il y avait donc peu de piétons sur la route entre Brentwood et Chelmsford, et aucune nouvelle du feu qui avait eu lieu durant la nuit d'hier n'était arrivée au village d'Audley, et du village au château.

La femme de chambre en rubans roses vint prévenir sa maîtresse qu'il était l'heure du déjeuner, mais lady Audley entrouvrit seulement la porte et déclara qu'elle ne comptait pas descendre.

« Je souffre horriblement de la migraine, Martine, dit-elle, et je vais tâcher de dormir. Vous viendrez m'habiller à cinq heures. »

Lady Audley avait demandé à sa femme de chambre d'être là à cinq heures, mais elle avait en fait l'intention d'être prête à quatre heures et de se passer de ses services. Parmi les espions privilégiés, celui qui est le mieux placé, c'est la femme de chambre ; elle dispose d'une foule de moyens pour découvrir les secrets de sa maîtresse. Elle devine, à la manière dont elle remue la tête sous la brosse ou le peigne, ses tourments, ses incertitudes. Elle sait interpréter à merveille tous les symptômes des affections mentales auxquelles sa maîtresse est sujette ; elle sait le moment où s'achète et se paie le teint d'ivoire – et en quelle substance étrangère sont les dents qui ressemblent à des perles ; elle sait que les bandeaux épais et luisants sont la propriété des morts plutôt que des vivants ; et elle connaît encore d'autres secrets plus précieux que ceux-là.

Lady Audley n'avait pas fait de sa femme de chambre une confidente et, ce jour-là encore plus que les autres, elle voulait être seule.

Elle s'étendit sur le meilleur sofa du cabinet de toilette, cacha sa tête sous les coussins et essaya de dormir. Dormir ! Il y avait si longtemps que le sommeil ne l'avait pas prise. Peut-être n'y avait-il que quarante-huit heures qu'elle n'avait pas dormi, mais ces quarante-huit heures avaient été autant de siècles. La fatigue et les émotions de la nuit précédente l'avaient brisée. Elle s'endormit mais son sommeil ressemblait à de la torpeur. Elle avait pris quelques gouttes d'opium dans un verre d'eau.

La pendule sonnait quatre heures moins le quart quand elle s'éveilla, le front couvert d'une sueur froide. Elle avait rêvé que toutes les personnes habitant le château tambourinaient à sa porte pour lui annoncer l'incendie de la nuit.

Elle n'entendit pas d'autre bruit que celui des feuilles de lierre frappant contre la fenêtre, le craquement du bois qui brûlait dans le foyer, et le mouvement régulier de la pendule.

« Ces rêves affreux vont-ils me poursuivre jusqu'à ce qu'ils me tuent ? » se dit-elle.

La pluie avait cessé et un faible rayon de soleil brillait. Lady Audley s'habilla rapidement, mais avec soin. Sa beauté était plus qu'une arme à ses yeux, et elle sentait qu'elle avait doublement besoin d'être bien armée. Elle mit sa robe de soie la plus belle, une robe d'un bleu argenté étincelant, qui lui donnait l'air d'être vêtue avec les rayons de la lune ; elle déroula les brillants anneaux de sa chevelure et, jetant sur ses épaules un manteau de cachemire blanc, elle descendit dans le vestibule.

Elle ouvrit la porte de la bibliothèque, jeta un coup d'œil à l'intérieur. Sir Michael était endormi dans son fauteuil. Au moment où milady refermait doucement la porte, Alicia descendit. La porte de la tour était ouverte et le soleil brillait sur la pelouse du parterre. La terre durcie du chemin n'était presque plus humide, la pluie avait cessé de tomber depuis plus de deux heures.

« Voulez-vous faire un tour avec moi ? » demanda lady Audley à sa belle-fille.

L'hostilité cachée entre les deux femmes autorisait de temps en temps ce genre de politesse.

« Oui, si vous voulez, milady, répondit Alicia d'un

air indifférent ; j'ai bâillé toute la matinée en lisant un livre stupide et cela me fera du bien de respirer un peu d'air frais. »

Souhaitons à l'auteur de ce roman des lecteurs plus consciencieux que la jeune fille. Elle avait parcouru le volume sans savoir ce qu'elle lisait, et l'avait mis plusieurs fois de côté pour guetter à la fenêtre l'arrivée d'un visiteur qu'elle n'avait plus grand espoir de voir venir.

Lady Audley passa la première et s'engagea sur le chemin caillouteux par lequel les voitures arrivaient au château. Elle était encore très pâle, mais sa toilette brillante et ses boucles dorées, légères comme la plume, attiraient l'œil. Le chagrin s'accompagne souvent d'un laisser-aller, chez milady rien n'était laissé au hasard. Pourquoi, par ce pâle soleil de mars, était-elle venue se promener avec sa belle-fille qu'elle détestait, sur ce chemin si peu agréable ? Parce qu'elle ne pouvait rester en place, à attendre à l'intérieur de la maison la nouvelle qui allait immanquablement arriver. Elle avait d'abord souhaité que quelque désastre de la nature l'en empêchât, que le messager qui l'apportait fût tué par la foudre ou que la terre s'entrouvrît sous ses pieds, et que des gouffres infranchissables fussent autant d'obstacles à sa venue. Elle avait désiré que la terre demeurât immobile et que les éléments paralysés fussent privés de leurs fonctions naturelles, que la marche du temps fût arrêtée et que le jour du jugement dernier arrivât pour la faire comparaître devant Dieu et non devant les hommes. Dans l'état confus où elle était, elle avait eu le temps de réfléchir à tout cela, et pendant qu'elle dormait sur le sofa de son cabinet de toilette, elle avait rêvé à toutes ces choses et à cent autres de même nature ; elle avait rêvé qu'un petit ruisseau qui coulait entre Mount Stanning et le château d'Audley s'était transformé en une rivière, puis en un vaste océan, et que les eaux avaient englouti le village entravant la course du porteur ; quand elle était descendue, la mémoire encore pleine de ces rêves, elle avait été étonnée de voir que la maison était si calme et qu'aucune information n'était encore parvenue.

Elle changea complètement d'état d'esprit. Elle ne désira plus retarder la terrible nouvelle. Elle souhaita voir la fin de son angoisse, cesser d'être tourmentée. Il lui semblait que la journée ne se terminerait jamais et que la marche du temps était arrêtée, ainsi qu'elle l'avait souhaité un moment dans sa folie.

« Comme la journée a été longue !... s'écria Alicia à l'unisson avec milady. Rien que de la pluie, du vent et du brouillard. Et maintenant qu'il est trop tard pour sortir, il fait beau », ajouta la jeune fille d'un air contrarié.

Lady Audley ne répondit pas. Elle regardait le cadran de l'horloge, et attendait ce messager qui devait infailliblement arriver d'un moment à l'autre.

« Ils ont eu peur de venir lui annoncer la nouvelle, pensait-elle, ils ont eu peur de tout dire à sir Michael. Qui donc aura enfin le courage de se charger de cette mission ? Le recteur de Mount Stanning peut-être, ou bien le médecin. En tout cas, ce sera un notable. »

Si elle avait pu aller dans l'avenue déserte ou sur la grand-route, si elle avait pu aller jusqu'à cette colline où elle avait renvoyé Phœbe, avec quelle ardeur elle y aurait couru. Elle aurait préféré n'importe quelle douleur à cette cruelle attente, qui torturait son cœur et son esprit. Elle essaya de parler et parvint péniblement à prononcer quelques banalités. En toute autre circonstance sa compagne aurait remarqué son embarras, mais miss Audley était trop perturbée elle-même pour ne pas désirer le silence autant que sa belle-mère. Cette promenade monotone sur le chemin était en accord avec l'état d'esprit d'Alicia. Elle prenait même un malin plaisir à caresser l'idée qu'elle s'enrhumait, et que Robert était responsable du danger qu'elle courait. Si elle avait pu, en s'exposant ainsi au souffle glacé du vent de mars, gagner une bonne pleurésie, ou avoir une attaque, elle eût trouvé quelque sombre satisfaction à ses souffrances.

« Peut-être Robert ferait-il attention à moi si j'étais malade, se disait-elle : il ne me traiterait plus d'idiote. »

Elle s'imagina qu'elle en était arrivée au dernier point de la maladie, qu'on l'avait entourée d'oreillers dans un grand fauteuil placé près de la fenêtre, et qu'elle contemplait une dernière fois les rayons du soleil. Autour d'elle il y avait une table chargée de médicaments, une Bible, des fleurs, et Robert désolé venait recevoir son pardon. Elle le sermonnait longtemps, trop longtemps en égard au peu de forces qu'il lui restait, et cette fantasmagorie lui plaisait beaucoup. Avec de pareilles histoires en tête, miss Audley ne s'occupait guère de sa belle-mère, et six heures sonnaient au moment où Robert était enfin pardonné.

« Grand Dieu ! s'écria-t-elle tout à coup, déjà six heures passées et je ne suis pas encore habillée ! Voulez-vous rentrer, milady ? »

La demi-heure sonna pendant qu'Alicia parlait.

« Je suis déjà habillée comme vous voyez. »

Alicia s'éloigna, mais la femme de sir Michael demeura dans le jardin : elle attendait des nouvelles...

Il faisait presque nuit. Les ténèbres commençaient à envelopper la terre. Au-dessus des prairies flottait une vapeur grise, et un étranger qui aurait aperçu le château d'Audley se serait imaginé qu'il se dressait au bord de la mer. Sous l'arche, les ombres du soir se condensaient et semblaient attendre une occasion de se glisser imperceptiblement sur le parterre ; il faisait déjà sombre et l'on distinguait à peine, de l'autre côté, ce coin de ciel bleu où brillait déjà l'étoile du berger.

Il n'y avait personne excepté cette malheureuse coupable, qui parcourait le sentier, écoutant si elle n'entendait pas venir le messager. Enfin un bruit retentit dans l'avenue qui conduisait à l'arche. Était-ce un bruit de pas ? L'ouïe, que la nervosité avait décuplé chez elle, lui révéla que cela provenait de quelqu'un qui marchait, un pas traînard comme celui des paysans à souliers ferrés, mais d'une démarche ferme et vive comme celle d'un gentleman.

Ce bruit glaça le sang dans les veines de milady. Il lui fut impossible d'attendre ; elle ne put se contenir. Elle ne se maîtrisa plus et courut vers l'arche.

Elle s'arrêta dans l'ombre, car l'étranger était à quelques pas d'elle. Elle le vit à travers l'obscurité, ô Dieu ! et son cœur cessa de battre, sa tête s'égara. Elle ne poussa aucun cri de surprise, aucune exclamation de terreur, elle chancela et s'appuya contre l'arche recouverte de lierre. Elle attendit ainsi le nouveau venu sans le quitter des yeux.

À mesure qu'il approchait, ses jambes se dérobèrent sous elle et elle tomba à genoux sur la terre ; elle ne s'évanouit pas, elle garda même toute sa conscience. Ainsi agenouillée dans l'angle du mur, on aurait dit qu'elle ne demandait plus rien qu'à se creuser une tombe à l'abri de l'édifice en briques, et à mourir.

« Milady !... s'écria Robert, car le nouveau venu, c'était lui, lui dont la chambre avait été fermée à double tour dans l'*Auberge du Château*, dix-sept heures auparavant ; qu'avez-vous ?... reprit-il d'un ton étrange, relevez-vous et laissez-moi vous conduire à la maison. »

Il l'aida à se relever et elle lui obéit avec soumission. Il prit son bras et la guida vers le vestibule qui était éclairé. Elle frissonnait comme jamais Robert n'avait vu femme frissonner, mais elle ne tenta pas de lui résister.

CHAPITRE X

La vérité

« Ya-t-il un endroit où nous puissions parler seul à seule ? » demanda Robert Audley en jetant un regard inquiet dans le vestibule.

Pour toute réponse, milady inclina la tête. Elle le fit entrer dans la bibliothèque dont la porte avait été laissée entrouverte. Sir Michael était monté chez lui s'habiller pour le dîner après une journée de paresse bien légitime pour un malade. La salle était vide et seulement éclairée par le feu comme la soirée précédente.

Milady, toute tremblante, se dirigea vers la cheminée, et s'agenouilla devant les flammes, comme si la chaleur du foyer allait chasser le froid qu'elle ressentait. Robert s'approcha d'elle.

« Lady Audley, dit-il d'un ton glacé qui détruisait tout espoir de tendresse ou de compassion, je vous ai parlé franchement hier soir, et vous avez refusé de m'entendre. Ce soir je serai plus franc encore, et il faudra bien que vous m'écoutiez. »

Milady, la figure enfouie dans les mains, laissa échapper un sanglot qui ressemblait à un gémissement, mais elle ne répondit pas.

« Il y a eu un incendie à Mount Stanning la nuit dernière, lady Audley, continua Robert impitoyable ; l'*Auberge du Château*, la maison où je dormais, a été entièrement détruite. Savez-vous comment j'ai pu échapper à la mort ?

– Non.

– Par un miracle de la Providence. Je n'occupais pas la chambre qui avait été préparée pour moi. En y entrant je l'avais trouvée humide, et la cheminée fumait horriblement. J'ai couché dans la petite chambre du rez-de-chaussée où j'avais passé la soirée et j'ai dormi sur un canapé. »

Il s'arrêta un moment pour regarder lady Audley. Elle baissait la tête de plus en plus, et ce fut le seul changement qu'il remarquât dans son attitude.

« Dois-je vous révéler qui a mis le feu à l'*Auberge du Château* ? »

Pas de réponse.

« Dois-je vous le dire ? »

Toujours le même silence obstiné.

« Lady Audley, s'écria Robert tout à coup, l'incendiaire, c'est vous. C'est votre main qui a enflammé la boiserie, et vous pensiez à l'aide de ce crime vous débarrasser de moi, votre ennemi et votre dénonciateur. Que vous importait à vous le sacrifice de plusieurs existences ? Si, à l'aide d'un second massacre de la Saint-Barthélemy, vous aviez pu me faire disparaître, vous n'auriez pas hésité à immoler toute une armée de victimes. Je n'ai plus de pitié. Je n'éprouve plus de compassion pour vous, et si je vous épargne, c'est par crainte de faire de la peine à d'autres personnes en vous faisant souffrir. S'il existait un tribunal secret devant lequel il me fût possible de vous traduire, je serais sans hésiter votre accusateur ; mais je veux épargner l'homme généreux dont le nom serait souillé par votre infamie. »

Sa voix s'adoucit lorsqu'il évoqua cette personne ; mais il fit un effort sur lui-même et continua :

« Personne n'a perdu la vie dans l'incendie de la nuit dernière. J'avais le sommeil léger, milady, car mon esprit était perturbé, comme il l'est depuis longtemps, par le malheur qui plane sur cette maison. C'est moi qui ai découvert le feu à temps pour donner l'alarme et sauver la servante ainsi que le malheureux ivrogne qui a été sérieusement brûlé malgré mes secours. Il est maintenant à la ferme de sa mère dans un état lamentable. C'est par lui et sa femme que j'ai su qui était venu à l'auberge au milieu de la nuit. La femme est devenue folle quand elle m'a vu, et elle m'a raconté tout ce qui s'était passé. Elle connaît sans doute bien d'autres secrets encore, et je pourrais les lui arracher si j'en avais besoin ; mais je n'en ai que faire. Mon chemin est tout tracé. J'ai juré de traîner devant la justice l'assassin de George Talboys, et je serai fidèle à mon serment. C'est vous qui avez tué mon ami. Bien souvent, je me suis demandé si je n'étais pas sous l'empire de quelque horrible hallucination. Comment croire, en effet, qu'une femme, jeune et charmante, fût capable de commettre un tel crime ? Mais aujourd'hui il n'y a plus de doute possible. Après ce qui s'est passé à l'*auberge du Château*, il n'y a rien qui, venant de votre part, ne peut plus m'étonner. Vous êtes l'incarnation du mal ; vous ne souillerez pas plus longtemps cette maison de votre présence. À moins que vous ne confessiez qui vous êtes et ce que vous avez été en présence de l'homme que vous avez trompé si longtemps. Je vais réunir les témoins qui constateront votre identité, et, au risque d'attirer la honte sur ceux que j'aime, vous serez punie. »

Milady se releva tout à coup, et se dressa devant lui d'un air résolu ; elle avait rejeté ses cheveux en arrière et ses yeux étincelaient.

« Faites venir sir Michael, s'écria-t-elle, faites-le venir, et je confesserai tout, oui, tout ! Peu m'importe ! J'ai lutté assez longtemps contre vous : mais vous êtes vainqueur, Mr Robert Audley ! Quel beau triomphe, n'est-ce pas ? Quelle grande victoire ! Vous avez employé toute votre intelligence froide, lumineuse et calculatrice à l'accomplissement d'un noble projet ! Vous avez vaincu une *folle* !

– Une folle ! s'écria Mr Audley.

– Oui, une folle ! Quand vous dites que j'ai tué George Talboys, vous dites la vérité, et quand vous dites que je l'ai assassiné par traîtrise, vous mentez ! Je l'ai tué parce que *je suis folle* ; parce que mon intelligence penche un peu plus du côté de la folie que de la raison ; parce que, lorsque George Talboys m'accabla de reproches et me menaça comme vous l'avez fait, mon esprit, qui n'a jamais été sain, perdit tout repère, et je suis devenue ce que je n'ai jamais cessé d'être : une folle. Faites venir sir Michael au plus vite ; s'il doit savoir quelque chose, qu'il sache tout, qu'il apprenne en entier le secret de ma vie ! »

Robert Audley chercha son oncle la mort dans l'âme, car il savait qu'il allait détruire le rêve de sa vie ; même si les rêves ne sont qu'illusions, il n'est pas facile pour autant de les effacer. Mais malgré toute la douleur qu'il éprouvait pour sir Michael, il ne pouvait s'empêcher de songer aux dernières paroles de milady : « Le secret de ma vie. » Il se souvenait de ces lignes qui l'avaient tellement intrigué dans la lettre adressée par Helen Talboys à son père la veille de son départ de Wildernsea. Il se souvenait de ces deux phrases incompréhensibles : « Vous devez me pardonner, car vous savez pourquoi j'ai agi de la sorte ; vous connaissez le secret qui explique ma vie. »

Il trouva sir Michael dans le vestibule ; il ne prépara pas le baron à la terrible révélation qu'il allait entendre. Il l'amena dans la bibliothèque, éclairée seulement par le feu, et là, pour la première fois, il lui adressa la parole d'un ton calme :

« Lady Audley a une confession à vous faire, mon oncle, qui vous sera douloureuse et qui vous surprendra cruellement ; mais pour votre honneur dans le présent, pour votre repos à l'avenir, il faut que vous l'entendiez. Elle vous a trompé indignement, mais il est juste que vous écoutiez les excuses qu'elle peut vous donner. Que Dieu adoucisse la violence du coup, dit en sanglotant le jeune homme, moi, je ne le puis. »

Sir Michael leva la main, comme pour imposer silence à son neveu; mais cette main retomba impuissante. Il était debout au milieu de la salle, froid et immobile.

« Lucy ! cria-t-il d'une voix remplie d'angoisse qui résonna désagréablement aux oreilles de ceux qui l'entendaient et ressemblait au cri d'un animal blessé, Lucy, dites-moi que cet homme est fou !... Dites-le-moi, ma bien-aimée... ou bien je le tuerai ! »

Sa voix devint furieuse quand il se tourna vers Robert. On aurait dit qu'il voulait réellement tuer le puissant accusateur de sa femme.

Mais milady tomba à ses pieds, s'interposant entre lui et son neveu.

« Il vous a dit la vérité, lui dit-elle, et il n'est pas fou. Je vous ai envoyé chercher pour me confesser. Je vous plaindrais si je le pouvais, car vous avez été bon, très bon pour moi, meilleur que je ne le méritais, mais je ne le puis... je ne le puis... je ne sens rien que ma douleur. Je vous ai dit, il y a bien longtemps, que j'étais égoïste ; je le suis toujours et encore plus lorsque je souffre. Les gens heureux s'apitoient sur le sort des autres. Moi, je me soucie peu des souffrances d'autrui... Que sont-elles à côté des miennes ? »

Lorsque sa femme était tombée à ses genoux, sir Michael avait essayé de la relever en la sermonnant ; mais à mesure qu'elle parlait, il se laissa tomber sur une chaise placée près de lui. Il joignit ses mains, et tendit la tête pour ne pas perdre une syllabe des paroles qu'elle prononçait. Toute son existence se jouait en ce moment :

« Il faut que je vous raconte l'histoire de ma vie, pour que vous compreniez comment je suis devenue celle à qui il ne reste plus d'autre espoir que celui de fuir, si on le lui permet, et d'aller se cacher dans quelque coin isolé. Il faut que je vous raconte l'histoire de ma vie, répéta milady ; n'ayez crainte, ce ne sera pas long. Cette histoire est trop triste pour que je me plaise à la faire durer. Quand j'étais enfant, je me souviens d'avoir souvent posé une question toute naturelle. Je demandais où était ma mère. Je me rappelais vaguement un visage dans le genre du mien, qui me regardait, à l'époque où j'étais toute petite. Ce visage disparut tout à coup et je ne le revis plus. On me répondit qu'elle était partie. Je n'étais pas heureuse, car la femme qui me gardait chez elle était méchante, et l'endroit où nous habitions était un village isolé sur la côte du Hampshire, à sept miles environ de Portsmouth. Mon père, qui était dans la marine, venait de temps en temps me voir, et j'étais entièrement dépendante de cette femme qui, n'étant pas payée régulièrement, manifestait à mon égard sa mauvaise humeur. Vous voyez donc que j'ai su de bonne heure ce que c'était que d'être pauvre. Peut-être était-ce à cause de cette vie malheureuse, plutôt que par affection pour ma mère, que je demandais si souvent où elle était. On me répondait toujours la même chose : “Elle est partie.” Si je voulais savoir où, on me disait que c'était un secret. Quand je fus assez âgée pour comprendre la signification du terme *mort*, je demandai si elle était morte. “Non, me dit-on, elle est malade, elle est partie” ; et lorsque je demandais si cela faisait longtemps qu'elle était malade, on me répondait qu'elle l'était depuis ma naissance. À la longue, on me révéla le secret. Je lassais celle qui me servait de mère par mes questions et, un jour où l'argent de ma pension n'arrivait pas, sa patience fut à bout. Elle se mit en colère et m'avoua que ma mère était folle et enfermée dans une maison à quarante miles du village. À peine eut-elle dit cela, qu'elle regretta d'avoir parlé et me demanda de ne pas la croire, qu'elle avait dit un mensonge. Je sus plus tard que mon père lui avait fait promettre de ne jamais m'avouer ce terrible secret. J'eus d'affreuses visions sur la folie de ma mère. Cela me poursuivit jour et nuit. Je me la représentais chargée de chaînes qui meurtrissaient ses membres, enfermée dans une cellule et couverte de haillons. J'exagérais l'horreur de son état. Je ne savais rien des différents degrés de la folie, et je pensais qu'une folle était une créature méchante qui tuait lorsqu'on s'approchait d'elle. Cette impression pénible me torturait le cerveau à tel point qu'il m'arriva à plusieurs reprises de m'éveiller la nuit en criant, parce que je rêvais que les mains glacées de ma mère me saisissaient à la gorge, et que ses hurlements me déchiraient les oreilles. Lorsque j'atteignis ma dixième année, mon père vint me chercher. Il paya ce qu'il devait à ma nourrice et m'envoya en pension. N'étant pas riche, il m'avait laissée dans le Hampshire plus longtemps qu'il n'aurait voulu. Là encore je sentais la pauvreté resserrer son étreinte et j'avais le sentiment que je resterais toujours ignorante parce que mon père était sans fortune. »

Milady s'arrêta pour reprendre haleine. Elle parlait avec rapidité. On voyait qu'il lui tardait d'en avoir fini avec cette histoire qui lui était insupportable. Elle était toujours agenouillée et sir Michael ne cherchait pas à la relever.

Il était immobile sur sa chaise. Que signifiait cette histoire ?... De qui s'agissait-il et quelle allait être la conclusion ?... À coup sûr, ce n'était pas celle de sa femme. Elle lui avait autrefois raconté sa jeunesse, il y avait cru comme à la parole de l'Évangile. Elle avait été orpheline de bonne heure, et son enfance s'était écoulée dans un pensionnat anglais sans que le moindre événement en troublât le calme.

«Je racontai à mon père, qui vint enfin, ce que j'avais appris. Il fut extrêmement triste quand je lui parlai de ma mère. Il n'était pas ce que l'on appelle généralement un homme sensible et bon, mais j'ai su plus tard qu'il avait tendrement aimé sa femme, et qu'il aurait volontiers sacrifié sa vie pour rester près d'elle, s'il n'avait pas été obligé de travailler pour subvenir à ses besoins et à ceux de son enfant. La pauvreté avait contraint ma mère à être soignée par des personnes étrangères au lieu de l'être par un mari dévoué. Avant d'entrer en pension à Torquay, mon père m'emmena voir ma mère. Cette visite chassa du moins les idées qui m'avaient si souvent effrayée. Je n'entendis pas de hurlements, je ne vis pas de camisole de force ni de gardiens cruels. Une femme aux cheveux blonds, aux yeux bleus, s'avança vers nous plus légère qu'un papillon, nous sourit, et nous montra les fleurs qui ornaient sa chevelure, en bavardant d'une voix gaie et rieuse. Mais elle ne nous reconnut pas. Elle en aurait fait autant pour quiconque aurait franchi les portes du jardin où elle se promenait librement. Sa folie était une maladie héréditaire que lui avait transmise sa mère. Ma mère avait eu sa raison jusqu'à ma naissance, depuis sa santé avait décliné de jour en jour jusqu'au moment où elle était devenue telle que je la voyais. Je m'éloignai de l'asile de fous après avoir appris cela et j'emportai avec moi la certitude que le seul héritage que j'eusse à attendre de ma mère, c'était la folie. J'emportais encore autre chose : un secret à garder. Je n'avais que dix ans, mais je sentis tout le poids de ce fardeau. Il me fallait garder le secret de la folie de ma mère, car cela pouvait par la suite me causer du tort. Je ne devais pas l'oublier. Je m'en souvins et ce fut là peut-être ce qui me rendit égoïste car je ne crois pas avoir de cœur. En grandissant, j'appris que j'étais jolie, belle, aimable, charmante. D'abord, j'entendis tout cela avec indifférence, mais peu à peu j'écoutai avec avidité et je songeai que, malgré le secret de ma vie, je pouvais être plus heureuse que mes compagnes. J'appris ce qu'apprend tôt ou tard toute jeune fille en pension : que mon bonheur dépendait du mariage que je ferais, et j'en conclus qu'étant plus jolie que mes amies, je devais faire un plus beau mariage. Quand je quittai la pension, j'avais dix-sept ans et, cette idée en tête, je partis vivre à l'autre bout de l'Angleterre avec mon père, qui avait quitté le service et s'était établi à Wildernsea, parce qu'il s'imaginait que c'était un endroit charmant où l'on pouvait vivre sans avoir beaucoup d'argent. L'endroit était charmant en effet et j'y étais à peine depuis un mois que j'avais déjà compris que ce n'était pas là que je rencontrerais un mari fortuné. Je passe rapidement sur cet épisode de ma vie. Vous et votre neveu, sir Michael, vous avez été riches toute votre vie, et le mépris vous est facile ; mais moi je savais jusqu'à quel point la pauvreté influe sur une existence, et je redoutais d'être pauvre. L'amant riche parut enfin ; le prince charmant se montra. »

Elle s'arrêta un moment et frissonna nerveusement. Il était difficile de voir les changements qui s'opéraient sur son visage à mesure qu'elle parlait ; sa tête restait obstinément baissée vers le parquet. Tant que dura son récit, elle ne la releva pas, et pas un sanglot n'étouffa sa voix. Ce qu'elle avait à dire, elle le disait d'un ton froid et sec, comme celui qu'aurait pris un criminel endurci lors de sa confession à l'aumônier de la prison.

« Le prince se montra, répéta-t-elle, il se nommait George Talboys. »

Pour la première fois, sir Michael tressaillit. Il commençait à comprendre. Une foule de remarques et d'incidents oubliés lui revinrent tout à coup à l'esprit et apparurent aussi vivement que s'ils avaient fait partie de sa propre vie.

« Mr George Talboys était officier dans un régiment de dragons, il était le fils unique d'un riche gentilhomme campagnard. Il tomba amoureux de moi et m'épousa trois mois après que j'eus atteint ma dix-septième année. Je crois que je l'aimais autant qu'il m'était possible d'aimer quelqu'un, pas plus que je ne vous ai aimé, sir Michael, même pas autant ; car, en m'épousant, vous m'avez élevée à un rang auquel il ne pouvait me faire accéder. »

Le rêve avait cessé. Sir Michael Audley se rappela cette soirée d'été deux ans plus tôt où il avait fait sa déclaration à l'institutrice de Mr Dawson. Il se souvint de la pénible sensation qu'il avait éprouvée ce soir-là, et il comprit qu'il avait en quelque sorte anticipé l'angoisse qui le torturait en ce moment.

C'est pourquoi, malgré toute sa souffrance, il n'éprouva pas cette surprise indicible que l'on ressent lorsqu'on est trompé par une personne aimée. Sir Michael n'avait jamais réellement donné toute sa confiance à sa femme. Il l'avait aimée et admirée, sa beauté et ses charmes l'avaient ensorcelé, mais il avait éprouvé un sentiment de manque, et l'appréhension qui l'avait touché au cœur le soir de sa demande en mariage avait toujours subsisté en lui plus ou moins distinctement. Un honnête homme, aussi simple et aussi bienveillant soit-il, ne peut jamais être trompé totalement. Sous la confiance se cache une méfiance instinctive que la volonté ne peut détruire.

« Nous nous mariâmes, continua milady, et je l'aimai assez pour me trouver heureuse avec lui, tant que dura son argent, tant que nous voyageâmes sur le continent, vivant de façon somptueuse en grands seigneurs. Mais lorsque nous revînmes à Wildernsea vivre avec mon père, il ne restait plus d'argent; George était triste, il songeait à ses ennuis, et me négligeait. Alors je fus très malheureuse et je me dis que ce beau mariage ne m'avait en somme donné qu'une année de distractions et d'amusements. Je conseillai à George de s'adresser à son père, mais il refusa. Je lui dis de chercher un emploi, il n'en trouva pas. Un fils est né, et la crise qui avait été fatale à ma mère allait m'arriver. J'échappai au danger; mais, après ma convalescence, je fus plus irritable et moins disposée à supporter les privations et le peu d'attentions de mon mari. Un jour, je me plaignis amèrement. Je reprochai à George Talboys d'avoir associé à sa misère une pauvre jeune fille sans défense. Il se mit en colère et quitta la maison. En m'éveillant le lendemain, je trouvai sur ma table de nuit une lettre dans laquelle il m'annonçait qu'il allait chercher fortune en Australie, et qu'il ne reviendrait que lorsqu'il serait riche. Je considérai ce départ comme un abandon, et je me mis à haïr l'homme qui me laissait seule avec un père incapable de me protéger et un enfant à nourrir. Je dus travailler pour gagner ma vie, et chaque heure de ce pénible travail d'institutrice creusa un fossé de plus en plus profond entre George Talboys et moi. Son père était riche; sa sœur vivait dans l'aisance et le luxe, et moi sa femme, moi la mère de son enfant, j'étais réduite à la mendicité. Le monde eut pitié de moi et je pris le monde en haine pour sa pitié. Je n'aimais pas mon enfant : c'était un fardeau. La tare héréditaire que je portais en moi ne s'était pas encore manifestée, mais à cette époque j'eus de nombreux accès de désespoir et de violence. Ce fut alors que mon esprit perdit tout repère et que je passai de l'autre côté du miroir. Je vis plus d'une fois mon père fixer sur moi son regard inquiet. Il me caressait comme on caresse les enfants et les fous pour les calmer, et je lui en voulais. À la longue ces accès de désespoir m'amenèrent à prendre une décision sans appel. Je me décidai à fuir cette maison où j'étais forcée de travailler pour gagner ma vie et à quitter mon père qui me redoutait plus qu'il ne m'aimait. Je résolus d'aller à Londres me perdre dans l'immense chaos de la ville. J'avais vu une annonce dans le *Times* pendant que j'étais à Wildernsea, et je me présentai sous un faux nom chez Mrs Vincent. Elle m'accepta sans rien connaître de mes antécédents. Vous connaissez le reste. Je vins ici et vous m'avez offert le rang que je convoitais ; car ce mariage m'a fait entrer dans l'univers auquel j'aspirais depuis que j'avais été en pension. Trois années s'étaient écoulées depuis le départ de mon mari, et je n'avais pas reçu de ses nouvelles. Je me disais que, s'il était encore en vie et était revenu en Angleterre, il m'aurait retrouvée coûte que coûte. Je connaissais suffisamment son caractère énergique pour savoir à quoi m'en tenir à ce sujet. Je me suis dis que j'étais en droit de le croire mort ou de penser qu'il voulait se faire passer pour tel. Ainsi son ombre ne se dresserait plus entre la prospérité et moi. Je devins donc votre femme, sir Michael, avec la résolution d'être pour vous une aussi bonne épouse que possible. Les tentations vulgaires qui assaillent et poussent à l'adultère quelques-unes de mes semblables ne m'effrayaient nullement. J'eusse été fidèle et pure jusqu'à la fin de ma vie quand bien même j'eusse été en proie à mille tentations. Cette folie que le monde appelle l'amour n'a jamais fait partie de ma propre folie, et les deux extrêmes en se touchant ont du moins fait d'un vice une vertu : le manque de cœur a garanti ma fidélité. Le bonheur me fit ressentir, pour la première fois de ma vie, un peu de compassion pour les autres. J'avais été pauvre, et maintenant que j'étais riche, je pouvais secourir mes voisins indigents. Je pris plaisir à être bonne et généreuse. Je découvris l'adresse de mon père et je lui envoyai de fortes sommes d'argent sans dire mon nom, car je ne voulais pas qu'il sût ce que j'étais devenue. Je profitai sans scrupule des avantages que me procurait votre générosité. Je prodiguai le bonheur partout. Je me vis aimée et admirée, et je crois que j'eusse continué à être bonne jusqu'à la fin de mes jours, si le destin me l'avait permis. Je pense que durant cette période mon esprit retrouva l'équilibre. Je m'étais observée avec soin depuis mon départ de Wildernsea. Je m'étais dominée autant qu'il m'avait été possible de le faire, et très souvent je m'étais demandé, si Mr Dawson avait le moindre soupçon sur mon infirmité héréditaire pendant que j'étais assise dans son petit salon paisible. Le destin ne voulut pas me laisser être généreuse et me força à être méchante. Un mois après mon mariage, je lus qu'un certain Mr Talboys, chercheur d'or qui avait fait fortune, était de retour d'Australie. Le navire était en route à l'époque où je lus la nouvelle... Que fallait-il faire ? Je connaissais la force de caractère de George. Je savais que l'homme qui était allé aux antipodes chercher fortune pour sa femme ne négligerait rien pour la retrouver. Il était inutile de tenter de me cacher. À moins qu'il ne me crût morte, il remuerait ciel et terre jusqu'à ce qu'il m'eût découverte. Ma raison fut ébranlée à l'idée du danger que je courais. Je franchis une seconde fois la limite entre l'équilibre et la folie. Je me rendis à Southampton où mon père habitait avec l'enfant. Je donnai pour excuse à ce voyage imprévu la maladie de Mrs Vincent, et je m'arrangeai pour n'emmener avec moi que Phœbe Marks. Je la laissai à l'hôtel pendant que j'allais voir mon père. Je lui confiai le danger auquel j'étais exposée. Il ne trouva rien à redire à ce que j'avais fait ; la pauvreté avait émoussé en lui les principes de l'honneur, mais il eut peur, et me promit de m'aider de toutes ses forces. Il avait reçu une lettre de George qui m'était adressée à Wildernsea, et renvoyée au nouveau domicile de mon père. Cette lettre avait été écrite quelques jours avant le départ de *l'Argus*, et elle annonçait la date probable de l'arrivée du navire à Liverpool. C'était sur cela que nous devions régler notre conduite. Nous prîmes à l'instant même une décision. Le jour de l'arrivée de *l'Argus*, ou quelques jours plus tard, le *Times* publierait la nouvelle de ma mort. Ce plan n'était pas si facile. Il fallait, en annonçant ma mort, indiquer l'endroit et la date. George accourrait certainement, quelle que fût la distance, et découvrirait la vérité. J'étais sûre que tant qu'il n'aurait pas vu la tombe sous laquelle je reposais, et mon acte de décès, il ne croirait pas à ma mort. Mon père était complètement désorienté et ne put rien inventer. Il se contenta de verser des larmes comme un enfant, de se désespérer et de craindre le pire, il ne me fut d'aucune utilité dans cette crise. N'ayant plus d'espoir de sortir de cette impasse, je laissai faire les événements, et j'espérai que mon mari ne découvrirait jamais Audley. J'étais assise auprès de mon père dans un misérable réduit, prenant du thé, jouant avec l'enfant qui examinait curieusement mes bijoux et ma toilette, sans se douter que je fusse sa mère ; j'avais l'enfant dans mes bras, lorsqu'une femme qui s'occupait de lui entra. Elle venait chercher l'enfant et l'habiller convenablement pour paraître à son avantage devant la *dame*, comme elle disait. Je voulus savoir comment l'enfant était traité, et je fis parler la femme pendant que mon père s'endormait. Elle avait la figure pâle, les cheveux cendrés, et avait environ quarante-cinq ans. Elle paraissait contente de pouvoir bavarder avec moi aussi longtemps que je le souhaitais et laissa bientôt l'enfant de côté pour me faire part de ses chagrins à elle. Elle était dans une situation pénible, me dit-elle ; sa fille aînée, malade, avait été obligée de quitter sa place. C'était pénible pour la pauvre veuve d'avoir une fille à soigner et toute une famille en bas âge à nourrir. J'écoutai patiemment toutes les souffrances de sa fille, son âge, sa piété, les remèdes du médecin, et bien d'autres choses encore ; mais mon esprit était ailleurs ; je ne l'entendais que d'une manière vague, comme un bourdonnement qui arrivait à mes oreilles, comme le bruit de la rue, ou le murmure du ruisseau qui coulait au bout de la rue. Que m'importaient les douleurs de cette femme ? N'avais-je pas les miennes, auprès desquelles les siennes n'étaient rien ? Ces sortes de gens ont toujours des maris malades, des enfants alités, et s'attendent toujours à être secourus par les riches. Il n'y avait là rien de très original. Je songeais à tout cela, et j'étais sur le point de la renvoyer avec un souverain pour soigner sa fille, lorsqu'une idée me traversa avec tant de vigueur que tout mon sang reflua à ma tête, et fit battre mon cœur avec la violence que j'éprouve lorsque je suis folle. Je lui demandai son nom. Elle s'appelait Plowson et tenait une petite boutique où elle vendait de tout, disait-elle, qu'elle quittait de temps en temps pour venir voir Georgey et surveiller la jeune fille qui était la bonne à tout faire de mon père. Sa fille malade se nommait Matilda. Je lui posai plusieurs questions sur cette fille, j'appris qu'elle avait vingt-quatre ans, qu'elle avait toujours été malade, et que la maladie de langueur dont elle était atteinte l'emporterait rapidement, sa santé déclinant depuis trop longtemps et de jour en jour. Le médecin avait même déclaré qu'elle ne passerait pas les quinze prochains jours. Le navire qui ramenait George Talboys devait jeter l'ancre dans trois semaines. Il est inutile de m'appesantir plus longtemps sur ces détails. Je rendis visite à la jeune fille. Elle était jolie et mignonne. Son visage pouvait à la rigueur passer pour le mien, quoiqu'elle n'eût avec moi aucune ressemblance, excepté le fait qu'elle était charmante. Je lui fus présentée comme une dame qui désirait lui être utile. Je corrompis la mère en lui donnant plus d'argent qu'elle n'en avait jamais eu et elle consentit à faire tout ce que je voulais. Dès le lendemain, mon père se rendit à Ventnor et loua un appartement pour sa fille malade et son enfant. La matinée suivante, il emmena Matilda mourante et Georgey qu'on avait convaincu avec des gâteaux à l'appeler maman. Elle entra dans la maison en qualité de Mrs Talboys ; un médecin la soigna en étant persuadé qu'elle était bien Mrs Talboys, et quand elle mourut elle fut inscrite sur le registre sous ce nom. La nouvelle fut insérée dans le *Times*, et deux jours après George Talboys arriva à Ventnor et fit placer la pierre tombale en souvenir de sa femme, Helen Talboys. »

Sir Michael Audley se leva lentement et avec peine. On aurait dit que la douleur morale avait raidi tous ses membres.

« Je ne puis en entendre davantage... dit-il d'une voix rauque. S'il reste quelque chose à dire, il m'est impossible de l'écouter... Robert... il est inutile d'aller plus loin... C'est vous qui avez découvert tout cela... continuez votre œuvre en vous occupant du salut et du bien-être de cette femme que je croyais être mienne... Souvenez-vous que je l'ai aimée réellement et tendrement... Je ne puis lui dire adieu et je ne le lui dirai pas jusqu'à ce que je puisse songer à elle sans amertume... jusqu'à ce que je puisse avoir pitié d'elle... Mais je prie Dieu de lui pardonner ses erreurs. »

Sir Michael sortit de la bibliothèque sans jeter un seul regard sur sa femme agenouillée. Il n'osait pas regarder une dernière fois celle qu'il avait aimée. Il se rendit dans son cabinet, sonna son valet de chambre et lui ordonna de préparer une malle, de faire le nécessaire, pour prendre le dernier train de la soirée.

CHAPITRE XI

Le calme après la tempête

Robert Audley suivit son oncle dans le vestibule, après que sir Michael eut prononcé ces quelques paroles qui avaient sonné le glas de son amour. Le jeune homme avait tant redouté ce jour fatal ! Il était cependant arrivé ; et, quoiqu'il n'y eût eu aucune explosion de désespoir, aucun reproche violent, aucune tempête d'angoisses et de larmes, Robert ne pensait rien de bon de ce silence peu naturel. Sir Michael avait dans le cœur la flèche acérée que son neveu avait décochée. Ce calme glacial était seulement le signe de la stupeur que produit toujours un coup inattendu et incompréhensible. Une fois passé l'étonnement, celui qui souffre regarde en face la souffrance, s'habitue à elle puis éclate enfin en sanglots.

Robert avait entendu raconter que des hommes de l'âge de son oncle supportaient le premier choc sans trop d'émotion, mais qu'ensuite, ils s'isolaient et succombaient lentement à la douleur. On lui avait parlé d'attaques de paralysie et d'apoplexie survenues en pareil cas chez des hommes plus résistants que son oncle, et il se demandait s'il n'était pas sage de rester auprès de sir Michael, afin de pouvoir le secourir le cas échéant.

Et pourtant était-ce judicieux d'être à côté de son

oncle au moment où celui-ci venait de s'éveiller d'un rêve et de s'apercevoir qu'il avait été dupe d'un mensonge et le jouet d'une folle qui, par nature, était trop froidement cupide et trop cruellement insensible pour pouvoir se repentir de sa trahison ?

« Non, se dit Robert, je laisserai son cœur saigner. L'humiliation est une part importante de sa douleur et il vaut mieux qu'il soit seul. J'ai fait ce que je pensais être un devoir sacré et je ne suis pas étonné de lui être odieux. Il vaut mieux qu'il lutte seul ; je ne puis rien faire pour atténuer sa douleur, il vaut mieux que personne ne soit près de lui. »

Pendant que le jeune homme était debout, la main posée sur la porte de la bibliothèque, Alicia Audley ouvrit la porte de la salle à manger et lui laissa voir la longue table couverte de linges damassés blanc comme la neige et tout éblouissante d'argenterie et de verres étincelants.

« Papa vient-il dîner ? demanda miss Audley, je me sens en appétit et ça fait trois fois que le cuisinier me fait dire que le poisson ne va plus être bon. Ce ne sera plus du poisson, ce sera de la bouillie », ajouta la jeune fille, en entrant dans le vestibule, le *Times* à la main.

Elle avait lu le journal au coin du feu en attendant qu'on servît.

« Oh ! c'est vous, Mr Robert Audley, remarqua-t-elle avec indifférence ; vous dînez avec nous, n'est-ce pas ? Allez donc chercher papa. Il est près de huit heures et d'habitude nous dînons à six heures. »

Mr Audley répondit à sa cousine d'un ton sévère. Ses façons désinvoltes l'agaçaient mais il oubliait que miss Audley ne savait pas le premier mot du terrible drame qui s'était joué sous ses yeux.

« Votre père vient de subir une grande douleur, Alicia », dit le jeune homme gravement.

L'expression rieuse de la jeune fille devint tout à

coup sérieuse. Alicia Audley aimait tendrement son père.

« Un malheur ! s'écria-t-elle. Qu'est-il arrivé, Robert ?

– Je ne peux pas encore vous le dire », répondit Robert à voix basse.

Il prit sa cousine par la main et tout en parlant se dirigea vers la salle à manger. Il referma soigneusement la porte et ajouta ensuite :

« Puis-je avoir confiance en vous, Alicia ?

– Pour quoi faire ?

– Pour consoler votre père et lui servir d'amie dans le malheur qui vient de s'abattre sur lui.

– Oui ! s'écria Alicia avec vivacité. Comment pouvez-vous me poser une question pareille ? Ne savez-vous pas que je supporterais n'importe quelle souffrance si cela pouvait adoucir la sienne ? Croyez-vous que je reculerais devant le moindre sacrifice pour soulager sa douleur ? »

Les larmes vinrent aux yeux de miss Audley pendant qu'elle parlait.

« Oh ! Robert... Robert !... Comme vous m'avez mal jugée, si vous avez pu croire que je ne serais pas capable de me dévouer pour mon père, dit-elle d'un ton de reproche.

– Non, non, mon Alicia, répondit tranquillement le jeune homme, je n'ai jamais douté de votre affection, c'est votre discrétion qui m'inquiète ; puis-je compter sur vous ?

– Vous le pouvez, Robert, dit résolument Alicia.

– Bien, j'aurai confiance en vous. Votre père va quitter Audley, pour quelque temps ; le chagrin qu'il vient d'éprouver, un chagrin inattendu, lui fait détester cette résidence. Il s'en va, Alicia, mais il ne faut pas qu'il parte seul.

– Seul !... non... non... mais je pense que lady Audley...

– Lady Audley n'ira pas avec lui, dit Robert gravement, elle va être séparée de votre père.

– Pour quelque temps ?

– Non, pour toujours.

– Séparée de lui pour toujours ! s'écria Alicia. Alors ce chagrin a un rapport avec lady Audley ?

– C'est lady Audley qui en est la cause. »

La figure d'Alicia, pâle jusqu'à ce moment, devint rouge tout à coup. Quel était ce chagrin causé par lady Audley et qui allait les séparer pour toujours ? Ils ne s'étaient pas querellés. Leur relation avait toujours été harmonieuse. Quelque chose venait donc d'arriver et avait à voir avec le déshonneur. Robert Audley comprit la signification de cette rougeur.

« Vous offrirez à votre père de l'accompagner partout où il voudra, Alicia, dit-il. Vous êtes son soutien naturel dans un moment comme celui-ci, mais vous lui serez plus utile en ne cherchant pas à savoir le secret de sa douleur ; votre ignorance des détails sera la garantie de votre discrétion. Soyez pour lui ce que vous étiez avant que cette femme vînt s'interposer entre lui et vous.

– Je le serai, murmura Alicia, je le serai.

– Évitez de prononcer le nom de lady Audley. Si votre père garde le silence, ayez de la patience ; s'il vous semble que sa douleur ne finira qu'avec sa vie, ayez encore de la patience et souvenez-vous que le seul moyen de le guérir, c'est de lui faire espérer qu'il existe une femme sur terre qui l'aimera jusqu'à son dernier jour de toutes les forces de son âme.

– Oui, Robert, oui, mon cher cousin, je m'en souviendrai. »

Robert Audley embrassa sa cousine sur le front.

« Ma chère Alicia, dit-il, vous me rendrez heureux en agissant ainsi. J'ai été en quelque sorte celui par qui le malheur est arrivé. Laissez-moi espérer que cela ne sera pas éternel. Rendez mon oncle au bonheur, Alicia, et je vous aimerai comme jamais frère n'a aimé une sœur, l'affection d'un frère vaut peut-être mieux, Alicia, que l'adoration enthousiaste de sir Harry Towers. »

Alicia courba la tête et cacha son visage à son cousin pendant qu'il parlait ; mais, quand il eut fini, elle releva la tête et le regarda bien en face avec un sourire qui faisait briller les larmes que l'on voyait dans ses yeux.

« Vous avez bon cœur, Robert, dit-elle, et j'ai eu tort de m'emporter contre vous parce que... »

La jeune fille s'arrêta tout à coup.

« Parce que quoi, ma chère cousine ? demanda Robert Audley.

– Parce que je suis idiote, Robert, dit vivement Alicia ; mais qu'importe, je ferai ce que vous voudrez et j'agirai de telle manière que mon père oubliera son chagrin avant peu. J'irais au bout du monde avec lui si cela pouvait lui faire plaisir. Je vais tout préparer. Pensez-vous qu'il partira ce soir ?

– Je ne crois pas qu'il veuille rester une nuit de plus sous ce toit.

– Le train part à neuf heures vingt, dit Alicia ; nous quitterons donc la maison dans une heure. Je vous reverrai avant notre départ, Robert.

– Oui, Alicia. »

Miss Audley courut dans sa chambre et appela sa servante pour l'aider aux préparatifs de ce voyage dont elle ne connaissait pas la destination finale.

Elle se dévouait corps et âme à la tâche que lui avait confiée Robert. Elle aida la servante à garnir les malles et la fit sourire en mettant ses robes de soie dans des cartons à chapeau et ses souliers en satin dans son nécessaire de toilette. Elle mit la maison sens dessus dessous pour trouver tout ce qu'il lui fallait, à la voir entasser ainsi ses cahiers de musique, ses broderies, ses parfums, on pouvait supposer qu'elle allait embarquer pour une île sauvage. Elle pensait au chagrin de son père, au visage sérieux et à la voix grave de son cousin Robert, qu'elle percevait maintenant différemment.

Robert Audley monta, lui aussi, au premier étage et chercha le cabinet de sir Michael. Il frappa à la porte et attendit la réponse avec inquiétude. Au bout d'un moment, pendant lequel le cœur du jeune homme battit bien fort, le baron vint ouvrir. Robert vit que le valet de son oncle avait déjà fait les malles.

Sir Michael s'avança dans le corridor.

« Avez-vous encore quelque chose à me dire, Robert ? demanda-t-il d'une voix calme.

– Je viens seulement savoir si je puis vous être utile à quelque chose. Vous partez ce soir pour Londres ?

– Oui.

– Où descendrez-vous ?

– À l'hôtel *Clarendon*, j'y suis connu. Est-ce tout ?

– Oui, Alicia vous y accompagnera.

– Alicia !

– Elle ne peut rester ici, il vaut mieux qu'elle parte aussi, jusqu'à ce que...

– Oui... oui... je comprends, interrompit le baron, mais ne pourrait-elle aller ailleurs... Est-il indispensable qu'elle soit avec moi ?

– Elle ne peut aller autre part, elle n'y serait pas heureuse.

– Qu'elle vienne alors ! dit sir Michael, qu'elle vienne ! »

Il parlait d'une voix grave et affaiblie. Robert sentait bien qu'il aurait préféré se taire.

« Très bien, mon oncle. Alicia sera prête pour neuf heures.

– Bon... bon... Qu'elle vienne, la pauvre enfant, murmura le baron ; qu'elle vienne, si cela lui plaît. »

Il soupira en parlant de sa fille. Il songeait à

l'indifférence qu'il lui avait témoignée à cause de sa femme.

« Je vous verrai au moment de votre départ, mon oncle, dit Robert ; je vous laisse d'ici là.

– Attendez ! dit soudain sir Michael ; avez-vous dit à Alicia ?...

– Je ne lui ai rien dit, excepté que vous quittiez Audley pour quelque temps.

– Et vous avez bien fait, Robert, dit le baron d'une voix brisée, vous avez bien fait. »

Il tendit sa main à son neveu, et celui-ci la porta à ses lèvres.

« Oh ! mon oncle, comment pourrais-je ne pas m'en vouloir de vous avoir fait souffrir ainsi ?

– Vous avez fait votre devoir, Robert, vous avez fait votre devoir, mais j'aurais préféré mourir avant ce soir et que tout ceci me fût épargné. »

Sir Michael rentra dans son cabinet, et Robert revint lentement dans le vestibule. Il s'arrêta sur le seuil de la chambre où il avait laissé Lucy, lady Audley, jadis Helen Talboys, la femme de son ami George.

Elle était étendue sur le parquet à l'endroit même où elle s'était agenouillée pour raconter son histoire. Était-elle évanouie, ou bien pensait-elle au sort qui l'attendait ? Robert n'en fit aucun cas. Il revint dans le vestibule et envoya chercher la femme de chambre aux rubans roses qui fut tout étonnée et consternée en voyant ainsi sa maîtresse.

« Lady Audley est malade, lui dit-il ; conduisez-la chez elle et veillez à ce qu'elle ne sorte pas. Vous voudrez bien rester auprès d'elle et l'empêcher de parler de crainte qu'elle ne se fatigue. »

Lady Audley n'était pas évanouie ; elle se laissa faire et se releva. Ses cheveux étaient en désordre, sa figure et ses lèvres avaient perdu leurs couleurs et ses yeux brillaient d'un éclat terrible.

« Emmenez-moi, dit-elle, et faites-moi dormir, faites-moi dormir, mon esprit est en feu. »

Au moment de quitter la bibliothèque, elle se retourna et demanda à Robert :

« Sir Michael est-il parti ?

– Il partira dans une heure.

– Personne n'a péri dans l'incendie de Mount Stanning ?

– Personne.

– J'en suis bien aise.

– L'aubergiste, Marks, a été brûlé sérieusement, il court un grand danger, mais il peut guérir.

– Tant mieux... Je suis contente que personne n'ait succombé. Bonne nuit, Mr Audley.

– Je vous demanderai demain un entretien d'une demi-heure, lady Audley.

– Quand il vous plaira. Bonne nuit.

– Bonne nuit ! »

Elle disparut en s'appuyant sur l'épaule de sa femme de chambre, et laissa Robert en proie aux plus vives inquiétudes.

Il s'assit devant le foyer dont la flamme diminuait, et réfléchit aux changements survenus dans cette maison qu'il trouvait si agréable avant la disparition de son ami. Il se demanda ce qu'il fallait faire, mais le bruit d'une voiture qui approchait le tira de sa sombre rêverie.

Neuf heures sonnaient à la pendule du vestibule au moment où Robert ouvrit la porte de la bibliothèque. Alicia venait de descendre avec sa servante.

« Adieu, Robert, lui dit-elle, en lui tendant la main, adieu et comptez sur moi ; je soignerai mon père.

– J'en suis sûr, adieu, Alicia. »

Pour la seconde fois de la soirée, Robert Audley pressa de ses lèvres le front innocent de sa cousine ; pour la seconde fois, ce baiser fut celui d'un père ou d'un frère, et n'avait rien à voir avec celui que lui eût donné sir Harry Towers.

À neuf heures cinq minutes, sir Michael parut, suivi de son valet. Le baron était pâle, mais il était maître de lui. La main qu'il tendit à son neveu était froide comme de la glace, ce fut d'une voix ferme qu'il dit adieu à Robert.

« Je laisse tout entre vos mains, Robert, lui dit-il au moment de s'éloigner de cette maison dans laquelle il avait vécu depuis si longtemps. Je ne connais pas la fin de cette histoire, mais j'en ai assez entendu. Dieu sait que je n'ai pas besoin d'en savoir davantage, mais ne soyez pas cruel... souvenez-vous que je l'aimais... »

Il ne put achever sa phrase, la voix lui manqua.

« Je m'en souviendrai, répondit le jeune homme, je ferai tout pour le mieux. »

Les larmes empêchèrent Robert de voir le visage de son oncle, une minute après, la voiture était loin, le neveu de sir Michael avait repris sa place au coin du feu dans la bibliothèque. Il songeait à la terrible responsabilité qu'il portait en se chargeant du sort de cette femme.

« Assurément, se dit-il, Dieu me punit d'avoir mené une vie si indolente jusqu'au mois de septembre dernier. C'est sans doute pour que je fasse amende honorable et que je suis obligé de reconnaître qu'un homme n'est pas libre d'agir à sa guise, que la Providence m'a confié cette tâche.

L'un des domestiques apporta de la lumière dans la bibliothèque et ralluma le feu ; mais Robert ne bougea pas de son siège. Il resta assis comme il s'asseyait à Fig-Tree Court, les coudes appuyés sur les bras du fauteuil et le menton dans la main.

Au moment où le domestique allait sortir, il releva la tête.

« Puis-je envoyer une dépêche à Londres ? demanda-t-il.

– On peut l'envoyer de Brentwood... pas d'ici. »

Mr Audley regarda sa montre d'un air pensif.

« J'irai à Brentwood, si vous voulez, si vous désirez envoyer un message.

– J'ai une dépêche à envoyer, Richards.

– Volontiers.

– Alors, attendez que je l'écrive.

– Bien sûr, Mr Audley. »

Le domestique apporta ce qu'il fallait pour écrire, et plaça une table devant Robert.

Robert trempa la plume dans l'encre et contempla un instant les bougies avant de commencer.

> « *Robert Audley, d'Audley en Essex, à Francis Wilmington, de Paper Buildings, Temple.*
>
> « Cher Wilmington, si vous connaissez un médecin spécialiste de la folie, et auquel on puisse confier un secret, soyez assez bon pour m'envoyer son adresse. »

Robert Audley mit la lettre dans une grande enveloppe et la tendit au domestique en lui donnant un souverain.

« Veillez à ce que cela soit remis à une personne digne de confiance, Richards, et dites-lui d'attendre la réponse. Elle doit être là dans une heure et demie. »

Richards, qui avait connu Robert tout enfant, sortit pour exécuter cet ordre. À l'office, lés domestiques, groupés en cercle devant le feu, discutaient des événements du jour sans y rien comprendre.

Rien ne pouvait être plus éloigné de la vérité que les suppositions de ces dignes gens. Quels indices avaient-ils de ce mystère qui avait fait qu'une femme criminelle s'agenouillât aux pieds de son seigneur et maître, pour lui raconter l'histoire de sa vie ? Ils savaient seulement ce que le valet de chambre de sir

Michael leur avait dit de ce soudain voyage : que son maître était aussi pâle qu'une feuille de papier blanc, qu'il parlait avec une voix étrange qui n'avait rien à voir avec celle qu'il avait d'habitude.

Les serviteurs les plus avisés décidèrent que sir Michael avait reçu une information surprenante apportée par Robert (ils étaient assez perspicaces pour mêler le jeune homme à la catastrophe), soit la mort de quelque cher et proche parent, ou une mauvaise spéculation, ou la faillite d'une banque dans laquelle la plus grande partie de la fortune du baron était engagée. On penchait pour la faillite d'une banque ; et chaque membre de l'assemblée, avec une espèce d'avidité et de sombre plaisir, se jetait sur cette idée, quoiqu'une telle supposition pût entraîner leur propre malheur.

Robert s'assit près de la cheminée qui semblait triste, même maintenant qu'un grand feu flamblait de la cheminée ; il écoutait les sourds gémissements du vent de mars qui pleurait autour de la maison, et secouait le lierre tremblant attaché aux murs. Robert était fatigué, il avait été éveillé en effet au milieu de la nuit par le craquement des boiseries dans l'*Auberge du Château*. Sans sa présence d'esprit et son sang-froid, Luke Marks eût péri misérablement. Il portait encore les marques du danger qu'il avait couru : ses cheveux étaient roussis d'un côté, et sa main gauche était rouge et enflammée. Il s'était brûlé en cherchant à sauver l'aubergiste. Il était épuisé aussi par les émotions violentes de la journée, et il s'endormit dans son fauteuil. L'entrée de Richards, qui rapportait la dépêche, le réveilla.

La réponse était courte :

« Cher Audley, toujours heureux de vous obliger. Alwyn Mosgrave, M. D., 12, Savile Row. Sûr. »

Le nom et l'adresse, c'était tout ce que contenait la dépêche.

« Il faudra porter une autre lettre à Brentwood demain matin, Richards, dit Mr Audley en repliant le papier, et cela m'arrangerait que ce fût avant déjeuner. Le porteur recevra un demi-souverain. »

Richards s'inclina.

« Merci, ce n'est pas nécessaire ; mais comme il vous plaira. À quelle heure voulez-vous qu'il parte ?

– Aussitôt qu'il pourra ; disons six heures du matin.

– Bien, monsieur.

– Ma chambre est-elle prête, Richards ?

– Oui, monsieur, votre ancienne chambre.

– Très bien. Alors, je vais me coucher. Apportez-moi un grog aussi chaud que possible, et attendez que la dépêche soit rédigée. »

Cette deuxième dépêche invitait le Dr Mosgrave à se rendre au château d'Audley pour une affaire très grave.

Quand ce fut terminé, Mr Audley jugea qu'il avait fait tout ce qu'il devait. Il but son grog dont il avait grand besoin, car il avait été glacé jusqu'aux os durant la nuit dernière. Il but lentement le pâle liquide doré, et songea à Clara Talboys, à cette jeune fille au visage sévère, dont le frère était maintenant vengé par l'humiliation de celle qui l'avait fait périr. La jeune fille avait-elle entendu parler de l'incendie de l'auberge ? C'était probable, Mount Stanning était un endroit si petit. Mais avait-elle su qu'il avait couru un grand danger, et qu'il s'était distingué en sauvant cet ivrogne d'aubergiste ? Robert Audley eut la faiblesse de lâcher la bride à son imagination, de la laisser s'envoler vers les pins qui se dressaient sous le ciel froid de février, de songer aux beaux yeux bruns qui ressemblaient tant à ceux de son ami perdu.

CHAPITRE XII

Sur les conseils du Dr Mosgrave

Lady Audley dormit profondément toute cette longue nuit d'hiver. Il était courant que des criminels dorment la veille de leur supplice, et ne soient arrachés à leur sommeil paisible que par le geôlier de la prison.

La partie était jouée et perdue. Lady Audley avait utilisé toutes ses cartes mais le jeu de son adversaire avait été meilleur, et elle avait été battue.

Elle était plus tranquille qu'elle ne l'avait été depuis le jour – si proche de son second mariage – où elle avait lu la nouvelle du retour de George Talboys d'Australie. Elle était rassurée, maintenant que l'on connaissait son histoire et que son secret était découvert. Il n'y avait plus rien à faire. Elle s'était débarrassée du terrible mystère qui l'oppressait, et son naturel égoïste et sensuel avait repris le dessus. Elle dormait paisiblement sous le duvet et la soie, à l'ombre des grands rideaux en velours qui entouraient son lit. Elle avait ordonné à sa femme de chambre de coucher dans la même pièce qu'elle, et de laisser la lampe allumée toute la nuit.

Ce n'était pas qu'elle eût peur d'être visitée par des spectres dans le calme de la nuit ; elle était trop égoïste pour se soucier de tout ce qui n'était pas susceptible de lui infliger une douleur réelle et elle n'avait jamais entendu dire qu'un esprit se laissât aller à la violence. Elle avait craint Robert Audley ; mais plus maintenant. Il avait achevé son œuvre, elle savait qu'il n'irait pas plus loin, de peur d'attirer la honte éternelle sur le nom qu'il vénérait.

« Ils m'enverront quelque part, je suppose, se dit milady, c'est tout ce qu'ils peuvent me faire. »

Elle se considéra comme une espèce de prisonnière d'État dont on prendrait soin ; un second masque de fer qu'on enfermerait dans quelque donjon. Elle devint indifférente au sort qui l'attendait. Elle avait vécu autant que cent personnes dans l'espace de quelques jours, et pour quelque temps du moins, elle ne pouvait plus souffrir.

Le lendemain matin, elle prit une tasse de thé et quelques toasts avec autant de calme que le condamné à son dernier repas. Elle prit son bain du matin, se parfuma les cheveux et choisit la plus belle toilette de sa garde-robe. Elle regarda l'ameublement luxueux de son cabinet, soupira en se disant qu'elle allait quitter tout cela ; mais elle n'eut pas une tendre pensée pour l'homme qui lui avait permis de posséder un si bel appartement et lui avait prouvé son amour en dispensant le luxe autour d'elle. Lady Audley songeait au prix que cela avait coûté, et savait que très probablement elle ne garderait pas longtemps toutes ces richesses.

Elle se regarda dans le miroir avant de quitter son cabinet. Le repos d'une longue nuit lui avait rendu la fraîcheur de son teint et l'éclat naturel de ses yeux bleus. Le feu terrible qui brillait en eux la veille avait disparu, et lady Audley eut un sourire de triomphe en contemplant sa beauté. Elle conservait malgré tout sa beauté, nul ne pouvait la lui enlever.

Le soleil brillait faiblement et lady Audley s'enveloppa dans un châle des Indes, qui avait coûté cent guinées à sir Michael. Elle pensait que c'était utile de le mettre, parce que si on l'emmenait à la hâte, elle aurait du moins quelque chose de sa splendeur passée. Après s'être exposée à tous les dangers pour avoir une belle maison, de belles toilettes, des voitures, des bijoux, des dentelles, il n'était pas étonnant qu'au moment de sa défaite, elle voulût les conserver. Si elle avait été Judas Iscariote, elle aurait gardé jusqu'à sa dernière heure les trente pièces d'argent.

Mr Robert Audley déjeuna dans la bibliothèque. Il savoura longuement sa tasse de thé et fuma son cigare en réfléchissant à la tâche qu'il s'était imposée.

« Je ferai appel à l'expérience de ce Dr Mosgrave, se dit-il. Les médecins et les avocats sont les confesseurs de ce prosaïque XIXe siècle. Il me viendra en aide assurément. »

Le premier train venant de Londres arrivait à Audley à dix heures et demie, et, à onze heures moins cinq, Richards annonça le Dr Alwyn Mosgrave.

Le médecin de Savile Row était grand, maigre, et âgé de cinquante ans environ. Ses yeux gris pâle avaient peut-être été bleus jadis mais avec le temps ils avaient pris une teinte délavée. Malgré tout le pouvoir de la médecine, le Dr Mosgrave n'avait pas pu engraisser ou se donner des couleurs. Son visage n'avait aucune expression, et pourtant il avait quelque chose de merveilleusement attrayant. C'était celui d'un homme qui avait passé la plus grande partie de sa vie à écouter les autres, et avait fait passer après son métier son individualité et ses passions.

Il s'inclina devant Robert Audley, prit une chaise et écouta le jeune avocat. Robert s'aperçut que le regard du médecin devenait fixe et pénétrant.

« Il pense que c'est moi qui suis le malade, se dit Robert, et il m'observe pour découvrir des signes de folie. »

Les paroles du Dr Mosgrave vinrent confirmer cette supposition.

« Ce n'est pas pour vous que vous désirez me consulter ? dit-il d'un ton d'interrogation.

– Oh ! non. »

Le Dr Mosgrave regarda sa montre.

« Il est inutile de vous rappeler que mon temps est précieux. Votre dépêche disait que mes services étaient requis pour un cas... dangereux... sinon je ne serais pas venu ce matin. »

Robert Audley regardait tristement le feu en se demandant comment aborder le problème.

« Je vous remercie, Dr Mosgrave, d'avoir répondu à mon appel. J'ai à vous demander votre avis sur un cas difficile, et qui me chagrine plus que je ne saurais l'exprimer. Je m'en rapporterai entièrement à votre expérience qui, seule, peut nous sortir d'embarras, moi et tous ceux qui me sont chers. »

L'air affairé du Dr Mosgrave marqua de l'intérêt en écoutant Robert Audley.

« La confession du malade au médecin est, je crois, aussi sacrée que celle du pécheur au prêtre ? demanda Robert avec un grand sérieux.

– Aussi sacrée.

– On ne peut la violer sous aucun prétexte ?

– Sous aucun. »

Robert Audley regarda de nouveau le feu. Devait-il tout raconter ?

« On m'a dit, Dr Mosgrave, que vous aviez consacré une partie de votre existence à traiter la folie.

– Oui, ma clientèle se compose presque exclusivement de malades d'esprit.

– Vous devez alors entendre parfois d'étranges et même de terribles révélations ? »

Le Dr Mosgrave s'inclina.

Il avait l'air d'un homme auquel on pouvait

confier les secrets de toute une nation, sans que le poids de ceux-ci l'incommodât le moins du monde.

« L'histoire que je vais vous conter n'est pas la mienne, dit Robert après une pause ; vous m'excuserez donc, si je vous rappelle que je ne puis la révéler que si le secret est garanti. »

Le Dr Mosgrave s'inclina de nouveau, mais son mouvement fut un peu plus sec.

« Je suis tout oreilles, Mr Audley », dit-il froidement.

Robert Audley rapprocha sa chaise de celle du médecin, et commença à voix basse l'histoire que lady Audley avait racontée la veille, agenouillée dans cette même pièce. La figure du Dr Mosgrave, tournée vers Robert, n'exprima aucune surprise à cette étrange révélation. Il sourit quand Robert raconta le complot de Ventnor, mais il n'eut pas l'air étonné. Robert acheva l'histoire à l'endroit où elle avait été interrompue par sir Michael. Il ne dit rien de la disparition de George Talboys, ni des soupçons horribles qu'elle avait fait naître. Il ne parla pas non plus de l'incendie de l'auberge.

Le Dr Mosgrave secoua la tête d'un air grave quand Robert eut fini.

« Vous n'avez plus rien à me dire ? demanda-t-il.

– Non, je ne crois pas qu'il soit nécessaire d'en dire davantage, répondit Robert, cherchant à éluder la question.

– Vous voulez prouver que cette dame est folle, et n'est pas responsable de ses actions, Mr Audley ? » dit le médecin.

Robert Audley fut stupéfié par la perspicacité du docteur. Comment avait-il deviné si vite son désir secret ?

« Oui, si cela était possible, je voudrais lui trouver cette excuse.

– Et éviter le scandale d'un procès, n'est-ce pas, Mr Audley ? » dit le médecin.

Robert frissonna en s'inclinant. Ce n'était pas seulement un procès qu'il redoutait, c'était la cour d'assises où comparaîtrait la femme de son oncle, observé de toutes parts par des regards curieux venant savourer sa honte.

« Je ne pense pas que je puisse vous être de quelque utilité, dit tranquillement le docteur ; je verrai cette dame, si vous le voulez, mais je ne la crois pas folle.

– Pourquoi ?

– Parce que rien de tout ce qu'elle a fait ne prouve la folie. Elle a fui de chez elle parce qu'elle n'y était pas bien, et qu'elle voulait trouver mieux. Il n'y a pas de folie là-dedans. Elle a commis le crime de bigamie pour obtenir un rang et une fortune : ce n'est pas de la folie ; et quand elle s'est trouvée dans une situation désespérée, au lieu de recourir à des moyens extrêmes, elle a tramé un complot qui demandait du calme et de la réflexion. Tout cela n'est pas de la folie.

– Mais la folie héréditaire...

– Elle peut se transmettre jusqu'à la troisième génération, et reparaître chez les enfants de cette dame, si elle en a. La folie n'est pas forcément léguée par la mère à la fille. Je voudrais vous venir en aide, Mr Audley, mais il n'y a pas de traces de folie dans l'histoire que vous m'avez racontée. Aucun jury anglais n'accepterait l'excuse de la folie. Ce que vous avez de mieux à faire, c'est de renvoyer cette dame à son premier mari, s'il veut la reprendre. »

Robert tressaillit à ces mots.

« Son premier mari est mort... du moins il a disparu... et j'ai des raisons de le croire mort. »

Le Dr Mosgrave vit le mouvement de Robert et

remarqua que sa voix était troublée en parlant de George Talboys.

« Le premier mari de la dame a disparu, dit-il en appuyant sur les mots, vous le croyez mort. »

Il s'arrêta un instant et contempla le feu, ainsi que l'avait fait Robert quelques moments auparavant.

« Mr Audley, reprit-il tout à coup, il ne doit pas y avoir de demi-confidence entre nous. Vous ne m'avez pas tout dit. »

La figure de Robert exprima la surprise.

« Je ne pourrais pas vaincre les difficultés de mon métier, dit le Dr Mosgrave, si je ne savais pas où finit la confiance et où commence la réserve. Vous ne m'avez appris que la moitié de l'histoire de cette dame, Mr Audley. Il faut que je sache tout avant de pouvoir me prononcer. Qu'est devenu le premier mari de cette dame ? »

Il posa la question sur un ton déterminé, comme s'il devinait que la réponse serait la pierre angulaire de l'édifice.

« Je vous ai déjà dit, Dr Mosgrave, que je ne le savais pas.

– Oui, répondit le docteur, et je devine que vous avez des soupçons. »

Robert Audley garda le silence.

« Si vous voulez que je sois utile, ayez confiance en moi, Mr Audley. Le premier mari a disparu : quand et comment ? Il faut me raconter l'histoire de cette disparition. »

Robert réfléchit quelques instants avant de répondre, mais peu à peu il releva la tête, et il dit au médecin :

« J'ai confiance en votre honneur et en votre bonté, Dr Mosgrave. Je ne vous demanderai pas de faire une action illégale, mais de sauver, en toute conscience, un nom de la honte et de la dégradation, si vous le pouvez. »

Il raconta l'histoire de la disparition de George et parla de ses doutes.

Le Dr Mosgrave l'écouta aussi tranquillement qu'auparavant. Robert termina en faisant appel à tous les bons sentiments du médecin. Il le supplia d'épargner le généreux vieillard qui avait fabriqué son propre malheur, en faisant tellement confiance à sa femme.

Il était impossible de lire sur la figure attentive du Dr Mosgrave une conclusion quelconque. Il se leva quand Robert eut fini, et regarda de nouveau sa montre.

« Je n'ai plus que vingt minutes à vous accorder, dit-il. Je vais voir la dame. Vous dites que sa mère est morte dans un asile d'aliénés ?

– Oui. Voulez-vous que lady Audley soit seule ?

– Oui, s'il vous plaît. »

Robert sonna la femme de chambre de milady, et le médecin fut conduit à travers l'antichambre vers le joli boudoir.

Dix minutes après il revint dans la bibliothèque où l'attendait Robert.

« J'ai parlé avec cette dame, dit-il, et nous nous entendons à merveille. La folie existe ! C'est de la folie cachée, qui peut ne jamais paraître ou ne paraître qu'une fois ou deux dans sa vie, mais elle est de la plus terrible espèce. Les accès en sont courts et sont occasionnés par une violente pression sanguine au cerveau. La dame n'est pas folle, elle a seulement une sorte de maladie héréditaire dans le sang. Elle a la ruse de la folie et toute la prudence de l'intelligence ; en un mot, Mr Audley, elle est dangereuse ! »

Le Dr Mosgrave fit un tour ou deux dans l'appartement avant de reprendre la parole.

« Je ne discuterai pas de la véracité des soupçons qui vous torturent, Mr Audley, dit-il tout à coup, mais je ne vous conseille pas de faire un esclandre.

Ce Mr George Talboys a disparu. Vous n'avez pas la moindre preuve de sa mort, et le seul chef d'inculpation serait la nécessité pour elle de se débarrasser de son ancien mari. Aucun jury des trois royaumes ne la condamnerait pour si peu. »

Robert Audley interrompit vivement le Dr Mosgrave.

« Je vous assure, mon cher monsieur, que ce que je redoute le plus au monde, c'est un esclandre.

– Sans doute, Mr Audley, mais vous n'espérez pas que je puisse pardonner comme vous l'une des plus graves offenses faites à la société. Si j'avais des motifs suffisants pour penser que cette femme a commis un crime, je ne souffrirais pas qu'elle échappât à la justice, dût l'honneur de cent familles en dépendre ! Mais comme ces preuves n'existent pas, je vous aiderai de mon mieux. »

Robert Audley serra la main du médecin dans les siennes.

« Je vous remercierai plus tard quand je serai en état, dit-il avec émotion, je vous remercierai pour moi et pour mon oncle.

– J'ai encore cinq minutes et il faut que j'écrive à quelqu'un », dit le Dr Mosgrave, souriant sous la pression énergique de la main du jeune homme.

Il s'assit à un bureau, et écrivit rapidement pendant sept minutes environ. Quand il s'arrêta, il avait rempli trois pages.

Il mit sa lettre sous enveloppe et la tendit à Robert sans la cacheter.

L'adresse était celle-ci :

À monsieur Val,
Villebrumeuse,
BELGIQUE.

Les regard inquiet de Robert Audley alla de l'adresse au médecin. Ce dernier mettait ses gants avec autant d'attention que si cette opération eût été la grande affaire de sa vie.

« Cette lettre, dit-il, en réponse au regard inquisiteur de Robert, est pour Mr Val, un de mes amis qui est propriétaire et directeur d'une excellente maison de santé à Villebrumeuse. Nous nous connaissons depuis longtemps, et il consentira volontiers à recevoir lady Audley dans son établissement. Il prendra sur lui la responsabilité de son avenir. Soyez tranquille, sa vie ne sera pas en danger. »

Robert Audley voulut parler et remercier de nouveau le docteur, mais un geste d'autorité du Dr Mosgrave empêcha toute effusion.

« Du moment où lady Audley mettra le pied dans cette maison, dit-il, sa vie mondaine sera finie. Tous ses secrets seront enfermés avec elle, et si elle a commis des crimes, elle n'en commettra plus. Si vous lui creusiez une tombe dans le cimetière voisin, vous ne la sépareriez pas plus complètement du monde. En ma qualité de médecin et d'honnête homme, je ne crois pas que vous puissiez mieux faire que de l'enfermer. Elle m'aurait sauté à la gorge et étranglé avec ses petites mains si elle l'avait pu, pendant que j'étais avec elle.

– Elle devinait donc le but de votre visite ?

– Elle le savait. "Vous me croyez folle comme ma mère et vous venez me questionner", m'a-t-elle dit. "Vous voulez reconnaître en moi la maladie héréditaire." Adieu, Mr Audley, ajouta à la hâte le médecin, je suis en retard de dix minutes, et je dois arriver avant le départ du train. »

CHAPITRE XIII

Morte-vivante

Robert Audley alla s'asseoir dans la bibliothèque avec la lettre du médecin, et songea à ce qui lui restait encore à faire.

Le jeune avocat avait dénoncé cette femme. Il avait été son juge et maintenant il était son geôlier. Son devoir ne serait pas terminé tant qu'il n'aurait pas porté la lettre à destination, et confié sa prisonnière au directeur de la maison de santé.

Il avait fait prévenir milady qu'il allait la conduire en un endroit d'où elle ne reviendrait pas, et qu'elle ne devait pas perdre de temps à faire ses préparatifs. Il désirait partir dans la soirée si cela était possible.

Martine, la femme de chambre, trouva pénible d'avoir à faire tant de bagages en aussi peu de temps, mais milady l'aida. C'était un plaisir pour elle de plier, d'empaqueter soies et velours, et de rassembler bijoux et parures. « On ne va donc pas m'enlever ce que je possède », se disait-elle. On l'exilait, c'était clair, mais l'exil n'était pas sans espoir, et dans n'importe quel coin du globe elle saurait, à l'aide de sa beauté, se constituer une petite royauté, conquérir de vaillants chevaliers, et trouver des sujets dévoués. Elle travailla donc de son mieux avec sa femme de chambre qui flairait la ruine dans ce départ précipité et ne déployait pas beaucoup de zèle. À six heures du soir, elle envoya dire à Mr Audley qu'elle était prête à partir quand il le souhaiterait.

Robert avait consulté un volume de Bradshaw, et découvert que Villebrumeuse n'était pas située sur une ligne de chemin de fer, et qu'on ne pouvait y arriver que par la diligence de Bruxelles. Le bateau pour Douvres partait du pont de Londres à neuf heures, et Robert pouvait y trouver de la place, puisque le train qui passait à Audley à sept heures arrivait à Shoreditch à huit heures un quart. En passant par Douvres et Calais, ils arriveraient à Villebrumeuse le lendemain, dans l'après-midi ou dans la soirée.

Milady occupa une des étroites cabines et s'enveloppa de ses fourrures. Son âme vénale aurait trop regretté les belles choses qui lui appartenaient, pour qu'il lui fût possible de ne pas y songer, même à ce moment. Elle avait caché de fragiles tasse à thé et des vases de Sèvres et de Dresde dans les plis de ses robes de soie. Elle avait enfoui ses bijoux et ses coupes dorées parmi son linge; elle aurait arraché les tableaux des murs et la tapisserie des Gobelins de ses fauteuils si elle avait pu. Elle avait pris tout ce qu'elle pouvait, et elle avait suivi Robert Audley avec une soumission passive, qui était l'obéissance du désespoir.

Robert Audley se promenait sur le pont du bateau au moment où les horloges de Douvres sonnèrent minuit, et la ville se montra bientôt comme un croissant lumineux qui éclairait la sombre immensité de la mer. Le steamer glissa rapidement vers les côtes de France, Robert Audley poussa un long soupir de soulagement en se disant que son œuvre allait bientôt être achevée. Il pensa à cette femme qui se trouvait seule dans une cabine et eut pitié d'elle, parce qu'elle était abandonnée, mais le visage de

George lui apparut tel qu'il était le jour de son retour des antipodes, et cette vision lui rappela l'horrible mensonge qui avait brisé le cœur de son ami.

« Pourrai-je jamais lui pardonner ? se dit-il ; pourrai-je jamais oublier l'expression de George dans ce café lorsqu'il lut le *Times* ? Il y a des crimes pour lesquels il n'existe pas de pardon et celui-ci est du nombre. Quand bien même George reviendrait à la vie demain, la blessure de son cœur ne serait pas guérie, il ne pourrait plus redevenir l'homme qu'il était. »

Il était déjà tard, le lendemain, quand le bruit des roues de la diligence retentit sur le pavé inégal de la principale rue de Villebrumeuse. La vieille ville ecclésiastique, triste à l'ordinaire, paraissait plus lugubre encore sous cette lumière grisâtre. Les réverbères, allumés de bonne heure et disposés çà et là accentuaient encore plus cette impression d'obscurité. Ils ressemblaient à ces vers luisants qui assombrissent les endroits où ils ne brillent pas. La ville belge était une ville oubliée, portant les traces de la décadence sur chaque façade de maison dans les rues étroites, sur chaque toit en ruine, sur chaque bouche de cheminée. Il est difficile de s'imaginer combien les rues étaient si étroites, au point que la diligence frôlait presque les passants sur le trottoir et les forçait à se plaquer contre les devantures des boutiques. Il était enfoncé dans un coin de la voiture et regardait milady assise à l'opposé. Il se demandait quelle pouvait être l'expression de ce visage qui se cachait avec tant de soin sous un voile.

Ils avaient occupé le coupé de la diligence à eux seuls pendant tout le voyage, car les voyageurs ne sont pas nombreux entre Bruxelles et Villebrumeuse, et la diligence était plutôt le symbole d'une tradition qu'une entreprise rentable pour ses propriétaires.

Milady n'avait pas dit un seul mot pendant tout le trajet, excepté pour refuser les rafraîchissements que Robert lui offrait aux relais. Elle se sentit mal à l'aise en quittant Bruxelles, car elle avait espéré que le voyage finirait là, et elle ferma les yeux avec dégoût et désespoir pour ne pas regarder le paysage monotone de la Belgique.

Elle leva enfin les yeux quand la voiture déboucha dans un grand carré qui avait été jadis le jardin d'un monastère et qui était maintenant la cour d'un hôtel.

Lady Audley frissonna en descendant de la diligence dans cette cour morose. Robert était entouré de porteurs qui se disputaient l'honneur de prendre ses bagages et de lui choisir un hôtel. L'un de ces porteurs courut chercher une voiture à la demande de Robert, et reparut en poussant de grands cris et en faisant claquer son fouet avec un bruit qui résonnait de façon diabolique dans l'obscurité ; il ramenait une paire de chevaux si petits, qu'on aurait pu croire qu'ils avaient été extraits d'un cheval ordinaire.

Robert laissa milady dans la salle commune, sous la garde d'une servante à l'air endormi, pendant qu'il se rendait dans un autre endroit de la ville. Il y avait des formalités à remplir avant de faire enfermer la femme de sir Michael dans la maison indiquée par le Dr Mosgrave. Robert eut à voir une foule de personnages importants, rédiger un grand nombre de déclarations sur l'honneur, montrer la lettre du médecin anglais, signer et contresigner des tonnes de papiers, pour faire entrer la femme de son ami dans cette demeure d'où elle ne devait plus sortir. Il fallut deux heures pour accomplir toutes ces formalités, quand le jeune homme revint à l'hôtel, il trouva lady Audley devant deux bougies et une tasse de café à laquelle elle n'avait pas touché.

Robert fit monter milady dans la voiture de louage et prit place à côté d'elle.

« Où me conduisez-vous ? lui dit-elle enfin. Je suis lasse d'être traitée comme une enfant qu'on met dans un cabinet noir pour le punir d'une faute. Où me conduisez-vous ?

– Dans une retraite où vous aurez le temps de vous repentir du passé, Mrs Talboys », répondit gravement Robert.

Ils abandonnèrent les rues pavées et débouchèrent sur une grande place où s'élevaient deux églises. Ils gagnèrent ensuite un boulevard éclairé par des lampadaires et aperçurent des branches d'arbres qui tremblaient au vent comme des spectres décharnés. La voiture roula pendant trois quarts de mile environ sur ce boulevard sablé, et vint s'arrêter devant une porte cochère encore plus massive que toutes celles qu'ils avaient dépassées.

Milady poussa un petit cri en regardant par la portière. Une lampe imposante éclairait la porte et le vent de mars faisait vaciller la flamme sous le verre.

Le cocher sonna et une petite porte en bois à côté de la grande fut ouverte par un homme à cheveux gris, qui jeta un coup d'œil sur la voiture et se retira. Il reparut trois minutes après.

Le cocher fit entrer ses chevaux dans la cour et jusqu'à l'entrée d'une grande maison de pierre grise, dont la façade comptait bon nombre de fenêtres, quelques-unes étaient faiblement éclairées et ressemblaient aux yeux pâles d'un veilleur fatigué de contempler l'obscurité de la nuit.

Milady surveillait tous ces détails aussi froidement que les étoiles qui se montraient dans ce ciel d'hiver ; elle jeta sur ces fenêtres un coup d'œil vif et pénétrant. À l'une d'elles, masquée par un rideau d'un rouge fané, elle aperçut l'ombre d'une femme coiffée d'une façon bizarre qui passait et repassait sans cesse devant le rideau.

La femme de sir Michael posa aussitôt sa main sur le bras de Robert et, désignant la fenêtre à rideau :

« Je sais où vous m'avez amenée, lui dit-elle. C'est une maison de fous. »

Robert Audley ne lui répondit pas. Il n'avait pas bougé pendant qu'elle lui parlait. Il l'aida tranquillement à descendre de voiture, lui fit gravir quelques marches et la conduisit dans le vestibule de la maison. Il tendit la lettre du Dr Mosgrave à une femme entre deux âges, très correctement vêtue, qui sortit d'une petite pièce donnant sur le vestibule. Cette femme sourit à Robert et à lady Audley ; et après avoir remis la lettre à un domestique, elle les invita à entrer dans l'agréable petite pièce qui était assez bien meublée et chauffée par un poêle microscopique.

« Madame est-elle fatiguée ? » demanda la Française avec un air de grande douceur et en avançant un fauteuil à milady.

Madame haussa les épaules et parcourut l'appartement d'un regard attentif.

« Quelle est cette maison, Robert Audley ?... s'écria-t-elle avec fureur. Me prenez-vous pour une enfant pour vous jouer ainsi de moi ?... Quelle est cette maison ?... Parlez...

– C'est une maison de santé, milady, et je ne cherche pas à vous tromper », dit le jeune homme gravement.

Milady réfléchit un moment en regardant Robert.

« Une maison de santé... répéta-t-elle. Oui, en France cela s'appelle ainsi, mais en Angleterre c'est un asile de fous. N'est-ce pas, madame, que c'en est un ? dit-elle en français en se retournant vers la femme et en tapant du pied sur le plancher.

– Ah ! mais non, madame, répondit-elle en protestant avec un cri aigu, c'est une maison de repos très agréable où l'on peut se distraire... »

Elle fut interrompue par l'arrivée du directeur de

l'établissement, qui parut le sourire aux lèvres et la lettre du Dr Mosgrave à la main.

Le directeur se déclara enchanté de faire la connaissance de Robert. Il n'y avait rien sur terre qu'il ne fût prêt à faire pour lui, et il s'efforcerait d'accomplir tout ce qui était en son pouvoir pour faire plaisir à son ami le célèbre docteur anglais. La lettre du Dr Mosgrave l'avait mis au courant de ce qu'il y avait à faire, et il se chargeait volontiers de soigner la charmante et très intéressante madame... madame...

Il se frotta les mains poliment, et regarda Robert. Celui-ci se souvint alors pour la première fois qu'il lui avait été recommandé de présenter lady Audley sous un nom d'emprunt.

Il feignit de n'avoir pas entendu la question du directeur. C'est apparemment facile de choisir n'importe quel nom ; mais Mr Audley semblait avoir oublié tous les noms qu'il connaissait pour ne se rappeler que le sien et celui de son ami.

Le directeur s'aperçut peut-être de son air embarrassé et, pour faire diversion, il se tourna vers la femme et murmura quelque chose à propos du 14 bis. Celle-ci prit une clef, qui était suspendue avec plusieurs autres au-dessus du manteau de la cheminée, ainsi qu'une bougie qui se trouvait sur une planche dans un coin de la chambre, et l'ayant allumée, elle traversa une salle carrelée et s'avança vers un escalier en bois verni.

Le médecin anglais avait informé son collègue qu'il ne devait en aucun cas se préoccuper de questions d'argent en ce qui concernait le confort et le bien-être de la dame confiée à ses soins. Mr Val avait donc choisi pour sa nouvelle pensionnaire un appartement magnifique : l'antichambre était dallée en marbre blanc et noir, mais était sombre comme une cellule ; des draperies en velours étaient tendues dans le salon mais elles étaient si ternes qu'elles n'étaient pas de nature à égayer l'esprit. Il y avait un lit dans la chambre à coucher si bizarrement fait, qu'on ne voyait pas comment on pouvait y entrer à moins de déchirer la couverture avec un canif.

Milady contempla ces appartements, d'un air morose, à la lueur de la bougie. Cette flamme solitaire et pâle, tel un esprit, se démultipliait en mille apparitions encore plus pâles, qui se reflétaient partout dans la chambre : sur les profondeurs sombres des boiseries et des parquets, sur les vitres des fenêtres, sur les glaces, que milady prenait pour des miroirs coûteux, mais qui n'étaient en réalité que des surfaces réfléchissantes.

Elle se laissa tomber dans un fauteuil, se couvrit la figure de ses mains. Les diamants qu'elle portait aux doigts étincelaient comme des étoiles dans cette chambre faiblement éclairée. Elle était silencieuse, inanimée, désespérée, fiévreuse. Robert et le médecin se retirèrent dans une pièce à côté et parlèrent à voix basse. Mr Audley n'avait que fort peu de choses à ajouter à ce qu'avait dit le médecin. Après s'être creusé l'esprit, il changea le nom de lady Audley pour celui de Taylor, et dit au directeur que cette Mrs Taylor était une parente éloignée qui avait hérité de la folie de sa mère comme le Dr Mosgrave l'en avait informé ; qu'elle avait montré des signes d'excentricité, mais qu'elle n'était pas folle dans l'acception totale du terme. Il le pria de la traiter avec beaucoup d'égards et de compassion, de tout lui accorder dans la limite du raisonnable, mais de ne la laisser sortir seule de la maison sous aucun prétexte. Mr Val devait la faire accompagner dans ses promenades et serait responsable de sa pensionnaire. En outre, puisque Mr Val était protestant, il demanderait à un pasteur de venir prodiguer à cette dame les conseils dont elle avait grand besoin.

Telle fut, en résumé, la conversation du directeur et de Robert, qui dura environ un quart d'heure ; et quand ils eurent fini, ils rejoignirent lady Audley qui était toujours immobile dans la même position où ils l'avaient laissée.

Robert s'approcha d'elle et lui dit tout bas à l'oreille :

« Vous vous nommez dorénavant Mrs Taylor. Je pense qu'il n'est pas nécessaire de révéler votre véritable nom. »

Elle secoua la tête pour toute réponse.

« Madame aura les services d'une servante pour elle seule, dit Mr Val. Tous ses désirs sensés seront satisfaits, ajouta-t-il, avec son étrange mouvement d'épaule, et nous ferons notre possible pour que le séjour de Villebrumeuse lui soit profitable. Les pensionnaires dînent ensemble quand elles le veulent, je dîne moi-même très souvent à leur table, mon assistant toujours. Je demeure avec ma femme et mes enfants dans un petit pavillon aux environs ; mon assistant, un homme digne et intelligent, réside dans l'établissement. Madame peut compter sur tous mes efforts pour... »

Mr Val aurait continué longtemps encore sur le même ton, en se frottant les mains et en regardant avec joie Robert et lady Audley, si celle-ci ne s'était levée furieuse et ne lui eût ordonné de se taire en le menaçant de ses doigts chargés de bagues.

« Laissez-moi seule avec celui qui m'a amenée ici, cria-t-elle, laissez-moi seule ! »

Elle montra la porte avec un geste impérieux si rapide que la draperie de soie s'ouvrit avec rudesse sous sa main. Les brèves syllabes françaises sifflaient à travers ses dents et leur tonalité semblait plus conforme à son état d'esprit que l'anglais qu'elle avait parlé jusqu'ici.

Le docteur français leva les épaules et s'en alla en murmurant :

« Quelle charmante diablesse. »

Lady Audley se dirigea rapidement vers la porte qui séparait la chambre à coucher du salon, la ferma et, sa main toujours sur le bouton, elle se retourna vers Robert Audley.

« Vous m'avez conduite dans une tombe, Mr Audley, s'écria-t-elle. Vous avez usé cruellement de votre pouvoir pour m'enterrer vivante.

– J'ai fait ce que me dictaient la justice envers les autres et la compassion envers vous, répliqua tranquillement Robert ; j'aurais été dans l'illégalité après la disparition de George Talboys et l'incendie de l'*Auberge du Château* si je vous avais laissée en liberté. Je vous ai amenée dans une maison où vous serez traitée avec bonté par des gens qui ne savent pas votre histoire et ne vous adresseront aucun reproche. Vous mènerez ici une vie calme et tranquille, madame, comme celle que mènent bien des femmes dans ce pays catholique. La solitude de votre existence ne sera pas plus grande que celle de la fille de ce roi qui, pour échapper aux malheurs de son temps, alla s'ensevelir dans une retraite semblable à celle-ci. Vous expiez bien légèrement tous vos crimes et vous êtes soumise à une bien légère pénitence. Vivez ici et repentez-vous.

– Je ne puis ! s'écria-t-elle, écartant ses cheveux et fixant ses yeux dilatés sur Robert Audley. Je ne puis ! C'était bien la peine d'être belle, de comploter et de ne pas arriver à dormir la nuit à cause du danger pour en arriver à un pareil résultat. Si j'avais su que je devais finir ici, j'aurais renoncé à tout lors du retour de George Talboys en Angleterre, et j'aurais cédé à la malédiction qui pesait sur moi. »

Elle saisit à pleines mains les boucles dorées de

ses cheveux, comme si elle avait voulu les arracher. Elle détestait sa beauté. Elle se détestait elle-même.

« Je me moquerais de vous et je vous défierais, si j'osais, reprit-elle. Je me tuerais, si j'en avais le courage, mais je suis lâche, je l'ai toujours été. J'ai eu peur de l'horrible héritage de ma mère... peur de la pauvreté... peur de George Talboys... peur de vous. »

Elle se tut un moment sans quitter sa place près de la porte, comme si elle voulait retenir Robert aussi longtemps qu'elle le souhaitait.

« Savez-vous à quoi je pense, dit-elle tout à coup, en vous regardant à la lueur de cette bougie ? Je songe au jour où George Talboys a disparu. »

Robert tressaillit en l'entendant prononcer le nom de son ami, sa respiration devint saccadée.

« Il était debout devant moi comme vous l'êtes maintenant, continua milady. Vous avez dit que vous renverseriez la maison de fond en comble et que vous déracineriez les arbres du jardin pour trouver le cadavre de votre ami. Ce n'est pas la peine d'en faire tant : George Talboys est au fond du vieux puits. »

Robert Audley leva les mains au-dessus de sa tête en poussant un cri déchirant.

« Ô mon Dieu, dit-il après une horrible pause, tous mes soupçons étaient donc fondés ?

– Il vint à moi dans l'allée des tilleuls, reprit lady Audley avec dureté. Je savais qu'il viendrait et je m'étais faite à cette rencontre. J'étais décidée à le corrompre, à le câliner, à le défier, à tout faire plutôt que d'abandonner le rang que j'avais conquis, pour revenir en arrière. Il vint, et me reprocha le complot de Ventnor. Il déclara que jamais de sa vie il ne me pardonnerait ce mensonge. Il me dit que je lui avais arraché le cœur, et qu'il ne lui en restait plus pour avoir pitié de moi. Il m'aurait tout pardonné si ce n'est cette méchanceté calculée mais rien désormais ne pouvait plus le détourner de son projet : celui de me traîner devant mon second mari et de m'obliger à tout révéler. Il ne savait pas que j'avais sucé la folie en buvant le lait de ma mère. Il ne savait pas qu'il pouvait me rendre folle. Il me tourmenta comme vous l'avez fait... il fut sans pitié comme vous l'avez été. Nous étions dans le bosquet au bout de l'avenue des tilleuls. J'étais assise sur la margelle en ruine du puits. George s'appuyait contre la barre en fer du tourniquet qui remuait toutes les fois qu'il changeait de position. Je me levai enfin et je me tournai vers lui pour le défier. Je lui déclarai que, s'il me dénonçait à sir Michael, je le traiterais de fou ou de menteur et qu'il n'arriverait pas à faire croire à l'homme qui m'aimait aveuglément qu'il avait des droits sur moi. Au moment où j'allais le quitter, il me saisit par le poignet et me retint de force. Vous avez vu la trace de ses doigts sur mon bras et vous ne vous êtes pas leurré sur mes explications. Je jugeai dès lors, Mr Audley, que vous étiez un homme dangereux. »

Elle s'arrêta comme pour donner à Robert le temps de parler, mais il ne dit rien, attendant qu'elle achevât son récit.

« George Talboys, reprit-elle, jura que s'il existait un témoin susceptible de m'identifier fût-il à cent mille lieues du château d'Audley, il irait le chercher pour me confondre. Ce fut à ce moment-là que je devins folle. Je retirai la barre de fer du montant sur lequel elle jouait et je vis mon premier mari tomber dans le puits en poussant un cri horrible. Je connaissais cette légende sur l'immense profondeur de ce puits, il était à sec, car je n'entendis pas le bruit de l'eau. Je me penchai au-dessus et ne vis qu'un trou noir. Je m'agenouillai et j'écoutai, mais il n'y eut pas d'autres cris. Je restai là un quart d'heure, et Dieu sait combien ce quart d'heure me parut long. »

Robert Audley garda le silence à la fin de ce récit. Il se rapprocha seulement de la porte où se tenait

Helen Talboys. S'il y avait eu un autre endroit pour sortir, il en aurait profité volontiers. Il répugnait à tout contact, si léger fût-il, avec cette terrible femme.

« Laissez-moi passer, s'il vous plaît, lui dit-il d'une voix glacée.

– J'ai eu le front de tout vous avouer, reprit Helen Talboys, et cela pour deux raisons ; la première, c'est que vous auriez peur de tuer votre oncle en me traînant au banc des criminels ; et la seconde, c'est que la loi ne pourrait pas m'infliger de châtiment plus affreux que cet emprisonnement à vie dans un asile. Je n'ai donc pas à vous remercier d'avoir été indulgent, Mr Audley, car je sais où cela va me conduire. »

Elle s'éloigna de la porte, et Robert passa devant elle sans un mot, sans un regard.

Une demi-heure après, il était dans un des principaux restaurants de Villebrumeuse, et s'asseyait sans faim à sa table. Il ne pouvait pas chasser de son esprit l'image de son ami traîtreusement assassiné.

CHAPITRE XIV

Un revenant en fiacre

Dans le train du retour, Robert avait peine à réaliser qu'il revenait chez son oncle sans la femme qui y avait régné en souveraine pendant deux ans. Il lui semblait qu'il avait emmené lady Audley secrètement et qu'il devait rendre compte à sir Michael du sort de la femme que le baron aimait si tendrement.

« Que lui dirai-je ? pensait-il. Lui avouerai-je la vérité... l'horrible vérité ? Non, ce serait trop cruel. Il n'y résisterait pas. Et pourtant, si je ne lui dis pas ce qu'elle est devenue, il pensera que j'ai été cruel avec elle. »

C'était en réfléchissant de la sorte que Robert, assis dans le coupé de la diligence, regardait, sans le voir, le triste paysage. Maintenant que la sombre histoire de George Talboys était finie, il manquait une page au livre de sa vie.

Que lui restait-il à faire ? Son ami assassiné était au fond du vieux puits d'Audley. Depuis six mois il était là, enfoui dans l'obscurité. Que fallait-il faire ?

Rechercher les restes de son ami, c'était infailliblement faire appel à la justice et révéler l'histoire du crime de lady Audley. En prouvant que George était mort, il désignait ainsi la main qui l'avait frappé. Car on savait que le jeune homme était allé rejoindre lady Audley dans l'allée des tilleuls le jour où il avait disparu.

« Ô mon Dieu ! s'écria Robert, face à cette horrible alternative, faut-il que le cadavre de mon ami reste à tout jamais au fond de ce puits parce que j'ai pardonné à la femme qui l'a assassiné ? »

Il n'y avait aucun moyen de résoudre ce problème ; mais il y réfléchit tout de même en se disant qu'en somme il importait peu à son ami d'être enseveli dans un puits ou dans une magnifique tombe en marbre. Parfois il était saisi d'horreur à cette idée et souhaitait parvenir au plus vite au château pour réparer le sort injuste de son ami.

Il arriva à Londres deux jours après son départ d'Audley, et il se rendit tout droit à l'hôtel *Clarendon*, pour demander des nouvelles de son oncle. Il ne voulait pas voir sir Michael, ne sachant pas encore ce qu'il allait lui dire, mais il lui tardait de savoir comment il endurait cette terrible épreuve.

« Je verrai Alicia, pensait-il, et elle me racontera. Cela ne fait que deux jours que sir Michael a quitté Audley : il est trop tôt pour espérer une amélioration de son état. »

Mr Audley ne devait pas voir sa cousine ce soir-là. Les domestiques de l'hôtel *Clarendon* lui annoncèrent que sir Michael et sa fille étaient partis dans la matinée pour Paris avec l'intention de se rendre à Vienne.

Robert fut heureux de cette nouvelle ; elle lui accordait un moment de répit. Quand la santé de sir Michael serait rétablie et le calme revenu, il serait plus facile de lui dire la vérité.

Mr Audley se fit conduire au Temple. Son appartement, qui lui avait toujours semblé triste depuis la disparition de George Talboys, lui parut encore plus sinistre ; car ce qui n'était autrefois qu'un soupçon était devenu une affreuse réalité. Il ne lui restait plus le moindre espoir. Ses craintes les plus horribles avaient été confirmées.

Mr Audley trouva chez lui trois lettres qui l'attendaient. Il y en avait une de sir Michael et une d'Alicia. La troisième avait été écrite par une personne dont le jeune avocat connaissait parfaitement l'écriture, bien qu'il ne l'ait vue qu'une seule fois. Il rougit et prit la lettre avec autant de soin que si le papier eût été animé. Il la tourna et retourna en tous sens, examina le timbre, la couleur du papier, puis il la glissa sous son gilet en souriant étrangement.

« Je suis grotesque, dit-il. J'ai tellement ri des faiblesses d'autrui que je ne peux pas m'imaginer agir de la même façon. Pourquoi ai-je rencontré cette belle jeune fille aux yeux bruns ? Pourquoi Aphrodite m'a-t-elle conduit dans le Dorsetshire ? »

Il ouvrit les deux premières lettres. Il était assez fou pour garder la dernière pour la bonne bouche.

La lettre d'Alicia lui disait que sir Michael supportait cette épreuve avec tant de calme, qu'elle aurait préféré l'explosion du désespoir à cette désolante tranquillité. Elle avait fait appeler secrètement le médecin de la famille et l'avait prié de faire, comme par hasard, une visite à son père. Après être resté une demi-heure avec le baron, il avait dit à Alicia qu'il n'y avait pour le moment aucun danger sérieux, mais qu'il fallait tirer sir Michael de cette torpeur et le forcer à bouger malgré lui.

Alicia avait aussitôt suivi ce conseil, et reprenant sur son père tout l'empire qu'elle avait eu autrefois l'avait forcé à tenir la promesse qu'il lui avait faite, il y a quelque temps, de la mener en Allemagne. Ce n'est pas sans peine qu'elle avait obtenu son consentement, mais dès qu'elle l'avait eu, elle avait pressé le départ, et annonçait à Robert qu'elle ne ramènerait son père chez lui que lorsqu'elle lui aurait fait oublier ses chagrins.

La lettre du baron était très courte. Elle renfermait une demi-douzaine de chèques en blanc sur le compte de sir Michael Audley.

« Vous allez avoir besoin d'argent, mon cher Robert, lui disait-il. Il est inutile de vous dire que vous ne devez pas reculer devant telle ou telle dépense. Rappelez-vous seulement que je ne veux plus jamais entendre prononcer le nom de cette personne. Je vous laisse le soin de décider de ce que vous allez faire d'elle, et je ne désire pas le savoir. Toutes les fois que vous manquerez d'argent, prenez la somme qu'il vous plaira, mais ne m'en faites pas connaître l'emploi. »

Robert Audley poussa un long soupir de soulagement en repliant cette lettre. Elle le débarrassait d'un devoir bien pénible à remplir, et lui indiquait le chemin à suivre en ce qui concernait son ami George Talboys.

Son âme dormirait en paix dans sa tombe inconnue, et sir Michael Audley ne saurait jamais que la femme qu'il avait aimée était coupable d'un meurtre.

Il ne lui restait plus qu'à ouvrir la troisième lettre, celle qu'il avait placée sur son cœur. Il déchira l'enveloppe et retira avec soin et tendresse le papier qu'elle contenait.

La lettre était aussi courte que celle de sir Michael. Elle ne renfermait que ces quelques lignes :

« Cher Mr Audley,

« Le recteur de l'endroit a rendu deux fois visite à Luke Marks, l'homme que vous avez sauvé dans l'incendie de l'*Auberge du Château*. Marks est gravement malade au cottage de sa mère, près d'Audley, et il est fort peu probable qu'il vive longtemps. Sa femme le soigne. Il a témoigné le désir de vous voir avant sa mort. Venez donc sans retard, je vous en prie.

Votre amie sincère,
CLARA TALBOYS. »

« *À la cure de Mount Stanning, 6 mars.* »

Robert Audley replia respectueusement le papier et le replaça sous son gilet, à l'endroit où l'on croit communément que se trouve le cœur. Il s'assit ensuite dans son fauteuil favori, bourra sa pipe et la fuma en regardant le feu. À voir ses beaux yeux gris, on devinait que la rêverie dans laquelle il était plongé n'avait rien d'ennuyeux. Ses pensées s'envolaient avec les nuages de fumée bleuâtre, et l'entraînaient dans un monde où la mort, la douleur et la honte n'existaient pas. Ce monde, créé par la toute-puissance de son amour, n'avait pour habitants que Clara Talboys et lui.

Quand le tabac turc fut entièrement consumé et les cendres dispersées sur la dalle du foyer, le rêve voyagea vers cette région merveilleuse où naissent des visions idéales créées par un enchanteur qui ne les offre à l'humanité que de façon fugitive. Mais le rêve s'évanouit, et la réalité réveille Robert.

« Que peut me vouloir ce Marks ? se demanda le jeune avocat. Il a peut-être peur de mourir avant de s'être confessé, et il veut m'avouer ce que je sais déjà, l'histoire du crime de milady. Je savais qu'il connaissait le secret, j'en ai eu la certitude le premier soir où je l'ai vu. Oui, il le connaissait et en tirait profit. »

Robert Audley ne voulait pas retourner dans le comté d'Essex. Comment revoir Clara Talboys, maintenant qu'il savait où était son frère ? Qu'allait-il devoir inventer pour lui cacher la vérité ? Était-ce un service à lui rendre que de détruire ses illusions ? Était-ce avoir de la pitié pour elle que de lui raconter cette horrible histoire qui fatalement détruirait en elle tout espoir ? Il savait avec quelle facilité on se laisse aller à espérer en dépit de tout, et il ne pouvait se faire à l'idée que le cœur de la jeune fille souffrît autant que le sien en apprenant les faits.

« Non, mieux vaut ne rien lui dire, mieux vaut qu'elle passe sa vie à chercher ce qu'est devenu son frère. »

Mais Clara Talboys lui avait écrit pour le prier de venir sans retard dans le comté d'Essex. Comment lui refuser ? Et puis le mourant voulait le voir : il serait cruel de passer outre cette dernière prière. Il regarda sa montre. Neuf heures moins cinq. Il n'y avait pas de train pour Audley qui partît de Londres après huit heures et demie ; mais à onze heures, il y en avait un à la gare de Shoreditch qui arrivait à Brentwood entre minuit et une heure du matin. Robert décida qu'il le prendrait et ferait à pied le trajet entre Brentwood et Audley.

Il lui restait du temps, il demeura assis au coin du feu à réfléchir tristement aux étranges événements qui avaient rempli sa vie depuis un an et demi.

« Ciel ! se dit-il en fumant une seconde pipe, est-ce bien à moi que tout cela est arrivé ? Moi qui flânais ici toute la journée en lisant Paul de Kock, fumant mon doux tabac turc, qui avais pour habitude d'aller au théâtre et de finir ma soirée en dînant d'une côtelette et d'une pinte d'ale chez Evans ; pour comble de désagréments, me voilà devenu amoureux. Clara Talboys ! Clara Talboys ! Se cache-t-il dans vos grands yeux quelque lueur de tendresse pour moi ? Que diriez-vous si je vous avouais que je vous aime aussi franchement, aussi sincèrement que j'ai pleuré le sort de votre frère ? Ah ! Si par hasard elle aimait la couleur de mes cheveux, ou le son de ma voix, elle m'écouterait peut-être. Mais est-ce suffisant pour qu'elle m'aime, de la convaincre que mon amour pour elle est pur, honnête et franc et que je serai d'une fidélité à toute épreuve ? Oh ! non ; cela ne la toucherait pas. Peut-être me témoignerait-elle un peu de pitié, mais ce serait tout. Si une autre jeune fille m'adorait, je la trouverais ennuyeuse ; mais si Clara Talboys avait envie de me piétiner, je prendrais cela comme une faveur. J'espère que la pauvre petite Alicia rencontrera un homme qui lui plaira au cours de son voyage ! J'espère... »

Ses pensées s'égarèrent. Comment pouvait-il faire des projets alors que le souvenir de son ami le hantait comme un spectre ? On lui avait raconté un jour l'histoire d'un homme que l'esprit d'un parent enterré quelque part, loin du cimetière où il aurait voulu reposer, obsédait. Et s'il allait subir le même sort, si l'âme de George Talboys allait le poursuivre ?

Il écarta ses cheveux, et regarda sa chambre. Il se dessinait des ombres dans un coin, et ces ombres lui déplurent. La porte de son cabinet était entrouverte ; il se leva et la ferma à clef avec beaucoup de bruit.

« Je n'ai pas lu Alexandre Dumas et Wilkie Collins pour rien, murmura-t-il ; je connais toutes les ruses des fantômes. Ils vous épient par-derrière, viennent danser devant les vitres, et ouvrent leurs grands yeux quand il commence à faire noir. C'est une étrange chose qu'un ami bon et généreux, incapable de la moindre mesquinerie durant sa vie, soit capable de n'importe quelle bassesse lorsqu'il devient un esprit. Demain je ferai éclairer l'escalier au gaz, et je demanderai au fils aîné de Mrs Maloney de coucher dans le vestibule. Sa compagnie me sera très agréable. »

Mr Audley se promena de long en large pour tuer le temps. Il était inutile de partir de chez lui avant dix heures, et même en partant à dix heures, il arriverait à la gare une demi-heure trop tôt. Il était fatigué de fumer. L'influence du doux narcotique est assez agréable : comment ne pas souhaiter, après une demi-douzaine de pipes, la présence d'un être cher qu'on puisse regarder rêveusement à travers le brouillard pâle et gris et qui puisse vous renvoyer un regard amical en retour ? Robert Audley avait des amis mais le but qu'il s'était fixé l'avait forcé à les négliger, et c'était pour cette raison qu'il était seul. Il n'aurait jamais pu passer des soirées à boire de bons vins et à faire d'agréables dîners. Il n'aurait pas pu rester les écouter parler avec désinvolture de politique, théâtre, littérature, courses, sciences, etc., alors qu'il était poursuivi nuit et jour par d'horribles soupçons ! Il ne le pouvait pas ! Il s'était retiré de tous ces lieux animés et s'était enfermé dans sa chambre, n'ayant pour seul compagnon que le trouble habituel de son esprit.

Dix heures sonnèrent enfin à l'horloge de Saint-Dunstan. Et Robert Audley, qui avait mis son chapeau et son pardessus depuis une demi-heure, sortit de chez lui en ayant bien soin de fermer la porte. Il se renouvela mentalement la promesse de faire coucher Parthrick (c'était le nom que Mrs Maloney donnait à son fils aîné) dans le vestibule. Ce jeune homme devait entrer en fonction la nuit d'après, et si l'esprit de l'infortuné George Talboys apparaissait, il aurait à passer au travers du corps de Parthrick avant d'arriver jusqu'à la chambre de Robert.

Robert était devenu hypocondriaque après avoir entendu l'horrible histoire de la mort de son ami. Il n'y a rien d'aussi léger et d'aussi fragile que ce point d'appui invisible sur lequel repose la raison.

Fleet Street était tranquille et solitaire à cette heure tardive, et Robert Audley était dans un état d'esprit si faible qu'il croyait sans peine à l'existence des fantômes ; il n'aurait pas été étonné d'apercevoir Milton chercher à tâtons son chemin pour descendre les marches de l'église de Saint-Bride.

Robert Audley prit une voiture au coin de

Farringdon Street, qui le mena rapidement vers Finsbury Pavement, à travers un labyrinthe de rues boueuses.

« Personne n'a jamais vu de revenant en fiacre, se dit Robert, et Dumas lui-même n'a pas eu cette idée, non qu'il ne fût capable d'écrire un roman de ce genre si le sujet lui avait plu. Un revenant en fiacre ! voilà un titre qui sonne bien. »

La voiture roula bruyamment sur le pavé et déposa Robert aux portes de la gare de Shoreditch. Il y avait très peu de voyageurs dans ce train de nuit, et Robert se promena librement de long en large sur les quais, lisant les immenses affiches.

Il eut pour lui tout seul un compartiment du wagon. Mais l'ombre de George Talboys le poursuivit jusqu'à son compartiment de première classe. Elle était derrière lui quand il regardait à la portière, et elle précédait la machine vers le lieu non sanctifié où les restes de son ami étaient enfouis.

« Il faut que je le fasse enterrer comme il se doit », se dit Robert, pendant qu'un vent froid soufflait au-dehors et lui faisait l'effet de la respiration glacée qui se serait échappée des lèvres d'un mort, « ou bien je mourrai d'un accès de panique comme celui qui m'a saisi ce soir. Il le faut à tout prix, quand bien même je devrais arracher la coupable à sa retraite et l'amener au banc des criminels. »

Il éprouva un soulagement quand le train s'arrêta à Brentwood, quelques minutes après minuit. Une seule personne descendit avec lui à cette petite station : c'était un habitant du coin qui rentrait après avoir assisté à la représentation d'une tragédie.

Robert Audley jeta tout autour de lui un regard désespéré au moment de quitter la jolie petite ville de Brentwood et de prendre la route de la colline où la malheureuse *Auberge du Château* avait fini par succomber sous les efforts combinés du feu et du vent.

« C'est une promenade désagréable, pensa Robert en cherchant des yeux la route. La nuit est froide, et la lune se cache comme si elle avait envie de me faire croire qu'elle n'existe pas. Je suis pourtant content d'être venu. Et puis *elle* désire ma présence, elle demande que le ciel me vienne en aide, et je ne peux lui résister. »

Il s'arrêta contre la barrière en bois qui entourait le jardin de la cure de Mount Stanning, et regarda les fenêtres de la maison à travers une haie de lauriers. Il n'aperçut aucune lumière, et il fut forcé de s'éloigner sans autre consolation que celle d'un coup d'œil jeté là où se trouvait la femme qui était désormais la maîtresse de son cœur. Un monceau de ruines s'élevait à la place où jadis l'*Auberge du Château* avait lutté contre les vents. La bise qui soufflait librement dans les restes de poutres, souleva un nuage de cendres et de poussière qui enveloppa Robert Audley au moment où il passait.

Il était plus d'une heure et demie quand le voyageur nocturne entra dans le village d'Audley, ce fut seulement là qu'il se rappela que Clara Talboys ne lui avait pas indiqué où était le cottage où se mourait Luke Marks.

« C'est Dawson qui a recommandé de transporter le malheureux chez sa mère, se dit Robert un instant après, c'est probablement lui qui l'a soigné. Il pourra me montrer le chemin. »

Robert arriva à la porte de la maison où Helen Talboys avait vécu avant son second mariage. Cette porte était entrouverte, et une lumière était allumée dans le petit laboratoire. Robert entra, et aperçut le chirurgien qui préparait un médicament sur son comptoir d'acajou. Son chapeau était près de lui, et il était sans doute rentré depuis peu, bien qu'il fût très tard.

« Je vous demande pardon de vous déranger, Mr Dawson, dit Robert, quand le chirurgien leva la tête et le reconnut ; mais je suis venu voir Marks, et je voudrais que vous m'indiquiez le chemin.

– Je vais vous le montrer, Mr Audley, répondit le médecin. Je me rends moi-même au cottage dans quelques minutes.

– Marks va donc si mal ?

– Tout à fait mal, et le seul changement à attendre, c'est celui qui calmera pour toujours ses souffrances.

– Voilà qui est étrange, s'écria Robert. Il m'avait semblé que ses brûlures n'avaient rien de sérieux.

– Et vous ne vous étiez pas trompé. Si ses brûlures eussent été sérieuses, je n'aurais pas recommandé de l'éloigner de Mount Stanning. C'est le choc qui l'a mis dans cet état. Sa santé était minée depuis longtemps par des habitudes déréglées, la frayeur a fait le reste. Il a déliré pendant deux jours. Ce soir, il est plus calme ; mais, avant demain soir, il sera mort.

– Il a demandé à me voir, m'a-t-on dit ? dit Mr Robert Audley.

– Oui ; c'est une extravagance de malade, répondit le chirurgien d'un ton indifférent. Vous l'avez arraché aux flammes, et, bien qu'il ait l'écorce un peu rude, il pense beaucoup à ce que vous avez fait pour lui. »

Ils étaient sortis du laboratoire, et le chirurgien avait fermé la porte à clef.

Il guida Robert le long d'une rue silencieuse et s'engagea tout à coup dans un sentier au bout duquel le jeune avocat aperçut une faible lumière. Elle devait éclairer une chambre mortuaire ; c'était celle du cottage où Luke Marks souffrait sous la garde de sa mère et de sa femme.

Mr Dawson souleva le loquet et entra dans la première pièce du cottage suivi de Robert Audley. Elle était vide et seulement éclairée par une chandelle, dont le suif dégouttait sur la table ; Luke Marks était dans la chambre au-dessus.

« Dois-je lui dire que vous êtes ici ? demanda Mr Dawson.

– Oui, oui, s'il vous plaît, prenez des précautions pour le lui dire. Si vous pensez que cette nouvelle peut l'agiter, j'attendrai ; je ne suis pas pressé. Vous m'appellerez quand je pourrai monter. »

Le chirurgien inclina la tête en signe d'assentiment et gravit l'escalier qui menait à l'étage supérieur. C'était un homme bon que ce Mr Dawson, et il fallait qu'il le fût pour être le médecin des pauvres de la paroisse et les soigner gratis avec douceur, sans jamais leur faire subir aucune de ces cruautés mesquines contre lesquelles on n'a aucun recours.

Robert Audley s'assit sur une chaise devant le foyer sans feu, et contempla les objets qui l'entouraient. Quoique la salle fût petite, les coins étaient sombres ; une vieille pendule se dressait là. Le jeune homme écoutait en silence le tic-tac monotone qui semblait compter les dernières secondes de vie accordées au mourant. Robert eut envie de lui jeter son chapeau dans l'espoir d'arrêter son monotone et mélancolique mouvement.

Il fut enfin tiré de ses réflexions par la voix du chirurgien, qui parut au sommet de l'escalier pour lui dire que Luke Marks était éveillé et allait le recevoir.

Robert monta aussitôt et, avant d'entrer dans cette chambre rustique, ôta son chapeau, parce qu'il savait que la mort, cette terrible visiteuse, n'allait pas tarder à faire son entrée.

Phœbe Marks était assise au pied du lit, les yeux fixés sur le visage de son mari. Son regard n'était empreint d'aucune tendresse. Il exprimait une vive anxiété, due à l'approche de la mort plutôt qu'à la crainte de perdre son mari. La vieille mère du malade faisait sécher du linge auprès du feu et préparait de la soupe que son fils ne mangerait probablement jamais. Luke Marks avait la tête posée sur un oreiller ; sa figure était d'une pâleur mortelle et ses mains s'allongeaient sur la couverture. Phœbe lui avait fait la lecture, car une bible était encore ouverte au milieu des flacons qui encombraient la table de chevet. Tout était propre et bien rangé dans la chambre ; le goût de l'ordre et de la régularité avait toujours été le trait distinctif de la personnalité de Phœbe.

La jeune femme se leva dès que Robert parut sur le seuil et courut vers lui.

« Laissez-moi vous parler un moment, avant d'écouter Luke, lui dit-elle rapidement et à voix basse. Je vous en supplie, laissez-moi vous parler avant lui.

– Qu'a-t-elle à dire ? » demanda le malade d'une voix faible et courroucée.

Les ombres de la mort alourdissaient ses yeux, mais il y voyait encore assez bien pour remarquer les agissements de Phœbe.

« Qu'a-t-elle à dire ici ? répéta-t-il. Ce que j'ai à révéler à Mr Audley, je le révélerai moi-même, et, si j'ai fait du mal, j'essaierai de le réparer. Qu'a-t-elle à dire ?

– Elle ne dit rien, Luke, mon cher, répondit la mère, s'approchant du lit de son fils qui, bien que rendu plus intéressant par la maladie, ne semblait pas justifier cette tendre épithète. Elle lui parle seulement de ton état.

– Je le lui dirai moi-même. Il m'a sauvé du feu, il saura tout ; mais je ne veux personne autour de nous.

– Sans doute, Luke, sans doute », répondit sa mère pour le calmer.

L'intelligence de la vieille était restreinte, et elle n'attachait pas plus d'importance aux paroles que prononçait son fils en ce moment qu'à celles qu'il avait prononcées pendant son délire : cet horrible cauchemar où il s'était vu d'abord enseveli sous des montagnes de briques et de mortier enflammés, puis précipité au fond d'un gouffre, d'où la main d'un géant l'avait retiré en le saisissant par les cheveux.

Phœbe Marks avait emmené Mr Audley sur le palier, qui était à peine assez grand pour les contenir tous deux.

« Oh ! j'ai de tristes choses à vous conter, s'écria Phœbe avec empressement. Vous souvenez-vous de ce que je vous ai dit en vous trouvant sain et sauf la nuit de l'incendie ?

– Oui.

– Je vous ai fait part de mes soupçons, mais je n'en ai jamais parlé à personne, et je crois que Luke a oublié tous les incidents de cette nuit ; il était déjà ivre quand mila... quand elle vint à l'auberge, et je suppose que la peur a effacé tout souvenir de sa mémoire. En tout cas, il ne soupçonne rien, car il aurait parlé ; mais il est fort en colère contre milady, et dit que, si elle lui avait procuré une place à Brentwood ou à Chelmsford, tout cela ne serait pas arrivé, et je voudrais que vous ne lui révéliez rien.

– Oui... oui... je comprends... j'y veillerai...

– J'ai appris que milady avait quitté le château d'Audley.

– Oui.

– Pour ne jamais y revenir ?

– Jamais.

– Mais elle ne sera pas maltraitée, n'est-ce pas ?

– Non.

– J'en suis bien aise, monsieur. Pardon pour toutes ces questions ; milady a été très bonne pour moi. »

La voix de Luke se fit entendre à l'intérieur, et Phœbe ramena Mr Audley dans la chambre.

« Je n'ai pas besoin de toi... dit d'un ton décisif

Marks à sa femme quand elle rentra dans la chambre, je n'ai pas besoin de toi; je ne veux voir que Mr Audley. Descends et emmène ma mère. Non, ma mère peut rester; sa présence me sera utile tout à l'heure. »

La main affaiblie du malade montra la porte à Phœbe, et elle sortit avec soumission en disant à son mari :

« Je ne veux rien entendre, Luke; mais j'espère que tu n'insulteras pas ceux qui se sont montrés généreux envers nous.

– Je parlerai comme il me plaira, lui répondit Marks. Je n'ai pas d'ordres à recevoir de toi; tu n'es ni un curé ni un homme de loi. »

Le propriétaire de l'*Auberge du Château* n'avait pas changé de mentalité; ses souffrances avaient été trop rapides et trop cruelles. Peut-être quelques faibles rayons de lumière, qui n'avaient jamais éclairé sa vie, s'efforçaient-ils de percer faiblement l'obscurité de son âme? Peut-être quelque demi-rancune, quelque demi-repentir obstiné le poussaient-ils à faire quelques efforts pour racheter une vie égoïste passée à boire et à faire le mal? Quoi qu'il en fût, il essuya de la main ses lèvres blanches et, jetant un regard grave sur le jeune avocat, il lui désigna une chaise à côté du lit.

« Vous m'avez questionné de toutes les manières pour connaître mes secrets, Mr Audley, dit-il tout à coup. Vous m'avez tourné et retourné en tous sens, et je n'avais pas lieu de vous être redevable de quoi que ce soit avant l'incendie; mais je le suis maintenant. La reconnaissance n'est pas une de mes qualités, parce que je n'aime pas que, quand on me donne quelque chose, comme du gibier, de la soupe, de la flanelle, du charbon, on aille ensuite le crier sur les toits; j'aurais voulu les envoyer au diable, mais un gentleman comme vous, qui se jette dans le feu pour sauver une brute comme moi, mérite bien qu'on lui dise au moins merci avant de mourir. Je vous remercie donc, Mr Audley ; car je vois à la figure du docteur que je n'en ai plus pour longtemps. »

Luke Marks tendit sa main gauche (la droite avait été brûlée et était entourée de linges), et il serra faiblement celle de Robert.

Le jeune homme répondit cordialement à cette étreinte.

« Je n'ai pas besoin de remerciements, Luke Marks, dit-il ; je vous ai rendu service avec plaisir. »

Marks ne répondit pas tout de suite. Il était couché tranquillement sur le flanc et regardait Robert.

« Vous aimiez bien la personne qui a disparu à Audley, n'est-ce pas ? » demanda-t-il enfin.

Robert tressaillit en entendant parler de son ami.

« Vous l'aimiez beaucoup, ce Mr Talboys ? répéta Luke.

– Oui, oui, c'était un de mes bons amis, répondit Robert avec un peu d'impatience.

– J'ai entendu raconter par les domestiques du château l'effet que produisit sur vous sa disparition, et le maître de l'*Auberge du Soleil* disait que vous n'auriez pas été plus inquiet si c'eût été votre frère.

– Oui, oui, je sais... je sais... dit Robert ; mais ne parlez plus de cela, je ne puis vous dire à quel point ce sujet m'est pénible. »

L'esprit de son ami sans sépulture devait-il le hanter à tout jamais ?... Il venait rendre visite à un mourant, même là il était poursuivi par cette ombre et tout lui rappelait le meurtre qui avait bouleversé sa vie.

« Écoutez-moi, Marks, dit-il sérieusement, j'apprécie toute votre gratitude, et je suis très content du service que je vous ai rendu. Mais avant d'en dire plus long, laissez-moi vous faire une demande solennelle. Si vous m'avez fait venir pour me révéler le secret de la disparition de mon ami, ne vous donnez pas cette peine, je sais déjà tout ce que vous pouvez me dire. Je l'ai appris de celle qui était jadis en votre pouvoir. Ne parlons donc plus de cela, vous ne pouvez rien me dire que je ne sache déjà. »

Luke Marks regarda la figure sérieuse de son visiteur, et un faible sourire illumina un instant les traits hagards du mourant.

« Ainsi, je n'ai rien à vous révéler que vous ne sachiez déjà ? demanda-t-il.

– Rien.

– Alors... dit le malade d'un ton pensif ; mais vous a-t-elle tout dit ? reprit-il après un court moment.

– Marks, je vous prie de vous taire sur ce sujet, répondit Robert presque sèchement, je vous ai dit que je ne voulais pas en entendre parler. Les secrets que vous connaissez vous ont servi à obtenir ce que vous vouliez. Vous étiez payé pour garder le silence, gardez-le jusqu'à la fin, cela vaut mieux.

– Vous croyez ?... Ferais-je réellement mieux de me taire jusqu'à la fin ? murmura Marks avec agitation.

– Je le crois puisque vous avez reçu de l'argent pour cela ; ce serait au moins honnête que de ne pas manquer à votre promesse.

– Mais si milady avait eu son secret, et moi le mien ? dit le malade en faisant une horrible grimace.

– Que voulez-vous dire ?

– Supposez que depuis longtemps je sache quelque chose que j'ai toujours tu à milady parce qu'elle me traitait mal, parce qu'elle me donnait de l'argent comme on jette un os à un chien pour l'empêcher de mordre. Supposez qu'en raison de ce manque d'égards, j'eusse gardé mon secret, et décidez si je dois toujours me taire. »

Il est impossible de décrire le sourire de triomphe que grimaça cette figure effrayante.

« Il n'a pas sa raison, se dit Robert, ayons de la patience ; c'est bien le moins que je puisse faire. »

Luke Marks contempla quelque temps Robert en souriant toujours de la même manière. La vieille, fatiguée d'avoir veillé plusieurs nuits de suite, s'était assoupie sur une chaise auprès du feu où bouillait la soupe qu'elle avait préparée.

Robert Audley attendit patiemment qu'il plût au malade de parler. Le moindre bruit arrivait distinctement à son oreille.

Robert avait caché sa figure dans ses mains, et songeait à ce qu'il allait devenir maintenant que l'histoire de George Talboys était terminée, et que sa femme était enfermée dans une maison de fous en Belgique. Qu'allait-il devenir ?

Il ne pouvait se rendre auprès de Clara Talboys, car il voulait garder pour lui l'horrible secret qu'on lui avait révélé. Comment oserait-il l'aborder sans rien lui dire ? Comment pourrait-il regarder ses yeux et ne pas lui révéler toute la vérité ? Il sentait qu'il n'était pas de taille à affronter ce regard calme et pénétrant. Se taire : il valait mieux ne plus la revoir. Tout dire : c'était empoisonner la vie de la jeune fille et la rendre malheureuse tant qu'elle n'aurait pas vengé son frère assassiné et oublié dans la tombe.

Ainsi assailli par des dilemmes qui lui paraissaient tout à fait insurmontables, la vie n'avait plus pour Robert Audley le charme d'autrefois, et il pensait qu'il aurait été préférable pour lui de périr dans l'incendie de l'*Auberge du Château*.

« Qui m'aurait regretté ? se dit-il. Personne, excepté ma pauvre Alicia, et encore sa douleur n'aurait pas duré plus longtemps que les roses d'avril ; Clara Talboys aurait-elle pleuré ma mort ?... Non ! elle n'aurait regretté en moi que l'instrument nécessaire pour découvrir le sort de son frère... Elle n'aurait... »

CHAPITRE XV

La confession

Dieu sait où les pensées de Robert auraient pu le conduire s'il n'avait été tiré de sa rêverie par un brusque mouvement du malade, qui s'assit et appela sa mère.

La vieille femme fit un soubresaut et regarda tout endormie son fils.

« Qu'as-tu, Luke ? lui dit-elle avec douceur. Il n'est pas encore temps de prendre ton remède. Mr Dawson a dit de ne te le donner que deux heures après son départ, et il n'y a pas encore une heure qu'il est parti.

– Qui vous dit que c'est cela que je voulais ? s'écria Marks avec impatience. J'ai quelque chose à vous demander, ma mère. Vous souvenez-vous du 7 septembre dernier ? »

Robert tressaillit et regarda le malade avec inquiétude. Pourquoi revenait-il sur ce sujet défendu ?... Pourquoi évoquait-il la date de l'assassinat de George ?... La vieille femme secoua la tête de l'air d'une personne dont les pensées sont confuses.

« Mon Dieu, Luke, dit-elle, comment peux-tu me poser de semblables questions ? Ma mémoire s'est envolée depuis sept ou huit ans, et je ne pouvais déjà pas auparavant me rappeler le jour que l'on était. »

Luke Marks haussa les épaules d'un air contrarié.

« Pourquoi l'avez-vous oublié, dit-il d'un ton bourru, ma mère, je vous avais dit de vous en souvenir ? Ne vous avais-je pas dit que le temps viendrait où il vous faudrait servir de témoin et jurer sur la Bible ? »

La vieille femme secoua la tête de nouveau.

« Puisque tu le dis, Luke, mais je n'en ai pas le moindre souvenir. J'ai perdu la mémoire il y a neuf ans, monsieur », ajouta-t-elle en se tournant vers Robert.

Mr Audley plaça sa main sur le bras du malade.

« Marks, dit-il, n'ennuyez pas votre mère avec vos questions. Je ne veux rien savoir... je ne veux rien entendre...

– Et si je veux parler, moi, s'écria Luke avec énergie, si je ne veux pas mourir avant d'avoir dévoilé ce secret ! Je vous ai fait venir pour cela, pour tout vous dire, à vous et non pas à *elle*... Oh ! non, pas à elle, j'aurais mieux aimé mourir carbonisé, dit-il en grinçant des dents. Je lui ai fait payer son insolence, je lui ai fait payer ses grands airs, mais elle n'a jamais rien su. Je la tenais en mon pouvoir et j'en profitais, j'avais un secret qu'elle ignorait, et elle me payait pour me taire ; mais elle nous traitait avec tant de mépris, moi et les miens, que c'eût été comme si elle n'avait rien fait même si elle m'avait donné sa fortune.

– Marks... Marks... au nom du ciel, dit Robert sérieusement, soyez calme. Quel est donc ce secret que vous avez dissimulé à lady Audley ?

– Je vais vous le dire ; ma mère, donnez-moi à boire », dit Luke, essuyant ses lèvres desséchées.

La vieille femme remplit un verre de tisane rafraîchissante et l'apporta à son fils.

Il but avec avidité, comme s'il avait senti que la mort arrivait à grands pas et qu'il devait la prendre de vitesse.

« Restez où vous êtes », dit-il à sa mère, en lui montrant une chaise au pied du lit.

La vieille femme obéit et s'assit lentement en face de Mr Audley. Elle tira ses lunettes de l'étui, en nettoya les verres, les plaça sur son nez, et regarda tranquillement son fils, espérant sans doute exciter sa mémoire par cette opération.

« Je vais vous demander encore quelque chose, ma mère, dit Luke, et je crois que vous pourrez y répondre. Vous souvenez-vous de l'époque où je travaillais chez le fermier Atkinson ? C'était avant mon mariage, j'habitais encore avec vous.

– Oui, oui, répondit Mrs Marks triomphante, je m'en souviens très bien. C'était au moment où nous ramassions les pommes du verger et où tu as acheté un gilet neuf à ramages. Je m'en souviens, Luke ; je m'en souviens. »

Mr Audley se demandait où il voulait en venir et combien de temps cette conversation absurde allait durer.

« Si vous vous souvenez de tout cela, peut-être n'avez-vous pas oublié le reste, ma mère ? dit Luke. Vous rappelez-vous que j'ai amené quelqu'un chez nous un soir où le fermier Atkinson rentrait ses derniers grains ? »

Robert, étonné, regarda de nouveau le malade et écouta avec intérêt ce que disait Luke Marks.

« Je me rappelle que Phœbe vint avec toi prendre une tasse de thé ou manger un morceau, répondit la vieille femme avec une grande animation.

– Au diable Phœbe ! Qui vous parle d'elle ? s'écria Marks. Vous rappelez-vous que j'amenai après dix heures un monsieur tout mouillé et couvert de boue ? Il avait le bras cassé et l'épaule presque démise ; il fallut couper ses habits pour les lui enlever, et il s'assit au coin du feu où il regardait les charbons d'un air stupide sans savoir où il était et chez qui il était. Vous souvenez-vous que je le lavai comme un enfant, que je l'essuyai et que je fus obligé de lui faire avaler de l'eau-de-vie en glissant une cuillère entre ses dents ? »

La vieille femme fit signe de la tête que oui, et murmura quelque chose pour prouver que tous ces détails lui revenaient en mémoire.

Robert Audley poussa un cri terrible et tomba à genoux à côté du lit du mourant.

« Ô mon Dieu !... s'écria-t-il, merci de ta bonté !... merci d'avoir sauvé la vie de George Talboys !...

– Attendez, dit Marks, n'allez pas si vite. Mère, donnez-moi ce coffre qui est sur la commode. »

La vieille obéit ; et, après avoir fouillé au milieu des tasses à thé, des boîtes sans couvercle et des faïences qui encombraient la commode, elle en retira une cassette malpropre, dont le couvercle était mal ajusté.

Robert était toujours agenouillé près du lit, la figure cachée dans les mains. Luke ouvrit la cassette.

« Il n'y a plus d'argent, dit-il, c'est dommage, il a été dépensé depuis longtemps ; mais cette cassette renferme quelque chose qui vaut peut-être plus que de l'argent, et ce quelque chose je vais vous le donner, pour vous prouver qu'une brute comme moi a de la reconnaissance pour ceux qui lui témoignent de la bonté. »

Il retira deux lettres pliées qu'il tendit à Robert. C'étaient deux feuilles de papier arrachées à un agenda, sur lesquelles on avait écrit au crayon, mais dont l'écriture était inconnue de Robert. Elle ressemblait à celle d'un campagnard.

« Je ne connais pas cette écriture, dit Robert en dépliant rapidement le premier des deux papiers. Quel rapport y a-t-il avec mon ami ? Pourquoi me montrez-vous ça ?

– Lisez d'abord, vous me questionnerez ensuite », dit Marks.

Le premier papier que Robert Audley avait déplié contenait les lignes suivantes :

« Mon cher ami,

« Je vous écris dans une situation d'esprit dans laquelle jamais homme peut-être jusqu'à présent ne s'est trouvé.

Je ne puis vous dire ce qui m'est arrivé.

Sachez seulement qu'il m'est arrivé quelque chose qui me fait quitter l'Angleterre, le cœur brisé, pour aller mourir dans quelque coin ignoré ; je vous conjure de m'oublier.

Si votre amitié avait pu m'être utile, je n'eusse pas manqué d'y recourir ; si vos conseils avaient dû m'aider, je vous les eusse demandés ; mais ni l'amitié ni les conseils ne peuvent rien pour moi, et tous mes souhaits en ce monde se bornent à invoquer pour vous la bénédiction de Dieu et à vous supplier de m'oublier.

« G.T. »

Le second papier était adressé à une autre personne, et son contenu était plus court.

« Helen,

Que Dieu ait pitié de vous et vous pardonne ce que vous avez fait aujourd'hui, comme je vous le pardonne moi-même.

Vivez en paix.

Vous n'entendrez plus parler de moi.

Pour vous et pour le monde, je suis, à partir d'aujourd'hui, ce que vous avez voulu que je fusse.

Ne craignez pas d'être tourmentée, je quitte l'Angleterre pour ne plus jamais revenir.

« G.T. »

Robert Audley regardait ces lignes d'un air égaré. Ce n'était pas l'écriture de son ami, et pourtant elles portaient ses initiales et tout laissait penser qu'elles étaient de lui.

Il examina attentivement la figure de Luke Marks en se disant qu'on se jouait peut-être de lui.

« Ceci n'a pas été écrit par George Talboys, dit-il.

– Si, répondit Luke Marks, ce fut bien sa main qui traça chaque mot ; seulement, il écrivait de la main gauche parce qu'il avait le bras droit cassé. »

Le soupçon disparut aussitôt de l'esprit de Robert.

« Je comprends, dit-il, je comprends... Dites-moi tout. Racontez-moi comment mon pauvre ami fut sauvé. »

Il ne pouvait imaginer que tout ce qu'il avait entendu était vrai. Il avait du mal à penser que cet ami, qu'il avait cru mort si longtemps, était encore de ce monde et qu'il le reverrait quand le passé serait oublié ; il était émerveillé par cette note d'espoir qui arrivait de façon si inattendue.

« Dites-moi tout, je vous en supplie... dites-moi tout, s'écria-t-il, pour que je comprenne, si j'en suis capable.

– Je travaillais chez Atkinson en septembre dernier et j'aidais à rentrer les grains, dit Luke Marks, et comme le plus court chemin de la ferme au cottage était celui des prairies, je passais toujours par là. Phœbe venait quelquefois m'attendre à la porte du jardin pour bavarder avec moi. Quelquefois elle ne venait pas, alors je franchissais le fossé pour aller boire une pinte d'Ale avec les domestiques ou souper avec eux. Je ne sais pas ce que Phœbe avait à faire dans cette soirée du 7 septembre, mais je me souviens très bien que le fermier Atkinson m'avait payé ce jour-là et avait exigé un reçu. Bref, elle n'était pas à la porte, et comme je tenais beaucoup à la voir, parce que je partais le lendemain pour Chelmsford, je fis le tour du jardin et je franchis le fossé. Neuf heures avaient sonné à l'horloge d'Audley pendant que j'étais dans la prairie entre la ferme d'Atkinson et le château; il devait donc être neuf heures un quart quand j'arrivai dans le potager. Je traversai le jardin et je pris l'allée des tilleuls. Sur mon chemin se trouvaient le bosquet et le puits desséché. La nuit était noire, mais je connaissais l'endroit, et les lumières du château d'Audley brillaient dans les ténèbres. En arrivant près du puits, j'entendis un bruit qui me glaça le sang. C'étaient les gémissements d'un homme qui souffrait et qui devait être caché dans les buissons. Je n'avais pas peur des revenants, mais je fus effrayé, et je restai une minute environ sans savoir que faire. Les gémissements se firent entendre de nouveau, et je me mis à faire des recherches dans les buissons. Je trouvai un homme couché sous les lauriers, et comme je pensai tout d'abord que c'était un vaurien, je le saisis au col pour le conduire à la maison mais il me prit la main sans se lever de terre, et me demanda d'un ton sérieux qui j'étais et quels étaient mes rapports avec les gens du château d'Audley. Quelque chose dans sa manière de parler me fit penser aussitôt que c'était un gentleman, bien que je ne le connusse pas et qu'il me fût impossible de voir sa figure. Je lui parlai donc poliment.

« "Je veux m'éloigner d'ici, dit-il, sans être vu. Je suis là depuis quatre heures à moitié mort, mais je souhaite n'être vu par personne."

« Je lui répondis qu'il n'y avait pas de problème mais ma première idée me revint. Il n'avait pas de bonnes intentions, puisqu'il tenait à s'en aller sans être vu.

« "Pouvez-vous m'amener quelque part où je pourrai enlever mes habits mouillés ?"

« Il s'était assis en parlant, et je vis que son bras droit était cassé et le faisait souffrir. Je désignai son bras en lui demandant ce qu'il avait.

« “Il est cassé, mais ce n’est rien”, ajouta-t-il en se parlant à lui-même. “Un bras se raccommode, tandis qu’un cœur brisé, c’est autre chose.”

« Je lui dis que je le conduirais au cottage de ma mère, et qu’il pourrait y faire sécher ses habits.

« “Votre mère peut-elle garder un secret ? me demanda-t-il.

« – Elle le garderait si elle pouvait s’en souvenir. Racontez-lui ce soir tous les secrets des francs-maçons, des forestiers, des devins et des vieilles gens d’autrefois et demain elle les aura oubliés.”

« Ces paroles le rassurèrent, et il se mit sur ses jambes en s’appuyant sur moi, car ses membres étaient tellement meurtris qu’il ne s’en servait que difficilement. Je sentis quand il me toucha que ses habits étaient humides et couverts de boue.

« “Est-ce que vous êtes tombé dans la mare, monsieur ?” lui demandai-je.

« Il ne me répondit pas ; il n’eut pas même l’air de m’avoir entendu. Je m’aperçus alors en le voyant debout que c’était un homme très grand et bien fait. Il me dépassait d’une tête.

« “Conduisez-moi au cottage de votre mère et faites sécher mes habits, je vous paierai pour votre peine.”

« Je savais que la plupart du temps on cachait dans le mur du jardin la clef de la porte en bois, et je lui fis prendre ce chemin. Il pouvait à peine marcher, si ce n’est en s’appuyant sur moi. J’ouvris la porte, et je l’amenai par les prairies jusqu’à notre cottage où ma mère était occupée à préparer mon souper. Je le fis asseoir dans un fauteuil devant le feu, et je pus l’examiner alors. Je n’ai jamais vu personne en pareil état ; il était couvert d’une vase verdâtre, et ses mains étaient écorchées. Je lui enlevai ses habits comme je pus et il se laissa faire comme un enfant. Il soupirait de temps en temps et regardait le feu sans s’occuper de son bras qui pendait inerte. Le voyant dans un si mauvais état, je voulus aller chercher Mr Dawson, et j'en parlai à ma mère ; mais il m'entendit, malgré son air distrait, et me défendit de sortir. Sa présence au cottage ne devait être connue que de ma mère et de moi. Il me permit cependant d'aller lui chercher de l'eau-de-vie, et onze heures sonnaient quand je fus de retour du cabaret. J'avais eu une bonne inspiration en allant acheter de l'eau-de-vie, car il frissonnait de tous ses membres, et il me fallut lui desserrer les dents pour qu'il en avalât quelques cuillerées. Il s'assoupit ensuite, et je restai près de lui à entretenir le feu jusqu'au point du jour. Il s'éveilla à ce moment et me déclara qu'il voulait partir sur-le-champ. Je l'engageai vainement à retarder son départ. Il insista, et, bien qu'il ne pût se tenir droit plus de deux minutes, il ne changea pas d'idée. Ses habits avaient séché, et je l'en revêtis. Il poussait bien quelques gémissements de temps en temps, pendant que je lavais sa figure et que je nouais son bras dans un mouchoir autour de son cou, mais il voulait toujours partir ; et, quand il fit grand jour, il se trouva prêt.

« "Quelle est la ville la plus proche d'ici pour se rendre à Londres ? me demanda-t-il.

« – Brentwood, lui répondis-je.

« – Eh bien, si vous voulez m'accompagner jusque-là chez un chirurgien qui arrangera mon bras, je vous donnerai un billet de cinq livres."

« J'y consentis volontiers, et je lui proposai d'emprunter un char à bancs, parce que la distance était de six miles. Il secoua la tête. Il ne voulait mettre personne dans le secret ; il préférait marcher, et il marcha effectivement. Chaque pas lui coûtait un effort, mais il tint bon ; je n'ai jamais vu quelqu'un d'aussi entêté. Il s'arrêtait quelquefois pour reprendre haleine, mais il repartait ensuite, et nous finîmes par arriver à Brentwood. Là, je le conduisis chez un chirurgien qui arrangea son bras, et l'invita à attendre qu'il fût rétabli avant de quitter la ville. Il répondit que cela n'était pas possible, qu'il était pressé de retourner à Londres ; et quand le chirurgien eut terminé l'opération et lui eut mis son bras en écharpe... »

Robert Audley tressaillit. Il venait de se rappeler que, lors de son voyage à Liverpool, l'employé auquel il s'était adressé pour demander des informations lui avait dit que, parmi les passagers partis à bord du *Victoria Regia*, se trouvait un jeune homme portant le bras droit en écharpe.

« Quand son bras fut arrangé, continua Luke, il demanda un crayon au chirurgien. Le chirurgien sourit en secouant la tête et lui dit qu'il ne pourrait pas écrire de la main droite.

« "C'est possible, reprit-il, mais je pourrai peut-être avec la gauche.

« – Voulez-vous que j'écrive pour vous ?

« – Non, c'est pour une affaire confidentielle. Auriez-vous l'amabilité de me donner deux enveloppes ?"

« Pendant que le chirurgien allait chercher les enveloppes, il tira son agenda de sa poche avec sa main gauche et déchira deux feuilles de papier. Il eut de la peine à griffonner ; mais il y parvint cependant, et il glissa les deux morceaux de papier dans les enveloppes qu'il cacheta. Il paya ensuite le chirurgien. Et il me dit de le suivre à la gare, où il me donnerait ce qu'il m'avait promis. Je le suivis donc. Nous arrivâmes à temps pour prendre le train qui s'arrête à Brentwood à huit heures et demie, et il nous resta cinq minutes. Il m'entraîna dans un coin de la gare et me demanda si je voulais porter des lettres à leurs destinataires.

« "Volontiers, répondis-je.

« – Savez-vous où est le château d'Audley ?

«– Certainement, ma fiancée y est femme de chambre.

«– De qui ?

«– De la nouvelle lady Audley, celle qui était institutrice chez Mr Dawson.

«– Eh bien, cette lettre-ci, qui est marquée au crayon, est pour lady Audley. Vous la lui remettrez sans que personne ne vous voie ; vous me le promettez, n'est-ce pas ?

«– Oui.

«– Cette autre est pour Mr Robert Audley, le neveu de sir Michael ; l'avez-vous déjà vu ?

«– J'ai entendu dire que c'était un personnage extravagant, mais qu'il était très aimable pour le personnel (c'est vrai que je l'ai entendu dire, ajouta Luke entre parenthèses).

«– Vous la lui porterez à l'auberge du *Soleil.*

«– C'est entendu."

«Il me donna la seconde lettre et le billet qu'il m'avait promis, puis il me remercia de mes services et monta dans un wagon de deuxième classe où sa figure meurtrie m'apparut pour la dernière fois.

– Pauvre George !... pauvre George !... s'écria Robert.

– J'allai tout droit au village d'Audley et j'entrai à l'*Auberge du Soleil* pour vous remettre la lettre, mais l'aubergiste me dit que vous étiez parti pour Londres dans la matinée. Il ne savait pas quand vous reviendriez ni à quel endroit vous habitiez à Londres, quoiqu'il m'avouât que ce devait être dans les environs de Law's Court, Westminster Hall, Doctor's Commons ou quelque chose de ce genre. Que devais-je faire ?... Je ne pouvais vous envoyer la lettre par la poste, ne connaissant pas votre adresse, ni vous la remettre, puisque vous étiez parti : je me décidai donc à la garder jusqu'à votre retour. Je résolus d'aller le soir au château d'Audley et de savoir par Phœbe s'il m'était possible de voir milady. Je flânai toute la journée ; et, vers le crépuscule, je gagnai la prairie où Phœbe m'attendait comme d'habitude. J'allai avec elle dans le bosquet, et comme nous approchions du puits où nous nous étions assis plusieurs fois pendant les soirées d'été, Phœbe devint pâle comme un spectre et recula en me disant :

« "Pas là !... pas là !...

« – Pourquoi donc ? lui demandai-je.

« – Parce que je suis nerveuse, ce soir, et qu'on m'a dit qu'il était hanté."

« Je n'insistai pas, et en la menant vers la porte, je lui dis que tous les contes qu'elle avait entendus étaient absurdes. À peine eus-je causé quelques instants avec elle, que je m'aperçus qu'elle avait quelque chose, et je lui demandai ce qui l'inquiétait.

« "Je ne sais pas ce que j'ai ce soir, me répondit-elle, je ne suis pas comme de coutume ; c'est peut-être à cause de ma peur d'hier.

– Pourquoi ? Ta maîtresse t'a-t-elle fait des reproches ?"

« Elle ne me répondit pas tout de suite, mais elle sourit de la manière la plus étrange que j'aie jamais vue.

« "Non, Luke, ce n'est pas cela, dit-elle ensuite ; milady est toujours aussi bonne pour moi, peut-être plus encore, et je crois que, si je lui demandais de m'acheter une ferme ou une auberge, elle y consentirait sans trop de difficultés."

« D'où venait ce revirement ?... Phœbe m'avait dit, quelques jours avant, que milady était égoïste et dépensière, et que nous n'aurions pas avant longtemps ce que nous voulions.

« "Voilà un changement qui m'étonne, repris-je.

« – Il y a de quoi, en effet", ajouta-t-elle avec le même sourire que tout à l'heure.

« Et elle tourna les talons.

« “Oh ! je vois ce que c’est, Phœbe ; tu me caches quelque chose qu’on t’a dit ou que tu as découvert. Si tu veux agir de la sorte avec moi, tu as tort, je t’en avertis.”

« Elle me rit au nez.

« “Qu’est-ce qui te passe donc par la tête, Luke ?

« – Ce sont les idées que tu y as mises, et je te répète que, s’il doit y avoir des secrets entre nous, nous ne serons jamais mari et femme.”

« Là-dessus, Phœbe se mit à pleurer, mais je n’y pris pas garde ; j’avais en poche la lettre pour milady et je cherchais un moyen de la lui remettre.

« “Peut-être n’es-tu pas la seule à avoir des secrets, Phœbe ? lui dis-je. Il est venu hier un monsieur qui voulait voir milady, un grand monsieur à barbe brune.”

« Au lieu de me répondre, Phœbe pleura à chaudes larmes. J’en étais abasourdi, mais petit à petit elle m’avoua tout et je sus qu’elle avait vu, de sa fenêtre où elle était assise, milady se promener avec un monsieur dans l’allée des tilleuls. Ils étaient entrés ensuite dans le bosquet, s’étaient approchés du puits, et là...

– Arrêtez, s’écria Robert, je sais le reste.

– Phœbe me raconta tout ce qu’elle avait vu et ce qui s’était passé entre elle et milady quand cette dernière était rentrée chez elle. Il paraît que Phœbe, sans tout lui dire, lui avait laissé entendre qu’elle connaissait son secret, et que, dorénavant, sa maîtresse dépendait d’elle. Milady et Phœbe pensaient que le gentleman était mort au fond du puits alors qu’il était tranquillement assis dans le train pour Londres. Si je remettais ma lettre, milady apprendrait la vérité, et nous allions perdre, Phœbe et moi, une bonne occasion pour nous établir. Je gardai la lettre en me disant que si milady était généreuse je lui avouerais tout. Mais elle ne fut pas généreuse.

L'argent qu'elle me donna, elle me le donna comme on jette un os à un chien. Quand elle me parlait, il était facile de voir que toute ma personne lui déplaisait et les paroles insultantes ne lui coûtaient rien. Je m'énervai et je gardai mon secret ; j'ouvris les deux lettres et je les lus, mais je n'y compris pas grand-chose, je les cachai dans cette cassette d'où elles ne sont pas sorties depuis. »

Luke Marks avait fini son histoire et était fatigué d'avoir parlé si longtemps. Il resta immobile dans son lit, regardant Robert d'un air inquiet, comme s'il s'attendait à des reproches, car il avait vaguement conscience que ce qu'il avait fait était mal.

Robert ne lui adressa pas de reproches. Il ne se sentait pas capable de faire un sermon.

« Le prêtre lui parlera demain et le tranquillisera, se dit Robert, et si le malheureux a besoin d'un sermon, il vaut mieux que ce soit "l'église" qui le lui administre... Que lui dirais-je ? Sa faute lui est retombée dessus, car si lady Audley eût été rassurée, elle n'aurait pas mis le feu à l'*Auberge du Château*. Comment oser penser après cela que l'on choisit son existence et ne pas reconnaître la volonté de Dieu dans cette étrange histoire ? »

Le souvenir du manque de confiance en sa propre raison lui fut pénible, mais il se consola en songeant qu'il avait essayé de faire son devoir envers les morts aussi bien qu'envers les vivants.

Robert Audley demeura auprès du mourant jusqu'au jour. Luke Marks s'était assoupi un peu après avoir fini son histoire. La vieille femme n'avait écouté que la moitié de la confession de son fils, Phœbe était couchée en bas. Le jeune avocat veillait seul dans la maison.

Il ne pouvait dormir ; l'histoire qu'il venait d'entendre l'absorbait complètement. Il remerciait Dieu d'avoir sauvé son ami et il lui tardait de le retrouver pour aller dire à Clara Talboys :

« Votre frère est vivant, je sais où il est. »

Phœbe remonta à huit heures et reprit sa place au chevet du lit du malade. Robert alla se reposer à l'*Auberge du Soleil.* Depuis trois jours, il n'avait dormi qu'en train, en bateau ou en diligence, et il était harassé de fatigue. Quand il s'éveilla, il faisait presque nuit, la chambre dans laquelle il fit sa toilette était la même que celle que George Talboys avait occupée quelques mois auparavant.

L'aubergiste le servit à table et lui annonça que Luke Marks était mort à cinq heures de l'après-midi.

« Ça a été vite, il n'a pas souffert. »

Robert écrivit ce soir-là une longue lettre à Mrs Taylor, par l'entremise de Mr Val, à Villebrumeuse, et où il racontait à la coupable, qui avait porté tant de noms différents et ne devait plus en changer, le récit fait par le mourant.

« Ce sera peut-être, pensa-t-il, un soulagement pour elle, d'apprendre que son mari n'a pas péri à la fleur de l'âge, en admettant, toutefois, que son égoïsme lui permette d'éprouver un peu de pitié pour la douleur d'autrui. »

CHAPITRE XVI

Les retrouvailles

Clara Talboys retourna dans le Dorsetshire pour dire à son père que son fils unique était parti pour l'Australie, le 9 septembre, que probablement il était encore vivant, et qu'il reviendrait implorer le pardon de son père.

Mr Harcourt Talboys ne sut plus quel parti prendre. Junius Brutus ne s'était jamais trouvé dans une position pareille ; Mr Talboys, ne voyant pas le moyen de se sortir d'embarras en imitant son modèle, fut forcé d'être naturel une fois dans sa vie et d'avouer que le sort de son fils l'avait vivement inquiété depuis sa conversation avec Robert Audley. Il consentit à ouvrir ses bras à l'enfant prodigue quand il rentrerait en Angleterre. Mais comment savoir la date de son retour et comment se mettre en rapport avec lui ? Robert se rappela l'annonce qu'il avait fait insérer dans les journaux de Melbourne et de Sydney. Si George avait débarqué vivant dans l'une de ces deux villes, comment se faisait-il qu'il n'en eût pas eu connaissance ? Avait-il été indifférent aux inquiétudes de son ami, ou bien n'avait-il pas lu les journaux ? Comme il voyageait sous un faux nom, les passagers et le capitaine du navire n'avaient pas pu comparer son nom avec celui mentionné dans le journal. Quel parti prendre ? Fallait-il attendre que George, fatigué de son exil, revînt vers ceux qui l'aimaient, ou bien faudrait-il prendre des mesures pour hâter son retour? Robert était désorienté! Peut-être qu'à côté de l'indicible soulagement d'esprit qu'il avait éprouvé en apprenant que son ami n'était pas mort, il n'avait pas la force de songer à autre chose qu'à cette conversation providentielle.

Dans cet état d'esprit, il partit pour faire une visite à Mr Talboys, qui avait lâché la bride à ses bons sentiments, au point d'inviter l'ami de son fils à venir passer quelques jours dans sa maison.

Mr Talboys ne vit qu'une chose dans l'histoire de George : le bonheur qu'il éprouvait de savoir son fils sain et sauf.

« Ce n'est pas à moi qu'il appartient de vous blâmer, Mr Audley, lui dit-il, pour avoir soustrait cette coupable à la justice et contrevenu ainsi aux lois de notre pays. Je veux seulement vous dire que, si cette femme m'était tombée entre les mains, elle aurait été traitée différemment. »

Nous étions à la mi-avril et Robert se retrouvait de nouveau sous ces pins où ses pensées s'étaient égarées si souvent depuis sa première rencontre avec Clara Talboys. Il y avait maintenant, dans les haies, des primevères et des violettes; les ruisseaux qui, lors de sa première visite, étaient durs et glacés comme la personne de Mr Harcourt Talboys, avaient dégelé comme le cœur de ce dernier.

On donna à Robert une chambre austère et un cabinet de toilette qui n'avaient rien de gai; et, tous les matins, il s'éveillait sur un matelas à ressorts métalliques qui lui donnait la sensation de dormir sur un instrument de musique. Le soleil, en pénétrant à travers les persiennes, faisait briller les deux urnes placées au pied de son lit et leur conférait une vague ressemblance avec les lampes en cuivre de l'époque romaine.

Habiter chez Mr Harcourt Talboys rappelait plutôt les années d'enfance et la pension, que la vie de sybarite. On trouvait dans la maison Talboys les fenêtres sans rideaux, les descentes de lit, les bruits de cloche le matin et les prières en commun, qui sentent les institutions privées où les fils de bonne famille se préparent à entrer dans l'armée ou dans la marine.

Mais, lors même que la maison eût été le palais d'Armide, et les serviteurs qui la peuplaient une légion de houris, Robert n'eût pas été plus content de l'habiter.

Il s'éveilla au son d'une cloche matinale et fit sa toilette aux premiers rayons du soleil, qui brillent sans vous mettre en gaieté et vous font frissonner sans vous réchauffer. Il rivalisa de courage avec Mr Harcourt Talboys en se plongeant dans l'eau froide ; et quand avant le déjeuner, il descendit pour faire une promenade sous les pins, dans la plantation touffue, il avait le visage violacé comme celui du maître de maison.

Une troisième personne assistait généralement à cette promenade, Clara Talboys marchait à côté de son père. Elle rivalisait de beauté avec le matin, sous son large chapeau de paille à longs rubans flottants. Mr Audley aurait été plus fier d'attacher à sa boutonnière un de ces rubans que n'importe quelle décoration.

Il était souvent question de George durant ces promenades, Robert Audley prenait place à la longue table du déjeuner, sans se rappeler la matinée où il s'était assis pour la première fois dans cette salle, avait détesté Clara Talboys, pour la froideur avec laquelle elle avait écouté l'histoire de son frère. Il savait à quoi s'en tenir maintenant. Il savait qu'elle était aussi bonne que belle. Mais savait-elle combien elle était aimée de l'ami de son frère ? Robert se demandait parfois s'il ne s'était pas déjà trahi, si l'influence magique qu'elle avait sur lui ne s'était pas révélée par quelque regard imprudent, par le tremblement de sa voix, qui n'était plus la même quand il s'adressait à elle.

La vie ennuyeuse qu'on menait dans cette maison était égayée de temps en temps par un dîner auquel assistaient quelques campagnards, par des visiteurs matinaux qui débarquaient dans le salon sans crier gare, au grand désespoir de Robert Audley. Le jeune avocat se montrait surtout désagréable envers les jeunes gens au teint frais et coloré qui accompagnaient leur mère ou leurs sœurs.

Évidemment, il était impossible que ces jeunes gens pussent voir les beaux yeux bruns de Clara sans tomber amoureux d'elle, et par conséquent, Robert était furieux. Il était jaloux de tout ce qui approchait sa bien-aimée. Il était jaloux d'un vieux fat de quarante-huit ans, d'un baron dont les favoris tiraient sur le roux, des vieilles femmes du voisinage que Clara Talboys allait voir et soignait, des fleurs de la serre auxquelles elle consacrait son temps au lieu de s'occuper de lui.

Tout d'abord, il y avait eu entre eux de la solennité ; mais peu à peu, ils étaient devenus amis en discutant des aventures de George. L'intimité était venue ensuite, et au bout de trois semaines, miss Talboys rendait Robert heureux en lui reprochant d'avoir mené si longtemps une vie inutile et d'avoir négligé les occasions de prouver ses talents.

Quel bonheur d'être sermonné par la femme qu'il aimait ! Quel bonheur de pouvoir se révéler à elle tel qu'il était ! Comme l'occasion était belle de lui laisser entendre que, s'il avait eu un but dans la vie, il eût cherché à être autre chose qu'un flâneur, et n'eût pas reculé devant les obstacles pour obéir à la voix qui lui disait d'avancer ! Il terminait invariablement ses déclarations en disant qu'il allait renoncer à la vie qu'il menait autrefois, et commencer une nouvelle existence.

« Croyez-vous donc, disait-il, que je lirai des romans français et que je fumerai du tabac turc jusqu'à soixante-dix ans ? Croyez-vous qu'un jour je ne me lasserai pas de ma pipe et de mes romans français ? »

Il va sans dire que Clara Talboys ne comprenait pas la teneur de toutes ces lamentations mélancoliques. Elle recommandait à Mr Audley de lire beaucoup, de prendre sa profession au sérieux, de recommencer à vivre d'une autre manière. L'existence qu'elle proposait à Robert n'était peut-être pas aussi agréable. Travailler pour être utile à ses semblables et acquérir une réputation n'était pas dans la nature du jeune avocat, et il faisait la grimace à cette perspective peu réjouissante.

« Je veux bien faire ce qu'elle me propose, se disait-il, mais il me faudrait une récompense. Si elle voulait partager mon sort et m'aider à supporter la fatigue de la lutte, rien ne me conviendrait mieux ; mais si, pendant que je travaille, elle allait épouser quelque noble campagnard ?... »

Avec un caractère aussi indécis que le sien, il est probable que Robert eût gardé son secret, effrayé de parler et de briser le charme de cette incertitude qui n'était pas faite que d'espoirs, mais qui n'était pas encore du désespoir.

Il vivait depuis cinq semaines à Grange Heath, il sentait que les convenances lui défendaient d'y rester plus longtemps. Il fit donc ses préparatifs, prépara sa malle, et un beau matin du mois de mai, il annonça son départ.

Mr Talboys n'était pas homme à se lamenter en termes passionnés sur le départ d'un convive ; mais il exprima ses regrets avec une froide cordialité, qui, chez lui, équivalait aux plus chaudes protestations d'amitié.

« Nous nous sommes très bien entendus, Mr Audley, lui dit-il ; vous avez bien voulu apprécier notre existence calme et réglée, et vous vous êtes même conformé aux usages de la maison avec une complaisance que je considère comme un compliment à mon endroit. »

Robert s'inclina. Il remerciait le hasard qui l'avait toujours éveillé à temps le matin et empêché d'arriver en retard au déjeuner.

« J'espère donc, puisqu'il en est ainsi, reprit Mr Talboys, que vous voudrez bien nous honorer de vos visites toutes les fois que vous en sentirez le désir. Le gibier abonde dans mes propriétés, mes fermiers seront pleins d'égards pour vous si vous souhaitez apporter un fusil et chasser. »

Robert accepta avec empressement cette aimable invitation. Il déclara qu'il n'aimait rien tant que la chasse, qu'il serait très heureux de profiter de cette offre. Il ne put s'empêcher de jeter un coup d'œil vers Clara. Les paupières des beaux yeux bruns interceptèrent un instant son regard, une légère rougeur illumina le charmant visage.

Cette journée était la dernière que le jeune avocat passait dans l'Élysée, bien des heures ennuyeuses devaient s'écouler avant que le mois de septembre lui fournît une excuse pour revenir dans le Dorsetshire. Pendant cette longue absence, les jeunes nobles campagnards ou les vieux flatteurs pourraient user de leurs privilèges de voisins à son désavantage. Il n'était donc pas étonnant qu'il fût soucieux par cette belle matinée, et que sa compagnie fût si peu agréable pour miss Talboys.

Mais le soir, après dîner, quand le soleil baissa à l'horizon, alors que Mr Harcourt Talboys s'était enfermé dans son cabinet pour régler ses comptes avec son homme d'affaires et un des fermiers, Mr Audley devint un peu plus aimable. Il se plaça à côté de Clara dans l'embrasure d'une des grandes fenêtres du salon et regarda les ombres du soir qui grandissaient à mesure que les derniers rayons du soleil disparaissaient au couchant. Il était heureux de se trouver en tête-à-tête avec elle, bien que sa joie fût troublée par l'ombre du train express qui allait l'emmener à Londres le lendemain ; mais il ne pouvait s'empêcher d'être heureux en sa présence, d'oublier le passé et de ne pas se préoccuper de l'avenir.

Ils parlèrent de ce frère disparu qui était toujours leur lieu commun, Clara fut bien triste ce soir-là. Comment pouvait-elle être autrement en se rappelant que, si George vivait, ce dont elle n'était pas sûre, il errait dans le monde, loin de ceux qui l'aimaient, gardant en lui le souvenir de sa vie meurtrie.

« Je ne comprends pas, dit-elle, comment papa peut se résigner ainsi à l'absence de mon frère ; car il l'aime, Mr Audley, vous avez même dû vous en apercevoir. Ah ! si j'étais un homme, j'irais en Australie, je le trouverais et je le ramènerais ici ; si toutefois il est encore de ce monde », ajouta-t-elle à voix basse.

Elle détourna la tête et regarda le ciel qui s'assombrissait. Robert posa la main sur le bras de la jeune fille. Cette main tremblait malgré lui, et sa voix se troubla quand il parla.

« Voulez-vous que j'aille à la recherche de votre frère ? demanda-t-il.

– Vous !... s'écria-t-elle en le regardant les yeux pleins de larmes, vous... Mr Audley !... Croyez-vous donc que je pourrais vous demander de faire un pareil sacrifice pour moi ou pour ceux que j'aime ?

– Et pensez-vous, Clara, qu'un sacrifice me paraîtrait pénible, si c'était pour vous ?... Pensez-vous que je trouverais trop long n'importe quel voyage, si je savais que vous m'accueilleriez au retour ? J'irai d'un bout à l'autre de l'Australie pour chercher votre frère, si vous le désirez, Clara, et je ne reviendrai qu'après l'avoir trouvé. Je vous laisse le soin de choisir la récompense de mes peines. »

Sa tête était courbée et elle resta quelques instants sans rien dire.

« Vous avez bon cœur, Mr Audley, dit-elle enfin, je sais tout le prix de votre offre, que je ne trouve pas de remerciements à vous adresser. Mais ce dont vous parlez ne peut se faire. En vertu de quel droit vous imposerais-je un tel sacrifice ?

– En vertu du droit qui me fait pour toujours votre esclave, que vous le vouliez ou non, du droit que vous donne sur moi l'amour que j'ai pour vous, Clara, s'écria Mr Audley se jetant à genoux avec beaucoup de maladresse, tout en s'emparant d'une petite main qu'il couvrit de baisers. Je vous aime... Clara... je vous aime... Vous pouvez appeler votre père et me faire sortir de cette maison si vous le voulez, mais je vous aimerai tout de même et pour toujours, que cela vous plaise ou non. »

Elle retira doucement sa main et elle la posa un instant toute tremblante sur les cheveux noirs de Robert.

« Clara... Clara... murmura-t-il d'une voix suppliante, voulez-vous que j'aille en Australie chercher votre frère ? »

Pas de réponse. On ne sait pourquoi, mais, en pareil cas, le silence est ce qu'il y a de plus agréable. Chaque moment d'hésitation est un aveu tacite, chaque pause une déclaration.

« Irons-nous tous deux, voulez-vous, ma bien-aimée ?... Partirons-nous comme mari et femme, et ramènerons-nous votre frère avec nous ? »

Mr Harcourt Talboys parut un quart d'heure après. Il trouva Robert Audley tout seul. La révélation qu'il entendit le surprit beaucoup. Comme tous les gens suffisants, il voyait très peu ce qui se passait sous son nez; il avait cru naïvement que c'était sa compagnie et l'harmonie qui régnait chez lui, qui avaient charmé son convive et l'avaient retenu dans le Dorsetshire.

Il fut donc un peu désappointé, mais il ne le laissa pas trop voir et se montra passablement content de tout ce qui se passait.

« Il n'y a plus qu'un point sur lequel j'ai besoin de votre consentement, dit Robert lorsque tout fut réglé, nous passerons notre lune de miel en Australie, si vous le permettez. »

Mr Talboys fut pris à l'improviste. Il essuya une larme et tendit la main à Robert.

« Vous allez à la recherche de mon fils, dit-il. Ramenez-le et je vous pardonnerai volontiers de m'avoir enlevé ma fille. »

Robert Audley partit pour Londres, pour abandonner son appartement dans Fig-Tree Court, et s'informer de l'horaire des bateaux qui reliaient Liverpool et Sydney.

Ce n'était plus le même homme : le présent, l'avenir, tout était nouveau pour lui. Le monde lui apparaissait rose et radieux, il se demandait comment il avait pu le trouver si triste et neutre.

Il était resté à Grange Heath jusqu'après le déjeuner et, quand il rentra chez lui, il faisait déjà sombre. Il trouva Mrs Maloney qui nettoyait l'escalier, comme tous les samedis soir, il lui fallut traverser une atmosphère saturée de vapeur de savon qui rendait la rampe graisseuse sous la main.

« Vous avez là-haut une masse de lettres, dit la blanchisseuse en se relevant et s'adossant contre le mur pour laisser passer Robert; il y a aussi des paquets et un monsieur qui est venu plusieurs fois, et vous attend ce soir, parce que je lui ai dit que vous m'aviez écrit de nettoyer votre chambre.

– Très bien, Mrs Maloney, vous me servirez à dîner aussitôt que vous voudrez ; n'oubliez pas le verre de sherry et veillez à faire porter mes bagages. »

Il monta tranquillement chez lui pour voir quel était son visiteur. Ça ne devait pas être un personnage important. Un créancier peut-être, car il avait tout laissé en l'état en se rendant à l'invitation de Mr Talboys ; depuis lors, il s'était trouvé si bien dans la planète de l'amour, qu'il avait oublié toutes les affaires terrestres et les factures des tailleurs.

Il ouvrit la porte de son salon et entra. Les canaris chantaient leurs adieux au soleil couchant, les derniers reflets du jour se jouaient parmi les feuilles des géraniums. Le visiteur était assis le dos tourné contre la fenêtre et la tête penchée sur la poitrine ; mais il se leva en entendant Robert entrer et le jeune homme poussa un cri de joie et de surprise en tombant dans les bras de George Talboys.

Mrs Maloney commanda un dîner plus copieux à la taverne, et les deux amis veillèrent une partie de la nuit au coin de ce feu qui avait été si longtemps déserté.

Nous savons tout ce que Robert avait à dire. Il parla peu de ce qui pouvait chagriner son ami ou de celle qui terminait sa vie dans un faubourg retiré de la ville belge.

George Talboys raconta brièvement cette radieuse journée de septembre où il avait laissé son ami endormi au bord de l'eau, pendant qu'il allait reprocher à sa femme l'infâme complot qui lui avait brisé le cœur.

« Dieu m'est témoin que, au moment où je tombai dans le puits, ma première pensée fut celle de pardonner à la femme qui m'avait trahi et avait voulu me tuer. Je me retrouvai sur mes pieds au milieu de la vase, mais mon épaule était meurtrie et mon bras droit s'était brisé en heurtant un des murs du puits. Je fus paralysé pendant quelques minutes, mais mon courage me revint ; car je sentis que c'était l'odeur de la mort que je respirais au fond de ce trou noir. J'avais fait, en Australie, un apprentissage qui pouvait m'être utile, je grimpais comme un chat. Les pierres du puits étaient inégales et rugueuses, je pouvais remonter en posant mes pieds dans les interstices, m'appuyant du dos contre la paroi opposée et m'aidant de mes mains malgré ma fracture. Ce ne fut pas chose facile, Robert ; je me demande pourquoi, après avoir déclaré si souvent que la vie m'ennuyait, j'ai pris tant de peine à la conserver. Il me fallut plus d'une demi-heure pour arriver en haut du puits, et cette demi-heure dura pour moi une éternité. Il m'était impossible de sortir du jardin avant la nuit et je m'étendis sous des buissons de lauriers pour attendre qu'il fît noir. L'homme qui me trouva vous a dit le reste, Robert.

– Oui, mon pauvre ami, oui, il m'a tout dit. »

George n'était jamais retourné en Australie. Il avait effectivement pris place à bord du *Victoria Regia*, mais il avait changé de destination et avait été transbordé sur un autre navire de la même compagnie, qui faisait route vers New York, où il était resté tant que l'exil lui avait été supportable et que la solitude ne lui avait pas fait regretter ses amis.

« J'avais assez d'argent pour satisfaire mes désirs par ailleurs très modérés, une fois mon portefeuille vide, j'avais l'intention de repartir en Australie. Les amis ne m'auraient pas manqué si j'avais voulu, mais quelle sympathie pouvait trouver mon cœur blessé chez des gens qui ne connaissaient pas ma souffrance ? J'ai soupiré après une de vos poignées de main, Robert, et je me suis souvenu que c'était vous qui m'aviez aidé à supporter la plus terrible épreuve de ma vie. »

CHAPITRE XVII

La paix

Deux années se sont écoulées depuis la soirée de mai où les deux amis se sont retrouvés ; le joli cottage rêvé par Mr Audley est devenu une réalité. Ce cottage s'élève entre Teddington Locks et Hampton Bridge, au milieu d'une forêt, et sa façade regarde la rivière. Un petit garçon âgé de huit ans se roule parmi les lis et les herbes de la rive en pente, joue avec un bébé qui se penche aux bras de sa nourrice pour regarder d'un œil étonné son image qui se reflète dans les eaux tranquilles.

Mr Audley commence à être connu ; il s'est distingué dans la grande affaire de Hobbs contre Boggs. Il a provoqué les éclats de rire de la cour par son compte rendu délicieusement comique de la correspondance amoureuse de Hobbs. Le beau garçon aux yeux noirs est le fils de George Talboys, qui décline le mot latin *Rosa* à Eton, et pêche à la ligne dans l'eau claire qui coule sous les frais ombrages, derrière les murs tapissés de lierre de son collège. Mais il vient très souvent au joli cottage voir son père, qui y demeure en compagnie de sa sœur et de son beau-frère ; il est très heureux auprès de son oncle Robert, de sa tante Clara et du joli bébé qui commence à peine à se traîner sur la pelouse. Cette pelouse descend en pente douce jusqu'au bord de l'eau, où se trouve un petit chalet suisse et un débarcadère où George et Robert amarrent leurs légers canots.

Il vient encore d'autres personnes au cottage. On y voit une brillante jeune fille au cœur gai et un vieux gentleman à barbe grise, qui a survécu au malheur de sa vie.

Il y a plus d'un an qu'une lettre, bordée de noir et provenant de l'étranger, est arrivée à Mr Robert Audley pour lui annoncer la mort d'une certaine Mrs Taylor. Cette dame avait expiré paisiblement à Villebrumeuse, après une longue maladie que Mr Val avait qualifiée de *maladie de langueur*.

Un autre visiteur est apparu au cottage pendant l'été de 1861. C'est un jeune homme franc et bon, qui caresse le bébé, joue avec Georgey, et s'entend surtout à faire manœuvrer les bateaux qui sont toujours en mouvement quand sir Harry Towers est à Teddington.

Il y a un joli petit fumoir rustique dans le chalet suisse. Pendant les soirées d'été, les hommes vont y fumer ; c'est là que Clara et Alicia viennent les chercher pour les inviter à boire du thé et manger des fraises à la crème sur la pelouse.

Le château d'Audley est fermé, c'est maintenant une vieille concierge qui est la maîtresse de cette maison où retentissait autrefois le rire musical de milady. Un voile recouvre le portrait préraphaélite, et une épaisse couche de poussière dérobe à la vue les Wouwerman, les Poussin, les Cuyp et les Tintoret. On montre souvent la maison à des visiteurs curieux, quoique le baron n'en sache rien ; ils admirent le boudoir de lady Audley, posent des questions à n'en plus finir sur cette jolie femme à la belle chevelure, qui est morte à l'étranger.

Sir Michael n'a aucune envie de revenir à l'ancienne demeure où il a fait jadis un rêve de bonheur impossible. Il habite Londres jusqu'à ce qu'Alicia devienne lady Towers : puis il ira vivre dans une maison qu'il a récemment achetée dans le Hertfordshire, tout près du domaine de son gendre. George Talboys est très heureux auprès de sa sœur et de son ami. Il est jeune encore, il est probable qu'un jour ou l'autre, une femme le consolera du passé. Cette sombre histoire s'efface un peu chaque jour ; le temps viendra où le voile de deuil jeté sur la vie du jeune homme s'envolera à jamais.

Les pipes et les romans français ont été donnés à un jeune homme du Temple qui avait été l'ami de Robert pendant sa vie de garçon ; Mrs Maloney reçoit une petite pension, payable par trimestre, pour prendre soin des canaris et des géraniums.

J'espère que personne ne trouvera absurde que mon roman finisse en laissant tout le monde heureux et en paix. Si mon expérience de la vie ne date pas de longtemps, elle a du moins touché à bien des choses, et je suis de l'avis de ce grand roi philosophe qui disait que jamais, dans sa jeunesse ni dans son âge mûr, il n'avait vu « le Juste abandonné et ses enfants mendiant leur pain ».

TABLE DES MATIÈRES

PREMIÈRE PARTIE

SECONDE PARTIE

Imprimé en France
Achevé d'imprimer en janvier 2003
sur les presses de l'Imprimerie Maury-Eurolivres
45300 Manchecourt
pour le compte
des Éditions Payot & Rivages
106, bd Saint-Germain - 75006 Paris

3ème édition

Dépôt légal : avril 2001
N° d'imprimeur : 99012